Tajemnicza
wiadomość

MANDY ROBOTHAM

Tajemnicza wiadomość

Z angielskiego przełożyła
Katarzyna Malita

Świat Książki
wydawnictwo

Tytuł oryginału
THE SECRET MESSENGER

Wydawca
Adrian Tomczyk

Redaktor prowadzący
Beata Kołodziejska

Redakcja
Joanna Popiołek

Korekta
Jadwiga Piller
Marzena Kłos

Wydawnictwo Świat Książki
02-103 Warszawa, ul. Hankiewicza 2

Warszawa 2024

Księgarnie internetowe
www.swiatksiazki.pl
www.ksiazki.pl

Skład i łamanie
Akces, Warszawa

Druk i oprawa
Abedik S.A.

Dystrybucja
Dressler Dublin Sp. z o.o.
05-850 Ożarów Mazowiecki
ul. Poznańska 91
e-mail: dystrybucja@dressler.com.pl
tel. + 48 22 733 50 31/32
www.dressler.com.pl

ISBN 978-83-828-9528-5
Nr 90092549

Dla mojej mamy Stelli,
kobiety o wielkiej sile i nieprzemijającym stylu

Od autorki

Wojna jest okropna. Wszędzie, gdzie wybucha, niesie ze sobą zniszczenia, dziesiątkuje ludzi i rujnuje cenne obiekty. Konflikty nieuchronnie zdarzają się też w pięknych miejscach i taki właśnie kontrast światła i mroku dał początek *Tajemniczemu posłańcowi*. Dla mnie Wenecja jest najwspanialszym i najbardziej fantastycznym miejscem na świecie; podczas niezliczonych wizyt, od mojego pierwszego tam pobytu w 1990 roku, byłam oczarowana ideą miasta unoszącego się na wodzie. Jego istnienie i piękno budzą mój nieustający podziw.

Kiedy zaczęłam czytać, jak druga wojna światowa wpłynęła na Wenecję, zdałam sobie sprawę, że działający tam ruch oporu zrobił na historykach mniejsze wrażenie niż ten we Francji czy Niderlandach; że w porównaniu z tymi krajami wojna w Wenecji przebiegała „łagodnie". Odnalezione przeze mnie źródła okazały się zwięzłe i sprowadzały się do suchych faktów, niewiele w nich było szczegółów z życia miasta, nie dowiedziałam się, jak wenecjanie radzili sobie z codziennością. Podczas wyprawy badawczej (oczywiście musiałam tam wrócić!) przemierzyłam kilometry weneckich *calli*, pragnąc koniecznie się dowiedzieć, które części miasta odegrały rolę w walce z połączonymi siłami nazistów i faszystów.

Dopiero po powrocie do domu trafiłam na żyłę złota; przypadkowy mejl wysłany w cyberprzestrzeń przyniósł odpowiedź od pana o cudownym nazwisku; był to Giulio Bobba, historyk z IVESER – Weneckiego Instytutu Historii Ruchu Oporu i Współczesnego Społeczeństwa. Czym zajmował się signor Bobba? Ruchem oporu w Wenecji podczas drugiej wojny światowej. To było jak manna z nieba.

Dzięki Giuliowi, jego pasji zbierania faktów i bezcennych szczegółów dotyczących życia codziennego w ogarniętej wojną Wenecji powieść zaczęła nabierać kształtów. Nareszcie mogłam zobaczyć Wenecję pod zasłoną wojny. Im więcej wymienialiśmy mejli, tym bardziej moje poszukiwania przypominały te z powieści – postać Giulia musiała się więc w niej pojawić, razem z kotką Melodie, która jest jak najbardziej prawdziwa i uwielbia ciepło kopiarki!

Wiedziałam też, że chcę podkreślić rolę kobiet w ostatecznym zwycięstwie nad nazistami; nie tylko odwagę tajnych agentek, lecz całej armii łączniczek działających we Włoszech – znanych jako Staffetta – które pomogły aliantom odnieść zwycięstwo. W dzisiejszych czasach mediów społecznościowych i przekazywanych natychmiast informacji trudno zrozumieć wartość doręczania pojedynczej wiadomości piechotą lub łodzią, ale w tamtych czasach było to niezwykle ważne. Tak naprawdę ratowało życie. Bez tysięcy matek i babć w całej Europie, które ryzykowały życie, przewożąc kontrabandę w dziecięcych wózkach i przenosząc ją w torbach na zakupy, być może nigdy nie doczekalibyśmy pokoju. Mam nadzieję, że Stella stanie się symbolem tych kobiet – działających bezinteresownie dla dobra innych.

Kiedy miałam już Stellę i jej miasto, nietrudno było znaleźć następny element. Czyż romans nie rozwija się najlepiej w miejscu unoszącym się na wodzie i słynącym z najpiękniejszych zachodów słońca? Oczywiście jest tam też i moja Wenecja: Accademia to mój ukochany most, uwielbiam obserwować ludzi na Campo Santo Stefano, naprzeciwko wejścia do kościoła znajduje się kawiarenka, gdzie wiele razy siedziałam przy dobrej kawie i z notesem w ręce wyobrażałam sobie siebie jako pisarkę. Obok można znaleźć znakomitą lodziarnię. Przed tym nie da się uciec – Wenecja porusza do głębi.

Mam nadzieję, że udało mi się złożyć hołd tym, którzy w Wenecji stawiali czoło wrogom; nie może być mowy o „łagodnej" wojnie, kiedy ktoś traci życie, a matka syna. Wenecja też straciła. Przez stulecia nękały ją inwazje i zarazy, ale zawsze dochodziła do siebie. Tak się stało i teraz. Pozostała klejnotem. Lśniącym jak zawsze. A ja tam niedługo wrócę.

Prolog: Klauni

Wenecja, czerwiec 1934

Prowadziły nas nagłe wybuchy hałasu – jeden po drugim wznosiły się w powietrze niczym fajerwerki w ciemną noc. Przeciskaliśmy się przez tłum, dziadek rozgarniał ludzi szerokimi umięśnionymi ramionami szkutnika, wciąż silnymi mimo jego sześćdziesięciu pięciu lat. Kiedy dotarliśmy na skraj wielkiego placu, pociągnął mnie za rękę na sam przód, gdzie zgromadzonych ludzi odgradzał szereg faszystowskich żołnierzy; stali zwróceni plecami do placu, a surowymi, zaciętymi twarzami w stronę tłumu. Na placu włoskie oddziały maszerowały tam i z powrotem jak mrówki do dźwięków pompatycznej wojskowej muzyki wygrywanej przez orkiestrę dętą.

Miałam siedemnaście lat i byłam średniego wzrostu, musiałam więc wyciągać szyję, żeby razem z resztą tłumu dojrzeć obiekt naszego zainteresowania. Nietrudno było rozpoznać imponującą, korpulentną postać Benita Mussoliniego, wszak często pojawiał się na pierwszych stronach gazet wydawanych przez faszystów. Nawet od tyłu wyglądał na pewnego siebie i apodyktycznego człowieka, gdy maszerował obok nieco niższego mężczyzny, który wyróżniał się jedynie tym, że miał na sobie ciemny

11

garnitur, a nie paradny mundur kapiący od medali. Staliśmy daleko, więc nie dostrzegliśmy niczego szczególnego w wyglądzie szacownego gościa Mussoliniego. Wiedziałam, kim jest i co reprezentuje, ale w moich oczach jego obecność nie uzasadniała napływu tysięcy członków faszystowskiej milicji w ciągu ostatnich paru dni, nie mówiąc już o tłumach spędzonych, by go powitać; podejrzewaliśmy, że część nie tylko wymachuje flagami, ale jest dobrze uzbrojona.

– Dziadziu, po co tu przyszliśmy?

Byłam skonsternowana. Dziadek był zagorzałym antyfaszystą i choć swoją nienawiścią do Mussoliniego dzielił się głównie z rodziną, w ciągu dwunastu lat rządów *Il Duce* i jego brygady zmilitaryzowanych osiłków pozostał ich zażartym przeciwnikiem. W domu lub w kawiarni ze swoimi najbardziej zaufanymi przyjaciółmi wściekał się, że gnębią Włochów i ograniczają ich wolność, zarówno pod względem moralnym, jak i fizycznym.

Nachylił się, by szepnąć mi do ucha.

– Bo, moja kochana Stello, chcę, żebyś na własne oczy zobaczyła wroga, z którym przyjdzie nam się mierzyć.

– Wroga? Czy Hitler nie obiecuje, że będzie przyjacielem Włoch? Sojusznikiem?

– Nie Włochów, skarbie – odszepnął dziadek. – Nie jest żadnym przyjacielem zwykłych ludzi, wenecjan takich jak my. Spójrz na niego, zauważ, jaki jest przebiegły. Trzeba dobrze znać wroga, gdy nadejdzie czas. – Na jego pomarszczonej twarzy pojawił się wyraz zatroskania, a potem przykleił do ust fałszywy uśmiech, gdy zbliżyli się faszyści w czarnych koszulach i zaczęli wymachiwać karabinami, by zmusić tłum do radosnych okrzyków.

Spojrzałam na obiekt tego fałszywego uwielbienia, przytłoczony okazałą postacią Mussoliniego. Nie dostrzegłam charakterystycznej twarzy ani wykpiwanej fryzury, która ostatnimi czasy dominowała w gazetach. Jednak sposób, w jaki Adolf Hitler poruszał się pośród włoskich oddziałów na placu Świętego Marka, wydawał się niemal powściągliwy, ostrożny. Czy tego właśnie mieliśmy się obawiać? Przy Mussolinim i jego armii osiłków wyglądał na mniejszego pod każdym względem. Czemu mój rosły, krzepki i silny dziadek wydawał się niemal wystraszony?

Kiedy wracam wspomnieniami do tamtego dnia, uświadamiam sobie, że w zachowaniu dziadka po raz pierwszy objawiła się maska, którą my, wenecjanie – a tak naprawdę Włosi – musieliśmy nosić w nadchodzących latach. Za piękną, lśniącą fasadą klejnotu Italii Wenecja będzie podzielać zatroskanie dziadka i ukrywać swoją determinację, by w walce przeciwko Hitlerowi i faszyzmowi zachować swoje prawdziwe ja.

Jako nastolatka nie wdawałam się jednak w politykę – byłam młodą dziewczyną, która cieszyła się z ostatnich dni szkoły średniej, nie mogła się doczekać lata na pięknych plażach Lido, późnego zachodu słońca podczas niekończących się weneckich dni i być może liczyła na przelotny wakacyjny romans. Minęło kilka lat, zanim zrozumiałam wagę wizyty Hitlera tamtego ciepłego czerwcowego dnia, pięć lat przed wybuchem wojny, i znaczenie płaszczenia się Mussoliniego przed człowiekiem, który dla większej części świata stanie się diabłem wcielonym. A u progu wojny, gdy Włochy zadeklarowały, że ze swoją armią staną u boku Hitlera, przypomniałam sobie, czego dowiedziałam się później o tym dniu w 1934 roku i z czego zwierzyłam się dziadkowi.

– Wiesz, co Mussolini powiedział o Hitlerze podczas tamtej wizyty? – zapytałam, naciągając koc na jego pierś, w której słychać było szmery, i patrząc, jak jego biedne płuca walczą z zapaleniem, mającym go pokonać kilka dni później. – Nazwał go „szalonym małym klaunem".

Dziadzio tylko się uśmiechnął, tłumiąc chichot, bo wiedział, że wywoła długi, męczący atak kaszlu.

Odetchnął głęboko.

– Za to Mussolini jest dużym klaunem. A wiesz, co robią klauni, Stello?

– Nie, dziadziu.

– Sieją zamęt, kochanie. I uchodzi im to na sucho.

1

Żałoba

Londyn, czerwiec 2017

Łzy płyną strumieniem – wielkie grube krople, które wzbierają gdzieś w środku, a potem na moment zawisają na powiekach. Przez sekundę Luisa ma wrażenie, że spogląda przez kawałek grubego, osobliwego szkła z Murano, którego było pełno w salonie matki, aż w końcu mruga i łzy suną po policzkach. Po dziesięciu dniach żałoby nauczyła się, by z nimi nie walczyć i pozwalać strumieniowi płynąć swobodnie w stronę mokrej teraz brody. Jamie troskliwie porozkładał pudełka z chusteczkami w całym domu; tak jak mieszkańcy miast podobno nigdy nie znajdują się więcej niż dwa metry od jakiegoś robactwa, tak teraz ona zawsze ma pod ręką chusteczkę.

Po tym wybuchu emocji Luisa staje w obliczu bardziej frustrującego problemu. Klawiatura jej laptopa ucierpiała mocno przez tę kaskadę łez i dodatkowo po kontakcie z zawartością szklanki, którą chwilowo oślepiona Luisa przewróciła – kilka klawiszy tonie w słonych łzach i wodzie z kranu. Jest już za późno, by opanować tę powódź – stukanie w różne klawisze ujawnia, że ekran zamarł, a komputer okazuje swoją dezaprobatę. Elektronika i płyny wyraźnie za sobą nie przepadają.

– Jezu, nie teraz – jęczy Luisa w przestrzeń. – Nie teraz! No już, Daisy, działaj, dziewczyno! – Znów stuka w klawiaturę, czemu towarzyszy kilka imponujących przekleństw i kolejne łzy, tym razem frustracji.

Pierwszy raz była w stanie otworzyć Daisy, swój ukochany laptop, od czasu, kiedy jej mama… umarła. Luisa chce wypowiadać słowo „umarła", musi je powtarzać, bo to jest fakt. Nie odeszła, gdyż to sugeruje jakieś spokojne wyjście, przepłynięcie z jednego wymiaru w inny bez żalu, gdy ma się czas, by wszystko wyprostować, leżąc pomiędzy wykrochmalonymi białymi prześcieradłami i miękkimi kocami, by wypowiedzieć rzeczy, które się chce i musi powiedzieć. Nawet przy swoim ograniczonym doświadczeniu ze śmiercią Luisa wie, że to było krótkie, ostre i brutalne. Jej mama umarła. Koniec. Dwa tygodnie po pierwszej diagnozie, tydzień po wprowadzeniu w stan śpiączki farmakologicznej, by uśmierzyć niewyobrażalny ból. A teraz Luisa doświadcza niewyobrażalnego bólu żałoby. Można do tego dorzucić gniew i frustrację, a niezliczone emocje zaczynają wirować i kołysać się w jej głowie, sercu i wybranych organach, dwadzieścia cztery godziny na dobę.

Luisa próbuje więc robić to, co robi zawsze, gdy nie może się uspokoić, jeść, mówić lub spotykać się z ludźmi. Pisze. Daisy, okaleczona w bojach, poznaczona odłażącymi w rogach naklejkami z zabawnymi napisami i nazwiskiem właścicielki, jest od zawsze oddaną przyjaciółką i służy jej wiernie, gdy Luisa musi przelać emocje na ekran komputera. Często są to jedynie zwariowane przemyślenia, lecz od czasu do czasu w dżungli słów pojawia się coś godnego uwagi – zdanie lub myśl, które może zachować na przyszłość lub wykorzystać w książce. Książce, którą napisze, gdy tylko uwolni się od głupich tekstów, które obecnie dostarcza do różnych czasopism, opisując najnowsze produkty kosmetyczne lub zastanawiając się, czy kobiety naprawdę chcą kierować swoim przeznaczeniem (jasne, że chcą, myśli – czy naprawdę muszę to tłumaczyć w nie więcej niż tysiącu słowach?). Ale to jest praca. Dzięki niej wiążą koniec z końcem, gdy Jamie pracuje dorywczo jako aktor. Pewnego dnia książka jednak powstanie.

Daisy stanowi część tego marzenia, jest współpracowniczką i powierniczką sekretów, aż do samego dna jej twardego dysku.

– Jezu, Daisy, co się stało z lojalnością? – mruczy Luisa, po czym natychmiast czuje, że sama nie jest w stosunku do swojej supernowoczesnej przyjaciółki lojalna. Gdyby to ona niemal zatonęła w ludzkich łzach, pewnie zareagowałaby tak samo i odmówiła współpracy. Daisy potrzebny jest serwis i czas, by mogła wyschnąć. Tymczasem Luisa musi dać upust nagromadzonym emocjom i z jakiegoś niewyjaśnionego powodu długopis i pióro niezbyt się do tego nadają. Czuje, że musi w coś uderzać, walić w klawisze i patrzeć, jak słowa pojawiają się na ekranie, jakby w magiczny sposób wypływały gdzieś z głębi niej, niezależnie od jej świadomego myślenia. Dziecku epoki komputerowej przeżywającemu żałobę, która grozi, że przerwie tamę, nie wystarczy pióro, by dać upust lawinie słów pełnych jadu, bezgranicznej miłości lub gniewu, nad którymi nie potrafi zapanować.

Nagle coś przychodzi jej do głowy: dzień wcześniej Jamie poszedł na strych, by oszacować, jak dużo sprzątania ich czeka. Kiedy Luisa zmagała się z anulowaniem debetów na koncie i lokalnym podatkiem, wspomniał coś o maszynie do pisania, która zamknięta w walizeczce stoi wsunięta pod krokwie. Wygląda na dość starą, ale

„w całkiem niezłej formie". Czy będzie cokolwiek warta? A może ma wartość sentymentalną? – zapytał. W tamtej chwili uznała to za mało istotne, ale teraz maszyna mogła się przydać.

Strych przypomina miliony innych na całym świecie: dziwna wilgotna woń starego życia i kurz, który z irytacją wzbija się w powietrze, gdy przerywa mu się długoletni sen. Z belek zwisa pojedyncza żarówka i Luisa musi przyzwyczaić wzrok, by przedmioty nabrały ostrości. Rozpoznaje kilka prezentów bożonarodzeniowych, które tak starannie wybierała dla matki. Rozgrzewający pas na bolące plecy i pantofle z owczej skóry, ledwo wydostawszy się z opakowania, trafiły na stosik z napisem „niechciane". Jeszcze jedno przypomnienie o dystansie, jaki dzielił matkę i córkę, a którego już nigdy nie da się pokonać. Luisa odsuwa od siebie to wspomnienie – zatonęło w niej głęboko, choć stale straszy, że przebije się przez żałobę. To terapia na inny dzień. Luisa myszkuje przez kilka minut, czując wzbierającą frustrację i zastanawiając się, czy akurat to powinna robić w chwili, kiedy wszystko jest jeszcze tak bolesne. Jednocześnie cieszy się i obawia, że może natknąć się na album rodzinny, bo wie, że nie będzie w stanie powstrzymać się przed odwracaniem podniszczonych stron z tak zwanymi szczęśliwymi wspomnieniami. Cała trójka na plaży – ona, mama i tato – uchwycona z uśmiechami na zdjęciach Kodaka. W lepszych dniach.

Na szczęście z mroku wyłania się przedmiot, który nie jest grubą księgą pełną wspomnień. To szara wyprofilowana walizeczka, której kształt – kwadratowy i zniżający się ku skórzanej rączce – oznacza, że może zawierać tylko jedno. Wygląda na mocno zużytą, otarcia i zadrapania przypominają Luisie o historii zapisanej na torbie Daisy. Gdy obie klamry podskakują pod jej palcami, rozlega się

charakterystyczny trzask, a kiedy Luisa podnosi pokrywę, z wnętrza wypływa niemal ludzkie westchnienie.
Nawet w tym przyćmionym świetle widać, że maszyna
jest piękna – mieszanina czerni i szarości, białe klawisze otoczone metalową obwódką, lśniące w mroku. Luisa delikatnie kładzie palec na jednym z nich, łagodnie
go naciska i pod jej dotykiem mechanizm reaguje: cienka
metalowa dźwignia wyskakuje w stronę wałka. Nic się
nie zacina. Luisa dostrzega także, że w maszynie wciąż
jest taśma, a zapasową rolkę przyklejono obok klawiatury. Stary celofan jest nietknięty, ale niemal rozpada się
w palcach. Jednak jeśli los będzie jej sprzyjał, okaże się, że
taśma nie wyschła.

Luisa zamyka pokrywę i wyciąga maszynę ze stosu
pudeł – jak na tak stary sprzęt okazuje się zaskakująco
lekka. Jednocześnie z jednego z pudeł zsuwa się pokryw-
ka, wysyłając w powietrze obłok kurzu. Luisa odwraca
się, by ją poprawić, i zauważa czarno-białe zdjęcie, które
z czasem nabrało barwy sepii. Przedstawia mężczyznę
i kobietę – radosne wyrazy twarzy sugerują, że są parą –
na placu Świętego Marka w Wenecji z charakterystyczną,
imponującą bazyliką w tle, otoczoną chmarami gołębi.
W kobiecie Luisa rozpoznaje matkę, lecz nie wie, kim jest
mężczyzna. Przeszukuje pamięć – czy rodzice wspomi-
nali o wyjeździe do Wenecji, może w podróż poślubną?
To by pasowało do zdjęcia – para wygląda na szczęśliwą.
Luisa nie tak pamięta rodziców, ale nawet oni kiedyś też
byli zakochani. Jednak zdjęcie wygląda na starsze, jakby
pochodziło z minionej epoki.

Luisa jest świadoma swoich włoskich korzeni, wyraźnie wskazuje na nie choćby pisownia jej imienia. Rodzice matki byli Włochami, ale zmarli przed laty; dziadek,
gdy Luisa była malutka, a babcia, gdy była nastolatką.

Niewiele wie o ich historii – matka nigdy o tym nie opowiadała – poza tym, że oboje byli pisarzami. Lubi myśleć, że przynajmniej to po nich odziedziczyła.

Odwraca zdjęcie; ołówkiem napisano tam: „S i C, plac Świętego Marka, czerwiec 1950". Matka miała na imię Sofia, lecz urodziła się w 1953 roku, może więc ta rozpromieniona twarz należy do babki? S jak Stella? Może obok niej stoi dziadek Luisy – mało go pamięta, jedynie przelotny obraz czułej twarzy. Ale miał na imię Giovanni. Kim więc jest C? Bardzo możliwe, że był adoratorem babki przed dziadkiem Gio, jak go nazywano. Ciekawość Luisy przechodzi w uśmiech, pierwszy od wielu dni, a ruch mięśni twarzy wydaje się dziwny. Para wygląda bardzo stylowo: on w spodniach od garnituru z wysokim stanem, ona w kostiumiku w stylu Chanel i eleganckich czółenkach, z włosami zaczesanymi w szykowną czarną falę.

Luisa nachyla się, by odłożyć zdjęcie do pudła, lecz dostrzega, że pod rozsypującą się warstwą bibułki znajduje się dużo więcej rzeczy – fotografie i skrawki papieru, niektóre zapisane ręcznie, inne starą czcionką, może na tej właśnie odnalezionej maszynie? Każdy zaciekawiony poszukiwacz przynajmniej zajrzałby do środka, lecz u dziennikarki budzą się wszystkie zmysły. Jest też coś w gryzącej woni starego kurzu, która wdziera się do jej nozdrzy i przyprawia o szybsze bicie serca. Niesie ze sobą wspomnienia o przeżytym życiu i odkrytą historię.

Pudło jest ciężkie i trudno je znieść po stromych schodach do salonu. W dziennym świetle Luisa dostrzega jednak, że ma do czynienia z prawdziwym skarbem. Pod warstwami papieru i kilkoma poszarzałymi egzemplarzami gazety noszącej tytuł „Venezia Liberare" Luisa wyczuwa tajemnicę. Czai się w szorstkiej warstwie pod jej palcami, gdy delikatnie unosi papier – na czarno-białych zdjęciach uśmiechnięte kobiety i mężczyźni, niektórzy z nich niedbale trzymają karabiny jak rekwizyty lub dumnie przykładają je do piersi, kobiety również. Luisa przeżywa wstrząs: w odległych wspomnieniach jej babcia była jedynie uroczą starszą panią, która obsypywała ją pieszczotami i czekoladkami i uśmiechała się psotnie, gdy matka Luisy ją beształa, że psuje córkę słodyczami. Luisa pamięta, że czasami też podsuwała jej nieduże batoniki, kiedy nikt nie patrzył, i szeptała: „Ciii, to nasza tajemnica", a ona czuła się, jakby należała do jakiegoś małego gangu.

Zapominając na chwilę o maszynie do pisania, Luisa podnosi każdy skrawek papieru i zdjęcie, przygląda się wyblakłym szczegółom i mrużąc oczy, próbuje uzupełnić luki w napisach zatartych z biegiem lat. I w jednej chwili uderza ją myśl: ile ludzkich historii jest zamkniętych w tym kartonowym pudle z zapadniętymi bokami i rogami nagryzionymi przez myszy? Co jeszcze znajdzie pośród trucheł pająków i odoru pleśni? Czego się dowie o swojej rodzinie? Zastanawia się też, czy w tym odkryciu rolę odegrało przeznaczenie, czy miała to znaleźć akurat tego dnia – by poskładać wszystko w jakim takim porządku i przy okazji posklejać swoje rozbite i poszarpane ja. Pierwszy raz od tygodni nie czuje się pokonana ani przytłoczona żałobą, lecz nieco podniesiona na duchu. I przejęta.

2

Jaskinia lwa

Wenecja, początek grudnia 1943

Często myślę o tej przedwojennej wymianie zdań
z dziadziem; ostatnimi czasy słowo „zamęt" przychodzi
do głowy coraz częściej, jeszcze bardziej po okropień-
stwach, do których doszło zeszłej nocy w żydowskim
getcie: oddziały nazistów i ich faszystowskich pomoc-
ników zgoniły setki mieszkańców jak bydło. Mężczyźni
i kobiety wyciągnięci z domów stali ze stoickim spokojem
przed swoimi porzuconymi, krzyczącymi, zalanymi łzami dziećmi, a potem pognano ich na łodzie zmierzające
najpierw do więzienia Santa Maria Maggiore. Podobnie
jak oni cała Wenecja zdawała sobie sprawę z ostatecznego
celu podróży: na wschód do Niemiec, do Auschwitz. Na
niemal pewną śmierć.

Pocieram wyraźne obwódki wokół oczu w nadziei,
że uda mi się zetrzeć sadzę z pożarów, które nadal tlą
się w getcie. Wczesnym rankiem biegałam zdyszana od
domu do domu przez całą Wenecję, roznosząc wiadomości i fałszywe dokumenty tym, którzy ich potrzebowali,
a teraz wciąż czuję zapach kordytu i desperacji. Jeśli ist-
niała szansa, by uratować choć kilka rodzin przed wy-
wiezieniem, my – członkowie ruchu oporu – musieliśmy

spróbować, wciskając kobiety i dzieci w najmniejsze kryjówki w szafach i na strychach. Widziałam, jak matki rozpaczliwie próbowały uciszać malutkie dzieci, zasłaniając im usta dłońmi, a na ich twarzach malował się strach przed choćby jednym okrzykiem lub jękiem. Nagły nalot nazistów na getto zaskoczył dowódców partyzantów; kiedy biegłam bez tchu przez labirynt zaułków i wąskich przejść, unikając nazistowskiego kotła i starając się nie wpaść na żaden patrol, by nie odpowiadać na nieuniknione pytania, czemu łamię godzinę policyjną i dokąd dokładnie się wybieram, czułam, że nasza walka jest przegrana. Działaliśmy przez całą noc, ale w świetle dnia okazało się, że udało nam się jedynie zmniejszyć straty.

Nogi mam jak z waty i boli mnie całe ciało, choć przynajmniej miałam ten luksus, że mogłam na krótko wrócić do swojego mieszkania i przespać się godzinę, przebrać się i przetrzeć ciało wilgotną szmatką. Żydów zabrano jedynie z powodu ich pochodzenia, wyznawania religii znienawidzonej przez nazistów, a teraz są na zimnej, niegościnnej ziemi, bez szansy na odroczenie wyroku. Ja mam szczęście.

– Jeszcze jedno espresso? – Paolo zabiera moją pustą filiżankę z blatu i podsuwa drugą, pełną, nie czekając na odpowiedź. Wystarczy, że spojrzy na moją twarz, w pośpiechu przysypaną odrobiną cennego pudru, który sobie wydzielam, podobnie jak czerwoną szminkę. Kawa jest mile widziana, choć oczywiście nie jest to cierpka, acz jedwabista mieszanka z przedwojennych lat. Paolo i jego ojciec, od niepamiętnych czasów właściciele kawiarni na placu pod moim mieszkaniem, po mistrzowsku sprawiają, że namiastka kawy – *ersatzkaffe* – przynajmniej wydaje się włoska; lśniący ekspres syczy, a Paolo z czułością nalewa ją teatralnym gestem do malutkiej filiżanki. Choć pozbawiona prawdziwego smaku, pomaga mi się obudzić.

– Powodzenia, Stello – mówi śpiewnie Paolo, gdy wypijam kawę i macham mu na pożegnanie. Kiedy mruga okiem, uświadamiam sobie, że wie dokładnie, dokąd zmierzam.

Idę piechotą dwadzieścia minut od ulic wokół Fondamenta Nuove do kwatery głównej nazistów na wielkim placu Świętego Marka, próbując nadać krokom sprężystość, gdy zbliżam się do Platzkommandantur. Poprawia mi nieco humor jasne zimowe słońce wznoszące się nad Arsenałem, które nadaje wyraźną różową barwę mniejszym kanałom, od jednego mostu do drugiego, a woda o barwie mlecznego jadeitu uderza w czerwone i pomarańczowe cegły. Zwykle jest to dla mnie najlepsza pora dnia, kiedy Wenecja się budzi, a korpulentne staruszki w czerni z optymizmem ruszają w drogę, by kupić cokolwiek na dość pustych targach. Dziś jednak poranny ruch wydaje się mniejszy, ponieważ wieści o wywózce w getcie rozchodzą się po mieście. Niebawem wszystkie kawiarnie i bary będą pełne rozmów i opinii, ktoś będzie znał osobę, która została wywieziona – krewnego lub kolegę. W mieście takim jak Wenecja mieszkańcy łączą się i przeplatają niczym kanały, które są jej życiodajnymi arteriami.

O tej porze widać niewiele oddziałów – nazistowskich bądź faszystowskich – ale wenecjanie nauczyli się już, że oczy są wszędzie. Pomimo moich prawdziwych przekonań, dumnej antyfaszystki jak mój ukochany dziadzio, muszę sprawiać wrażenie pełnej zapału, gdy zaraz wejdę do centrum dowodzenia wroga – i to nie jako więźniarka bądź podejrzana, lecz jako nowa członkini personelu. Automatycznie przywołuję na twarz maskę wdzięcznej kolaborantki, wenecjanki zachwyconej z ochrony lepszych i silniejszych niemieckich kuzynów. My, Włosi, nauczyliśmy się świetnie odgrywać rolę ubogiego krewnego. Mamy za sobą lata praktyki.

Wiemy, co mówią ludzie w świecie zewnętrznym – że wojna w Wenecji jest „łagodna", że niczym oazę chronią nas piękno i wielkość naszego miasta, a bombowce aliantów omijają jego bezcenne dzieła sztuki. Do pewnego stopnia jest to zgodne z prawdą: muzyka klasyczna wciąż rozbrzmiewa na placu Świętego Marka, choć ostatnio można raczej usłyszeć wojskową orkiestrę Hermanna Goeringa grającą z charakterystyczną pompą zamiast prawdziwej elegancji. Nadal odbywa się święto sztuki, Biennale, przyciągając nie tylko bogatych i pięknych, ale i króla nazistowskiej propagandy Josepha Goebbelsa. Powiedzcie to jednak matkom, których nastoletnich synów pognano Bóg jeden wie dokąd, niczym w wypaczonej wersji bajki o szczurołapie z Hameln, by pracowali jak niewolnicy dla nazistowskiej machiny. Wciąż mam w pamięci tamten dzień z początku września, kiedy z nieba spadły kolorowe ulotki informujące nas, że Niemcy zbliżają się, by zająć nasze miasto. Dla większości wenecjan – po latach faszystowskiej dyktatury Mussoliniego – był to kolejny zamach, kolejna plaga. Kilka dni później na starych brukach rozległ się stukot wojskowych butów i naziści szybko rozgościli się w zarekwirowanych pałacach nad Canal Grande i odwiedzali bary i ogródki restauracji, jakby przyjechali na wakacje.

Z pozoru miasto wydaje się uległe i pogodzone z losem. Ale wiem, że jest inaczej. Przy całym swoim zewnętrznym splendorze Wenecja świetnie się ukrywa; wiem doskonale, że w krętych, ciemnych zaułkach, za pomalowanymi na zielono żaluzjami wre gorączkowa praca, że tysiące ludzi głowią się, by zaburzyć drobiazgowe plany naszych niechcianych dzikich lokatorów i odzyskać miasto. Na razie robimy to po cichu. Ale chcemy być gotowi.

Serce mi zamarło, gdy dostałam wiadomość, że mam stawić się w niemieckiej kwaterze głównej mieszczącej się na końcu placu Świętego Marka. Od czasu pełnej okupacji we wrześniu, kiedy w mieście zaroiło się od szarozielonych mundurów Wehrmachtu i szarych SS, celowo omijałam to miejsce, często nadkładając drogi, by uniknąć przechodzenia przez plac pod okiem znudzonych niemieckich wartowników lustrujących młode wenecjanki. Kiedy mnie tam wezwano, doszłam do wniosku, że odkryto moją przynależność do antyfaszystowskiej Partii Akcji, ale gdyby tak się stało, nie otrzymałabym prośby, by tam się stawić. Bardziej prawdopodobny był nagły nalot faszystowskich czarnych koszul i pobyt w ich nie najprzyjemniejszej kwaterze Ca' Littoria, która słynęła z wyjątkowo okrutnych tortur. Szybko nauczyliśmy się, że Niemcy nie przybyli tutaj, by ubrudzić sobie ręce, a jedynie nadzorować odbieranie nam wolności.

W ostatnich latach starałam się nie wyjawiać publicznie moich poglądów i trzymałam się w cieniu, pracując jako maszynistka w weneckim wydziale robót publicznych, rządowym organie odpowiedzialnym za codzienne funkcjonowanie naszego bajkowego miasta nawet podczas wojny. Do tej pracy „zarekomendował" mnie Sergio Lombardi, prawy obywatel miasta, który w innym życiu jest kapitanem Lombardim, dowódcą brygady ruchu oporu. Informacje, które zbierałam w wydziale, okazały się pomocne dla grup partyzantów walczących z nazistami i faszystami w całej Wenecji Euganejskiej, choć nigdy nie przyszło mi do głowy, że mogły ratować życie. Kiedy w to wątpiłam i chciałam zrobić coś bardziej pożytecznego, bardziej dostrzegalnego, Sergio gorliwie zapewniał mnie, że szczegółowa wiedza o funkcjonowaniu miasta jest niezbędna i ułatwia jego oddziałom pojawianie się w Wenecji i opuszczanie jej w niezauważalny sposób. Obszerne plany, do których miałam dostęp, okazały się idealną pomocą w przerzucaniu alianckich żołnierzy w bezpieczne miejsca, gdy przez nazistowską okupację północnych Włoch nie można się było swobodnie poruszać.

A teraz, dzięki temu, że trzymałam się od wszystkiego z daleka, znalazłam się tutaj i zaraz wejdę do jaskini lwa; przeniesiono mnie do kwatery głównej nazistów, bo mówię płynnie po niemiecku, choć wydarzyło się to w bardzo niefortunnym czasie. I przerażającym.

Za imponującą fasadą obok Museo Correr na placu Świętego Marka pokazuję przepustkę z wydziału robót i młody niemiecki żołnierz przesuwa palcem po liście w poszukiwaniu mojego nazwiska. Wygląda na zadowolonego, gdy je znajduje.

– Na górę po schodach, pierwsze drzwi po prawej – mówi łamanym włoskim.

– Dziękuję, znajdę – odpowiadam po niemiecku, a on uśmiecha się z zażenowaniem. Biedny chłopak, prawie dziecko, chyba w tym samym wieku, co mój brat Vito. Obaj są na to wszystko za młodzi.

Biuro u szczytu szerokich marmurowych schodów mieści się za dużymi, bogato rzeźbionymi drzwiami. Wypełniają je biurka ustawione w równych rzędach, a piękne ściany tej wielkiej sali giną za surowymi meblami z ciemnego drewna i nazistowskimi symbolami. Gorączkowy stukot maszyn do pisania uderza we mnie jak fala i jestem przez chwilę zaskoczona. Chyba to widać, bo podchodzi do mnie mężczyzna – jego twarz i cywilne ubranie mówią mi, że jest Włochem, co mnie dziwi, ale i cieszy. Nawet teraz na widok surowego nazistowskiego munduru biorę krótki wdech i czuję rosnące poczucie winy, choć nauczyłam się je dobrze ukrywać.

– Dzień dobry, w czym mogę pomóc? – mówi po włosku mężczyzna w dobrze skrojonym szarym garniturze. Wysoki, z krótką ciemną brodą, chyba tuż po trzydziestce, zupełnie nie pasuje do tego militarnego otoczenia i przypomina mi naukowca albo bibliotekarza. Zachowuje się jak Włoch; jedynie mała metalowa odznaka w klapie marynarki, pozbawiona szczęki trupia czaszka, oznacza, że jest też faszystą. Płatnym członkiem gangu Mussoliniego. W innych okolicznościach mogłabym uznać go za przystojnego, ale tutaj oszpeca go jego przynależność.

– Przysłano mnie tu z wydziału robót publicznych jako maszynistkę i tłumaczkę – zaczynam, wyciągając referencje. – Dobrze trafiłam?

Przebiega wzrokiem po dokumentach, zbliżając je do twarzy, i dostrzegam jego duże brązowe oczy.

– Witam, signorina Jilani – odpowiada. – Tak, dobrze pani trafiła. Zaprowadzę panią do biurka.

Odwraca się, prowadzi mnie na tył sali i podchodzi do wolnego biurka z milczącą maszyną do pisania. Staje tyłem do ściany wypełnionej w całości przez półki z książkami i teczkami i gestem wskazuje biurko i dużą maszynę.

– To pani miejsce – mówi.

– Myślałam, że będę siedzieć z innymi maszynistkami – odpowiadam, oglądając się za siebie. Mam głęboko zakorzenioną potrzebę wtapiania się w tłum.

– Skoro będzie pani tłumaczyć dla generała Breugala, pomyślałem, że wygodniej będzie, gdy usiądzie pani bliżej jego gabinetu. – Kiwa lekko głową w stronę zamkniętych drzwi, jeszcze większych i bardziej bogato rzeźbionych niż poprzednie. – Jest bardzo zwięzły w przekazywaniu poleceń. Nie wyobrażam sobie, by dziesięć razy dziennie przechodził przez biuro, na pewno by go to rozdrażniło. Mam nadzieję, że ocali to panią przed jego... – ostrożnie dobiera ostatnie słowo – irytacją.

Mówiąc to, uśmiecha się, lekko zażenowany swoją propozycją, może dlatego, że zdradził się nieco z własną opinią na temat generała, przedstawiając go jako wybuchowego despotę. Z tą różnicą, że generał jest nie tylko despotą; jego okrucieństwo jest dobrze znane w szeregach ruchu oporu.

– Z góry dziękuję – odpowiadam. Jestem ogromnie wdzięczna, gdyż za nic nie chcę przyciągać uwagi. Znalazłam się tutaj, by pisać na maszynie, tłumaczyć i chłonąć wszystkie informacje, które pomogą partyzantom walczyć przeciwko niemieckim okupantom skutecznymi aktami sabotażu. Ale jestem tu także po to, by okazywać całkowitą uległość, przynajmniej w godzinach pracy.

– Marta pokaże pani łazienkę i kantynę, a ja umówię spotkanie z generałem Breugalem, gdy niebawem zjawi się w biurze.

Kiwam głową, a on się odwraca.

– A tak przy okazji, nazywam się Cristian, Cristian De Luca, i jestem zastępcą sekretarza generała. Zajmuję się głównie papierami. I jestem cywilem. – Mocno podkreśla ostatnie słowo, jak gdyby nie chciał, żebym się domyśliła, że jest pełnoprawnym faszystą. Jakby nie nosząc czarnej koszuli i ciemnej czapki narciarskiej, nie stanowił części bojówek. Ale znam wielu niewinnych, których potępiła maszyna do pisania, umieszczając ich na liście. Muszę sobie przypominać, że moja praca nie jest kolaboracją; dowódca w ruchu oporu zapewnia mnie, że informacje, które tu zdobędę, ocalą znacznie więcej ludzi, niż kiedykolwiek mogłabym pogrążyć.

– Proszę przyjść do mnie, jeśli będzie pani czegoś

potrzebowała albo napotka jakiś problem. – Cristian De Luca uśmiecha się blado, ale nie przekonuje mnie nawet przyjazny wyraz jego oczu. Raz jeszcze kiwam głową i odpowiadam uśmiechem, bo właśnie tego się ode mnie oczekuje.

Mam dość czasu, by przy herbacie poznać kilka innych maszynistek, zanim zostaję wezwana za złowieszcze drzwi. Chwytam z biurka pióro i notes, nie wiedząc, czy czeka mnie tylko rozmowa, czy też mam od razu zacząć pracę. Odległość od drzwi do biurka generała jest bardzo duża, gdyż gabinet jest ogromny, a wysoki sufit i ściany ozdabiają sztukaterie. Mój wzrok przyciąga wielki portret Führera zawieszony nad ogromnym kominkiem. Wyraz jego twarzy na takich portretach zawsze budzi mój wewnętrzny śmiech, zupełnie jakby zjadł za dużo makaronu z chili mojej matki i odczuwał skutki tego w żołądku. W powietrzu unosi się wyraźny zapach dymu z cygar, a zimowe słońce wpadające przez wysokie okna kreśli w powietrzu spiralne brudnobiałe obłoki.

– Fräulein, przepraszam, signorina – dobiega mnie głos zza chmury dymu i w końcu dostrzegam twarz. Jest nalana. To moje pierwsze wrażenie. A jej właściciel jest potężny. Jego czerwona, tłusta skóra rozciąga się mocno na szerokich policzkach, napompowanych bez wątpienia przez dobre życie i duże ilości grappy; nosi też mizerny wąsik, który nawet nie zasługuje, by go skojarzyć z głupim pędzelkiem Hitlera. Czarne oczka przypominają malutkie rodzynki wbite w miękkie ciasto jego twarzy; ciało to większa porcja tego samego ciasta wciśnięta z trudem w oliwkowy mundur Wehrmachtu.

W pierwszej chwili myślę, że generał ma twarz głupca, ale jednocześnie wiem, że nigdy nie powinno się lekceważyć nienawiści, jaką on i jemu podobni mogą żywić do Żydów, i pogardy dla słabych Włochów, których podczas tej wojny trzeba prowadzić za rękę. Nie zasłużył na miejsce za tym biurkiem, nie okazując siły. Generał Breugal już wywarł wyraźny – i śmiertelnie niebezpieczny – wpływ na sprzeciw Wenecji wobec wejścia nazistów do miasta; wydarzenia zeszłej nocy w getcie były tylko jednym z przykładów zapału, z jakim wypełnia polecenia Hitlera, by oczyścić miasto z Żydów.

Breugal nie wstaje, wyciąga jedynie rękę nad blatem i muszę dotknąć jego wilgotnych palców, zanim usiądę na jednym z dwóch krzeseł ustawionych przed biurkiem. Podnosi wzrok znad szaleńczych gryzmołów i gasi końcówkę cygara w popielniczce.

– Będę potrzebował minimum dwóch pisanych na maszynie raportów dziennie, przetłumaczonych z włoskiego na niemiecki – mówi szorstko. – Rozumiem, że jest pani biegła w tym języku?

– Tak, herr Breugal.

– Generale – poprawia mnie szybko.

– Przepraszam. Generale. – Martwię się, że już się wyróżniłam, ale on prawie na mnie nie patrzy, czuję się więc w miarę bezpieczna, bo z tą arogancją będzie mnie głównie ignorował. I chcę, by tak pozostało.

Kiedy zostaję odprawiona mruknięciem i gestem generalskiej dłoni, kieruję się do biurka, przyciskając do piersi pierwszy raport, który muszę przetłumaczyć. Za drzwiami natykam się na wysokiego i szczupłego – i o wiele młodszego – zastępcę generała, kapitana Klausa. Przedstawia się, lecz w jego głosie nie słychać żadnych emocji, to jedynie obowiązek. W oczach czai się jednak stalowy błysk. Robię, co w mojej mocy, by zachować profesjonalny wygląd, choć niemal czuję na piersi żar tego pierwszego raportu.

W końcu kapitan Klaus uznaje, że dopełniliśmy formalności, a ja siadam i otwieram raport. Dla ruchu oporu to czyste złoto, informacje z pierwszej ręki, które zostaną wykorzystane, by sabotować poczynania Niemców, organizować ucieczki rodzin na celowniku i ogólnie stać się solą w oku nazistowskiego reżimu. Choć to bardzo kusi, nie możemy robić tego zbyt często – koledzy w ruchu oporu dali jasno do zrozumienia, że trzeba ochraniać moją pozycję, żebym mogła zachować pracę, nie budząc żadnych podejrzeń. Dla generała Breugala i trochę dziwnego Cristiana De Luki jestem porządną włoską dziewczyną, patriotką i zwolenniczką porządku, która głęboko wierzy, że faszyzm zapanuje nad obecnym chaosem. Muszę wzbudzać zaufanie.

Na pierwszy rzut oka raport, który mam przetłumaczyć, wygląda jedynie na opis modernizacji cennych dostaw wody do Wenecji, pompowanej ze stałego lądu. Jednak szukając w niemiecko-włoskim słowniku bardziej szczegółowych określeń, odkrywam, że dotyczy również dostaw żywności nowymi trasami, choć słowo „dostawa" nie zawsze odnosi się do brakującej mąki, cukru bądź pszenicy. Skomplikowany raport oznacza, że nie uda mi się go potem powtórzyć słowo w słowo, choć mam talent do zapamiętywania faktów. Na szczęście ruch oporu przygotował się na taką ewentualność. Wiedzą, że nie mogę ryzykować i robić kopii tłumaczenia ani też odręcznych notatek, ustalono więc, że będę pisać na maszynie krótkie zdania, które będę mogła potem odtworzyć w redakcji gazety. Działanie na widoku czasami jest najlepszą formą kamuflażu i nagle zaczynam odczuwać wdzięczność, że siedzę przy biurku tyłem do półek z książkami i nikt nie będzie mógł zaglądać mi przez ramię. Mogę też szybko zapisać parę faktów, gdy wyjdę do toalety. Zaprzyjaźniony szewc zajął się już przerobieniem kilku par moich butów i mogę teraz ukrywać złożone karteczki w obcasach. Wrócę do biurka z obojętnym wyrazem twarzy i chęcią do dalszej pracy dla Rzeszy. Tak wygląda mój plan.

– Fräulein Jilani, zadomowiła się już pani? – Głos wznosi się nad panujący w biurze hałas i zaskakuje mnie także dlatego, że niemiecki Cristiana De Luki brzmi perfekcyjnie. Dostrzega moje zdumienie.

– W biurze mówimy po niemiecku, generał tak woli – wyjaśnia. – Ma pani wszystko, czego potrzebuje?

– Tak, dziękuję – odpowiadam, spoglądając na klawiaturę. Muszę pracować szybko, żeby skończyć zarówno oficjalne, jak i nieoficjalne notatki, choć nie tak hałaśliwie, żeby przyciągać uwagę. Sergio, kapitan centralnej brygady weneckiego ruchu oporu i mój dowódca, podkreślał, żebym przez kilka dni, a nawet tygodni nie rzucała się w oczy i nie paliła się do przekazywania informacji, lecz ta wygląda dla mnie na zbyt ważną. Jestem pewna, że mogłaby coś zmienić. Muszę pracować dalej, a ten człowiek szwenda się tu bez celu.

Cristian De Luca wciąż stoi przy moim biurku. Podnoszę pytająco wzrok.

– Mam nadzieję, że pomiędzy panią a generałem wszystko było w porządku? – rzuca niepewnie. – Nie był zbyt... szorstki?

– Nie, nie – kłamię, celowo radosnym tonem. – Był... stanowczy, ale sympatyczny.

– Dobrze. Proszę nie mieć oporów, jeśli... – Umykają mi jego ostatnie słowa, gdy za mną rozlega się donośny głos generała, który nakazuje jednej z sekretarek podejść do drzwi. Dziewczyna niemal łamie sobie przy tym obcas.

Cristian De Luca podchodzi do swojego miejsca przy oknie, irytująco oddalonego od mojego zaledwie o dwa biurka. Wkłada okulary w szylkretowych oprawkach i otwiera teczkę. Teraz jeszcze bardziej przypomina bibliotekarza.

Trudy minionej nocy zaczynają zbierać swoje żniwo – oczy pieką mnie ze zmęczenia, gdy pod koniec dnia naciągam pokrowiec na maszynę, a biuro pustoszeje. Jedna z urzędniczek pyta, czy chciałabym pójść z nimi na drinka, ale wymawiam się, mówiąc, że rodzice czekają na mnie z kolacją. Na myśl o makaronie mamy – wciąż przepysznym mimo malejącej liczby składników – ślinka napływa mi do ust, lecz zamiast tego kupuję tylko bułkę w pobliskiej piekarni i otulając się płaszczem, kieruję się szybkim krokiem w stronę kanału. Pomimo zmęczenia nadszedł czas na trzecią odsłonę mojego wypełnionego i czasami skomplikowanego życia.

Czekając na przystani na *vaporetto*, które przewiezie mnie na wyspę Giudecca, wpatruję się w strzelistą wieżę bazyliki San Giorgio Maggiore, która przycupnęła na brzegu sąsiedniej wyspy. Palladiański monolit wygląda dziś wieczorem wyjątkowo wspaniale, chwytany raz po raz w promień światła łodzi przepływających przez lagunę. Nie jestem szczególnie religijna – na pewno nie tak bardzo, jak życzyłaby sobie mama – ale nieprzerwana obecność wieży przez stulecia wojen i walk ogrzewa mi serce. To ciepło jest szczególnie mile widziane teraz, gdy przez szeroką przestrzeń pomiędzy właściwą Wenecją a mniej wytworną, bardziej przemysłową Giudeccą zaraz powieje przejmujący wiatr. Ale przynajmniej we mnie tego wieczoru ten widok budzi ciepłe uczucia. Czasami wzburzone wody są granicą, która bardziej pomaga niż utrudnia.

Niemieckie łodzie patrolowe nie zakłócają przeprawy, która trwa jakieś dziesięć minut; jestem jedną z zaledwie kilkunastu pasażerów, którzy wysiadają. Ulice są niemal całkiem ciemne – to konsekwencja przepalonych żarówek, których nikt nie wymienia – ale pamiętam trasę do miejsca, do którego zmierzam. Mogłabym je znaleźć nawet przez sen, co się przydaje, bo po tak małej ilości snu z trudem utrzymuję otwarte oczy. Ale muszę. To praca, a nie przyjemność. Choć jestem bardzo zmęczona, mam jeszcze dużo do napisania. Tym razem jednak zamiast raportów mających podtrzymać niemiecką okupację, będę pisać własne słowa. Za każdym razem, gdy przypływam na Giudeccę, staję się osobą, która przelewa na papier swoją gorliwą pasję do ruchu oporu, by mogła to przeczytać cała Wenecja. To część mojego wkładu w walkę partyzantów, obrońców naszego miasta. Dziadzio zawsze powtarzał, że pewnego dnia zacznę się wyróżniać dzięki mojej miłości do słów, i za każdym razem, gdy docieram na Giudeccę, lubię myśleć, że miał rację.

Kiedy wychodzę zza rogu na mały, ciemny placyk, widzę, że z okien mieszczącego się na parterze baru wylewa się blask, rolety są zaciągnięte tylko do połowy, a cichy szum rozmów dobiegający zza ciężkich drewnianych drzwi jest jedynym dźwiękiem rozlegającym się na placu.

– Dobry wieczór, Stello – zwraca się do mnie Matteo, właściciel baru, gdy wchodzę do środka witana przez mniej więcej dziesięciu klientów. Tutaj jestem wśród przyjaciół.

– Witajcie – rzucam jak najradośniej. Przechodzę na tył baru i znikam w malutkim pokoiku niewiele większym od szafy, gdzie zamieniam płaszcz na biały fartuszek kelnerki zawiązywany w talii. Jednak zamiast wrócić do baru, pukam trzy razy do drzwi w rogu i przekręcam gałkę.

– To Stella – wołam ostrzegawczo, schodząc po kilku drewnianych stopniach w stronę przygaszonego światła. Arlo podnosi wzrok znad biurka, spogląda na mnie, mrużąc oczy, a potem znów patrzy na gazetę, nad którą pracuje. Biedny Arlo – jego wzrok już i tak jest kiepski bez żmudnej pracy w złym świetle i przy drobnym druku, w który wpatruje się godzinami. Jego grube szkła leżą porzucone na stole, gdy zbliża stronę do twarzy – słaby wzrok to cecha rodzinna, która ocaliła go przed przymusowym wcieleniem do włoskiej armii, a w ruchu oporu nie pozwala mu nosić broni. Mimo to jest najlepszym zecerem. Dwa razy w tygodniu nasza grupka ambitnych wydawców gazety spotyka się w tajemnicy na wyspie Giudecca, by tworzyć cotygodniowe wydanie „Venezia Liberare". Jak sugeruje tytuł, gazeta niesie słowa wolności i swobody do wszystkich wenecjan, odzyskując coś, co do nas należy. A pośród artykułów z wiadomościami i miejscowymi ciekawostkami kryje się – tak sądzimy – przesłanie nadziei.

„Venezii Liberare" próżno szukać w kioskach obok „Il Gazzettino" i innych oficjalnych gazet kontrolowanych w większości przez zwolenników faszyzmu. „Wenecję" tworzymy, drukujemy i składamy na malutkiej przestrzeni, a potem pakujemy i transportujemy pod osłoną nocy do wszystkich zakątków miasta, gdzie wspierający sprawę sklepikarze trzymają pod ladą stosik „czegoś specjalnego" i sprzedają ją potajemnie razem z przesłaniem, że wciąż tu jesteśmy. Zwarci i gotowi.

– Cześć, Stello. Mam dziś do zapełnienia osiem stron. Liczę, że nie możesz się już doczekać, żeby zacząć – rzuca z entuzjazmem Arlo.

Serce zamiera mi na sekundę, zmęczenie ogarnia mnie wielką falą, ale kiedy odsuwam krzesło i odkrywam maszynę do pisania, czuję zastrzyk energii. Taki wpływ wywiera na mnie sam widok maszyny. Jest o wiele mniejsza i zgrabniejsza niż ciężka maszyna w biurze Rzeszy, z wysoko zawieszonymi klawiszami i wielkim wałkiem, lśniąca metaliczną szarością i czernią jak mundury SS. Blask, którym niegdyś mogła się pochwalić czarna pokrywa mojej, teraz przyblakł, pojawiły się na niej rysy, a niektóre białe klawisze poszarzały, w plamach tuszu widać moje odciski palców, ale zawsze wita mnie radośnie jak dobra przyjaciółka. Od czasu, gdy dziadzio podarował mi ją na osiemnaste urodziny, zawsze była moją koleżanką z pracy, nawet towarzyszką. Moim głosem.

Sporo razem przeszłyśmy. W odległym teraz, zupełnie innym życiu dziennikarki rezygnowałam z ciężkich, złowrogich maszyn w redakcji na rzecz mojej zgrabniejszej, przenośnej. Razem chodziłyśmy na przydzielone mi zadania i mogłam szybko robić notatki, przelewać myśli na papier, czasem siedząc na stopniach pobliskiego kościoła albo w cichej kawiarni w kojącym wiosennym słońcu. Miałam tylko stanowisko młodszej reporterki, ale po szkole średniej to była moja wymarzona praca: mama nie okazywała zachwytu, tato po cichu ją tolerował, a dziadzio wspierał mnie całym sercem.

– To może być twoja przyszłość – rozpromienił się, gdy otwierałam starannie zapakowany prezent urodzinowy. – Z nią możesz wygrywać bitwy i zmieniać umysły, Stello. Jest lepsza od broni. – Uparł się, by kupić mi właśnie maszynę Olivetti, produkowaną przez dobrą, włoską rodzinę o silnych antyfaszystowskich poglądach, co później udowodniła podczas wojny udziałem w akcjach sabotażowych, które ocaliły wiele istnień.

Oczywiście dziadzio, jak to on, miał rację. Stukałam w klawisze, doprowadzając cały dom do szału; pisałam opowiadania, wspomnienia i okropne wiersze.

A wszystkie słowa, które wypływały ze mnie na kartki papieru dzięki stukotowi mojej pięknej maszyny Olivetti, pomogły mi dostać wymarzoną pracę w „Il Gazzettino", wpływowym dzienniku, którego zasięg obejmował całą lądową część regionu otaczającego Wenecję. Przez długi czas byłam zachwycona, dopóki rosnące faszystowskie inklinacje gazety nie stały się równie mroczne jak chmury wojny nadciągające nad Europę.

Nie mam jednak czasu, by to rozpamiętywać, gdy siadam w znacznie mniej przyjemnej – lecz równie ważnej – podziemnej redakcji naszej tajnej gazety. Trzymam w ręce notatki nabazgrane szybko na pomiętych skrawkach papieru, kilka raportów pisanych na maszynie i stenogramy transmisji radiowych. Każda z tych informacji trafiła do nas dzięki kurierom od członków ruchu oporu w Wenecji bądź dowódców oddziałów walczących w górach. Matki i babki siedziały godzinami w słabo oświetlonych kuchniach, słuchając audycji Radia Londra – tak nazwano serwis BBC, który przynosi nam wieści ze świata – i zapisując szczegóły walk toczących się poza Wenecją. W ciągu następnych trzech godzin muszę zrozumieć i zamienić te informacje w wiadomości, by Arlo i jego jedyny regularny pomocnik Tommaso zdążyli złożyć i wydrukować nasze cotygodniowe wydanie „Venezia Liberare". To nasz własny materialny sposób, by powiedzieć Włochom, że nie są osamotnieni w walce z faszyzmem.

Matteo przynosi mi następną, mile widzianą filiżankę kawy i zabieram się do pracy. Kolejny raz dziękuję opatrzności, że w pierwszym roku pracy w „Il Gazzettino" zamieniałam notatki prasowe w artykuły. Wtedy uważałam to za rodzaj kary dla nowej pracownicy i byłam mocno sfrustrowana, że nie wypuszcza się mnie poza drzwi redakcji, żebym zajęła się prawdziwą reporterką.

Teraz wiem, że szlifowałam bardzo cenną umiejętność. Po zakończeniu każdego artykułu wyciągam go z maszyny, odchylam się na krześle i podaję go Arlowi i Tommasowi, młodemu chłopcu, który nie skończył jeszcze szkoły i którego ojciec jest porucznikiem w partyzantce, a oni zabierają się do wypełniania stron gazety.

Tommaso jest nowym nabytkiem naszej małej redakcji i odkryliśmy niedawno, że ma talent do tworzenia naprawdę dojrzałych dowcipów rysunkowych; jego ironiczne, sarkastyczne rysunki przedstawiające faszystowskich przywódców – zwłaszcza naszego ukochanego pompatycznego Benita Mussoliniego – zaraz trafiają na szpalty gazety. Pomiędzy poważnymi raportami ze zwycięstw partyzantów w górach, doniesieniami o zdobytych terenach i wysadzonych pociągach udaje nam się przemycić nieco lżejszy ton. W końcu to nasze włoskie poczucie humoru pomogło nam przetrwać dwadzieścia lat faszystowskiego reżimu, a teraz na dodatek wojnę. W kawiarniach, kantynach i na *campi* wciąż słychać śmiech Wenecji.

Kiedy Tommaso do nas dołączył, początkowo wyczuwałam jego zdziwienie, że kelnerka w fartuszku pisze na maszynie artykuły, dopóki Arlo nie wytłumaczył mu, że moje nazwisko znajduje się na liście pracowników baru i w każdej chwili muszę być gotowa odegrać swoją rolę, choć robię to kiepsko. Faszystowscy żołnierze czasami trafiają późnym wieczorem na Giudeccę, szukając kłopotów, alkoholu albo jednego i drugiego. Zaledwie przed miesiącem dwóch oficerów – już na wpół pijanych – domagało się drinków razem z listą pracowników; zdążyłam zbiec na dół, chwycić porzucony fartuszek i odciągnąć ich od „piwnicy z piwem", rzucając olśniewający uśmiech i proponując kilka następnych drinków. Od tamtej pory nie zdejmuję fartuszka.

Wraz z upływem czasu czuję, że tracę siły, i kilka razy Arlo szturcha mnie żartobliwie.

– No, dziewczyno, można by pomyśleć, że skończyłaś pracę na dziś! – żartuje.

Widzę, że wpatruje się czujnie w mój artykuł, pocierając czoło poplamionymi tuszem palcami, i zastanawiam się, ile błędów zrobiłam po prostu ze zmęczenia. Takich, które będzie musiał poprawić w ostatecznej wersji.

– Wszystko w porządku, Arlo? – pytam.

– Zastanawiam się, kiedy wymienisz tę starą maszynę, Stello. To zepsute „e" doprowadza mnie do szału.

Obronnym gestem kładę dłoń na maszynie, czerpiąc pociechę z jej znajomej, wysłużonej powierzchni. To prawda, że przez częste transportowanie jedna z metalowych dźwigni nieco się obluzowała i przez opadające „e" łatwo teraz rozpoznać pisane przez mnie zdania. Tylko dzięki wielkiemu doświadczeniu Arla usterka mojej maszyny nie przenosi się na gotową już gazetę.

– Przynajmniej wiadomo, że pisał to mistrz – odpowiadam szybko. I tak właśnie walczymy ze zmęczeniem: przekomarzając się niewinnie, by bronić się przed ponurymi doniesieniami, które czasami przedzierają się przez wiadomości: gdy muszę pisać o złapanych lub torturowanych partyzantach, czasem o egzekucjach. W takich chwilach zmuszamy się, by patrzeć na wszystko z szerszej perspektywy, myśleć realistycznie o tym, co możemy osiągnąć w malutkiej piwnicy prawie bez żadnych środków; robimy, co w naszej mocy, by informować społeczeństwo, przekazywać wiadomości i umacniać solidarność wśród wenecjan.

Przeciągam się i ziewam, gdy kończę ostatni artykuł, który Arlo zredaguje i złoży.

– Masz dość, żeby wypełnić numer? – pytam z nadzieją, że tak jest. Prawie nie widzę już na oczy. Zwykle zostaję do czasu, gdy gazeta jest złożona, ale muszę złapać ostatnie *vaporetto* odpływające z Giudekki, żeby wrócić na główną wyspę, pomaszerować szybko do domu i zdążyć przed godziną policyjną. Nieraz zatrzymał mnie faszystowski bądź nazistowski patrol i musiałam uciekać się do najsłodszych uśmiechów i wymówek o chorej krewnej, która koniecznie potrzebuje lekarstwa.

– Aż za dużo – mówi Arlo. – Twoje artykuły stają się coraz bardziej liryczne.

– Za dużo? Zbyt kwieciście? – dopytuję się nerwowo. – Mam trochę stonować?

– Nie, nie. Odnoszę wrażenie, że naszym czytelnikom podoba się to, jak opisujesz nawet najgorsze wydarzenia. Mama twierdzi, że nie może się doczekać twoich artykułów!

– Babcia czyta gazetę od deski do deski – wtrąca nieśmiało Tommaso. – Nie daje mi żyć, dopóki nie przyniosę jej egzemplarza.

– Mam tylko nadzieję, że traktują to jak fakty, a nie fikcję. Bo te rzeczy są prawdziwe – odpowiadam. – Przerażająco prawdziwe.

– Nie martw się, nie podlizujesz się czytelnikom – zapewnia mnie Arlo. – Jeśli już, to dzięki twoim opisom czujemy, że przeżywamy to wszystko razem. Bo tak jest.

Arlo ma rację – wszyscy znamy kogoś, komu aresztowano lub zabito członka rodziny. Mimo to notuję w pamięci, by pilnować języka, trzymać się faktów i zbytnio nie koloryzować. Wydawca wiadomości w „Il Gazzettino" zawsze mnie krytykował: „Stello, twoja wersja «krótkiego artykułu» to pięćset słów!" – grzmiał zza biurka, wykreślając zdania czerwonym atramentem. Od samego początku było jasne, że lepiej się czuję, pisząc dłuższe teksty, w których mogę bawić się słowami, a nie relacjonując suche fakty. I na pewno zaczęłabym je tworzyć, gdyby ta ścieżka mojej kariera tak nagle się nie urwała.

Wreszcie odwiązuję fartuszek i kieruję się ku schodom. Niebawem kilku innych członków brygady dołączy do Arla i Tommasa, uruchomią małą drukarnię ukrytą w przybudówce i przez całą noc będą drukować gazetę. Przed pójściem spać żona Mattea zaniesie im garnek zupy, którą wyczarowała ze składników, jakie udało jej się zdobyć, by pomóc im przetrwać do świtu. Jak zawsze jest to wysiłek zbiorowy. Wiemy, że naszą jedyną nadzieją na przetrwanie tej wojny jest połączenie lojalności i przyjaźni.

Na razie jednak moja praca dobiegła końca. Narzucam pokrowiec na maszynę; będzie mi potrzebna dopiero za parę dni. Z trudem wchodzę na schody, odwieszam fartuszek i wkładam płaszcz, żegnając się z Matteem. Myję szklanki za barem, przy którym nad piwem nachyla się samotna postać.

Jedynie lodowaty wiatr wiejący przez otwarty pokład *vaporetto* nie pozwala mi zasnąć i muszę świadomie wyciągać nogi na niemal pustych ulicach, zastanawiając się, czy mam coś w kredensie, żeby ugotować zupę lub makaron. Jest za późno, by skręcić do mamy na serdeczny uścisk i mile widziane ciepło – rodzice nie wiedzą zbyt wiele o tym, co robię poza pracą, i nie chcę ich martwić.

Na większych *campi* widzę tylko kilka sylwetek poruszających się w upiornym błękitnym świetle ulicznych latarni – po ostatniej nocy, z dala od żydowskiego getta, wszystko w miarę się uspokoiło. W wąskim zaułku prowadzącym do mojej bramy jest ciemno, kiedy docieram do domu, niemal nic nie widzę, ale znam tu każdy kamień i wyłom, moje kroki odbijają się znajomym echem i mogę się od razu zorientować, czy gdzieś w pobliżu ktoś stoi. W moim malutkim mieszkanku na drugim piętrze jest lodowato i nie muszę zaglądać do kubła, żeby się przekonać, że nie mam dość węgla, żeby rozpalić w piecu. W kredensie też niemal pustki, spogląda na mnie samotna cebula i garść polenty w papierowej torebce. Rozważam, czego najbardziej potrzebuję – zanurkować pod koce leżące na łóżku i udawać, że jest mi ciepło, czy zaspokoić głód. Dochodzę do wniosku, że głód już mi przeszedł, więc gotuję wodę i biorę do łóżka kubek gorącej herbaty; zanim się rozebrałam, owinęłam koszulę nocną wokół czajnika i teraz cieszę się z ciepłych miejsc, w których materiał zetknął się z gorącym metalem. Grube wełniane skarpety, które mama zrobiła dla mnie na drutach na Gwiazdkę, czekają już pod kocami i dają moim stopom złudzenie ciepła.

W ciągu kilku minut przed zaśnięciem rozmyślam o minionych dwudziestu godzinach – tak różnych dla mnie jak dzień i noc. Przez osiem godzin można by mnie oskarżać o pomaganie Trzeciej Rzeszy we wzmacnianiu władzy nad naszym pięknym miastem i krajem – tak, naszym krajem – a przez ostatnie cztery czy pięć staram się pokrzyżować nazistom plany, przez które chcą poniewierać włoskim dziedzictwem i dumą. Czuję się jak kobieca wersja doktora Jekylla i pana Hyde'a. To, co robimy z Arlem i całą resztą w naszej tajemnej piwnicy, pomaga mi zapaść w pełen zadowolenia sen. Choć to tylko osiem stron druku, jednak wierzę gorąco w zasadę dziadzia: słowa mają ogromną moc. W mojej wyobraźni komunikacja przypomina pajęczą sieć; jedna wątła nić niewiele znaczy, ale zebrane razem i dobrze splecione mają niezmierną moc. Moc, która może powstrzymać najpotężniejsze z czołgów.

3

Nowa rutyna

Wenecja, grudzień 1943

– Jilani! Do mnie!

Przez następne kilka tygodni przyzwyczajam się do opryskliwego wezwania, które rozlega się głównie wtedy, gdy coraz grubszy generał Breugal nie może się podnieść z fotela i przebyć niewielkiej odległości dzielącej nasze biurka, by wręczyć mi raport. Czyli przez większość czasu. Życie w Wenecji najwyraźniej mu służy. Zauważam, że poza swoim gabinetem jest uroczy dla wszystkich urzędniczek: jego niemieckim manierom nie można niczego zarzucić. Jednak za zamkniętymi drzwiami próbuje wciągnąć mnie do rozmowy pod pretekstem, że musi ćwiczyć swój okropny włoski. Wielka szkoda, że czuje też potrzebę, by naśladować Casanovę, bo pożądliwy wyraz jego twarzy budzi tylko uśmiech politowania. Nieraz musiałam sprytnie unikać jego tłustego łapska, śmiejąc się przy tym dźwięcznie, gdyż wiem, że to nieodłączna część fasady, ale i tak czuję się przez to brudna od stóp do głów.

Praca stanowi spore wyzwanie, głównie z powodu technicznego charakteru tłumaczeń. Ale mówią mi, że właśnie ta ich zawiłość pomaga ruchowi oporu zrozumieć ruchy Niemców i, co ważniejsze, także ich sposób myślenia. Moje raporty i karteczki chowane w obcasach przekazywane są szybko przez łańcuch łączniczek, całą armię w większości członkiń ruchu oporu takich jak ja, przenoszących ważne wiadomości przez włoskie miasta i miasteczka. Podczas godzin urzędowania jestem odpowiedzialna za pozyskiwanie ważnych informacji bezpośrednio z raportów Breugala i przekazywanie ich koleżankom łączniczkom zorganizowanym w sieć pomiędzy wszystkimi batalionami partyzantów w Wenecji. Jednak kiedy wychodzę z biura, staję się częścią tej armii – jedną z dziewcząt, które wchodzą nonszalancko do barów z przyjaciółkami, gawędzą beztrosko, a przy okazji podają wiadomość pod stolikiem lub przez kelnera też zaangażowanego w działalność podziemną. Te same zadania wykonuje również cała grupa matek i starszych kobiet, które przemycają tajne wiadomości w wózkach dziecięcych, pieluchach i torbach z zakupami, niewinnie przechodząc przez posterunki ustawione w całym mieście. To tylko kawałek papieru, ale konsekwencje jego odkrycia przez nazistowskie bądź faszystowskie patrole są poważne – czasem nawet kończy się to śmiercią. To jest wojna i w pewnym sensie wszyscy jesteśmy żołnierzami.

W niektóre wieczory zachodzę na kawę do kawiarni Paola, innym razem do jednego z barów w dzielnicach Castello lub San Polo i popijając, rozmawiam z kobietami, których prawie nie znam, jakbyśmy były najlepszymi przyjaciółkami i nie toczyła się wojna. Kiedy wymieniamy uściski na pożegnanie, przekazujemy sobie nawzajem papierową kontrabandę i z uśmiechem mówimy „Ciao", machając jeszcze do siebie. Ja kieruję się potem do swojego miejsca przeznaczenia, one do swojego, a siedzący czasem wokół nas niemieccy oficerowie pozostają w błogiej nieświadomości. Kiedy odchodzę, strach ściska mi żołądek, który potem wywija triumfalne salta, gdy skręcam za róg, nie ciągnąc za sobą patrolu. Czasem uświadamiam sobie, że lubię tę ekscytację, i wracam myślami do dziadzia i jego buntowniczej natury.

Udawanie jest jednak męczące. Raz udaję roztrzepaną urzędniczkę, która codziennie musi zapamiętać mnóstwo szczegółów, a raz wchodzę w czysto fizyczną rolę łączniczki, która poświęca czas i energię na krążenie piechotą po Wenecji, by przekazywać wiadomości i paczki. Przy pracy w redakcji podziemnej gazety dwa razy w tygodniu prawie nie mam czasu, by spotykać się z przyjaciółmi. A na wizyty w domu rodziców, gdzie dorastałam na ulicach wokół via Garibaldi, mogę sobie pozwolić najwyżej raz w tygodniu. To za mało, ale nie stać mnie na więcej w moim podwójnym, nie, potrójnym życiu.

– Chudniesz – powtarza mama jak refren, gdy pewnego dnia staję nieoczekiwanie na ich progu. Miałaby pełne prawo rzucić przelotną uwagę, że wreszcie zaszczycam ich swoją obecnością, ale powstrzymuje ją matczyna miłość. Nie mówię jej, że właśnie dostarczyłam wiadomość dwie ulice dalej i zaczynają mnie gryźć znajome wyrzuty sumienia. Daję sobie z nimi radę tylko wtedy, gdy myślę o większym dobru – odzyskaniu Wenecji, która należy do ciężko pracujących, uczciwych ludzi takich jak moi rodzice.

– Jak tam w pracy? – pyta mama, nakładając mi na talerz polentę razem z dużą porcją rzadkiej rybnej potrawki, która po moim przyjściu w cudowny sposób nabrała objętości.

– W porządku – kłamię. – Dużo się dzieje, żeby utrzymać dostawy wody ze stałego lądu. – Nie mówiłam im o moich przenosinach do kwatery głównej nazistów i nie zamierzam jeszcze tego robić, mama i tak wystarczająco się martwi. Choć oboje rodzice są partyzantami, podzielają antyfaszystowskie poglądy i pragną pomagać sprawie, nie są tak aktywni jak ja. Kątem oka dostrzegam skurcz na zazwyczaj spokojnej twarzy taty. Gdy spoglądam na niego, ociera oczy.

– Stello, powinnaś przeprowadzić się do nas z powrotem – ciągnie mama, nie dając za wygraną. – O wiele łatwiej byłoby prowadzić gospodarstwo i wiedzielibyśmy, że jesteś bezpieczna. Tak bardzo się o ciebie martwię. Vita też prawie nigdy nie ma w domu. Nie powinnaś być sama.

Jak podczas każdej wizyty odpowiadam: „Ale, mamo...", próbując uzasadnić moją potrzebę niezależności. Nie musi wiedzieć, jak bardzo by się niepokoiła z powodu moich wędrówek po Wenecji, czasami łodzią na Lido lub na stały ląd pod osłoną ciemności, dokądkolwiek tylko zawiedzie mnie wiadomość do przekazania. Niewiedza jest błogosławieństwem, choć mama nie zdaje sobie z tego sprawy.

Kiedy wyrzucam śmieci, tato wychodzi na podwórko. Wiem już zbyt dużo o pracy w podziemiu, by wyczuć, że papieros, którego zapala, to tylko przykrywka, ale dalej robię swoje. Tato zaciąga się głęboko i czuję zapach dymu, którego obłok unosi się w zimnym grudniowym powietrzu.

– Jak tam praca w jaskini lwa? – pyta w końcu ojciec. Gdy się odwracam, patrzy prosto na mnie. Nie odzywam się, ale moje spojrzenie niczemu nie zaprzecza.

– Czego się spodziewałaś, Stello? Pracuję w stoczni, uszy i oczy są wszędzie. Słyszę to i owo. A ludzie cię znają, troszczą się o ciebie i o wszystkim mi mówią.

Mimo to jestem wstrząśnięta, że wieści przekazano ojcu tak szybko, jak pałeczkę w sztafecie. Ale ta wojna to przede wszystkim informacje i plotki. Przecież sama się tym codziennie zajmuję.

– Tylko proszę, niech tato nie mówi mamie. Będzie się niepotrzebnie zamartwiać. Już coś podejrzewa w związku z Vitem.

Ja, i tato chyba też, wiem, że mój młodszy brat jest członkiem brygady ruchu oporu. To, w połączeniu z jego czasem lekkomyślnym poszukiwaniem przygód, przyprawiłoby mamę o palpitację serca, gdyby zyskała pewność, że jej dzieci wystawiają się na niebezpieczeństwo. Pocztą pantoflową dowiedziałam się, że Vito marzy, by „spełnić swój obowiązek" jako partyzant, i zaczynam się denerwować; nieraz słyszałam jego nazwisko wymieniane w kontekście planów wysadzenia pociągów wiozących oddziały do Wenecji lub zatopienia niemieckich statków z aprowizacją – takie działania wiążą się z ładunkami wybuchowymi. Czasami żałuję, że mam tak dobry słuch.

– Wiesz coś o Vicie? – pyta niespokojnie tato. Widząc napięcie na mojej twarzy, dodaje: – Proszę cię, Stello, wiem, że jest członkiem brygady. Nie mogę go od tego odwieść, chcę jedynie wiedzieć, że jest bezpieczny. Znika na całe dnie.

– Tato, jestem w innym batalionie. – Wzdycham, a on wie, o co mi chodzi. Albo nie mogę, albo nie chcę o tym mówić. Po trosze jedno i drugie. Tato opiera się o mur i znów zaciąga papierosem. Cisza ciąży jak ołów.

– Jak dostałaś pracę w biurze Rzeszy? – pyta w końcu, jakby chciał przerwać impas. – Czy to Sergio cię tam umieścił? – Instynkt opiekuńczy w stosunku do jedynej córki nadaje jego głosowi ostrzejsze brzmienie, pojawia się w nim niewypowiedziane podejrzenie, że mój własny dowódca mógł mnie narazić na niebezpieczeństwo.

– Nie – zaprzeczam zgodnie z prawdą. – To nie była kwestia wyboru. Wezwano mnie z departamentu Rzeszy, bo mówię przyzwoicie po niemiecku.

– Proszę, jakie korzyści płyną z uczęszczania do dobrej szkoły średniej. – Śmieje się lekko, ale bez radości.

– To tylko praca, tato – mówię, spoglądając w nocne niebo, żeby nie napotkać jego oskarżycielskiego spojrzenia.

– A ja jestem Włochem, który nienawidzi makaronu – mówi, a na jego ustach pojawia się znaczący uśmieszek. Gasi papierosa, staje przede mną, chwyta mnie za ramiona. – Bądź ostrożna, kochanie. Wiem, że jesteś dużo mądrzejsza, niż im się wydaje, ale wiem też, że masz w sobie zbyt dużo z mojego ojca. I to właśnie mnie martwi. To niebezpieczni ludzie.

– Naziści czy faszyści?

– Jedni i drudzy – odpowiada stanowczo.

Wzruszam ramionami, próbując potraktować to lekko, by chronić go tak samo jak mamę.

– Będę ostrożna, obiecuję. Chcę być tutaj, gdy wróci stara Wenecja. Chcę chronić nas tak mocno, jak wszyscy inni. Dlatego muszę tam pracować. – Całuję go w policzek i odwracam się, by wejść do domu. – Czyż tatuś nie wie, że jestem grzeczną włoską dziewczynką, która uwielbia naszego ukochanego Benita?

– Jak już mówiłem, jestem Włochem, który nie znosi makaronu – rzuca i wchodzi za mną do środka.

Nasze pierwsze Boże Narodzenie pod okupacją nadchodzi i mija, miasto okrywa peleryna śniegu, a drogi wodne i kanały rysują się na niej jak linie życia, którymi przecież są. Wenecja trwa pod grubą warstwą białego puchu, przecinanego przez fale lodowatej wody, gdy przewoźnicy co rano wyruszają do pracy. W czerni i bieli miasto wydaje się surowsze, wyrazistsze. A jednak wciąż tak piękne. Kiedy leżę co wieczór pod stosem koców, w nowej parze wydzierganych przez mamę skarpetek włożonych na starą, myślę o młodych partyzantach i partyzantkach w górach niedaleko Turynu, gdyż w równym stopniu walczą z żywiołami, co z nazistowskimi patrolami, i jestem z nimi całym sercem.

W mieście śnieg pomaga jednak naszej sprawie. Dla kogoś z zewnątrz Wenecja w najlepszych czasach pozostaje labiryntem, z jednym *campo* podobnym do drugiego, niewprawne oko nie jest w stanie rozróżnić uliczek i zaułków. Pod białym dywanem miasto staje się skomplikowanym labiryntem – ale nie dla tych, którzy na pamięć znają bruki i kamienie miasta. W zimie niemieckie patrole są mniej widoczne, żołnierze siedzą w koszarach lub ogrzewają się w kilku kawiarniach, które regularnie odwiedzają. Przynajmniej przez parę tygodni razem z koleżankami łączniczkami czujemy się wolne, gdy poruszamy się po mieście niemal niezatrzymywane.

Muszę jednak bardzo uważać, żeby nie poczuć się zbyt pewnie. Breugal już się tak nie panoszy w biurze – wieść niesie, że przyjechała jego żona, by napawać się weneckimi widokami, jakbyśmy byli jakimś kosmopolitycznym ośrodkiem dla bogatych i znudzonych. Z pewnością będzie spędzać czas, popijając prawdziwą i drogą kawę u Floriana na placu Świętego Marka, a potem koktajle w Harry's Bar, być może pod tabliczką z napisem „Żydom wstęp wzbroniony". Może będzie spacerować obok wenecjanek w pewnym wieku, które starają się podtrzymać reputację miasta, nawet jeśli ostatnimi czasy kołnierze ich palt zrobione są z futer królików i kotów, a nie egzotycznych zwierząt.

W biurze panuje w związku z tym mniej gorączkowa atmosfera, choć signor De Luca nadal dba o to, by praca nie straciła nic z przemysłowej efektywności. Zauważam, że nigdy nie angażuje się w plotki ani pogawędki podczas przerwy na obiad i znika codziennie punktualnie o wpół do pierwszej, by stawić się z powrotem dokładnie trzydzieści pięć minut później. Kiedy wraca, zwykle coś jem, bo te cenne minuty jego nieobecności dają mi okazję, by gorączkowo pisać na maszynie bez jego czujnego spojrzenia. Ponieważ siedzę na prawo od niego, widzę jego twarz, gdy nachyla się nad dokumentem, by go przeczytać lub poprawić. Ma zawsze skupiony wyraz, oczy biegają tam i z powrotem, od czasu do czasu marszczy nos, co, o dziwo, przypomina mi dziadzia czytającego codzienną gazetę. Czasami zdejmuje okulary, szczypie się w nos długimi palcami i przysuwa kartkę bliżej twarzy. Jeśli coś go nagle rozproszy, podnosi wzrok, nie wkładając okularów, i mruży oczy, co jeszcze pogłębia jego wygląd bibliofila. Dla urzędniczek pozostaje zagadką, bo trudno pogodzić jego wygląd z surowymi wymaganiami; czasem nawet podnosi głos, by uciszyć rozmowy, jeśli zakłóca to stałą produkcję raportów.

– Cholerny faszysta – mruczy Marta, jedna z maszynistek, gdy Cristian przydziela jej zadanie, choć oczywiście robi to pod nosem i zagłusza uwagę stukotem klawiszy. Breugal polega na nim w stu procentach – także dlatego, że jego włoski jest kiepski, a niemiecki Cristiana płynny i bez zarzutu – i wzywa go do swojego gabinetu kilkanaście razy dziennie krótkim „De Luca!", choć zauważam, że rzadko towarzyszy temu irytacja. Przy całym ich wrodzonym okrucieństwie, unicestwianiu narodów i krajów, my, członkowie ruchu oporu wiemy, że sukcesy nazistów są możliwe, bo wiedzą oni, jak wykorzystywać ludzi: dzięki połączeniu pochlebstwa, przebiegłości lub surowej groźbie śmierci. W przypadku Cristiana Breugal zdecydowanie wykorzystuje urok.

Mam pewnie więcej do czynienia z Cristianem niż większość maszynistek z powodu mojej roli tłumaczki. Czasami podchodzi do mnie, by zapytać o jakieś słowo lub zwrot, a jeśli okazuje się wyjątkowo trudne, pochylamy się oboje nad wielkim słownikiem i próbujemy rozwiązać problem. Zawsze ładnie pachnie, mydłem i czymś, co pamiętam jako włoską wodę kolońską. Kogo na nią stać albo kto w ogóle może ją zdobyć podczas wojny? Chyba tylko ci, którzy mają dobre układy z nazistami. Ale on wciąż wprawia mnie w zakłopotanie. Zupełnie tu nie pasuje, a jednak porusza się swobodnie w nazistowskiej hierarchii. Postanawiam mieć się na baczności; Cristian De Luca jest drobiazgowy i czujny. Łatwo może okazać się równie niebezpieczny jak generał kontrolujący nasze okupowane miasto.

4

Odkrycie

Bristol, lipiec 2017

Po powrocie do Bristolu Luisa przegląda kolejne skrawki starego papieru; kruche brzegi sypią się po trochu za każdym razem, gdy rozkłada delikatne kartki. W niektórych miejscach atrament wyblakł i trzeba podnosić papier do światła, by cokolwiek odczytać. Część to tylko litery, liczby lub pozbawione sensu frazy – głównie po włosku, choć czasem trafia się wiadomość zapisana fonetycznie po angielsku. „Mam jasną brodę", głosi jedna z nich, z prawdopodobnie włoskim tłumaczeniem poniżej. Osobliwy charakter niektórych wiadomości sprawia, że Luisa ma ochotę sięgać głębiej i jeszcze bardziej się wciąga. Kupuje tani słownik włosko-angielski i pochyla się nad słowami, by odkryć ich znaczenie. W ciągu miesiąca po znalezieniu pudła na strychu jego zawartość stała się największą pożywką dla jej wyobraźni. Jak najszybciej załatwia prawdziwą, płatną pracę, z trudem skupiając się nad jej przesłaniem, które nagle wydaje jej się niedorzeczne, bo pragnie wrócić do tak bardzo intrygującego ją dużego pudła.

– Lu? Lu, kolacja… – woła z dołu Jamie pełnym rozpaczy tonem. Już wie, że będzie musiał przypomnieć jej kilka razy, żeby zeszła ze swojego gabinetu mieszczącego się w mniejszej sypialni.

W niemal każdej wolnej chwili Luisa pochyla się nad zawartością pudła, próbując rozwiązać zagadki kryjące się pośród kurzu. Obok niej stoi Daisy, mrugając niecierpliwie ekranem, czekając w gotowości, by skończyła artykuł, nad którym powinna pracować. Jamie dostrzega, że te stare papiery i fotografie nie tylko rozpaliły jej wyobraźnię – stały się celem, a ostatnio może nawet obsesją. Luisa odwróciła się od świata, lecz nie w tym złym znaczeniu, a to akurat może wyjść jej na dobre, zważywszy że niedawno straciła mamę. Ale wygląda na to, że on też stracił Luisę. Przy odrobinie szczęścia pewnie tylko na jakiś czas. Musi być jedynie cierpliwy i czekać, by oderwała się od tych zakurzonych zapisków i znów stała się Luisą, którą zna i kocha. Na razie wygląda, że to trochę potrwa.

Luisa przesuwa dłonią po klawiszach metalowej maszyny do pisania, którą przywiozła z domu mamy, a która teraz zajmuje honorowe miejsce w jej gabinecie. Tamtego dnia, gdy dokonała odkrycia na strychu, wystukała swoją frustrację – choć oczywiście potraktowała klawisze delikatnie ze względu na wiek maszyny – i dobrze jej to zrobiło: rytmiczne stukanie stawało się coraz szybsze, gdy jej palce przyzwyczajały się do klawiatury. Dzięki temu powstał zbiór bezładnych myśli, zamknięty teraz w notesie z napisem „Do namysłu". Luisa jest pewna, że na tej maszynie napisano przynajmniej część wiadomości – świadczy o tym opadająca litera „e" – lecz niektóre wyglądają jak fakty, a inne stanowią jakby część opowieści z fikcyjną, opisową warstwą. Co robią pośród zdjęć smagłych Włochów z bronią i zasłoniętymi twarzami?

Jedną ścianę w biurze pokrywa teraz mozaika wycinków, fotografii i kolorowych karteczek samoprzylepnych zapisanych pismem Luisy, która próbuje ogarnąć chronologię i postacie w tym wojennym tableau. Kiedy czyta i odcyfrowuje słowa za pomocą włoskiego słownika, ogarnia ją przekonanie, że jej babka nie była jedynie obserwatorką wojny; że odegrała jakąś rolę w wojennych wydarzeniach i ostatecznym wyzwoleniu jej miasta. Ale jaką? Ta zagadka nie daje Luisie spokoju, noc po nocy, gdy Jamie cicho pochrapuje obok niej.

Kim była jej babka? Z pewnością osobą z przeszłością przekraczającą wszelkie wyobrażenia Luisy. I czemu jej własna matka nigdy nie opowiadała o tym być może barwnym życiu? Z wrodzonym talentem pisarskim Luisa nie musi się specjalnie wysilać, żeby wyobrazić sobie babkę jako szpiega; jest pewna, że gdyby chodziło o jej własną matkę, krzyczałaby o tym na wszystkie strony świata i byłaby niezwykle dumna.

Wyszukuje w pamięci wspomnienia związane z babką; matka Luisy zawsze była dla niej szorstka, niecierpliwa, jakby między nimi toczyła się długoletnia wojna. Jakieś wydarzenie w przeszłości zaważyło na osobowości matki i sprawiło, że stała się rozgoryczona i źle nastawiona niemal do wszystkich. Ojciec Luisy przed śmiercią zupełnie zamknął się w sobie. A jednak nikt nigdy o tym nie wspominał.

To nowe poszukiwanie stanowi jednak mile widzianą odmianę po wspomnieniach o domu, który często jawi się jako zimny i pozbawiony radości. Luisa przeczytała wystarczająco dużo artykułów o procesie żałoby, by wiedzieć, że bez wątpienia pomaga jej to teraz przejść przez własną; kiedy wyobraża sobie, że w tych papierach kryje się część jej rodziny, czuje się bliższa zmarłej dawno babce, podczas gdy z trudem starała się nawiązać jakąś więź z matką, gdy ta jeszcze żyła. Zawsze wiedziała, że babka Stella pisała powieści – opublikowała trzy lub cztery historie rodzinne jako Stella Hawthorn, jednak ich nakład już dawno był wyczerpany. Tylko jedna stała w biblioteczce matki i Luisa z dumą przeczytała ją jako nastolatka. Była to pasjonująca lektura, pełna wspaniałych opisów zarówno miejsc, jak i emocji, kryła też delikatną aluzję do włoskiej przeszłości, gdy dziewiętnastowieczni bohaterowie podróżowali do i z jej ojczystego kraju. Luisa niemal czuła smak *gelato* w Mediolanie, wyobrażała sobie jedwabną poświatę różowego zachodu słońca w Neapolu, słyszała śpiewny głos włoskiego kochanka na tle twardego angielskiego akcentu. Jednak, o dziwo, nie padło tam ani słowo o Wenecji, a od śmierci matki Luisa zadała sobie sporo trudu, by odnaleźć pozostałe trzy powieści, odwiedzając strony internetowe specjalizujące się w starych książkach lub sprzedawanych z drugiej ręki. Niestety wydawnictwo dawno już zaprzestało działalności i poza odwiedzeniem każdego antykwariatu, który mogła znaleźć, Luisie pozostało wysyłanie wiadomości w cyberprzestrzeń i codzienne sprawdzanie poczty. Jak na razie bez rezultatów.

Mając przed oczami szyfry, urywane wiadomości i dziwne inicjały, Luisa zaczyna łączyć wątki. Czy jej delikatna, skromna babka była częścią weneckiego ruchu oporu, założyła surowy mundur partyzantki, a może nawet nosiła broń? Albo działała jako wytworny szpieg tuż pod okiem nazistów zupełnie jak Mata Hari? Luisa wybucha śmiechem; wyobraźnia zupełnie ją ponosi. Jednak podczas wojny światowej mogło wydarzyć się wszystko. Ale gdzie znaleźć w tej łamigłówce miejsce dla dziadka Gio, jeśli było w ogóle? Wszystko to tworzy wielowarstwową układankę, która jednocześnie frustruje Luisę i podsyca jej ciekawość.

– Lu? Luisa! Kolacja stygnie! – woła Jamie już wyraźnie poirytowany i Luisa musi zostawić za sobą przeszłość i przenieść się do teraźniejszości. Ale nie na długo.

5

Nowe zadanie

Wenecja, połowa lutego 1944

Pierwsze miesiące nowego roku pełzną powoli, a Wenecja trwa zamknięta w swojej pogodowej enklawie, mokra i nieszczęśliwa. Z powodu problemów z przekazywaniem wiadomości napływ raportów ruchu oporu spoza miasta zamienia się w wąski strumyczek i trudniej podawać w gazecie pozytywne doniesienia. Razem z Arlem wypełniamy luki ilustracjami Tommasa, przepisami pozwalającymi jak najlepiej wykorzystać cotygodniowy przydział żywności i wskazówkami, gdzie warto robić zakupy. Kiedy stukam w klawisze, nie czuję się, jakbym zagrzewała do walki, i muszę sobie przypominać, że gazeta ma także pomagać zwykłym ludziom. Okupacja oznacza codzienne zmagania z wrogiem i czasem nawet uśmiech rzucony nad straganem może uchronić przed aresztowaniem. Wszyscy żyjemy obok nazistowskich okupantów i w cieniu ich polityki, ale przecież ludzie muszą jeść – małe statki handlowe przypływają do miasta i odpływają, gondolierzy, którzy kiedyś wozili turystów, zarabiają teraz na skromne życie jako dostawcy, unikając złowieszczych niemieckich kanonierek z działami gotowymi do strzału. Życie Wenecji toczy się pomimo naszych niechcianych gości i warkotu samolotów przelatujących nad głowami jak małe roje pszczół. Tak samo jak ludzie w całych Włoszech i Europie, żyjemy dalej.

W połowie lutego ku naszej radości chmury się rozstępują. Wczesnym rankiem w kwaterze głównej zdejmuję pokrowiec z maszyny do pisania i pod jej jedną nóżką dostrzegam mały, złożony skrawek papieru. Rozglądam się po biurze – jedynie Marta nuci coś pod nosem, rozkładając kartki. Nie wiedziałam, że jest łączniczką, ale z drugiej strony ja też oficjalnie nią nie jestem, więc niewinny wygląd może być jej największym atutem. Rozglądając się ostrożnie, wysuwam karteczkę i chowam do kieszeni. Do biura wchodzi Cristian, który, o dziwo, wygląda na ożywionego, a na jego twarzy maluje się coś na kształt uśmiechu.

– Dzień dobry wszystkim – mówi tym razem po włosku, gdyż jesteśmy tylko we trójkę, a potem dodaje: – Dzień dobry, signorina. Dobrze się pani miewa?

Mruczę coś pozytywnego i szybko przepraszam, żeby pójść do toalety. Notatka nosi wszelkie oznaki ruchu oporu, a język i szyfr są znane jedynie mojemu lokalnemu batalionowi. Mam się spotkać z kontaktem na rogu Campo San Polo i czekać na dalsze instrukcje. Chowam karteczkę w obcasie i wracam do biurka, z trudem ukrywając radość. Ton notatki wskazuje na coś odbiegającego od rutyny; może jestem do czegoś potrzebna, może dzięki temu zadaniu poczuję, że wnoszę do sprawy jeszcze więcej.

Kiedy wchodzę do biura, Cristian podnosi wzrok i się uśmiecha.

– A, signorina Jilani, wróciła pani…

– Przepraszam. Musiałam iść do…

– Tak, tak, nie ma sprawy – mówi, podchodząc do mojego biurka z dużą książką w ręce. – Chciałem tylko

to pani dać. – Kładzie tom na biurku. To gruba księga
z technicznymi tłumaczeniami. – Pomyślałem, że ułatwi
to pani życie. Tyle jest tych trudnych słów, nad którymi
pani... razem się zastanawiamy. – Pomimo nitek siwizny
w brodzie wygląda jak chłopczyk, który właśnie wręczył
nauczycielowi najpiękniejsze, najbardziej dojrzałe jabłko.
Pod starannie przystrzyżonymi wąsami pojawia się pełen
dumy półuśmiech.

Przez kilka sekund nie mogę się zdobyć na żadną reakcję – jakaś część mnie uważa, że wpadłam i Cristian ze
swoim osobliwym poczuciem humoru stawia mnie przed
faktem dokonanym. Za chwilę do biura wbiegnie oddział
faszystowskiej milicji, by odprowadzić mnie do jakiegoś
lochu i ku niewyobrażalnej przyszłości. Jednak wyraz
twarzy Cristiana zdradza, że jest szczerze zadowolony ze
swojego gestu. Na marmurowych schodach nie słychać
też stukotu butów. W tej chwili naprawdę żałuję, że ma
w klapie odznakę z trupią czaszką i przez to nie mogę go
polubić.

– Dziękuję – udaje mi się wykrztusić. – Z pewnością
bardzo się przyda. – Mimowolnie mam ochotę roześmiać
się z tej niedorzecznej sytuacji: faszystowski zwierzchnik
pomaga członkini ruchu oporu lepiej tłumaczyć cenne
dokumenty. A jednak nie chcę się z niego śmiać. Przyznaję to z bólem, ale to bardzo ludzki gest.

– Dziękuję, signor De Luca – powtarzam. – To bardzo
miłe z pana strony.

Rozgląda się po biurze, by się upewnić, że Marta nas
nie słyszy.

– Proszę mi mówić Cristian. – Odwraca się i siada przy
swoim biurku.

Wskazówki zegara bardzo powoli odmierzają czas
do siedemnastej trzydzieści i punktualnie o tej godzinie

zaczynam się pakować. Targają mną emocje, ale stwarzam pozory spokoju, jakby skończył się kolejny dzień w pracy. Cristian wciąż ślęczy nad swoim dokumentem i podnosi wzrok tylko na moment, żeby się pożegnać. Muszę iść szybko, by przez labirynt uliczek dotrzeć na Campo San Polo, zawracając raz po raz i zatrzymując się przy wystawach sklepów, by się upewnić, że nikt mnie nie śledzi. Choć czasem bardzo się spieszymy, wpojono nam, że zawsze trzeba wszystko sprawdzać. To może ocalić życie – nasze i prawdopodobnie wielu innych. Jestem pewna, że droga jest wolna, gdy wchodzę na rozległe *campo* i zmierzam w stronę wejścia do kościoła – to dobre miejsce, by się kręcić o tej porze dnia, gdyż bez trudu można mnie wziąć za jedną z wiernych zmierzających na wieczorną mszę, na którą wzywa bicie dzwonów. Od czasu najwcześniejszego dzieciństwa głębokie tony kościelnych dzwonów w całym mieście otulały mnie jak bezpieczny koc; rozbrzmiewały codziennie, w czasach wojny i głodu. Jestem pewna, że skoro dzwony biją dalej, my też przetrwamy.

Obok mnie przechodzi kilka starszych kobiet w ciasno zapiętych zimowych paltach z różańcami w dłoniach; spoglądają na mnie zdziwione. Za nimi podąża paru mężczyzn, w oczach niektórych błyska cień pożądania. Nie zwracam na nich uwagi, tupiąc nogami, by się rozgrzać. Mija dziesięć minut i zaczynam się zastanawiać, czy mój kontakt w ogóle się pojawi – spotkanie zostanie odwołane, jeśli w pobliżu pojawią się faszystowskie patrole. Jeszcze chwila i zacznę budzić podejrzenia, co oznacza, że będę musiała odejść z wyrazem twarzy poirytowanej kobiety, którą ukochany wystawił do wiatru, przełykając pełne współczucia spojrzenia otaczających mnie ludzi. Ale taka jest rola łączniczki.

W następnej minucie mój kontakt wychodzi zza mnie, staje przede mną i nachyla się, by pocałować mnie w oba policzki. Ułamek sekundy wcześniej dostrzegam najdelikatniejsze kiwnięcie głową i uniesienie brwi, które oznaczają: w porządku, graj ze mną.

– Gisella! Bardzo przepraszam za spóźnienie! Wybaczysz mi?! – wykrzykuje odpowiednio głośno, by go usłyszano, unikając jednak maniery złego aktora, który zbytnio wczuwa się w swoją rolę na scenie. Kiedy nachyla się do mojego policzka, szepcze: – Lino. – Gisella i Lino, młodzi zakochani. Użył mojego pseudonimu, więc z radością podejmuję grę.

– Wybaczam ci, Lino... ten jeden raz. – Rzucam mu uśmiech.

– Idziemy? – Ujmuję jego wyciągniętą rękę i podskakuję przy nim lekko jak kobieta podekscytowana spotkaniem z ukochanym.

Prowadzi mnie przez kilkanaście ulic w stronę dzielnicy Croce i bardzo się staramy przekonująco odgrywać zakochaną parę, gdy mijamy innych przechodniów.

– Jak ci minął dzień? – pyta. – Co jadłaś na obiad?

W końcu docieramy do ciemnego zaułka, przechodzimy pod niskim kamiennym łukiem, by wyjść na dziedziniec między domami. Jest pusty, stoi na nim jedynie tradycyjna kamienna studnia i „Lino" kieruje mnie do ukrytych w mroku drzwi. Stuka w nie trzy razy, czeka i ponownie stuka trzy razy. Drzwi się otwierają i wchodzimy po granitowych stopniach, nie brudnych, lecz wilgotnych, jakby ktoś przyniósł wodę z kanału, żeby je umyć. Serce mi wali, choć na razie panuję nad oddechem. W takich sytuacjach zadaję sobie pytanie: „Czy czujesz, że jest w porządku?". Przecież znalazłam się w obcym miejscu i nikt nie wie, gdzie jestem. Musi być.

Kiedy przechodzimy przez drzwi na drugim piętrze, odprężam się. Kilka pokoi mieszkania zalewa miłe pomarańczowe światło, z kuchni wychodzi starsza kobieta, z nożem do warzyw w dłoni, lecz z wielkim uśmiechem na twarzy.

– *Ciao*, mamo – mówi Lino. – To przyjaciółka. – Prowadzi mnie do salonu, gdy kobieta znika w kuchni.

– Usiądź, proszę – mówi.

W tej chwili jego zachowanie ulega zmianie. Nie jest szorstki czy nieprzyjazny, lecz bardziej rzeczowy. Teraz możemy już przestać udawać. Nie pytam go o prawdziwe imię, bo lepiej nie wiedzieć, poza tym pewnie już go nie zobaczę.

– Dowódca brygady pytał, czy możesz się podjąć jeszcze jednego zadania – mówi, a w jego szeroko otwartych brązowych oczach pojawia się skupienie. W moich błyska zaskoczenie i zadowolenie; zrobiłabym niemal wszystko dla Sergia Lombardiego, lojalnego wenecjanina i dobrego przyjaciela mojego dziadka od czasu, gdy faszyści przejęli kontrolę nad Włochami w latach dwudziestych.

Wiele miesięcy temu, kiedy alianci wzięli szturmem południowe Włochy, dzieląc praktycznie kraj na pół – naziści na północy i alianci okupujący tereny poniżej Rzymu – Włosi zostali zmuszeni, by opowiedzieć się albo za faszyzmem, albo za walką. Mussolini zamieszkał wygodnie w Salò ze swoim marionetkowym rządem, którym sterowano z Berlina, włoska armia została zdemobilizowana, lecz tysiące zwykłych Włochów nie tylko podniosły ręce w proteście, ale chwyciły za broń. Na *campi* i w kawiarniach panowało ożywienie, gdy bojownicy ruchu oporu niespodziewanie odnosili sukcesy, małe oddziały partyzantów były gotowe oddać życie za wolność Włoch. Ci, którzy nie mogli brać udziału w walce, oferowali wsparcie i pomoc w każdy możliwy sposób; sklepikarze patrioci przechowywali tajne wiadomości, starsze pary oddawały swoje domy i mieszkania jako bezpieczne kryjówki dla ściganych partyzantów, ryzykując życie i wolność. Pod powierzchnią Wenecja kipiała buntem.

Wciąż pamiętam to poruszające uczucie, kiedy Armando Gavagnin zagrzewał do walki partyzanckiej na placu Świętego Marka; z uniesioną pięścią stał na stole przed najstarszą w Wenecji kawiarnią Floriana, w której jak świat światem zawsze nawoływano do buntu. Zaschło mi w gardle, gdy słuchałam, jak wzywa wenecjan do walki, jego entuzjazm sprawił, że byłam gotowa rzucić pracę, zrezygnować z kostiumów ze spódnicami, włożyć spodnie i fular i walczyć z karabinem w dłoni. Za Wenecję i Włochy. Żeby dziadzio był ze mnie dumny.

To Sergio, nowy dowódca weneckiej brygady, przekonał mnie, żebym zmieniła zdanie, i studząc nieco mój rewolucyjny zapał, wytłumaczył mi, że przydam się bardziej w środku, tocząc walkę za pomocą informacji.

– Możesz być myszą, która przechytrzy wielkiego, drapieżnego kota – powiedział, a jego gęste brwi zatańczyły figlarnie. – Zaczekaj na właściwy moment – poradził mi. – Bez takich jak ty nasza armia będzie walczyć na ślepo. Potrzebujemy twoich oczu i uszu w wydziale robót publicznych.

Jego ogorzała, szczera twarz przywiodła mi na myśl dziadzia z czasów młodości – był tak pewny, że odniesiemy zwycięstwo. Nawet wtedy Sergio sprawił, że poczułam się jak żołnierz, mimo szpilek i torebki. Jednak romantyczna wizja walki za sprawę nigdy mnie nie opuściła. Chcę – muszę – coś zrobić. Może teraz mi się uda.

Głos „Lina" przywołuje mnie do teraźniejszości.

– Sergio powiedział, że możesz odmówić. Doskonale zdajemy sobie sprawę, ile teraz robisz.

– W porządku – odpowiadam. – Dam radę. O co chodzi?

– Za dwa dni ktoś nawiąże z tobą kontakt, kiedy będziesz płynąć na Giudeccę do redakcji gazety. Trzeba tam coś załatwić, a skoro ty często bywasz w tym miejscu, wzbudzi to mniej podejrzeń.

Wychodzę niedługo potem, mimo że mama w kuchni oferuje się podzielić ze mną kolacją. Jestem głodna, ale przyszłam tu służbowo, a „Lino" ma prawo do prywatnego życia.

W drodze do domu rozmyślam, jak z dnia na dzień jestem coraz bardziej zmęczona. To nowe zadanie jeszcze bardziej mnie wyczerpie, zmuszając do nieustannej czujności. Jednak jestem też podekscytowana. Wiem, że mój wkład nie może nigdy dorównać cierpieniu lub poświęceniu innych podczas tej wojny, ale chcę zrobić, co w mojej mocy i kiedy tylko to możliwe.

Dwa dni przed moją kolejną wizytą w redakcji gazety ciągną się niemiłosiernie. Chwilami dzienna praca i niemieckie tłumaczenia wydają się patetyczne i mało ważne, choć wciąż muszę przekazywać szczegóły przez swoje regularne kontakty, by ruch oporu mógł je dalej wykorzystywać. Cristian De Luca przez większość czasu jest nieobecny, a generał Breugal wpadł w paskudny nastrój, wykrzykuje rozkazy i tupie po biurze sfrustrowany, wywracając tace z zapisanymi na maszynie kartkami niczym dziecko w napadzie złości.

Z ulgą wychodzę na zimne, świeże powietrze i pokonuję szeroki kanał w stronę Giudekki, ciesząc się z kołysania łodzi i uderzeń fal o burty. Zamieram na chwilę, gdy obok przypływa niemiecka łódź patrolowa, żołnierze wołają coś, przekrzykując warkot silnika łodzi, a żołądek przelewa mi się jak woda. Ale słowa, które udaje mi się wychwycić, nie brzmią złowieszczo, to tylko luźna pogawędka. Znów oddycham z ulgą.

Kiedy docieram na miejsce, Matteo jak zwykle stoi za barem, przed nim siedzi kilku klientów. Gdy zdejmuję płaszcz, podaje mi owiniętą w płótno paczkę.

– Żona prosi, żebyś zaniosła to do sióstr w kościele Świętej Eufemii – mówi. – Bardzo bolą ją plecy i położyła się – dodaje spokojnym tonem, jakby chodziło o najzwyklejszą w świecie przysługę.

– Oczywiście – odpowiadam. – Uwinę się szybko. – Ponieważ Matteo nigdy dotąd nie wykorzystywał mnie jako posłańca, domyślam się, że chodzi o moje nowe zadanie.

Wiatr unosi w powietrzu kropelki wody, gdy idę nabrzeżem w stronę kościoła, otulając się mocniej moim wytartym wełnianym płaszczem. Kościół Świętej Eufemii to bardzo stary budynek z długą historią, lecz w porównaniu z innymi, bardziej znanymi kościołami w Wenecji, jest podniszczony i zaniedbany. Przez odrapane drzwi wchodzę do pustego sklepionego wnętrza, w którym mimo wszystko jest cieplej niż na zewnątrz. Robię znak krzyża, siadam w pierwszej ławce i czekam. Kiedy nie ma się żadnych innych instrukcji, po prostu się czeka. Praca łączniczki wiąże się z mnóstwem wędrówek i wpatrywaniem się w przestrzeń.

Zastanawiam się, czy nie skorzystać z okazji i się nie pomodlić – mama na pewno byłaby zadowolona. Nigdy jednak nie byłam specjalnie religijna, a wojna ze swoimi opowieściami o rozdzielonych rodzinach i brutalnych pobiciach, którymi karano za sprzeciwianie się faszyzmowi choćby w myślach, sprawiła, że utraciłam resztki wiary. Zastanawiam się, czy kiedykolwiek ją odzyskam.

Prawie nie słyszę cichych kroków, gdy ktoś się do mnie zbliża, wyczuwam jedynie delikatny ruch habitu, kiedy podchodzi do mnie zakonnica i siada obok.

– Dobry wieczór, siostro – mówię. – Mam coś dla siostry. – Podaję jej paczkę, a ona uśmiecha się i wstaje.

– Chodź – mówi.

Idziemy za ołtarz i przez zakrystię kierujemy się do korytarza; robi się zimniej, gdy wychodzimy na otwarte przejście za kościołem. Po drugiej stronie niewielkiego ogrodu znajduje się stary ceglany domek, który wygląda na składzik, z dwoma zaciemnionymi oknami nieco powyżej naszych głów. Zakonnica wyjmuje z habitu stary klucz, tak wielki, że przypomina niemal teatralny rekwizyt. Otwiera drzwi, rozgląda się w prawo i lewo i wprowadza mnie do środka. W jednym kącie płonie świeczka, a w mroku gdzieś blisko rozlega się pojedyncze kaszlnięcie. Jakiś ruch zakłóca powietrze, w którym unosi się mieszanina zapachu mydła, środka odkażającego oraz starej wilgoci obecnej we wszystkich takich budynkach.

– Czy to siostra Cara? – pyta ochrypły głos.

– Przyprowadziłam panu gościa – odpowiada zakonnica i słychać szuranie, choć nikt się nie zbliża.

– Musisz do niego podejść – zwraca się do mnie siostra. – Nie może wstać.

Zapala jeszcze jedną świecę i stawia ją na odwróconej drewnianej skrzynce służącej jako stolik. W blasku świecy z cienia wyłania się zarys sylwetki mężczyzny leżącego pod kocem, spod którego widać jego zniszczone, ciemne ubranie. Mężczyzna ma brudną twarz, a we włosach widać zaschniętą krew, której nie udało mu się zmyć. Spod koca wystaje noga, unieruchomiona w deszczułkach i mocno obandażowana, na palce narzucono luźną starą skarpetkę.

– Witam w moich skromnych progach – mówi mężczyzna po włosku i krzywi się, próbując usiąść na starym metalowym łóżku.

– Nie, nie, proszę się nie ruszać! – rzucam zaniepokojona. Przyciągam drewnianą skrzynkę, która wygląda na tyle solidnie, bym mogła na niej usiąść. Mężczyzna w półleżącej pozycji wyciąga do mnie rękę. Mniej brudną, ale też niezbyt czystą.

– Miło mi panią poznać – mówi, oddychając ciężko. – Dobrze jest mieć gościa. Dziękuję, że pani przyszła.

Jego włoski jest bezbłędny, ale akcent brzmi dziwnie. Jest obcokrajowcem? Podczas krótkiej chwili ciszy przyglądamy się sobie. Ma kilka świeżych zadrapań na wysoko zarysowanych kościach policzkowych i czole, ale widać, że jest przystojny: śniady, z pełnymi ustami. Wygląda na Włocha, chociaż ten akcent…

Na zewnątrz rozlega się klakson łodzi i czar pryska.

– Powiedziano mi, że potrzebuje pan pomocy – mówię.

Śmieje się pogodnie mimo wyraźnego bólu.

– Tak. Najwyraźniej nie okazałem się tak dobrym spadochroniarzem, jak mi się wydawało. – Spogląda na wyciągniętą nogę. – Porządnie ją złamałem.

Wyjaśnia, że był członkiem spadochronowej misji aliantów, która miała dostarczyć radiostacje dla północnej części kraju, by partyzanci mogli się kontaktować ze światem zewnętrznym. Wciąż nie wiadomo, ilu alianckich żołnierzy utknęło w kraju po inwazji nazistów, gdyż Niemcy zerwali całą włoską łączność radiową, kiedy rozpoczęli okupację kraju we wrześniu 1943 roku. Od tamtej pory polegaliśmy w Wenecji na Radiu Londra, codziennej audycji BBC dla Włochów, dzięki której otrzymywaliśmy zaszyfrowane informacje o ruchach partyzantów i wroga. Jednak Radio Londra wymaga dobrego sygnału radiowego, a wiemy, że faszyści wydali miliony lirów, by zniszczyć sprzęt i uniemożliwić nam odbieranie takich wiadomości. Nawet nieduża sieć radiostacji poprawi łączność pomiędzy aliantami i włoskim ruchem oporu, ale radia na niewiele się przydadzą, gdy będą leżeć tutaj w kościele.

– Na szczęście sprzęt poradził sobie lepiej ode mnie i jest nienaruszony – dodaje. – Czy mogłaby pani przetransportować go na główną wyspę?

Zastanawiam się, jak duży może okazać się ten sprzęt i jak go ukryję, by nie wzbudzać podejrzeń. Faszystowski patrol z pewnością przeszuka większą torbę. Nawet w mroku mężczyzna zdaje się czytać mi w myślach.

– Proszę się nie martwić, można go rozłożyć na wiele części – mówi. Widzę, jak w miłym uśmiechu błyskają białe zęby. Mężczyzna sprawia wrażenie sympatycznego i szczerego.

– Jak małe? – zastanawiam się.

– Każda paczka może się zmieścić w pani torebce, w najgorszym wypadku w niedużej torbie na zakupy. Ale to będzie wymagało kilku wypraw.

– Jestem tu na wyspie Giudecca dwa razy w tygodniu, ale bez trudu mogę pojawić się trzeci raz – odpowiadam, starając się nie myśleć, jak to wszystko pogodzę.

– Ja się nigdzie nie wybieram, przynajmniej przez jakiś czas – żartuje i poklepuje opatrunek na rannej nodze. Jest mi go żal, leży uwięziony w tej ciemnej dziurze. Siostry dobrze się nim opiekują, ale na pewno strasznie się nudzi.

– Czy mogę panu coś przynieść? Książki albo gazetę? – proponuję.

Jego twarz się ożywia.

– Książka byłaby cudowna, nawet tani kryminał odciągnąłby mnie na jakiś czas od tego tutaj.

Wstaję i zbieram się do wyjścia. Wyciągam rękę, by uścisnąć jego dłoń.

– Wrócę za dwa dni. Czy to wystarczy, żeby przygotował pan pierwszą paczkę?

– Jak najbardziej – odpowiada. – Już nie mogę się doczekać… – Wyraźnie ma nadzieję, że powiem, jak mam na imię.

Spoglądam na niego uważnie – wyraz mojej twarzy mówi, że bez imion jest bezpieczniej.

– Proszę – mówi. – I tak jestem tu łatwym celem. Imiona niewiele zmienią. Miło mieć kontakt ze światem zewnętrznym.

– Stella – rzucam po chwili, myśląc, że mogę mu zaufać.

– Jack – odpowiada, wciąż trzymając mnie za palce.

– Jack? To na pewno angielskie imię?

– Bo jestem Anglikiem, mniej więcej. Tak naprawdę mam na imię Giovanni. Ale wszyscy w domu mówią do mnie Jack. Oczywiście z wyjątkiem matki.

Idealny włoski z obcym akcentem nagle nabiera znaczenia, do układanki pasuje też fakt, że jest członkiem operacji aliantów.

– Najwyraźniej pomyśleli, że mając włoskich rodziców, lepiej wtopię się w tłum – dodaje. – Ale nie wzięli pod uwagę, że wyląduję na bardzo twardych włoskich kamieniach. To się nazywa pech.

Z trudem przychodzi mi się skupić, gdy wracam do baru i schodzę do piwnicy. Arlo już zaczął składać niektóre strony, muszę się pospieszyć, żeby za nim nadążyć.

Z tyłu głowy wciąż mi tkwi wcześniejsze spotkanie – nie tylko Jack, ale i czekająca mnie misja. Za każdym razem, gdy płynę na wyspę Giudecca, łamię faszystowskie prawo, gdyż nawet za posiadanie odbiornika nastawionego na Radio Londra można trafić do więzienia. Przyłapanie na tworzeniu antyfaszystowskiej propagandy może się skończyć o wiele gorzej. Każda zapisana wiadomość, którą przenoszę, to kontrabanda ciężkiego kalibru, a jednak nigdy nie czułam, że to jest niebezpieczne, może nawet skończyć się śmiercią. Po prostu to robię. Zastanawiam się, czy dokładając jeszcze jedno zadanie, wyzywam los? I czy przeżyję, czy umrę, żałując tej decyzji?

6

Dwie strony medalu

Wenecja, koniec lutego 1944

Czas do kolejnej wizyty na wyspie wlecze się niemiłosiernie – wydaje się, że miną wieki, zanim zobaczę się z Jackiem i przewiozę rozłożone na części odbiorniki. Na szczęście Mimi odwraca moją uwagę.

– No już, opowiedz mi wszystko – mówi moja najdawniejsza i najlepsza przyjaciółka, gdy siadamy w kącie zatłoczonego baru w dzielnicy Santa Croce. Bar przycupnął w bocznej uliczce i wie o nim niewielu nazistowskich czy faszystowskich żołnierzy. Mimo to rozmawiamy ściszonymi głosami, siedząc w gęstej chmurze dymu z papierosów. Wielkie oczy Mimi wydają się jeszcze większe, w oczekiwaniu mocniej zaciska pomalowane na czerwono usta. Z niemal czarnymi włosami przypomina mi bohaterkę amerykańskich kreskówek, Betty Boop, choć jest od niej zdecydowanie ładniejsza.

– Nawiązałam kontakt z alianckim żołnierzem i mam przenosić bardzo ważne paczki – mówię. Gdy wypowiadam to na głos, wciąż drżę ze zdenerwowania i podniecenia i widzę, że Mimi – doświadczona łączniczka – jest pod wrażeniem. Opowiadam jej, czemu żołnierz sam nie może dostarczyć odbiorników, i przeraża ją cała ta sytuacja. Ponieważ Mimi cieszy się również reputacją bezwstydnej swatki, na jej pytanie, czy Jack jest przystojny, odpowiadam jedynie, że jest bardzo brudny.

Przy całej swej trzpiotowatości Mimi rozumie ryzyko, jakie podejmuję.

– Bądź ostrożna – mówi, choć wie, że będę, tak nas wyszkolono. Wszyscy zbyt dobrze zdajemy sobie sprawę, jakie poniesiemy konsekwencje, gdy nas złapią; czy to mężczyzna, kobieta, czy dziecko, nazistowski i faszystowski reżim są bezlitosne, gdy chodzi o zdradę.

Kiedy jestem z Mimi, tak radosną i uśmiechniętą, i rozmawiamy o jej najnowszych flirtach, mogę się wreszcie odprężyć, bo przecież przez całe dnie muszę się kontrolować i czuję się jak ściśnięta kaftanem bezpieczeństwa, nieważne, czy w biurze Rzeszy, czy jako łączniczka ruchu oporu. Dobrze jest poczuć się jak prawdziwa Stella, choćby tylko przez kilka godzin, i pogrążyć w czymś, co zwykłam uważać za „normalną rozmowę", o wydarzeniach nietkniętych przez wojnę – przystojnym telefoniście w centrali, gdzie Mimi pracuje za dnia, i jej planach, by go usidlić.

– Jesteś niepoprawna – stwierdzam, choć przepełnia mnie podziw dla jej umiejętności wzniesienia się ponad gęstą chmurę wojny. Oczywiście odczuwa jej skutki, ale nie pozwala, by zniszczyła jej wrodzony optymizm.

– Nigdy nie wiadomo, mój obecny adorator może akurat mieć przystojnego przyjaciela – rzuca figlarnie.

– Przestań, Mimi! – uciszam ją. Choć nie mam nic przeciwko temu, by ktoś pojawił się w moim życiu, akurat teraz brak mi na to czasu.

Następny dzień mija powoli i marzę o tym, by wskazówki zegara poruszały się szybciej i uwolniły mnie od nieustannego stukania w klawisze i gadania. Podczas przerwy na obiad muszę uciec z dusznego biura Rzeszy i idę na spacer w stronę Arsenału, chłonąc wzrokiem słońce odbijające się w wodach laguny. Niechętnie skręcam w boczne uliczki, gdzie słoneczny blask przecinają cienie i od razu robi się chłodno, ale wiem, że tam znajduje się kilka antykwariatów, w których mogę pomyszkować, żeby znaleźć jakieś tanie książki dla Jacka. Na moich półkach stoi głównie włoska klasyka, a nie jestem pewna, czy byłby w nastroju, żeby czytać Boccaccia, choć jest bardzo zabawny. Wybieram coś lekkiego, a potem angielskie wydanie *Morderstwa w Mezopotamii* Agaty Christie, sądząc, że na pewno oderwie jego myśli od Wenecji. Dla siebie kupuję tanie, zniszczone włoskie tłumaczenie *Perswazji* Jane Austen, bo mój egzemplarz został u rodziców.

Wracam właśnie do biura, gdy na niedużym moście dostrzegam znajomą postać wpatrzoną w nieruchomą wodę kanału. Łokcie opiera na ceglanym murku. Chcę szybko skręcić, by znaleźć się z dala od wody. Za późno – ten ktoś podnosi wzrok i od razu mnie rozpoznaje. Wyraz jego twarzy oznacza, że nie mam wyboru – muszę podejść do Cristiana De Luki jak koleżanka z pracy, sympatyczna urzędniczka i zwolenniczka naszego wielkiego przywódcy, Il Duce.

– Znalazł pan tam odpowiedź na problemy wszechświata, a może jakiegoś biedaka, który wypił wczoraj wieczorem za dużo grappy? – pytam lekko.

Podnosi wzrok, uśmiecha się, zamiast się skrzywić, i przybiera podobny ton.

– Nie, podziwiam jedynie kształty i blask słońca. Jest piękny.

Ma rację. Domy odbijają się w zielonej wodzie kanału, tworząc wykrzywione linie i kolory, niczym na zachwycającym modernistycznym obrazie. Co sekundę każdy subtelny ruch zamienia go w coś jeszcze piękniejszego.

– W Wenecji nawet woda jest sztuką – mówi.

– Naprawdę? Nawet podczas wojny? – Odwracam oczy od wody i podnoszę wzrok w stronę warkotu nadlatującego samolotu; być może bombowce aliantów pragną zniszczyć jakieś biedne, niczego niepodejrzewające włoskie miasto, Turyn albo Pizę. Nikt nie biegnie, by się ukryć; pośród otaczanego czcią piękna Wenecji czujemy się ogólnie bezpieczni, tylko ludzie w łodziach na lagunie – rybacy lub pasażerowie promów – mogą znaleźć się pod ostrzałem.

Uśmiecha się ze zrozumieniem, ukazując białe zęby i pełne usta pod starannie przystrzyżonymi wąsami. Patrzę, jak jego brązowe oczy suną po mojej twarzy, próbując mnie rozszyfrować. Widziałam już te głębokie, przenikliwe spojrzenia – u nazistowskich i faszystowskich oficerów próbujących prześwietlić, czy za niewinną fasadą nie kryje się jakaś brzydka prawda. Wciąż jednak nie jestem pewna, co kieruje Cristianem.

W końcu parska śmiechem.

– Ach, wy, wenecjanie! Naprawdę jesteście bardziej praktyczni niż samo miasto.

– Może to dobrze, że nie nosimy różowych okularów przez cały czas, bo inaczej nie mielibyśmy gdzie spacerować – odparowuję, choć z delikatną dozą humoru. – Poza tym zbyt często wpadalibyśmy do kanałów, a to z pewnością nie służy zdrowiu.

Milknie, by znów się zastanowić, zwraca wzrok na wodę, jakby nie mógł oderwać od niej oczu. Już mam odejść, gdy on się prostuje. Teraz jestem szczerze zaciekawiona.

– Proszę mi powiedzieć, o czym pan naprawdę myślał? Mam nadzieję, że nie chciał się pan rzucić do wody? – dodaję.

– Skoro już musi pani wiedzieć, zastanawiałem się, ilu ludzi różnych klas, wyznań i kolorów przepływało pod tym mostem przez wieki. Jak byli ubrani, o czym rozmawiali, co jedli, pili lub czytali. – Patrzy prosto na mnie, jakby to nie była luźna myśl albo pytanie retoryczne. To najdłuższa rozmowa, jaką dotąd przeprowadziliśmy. I najbardziej treściwa. – Czy kiedykolwiek się pani nad tym zastanawia, signorina Jilani? – dodaje.

Zastanawiałam się, i to wiele razy. Choć wiem, jak to jest mieszkać w mieście zawieszonym pomiędzy rzeczywistością a fantazją, w dzieciństwie całymi godzinami rozmyślałam nad barwami i minioną chwałą mojego własnego miasta, miłosnych historiach pogrzebanych w mule obok drewnianych pali, na których wznosi się Wenecja. Niektóre z tych historii powstawały w mojej głowie i zapisywałam je nieudolnie na papierze, siedząc w kuchni obok dziadka, gdy palił i drzemał. To wojna powstrzymała moją wyobraźnię i na dobre zablokowała jej wędrówki w przeszłość i przyszłość. Podobnie jak w przypadku utraty wiary mam nadzieję, że to przejściowe. Obecnie marzę jedynie w szarości – stalowej barwie wojny. Dziś najważniejsza jest Wenecja teraźniejsza; musi trwać dzień po dniu i sięgać w przyszłość, byśmy mogli znów wnieść do naszego miasta kolor i ożywienie.

Gdy milczę, Cristian marszczy brwi, wynurzam się więc z cukierkowej nostalgii.

– Zastanawia się pani, jak mogło być? – dopytuje się Cristian.

– Chyba trochę bardziej smrodliwie – odpowiadam i skręcam nagle z mostu w stronę Platzkommandantur.

Celowo jestem taka rozmowna, bo nie chcę, żeby próbował odkryć, co czai się w mojej głowie. Słyszę jego kroki, gdy idzie za mną. Być może wyobraża sobie, i słusznie, że nie chcę, by mnie widziano z noszącym odznakę kolaborantem. A jednak nie czuję do niego nienawiści, tylko odrobinę litości. Najwyraźniej ma w sobie serce, i to zdolne do głębokich uczuć. Wielka szkoda, że kryje je w takiej skorupie.

Dogania mnie, a stukot jego eleganckich butów niesie się w zaułkach. Bez słowa przechodzimy pod pasażem prowadzącym na otwartą ulicę. Pod pobliskim łukiem stoi starszy mężczyzna i zapala papierosa. Gdy podchodzimy, podnosi wzrok.

– Dzień dobry – mówi z uśmiechem. – Przyszliście wyrazić swoje uczucia? – pyta wyraźnie ubawiony.

Wiem doskonale, o co mu chodzi – o nieduży czerwony kamień w kształcie serca, który wyróżnia się nad łukiem z cegieł, cel pielgrzymek turystów i zakochanych. Próbuję go zadowolić bladym uśmiechem, ale temu człowiekowi to nie wystarcza.

– Musicie go dotknąć – nalega. – Oboje.

Cristian wygląda na zaskoczonego, a ja szybko mu tłumaczę, byśmy mogli iść dalej, ale staruszek już się rozkręcił.

– To stara legenda sprzed wieków. Jeśli oboje dotkniecie kamienia, wasza miłość zostanie przypieczętowana na zawsze. – Zanosi się kaszlem nałogowca i odchodzi, śmiejąc się pod nosem.

Cristian spojrzeniem szuka u mnie wyjaśnienia.

– To prawda – mówię. – A przynajmniej to prawda, że tak głosi legenda. – Schylam się pod łukiem *sotto*, zanim zada kolejne pytanie.

Znów mnie dogania.

– O co chodzi, signorina Jilani? Nie wierzy pani w baśnie?

Uśmiecha się i dostrzegam, że patrzy na powieść Jane Austen, którą ściskam w dłoni.

– A, to? To nie jest baśń – odparowuję i ruszam dalej, by uniknąć krępującej rozmowy. – To literatura.

– Zgadzam się. I to bardzo dobra. Ale przecież to nie jest prawdziwe życie?

– Tym lepiej w dzisiejszych czasach – rzucam, choć nie zamierzałam tego zrobić tak ostro. – Wszyscy zasługują na miejsce pełne fantazji i bezpieczeństwa.

– W pełni się z panią zgadzam – odpowiada. Ale już się nie uśmiecha i nie wraca do lekkiego tonu. Resztę drogi przebywamy w milczeniu.

Ale daje mi to do myślenia. Cristian De Luca, choć przyznaję to z bólem, dotknął czułego miejsca. Zanurzam się w minionych wiekach i miejscach oddalonych od tej wojny, pochłaniając wszystkie książki, jakie wpadną mi w ręce, kiedy tylko udaje mi się nie zasnąć po męczącym dniu. Ale brakuje mi procesu tworzenia; jako dziennikarka w wolnym czasie pisywałam krótkie opowiadania, jedno czy dwa ukazały się nawet w siostrzanych publikacjach „Il Gazzettino". Odprężałam się jak nigdy, otwierając moją ukochaną maszynę, pisząc zdania i słowa, tworząc postaci i rozmowy, nie spoglądając w ogóle w notatki czy cytaty. Czułam się wolna.

Uświadamiam sobie, jak bardzo wojna mnie ograniczyła. Trudno się temu dziwić, skoro celem naszych pragnień i wysiłków jest pozostanie przy życiu. Mimo to nie mogę tego znieść. Pisanie na maszynie artykułów do partyzanckiej gazety przychodzi mi z łatwością, robię to niemal automatycznie. Ale to nie ja – zgoda, jest w tym pasja, bo wszyscy pragniemy wolności, w słowach nie ma jednak ani krzty mojego serca, mimo że Arlo docina mi z powodu lirycznego języka. Postanawiam spróbować pisać. Tylko dla siebie. Dla czystej przyjemności. Czy to takie złe w czasach, w których żyjemy?

Gdybym tylko nie zasypiała tak szybko pod koniec dnia i znalazła wolną chwilę.

7

Nowe zainteresowanie

Wenecja, marzec 1944

Kiedy zjawiam się z następną wizytą, Jack może się już trochę poruszać. Nie leży w łóżku, ale chodząc, wyraźnie kuleje. Siostry ustawiły stolik z lampą naftową, żeby mógł pracować, i na blacie leży sporo metalowych elementów. Wita mnie ciepło; najwyraźniej cieszy się, że ktoś go odwiedza, a jeszcze większą radość sprawiają mu przyniesione przeze mnie książki.

– Niesamowite! – mówi. – Uwielbiam kryminały Agaty Christie. Mogę cię poczęstować herbatą? Miałem nieduży zapas w plecaku, a urocze siostry zorganizowały mi piecyk.

Spoglądam na zegarek, by sprawdzić, ile mam czasu.

– My, Angole, parzymy pyszną herbatę – nalega. – Ujmijmy to tak: nie chciałabyś pić zaparzonej przeze mnie kawy!

Wybiegłam szybko z pracy, prawie nie miałam czasu, żeby coś zjeść lub wypić, więc korzystam z jego zaproszenia, ale nie mogę zostać zbyt długo. Arlo pomyśli, że go porzuciłam.

Jack kuśtyka tam i z powrotem, opierając się na prowizorycznej kuli, noga wyraźnie go boli, ale stara się tego nie okazywać. Zwykle nie pijam herbaty, ta jest jednak dobra, mocniejsza niż inne. Kiedy pytam go o dom, na chwilę się rozpogadza i opowiada, że rodzice prowadzą delikatesy w centrum Londynu.

– Otaczają nas włoskie rodziny. Czasem nie bardzo wiem, do której części świata tak naprawdę przynależę. Ale... – podnosi kubek – uwielbiam herbatę, więc muszę mieć w sobie coś z Anglika!

– Tam się urodziłeś? – pytam.

– W Turynie. Rodzice wyemigrowali, gdy byłem malutki. Obie nasze rodziny wciąż mieszkają w Turynie, więc oczywiście się martwimy. Nie dochodzi do nas zbyt wiele wiadomości. I po części dlatego zgłosiłem się na ochotnika. Wiem, że nie uda mi się odnaleźć krewnych w tym chaosie, ale przynajmniej czuję, że robię coś dla nich, dla Włoch.

Rozumiem tę jego potrzebę i czuję do niego jeszcze większą sympatię. Pyta mnie o moją rodzinę, opowiadam mu więc o rodzicach i trochę o swoim minionym życiu. Ma przy sobie egzemplarz „Venezia Liberare" i widać, że wie, kto pisze te słowa, bo mówi: „To jest dobre. Wciągające, zagrzewające do walki". Czuję, że to nie pochlebstwa, lecz szczerość, która sprawiła, że wzbudził moje zaufanie niemal od pierwszej chwili. I to do tego stopnia, że kiedy opowiada mi o bracie, który zaginął w akcji we Francji, zwierzam mu się ze swojej troski o rolę Vita w ruchu oporu. Wciąż niewiele o niej wiem, ale nawet przy tak skąpych wieściach krążących w batalionie serce zamiera mi na myśl o niebezpieczeństwie, w jakim mój brat może się znaleźć. Nie zwierzam się jednak Jackowi ze swojej pracy w kwaterze głównej nazistów. Ja wiem, co mną kieruje, jakie są tego powody i co robię, ale czuję, że trudno to obronić.

Gdy się rozstajemy, w mojej torebce spoczywa nieduża paczka, niewiele większa od pomarańczy, owinięta w starą szmatę. Ma trafić do domu mieszczącego się niedaleko mojego mieszkania, gdzie dostarczę ją następnego ranka przed pracą. Kolejna część będzie gotowa za trzy dni.

– Do zobaczenia więc – mówię, kierując się do drzwi.

– Już nie mogę się doczekać – odpowiada, a jego szeroki uśmiech rozjaśnia mrok. Nie potrafię się oprzeć poczuciu, że ja też.

Jakże ta wojna potrafi nas zaskakiwać.

Powrotna podróż na ląd, z niewielką, lecz niebezpieczną paczką w torebce, wzbudza we mnie fale niepokoju, choć woda pod łodzią jest, o dziwo, spokojna. Kiedy wychodzę na bruk głównej wyspy, każdy krok tylko potęguje mój lęk i muszę się powstrzymywać, żeby nie przytulać się do murów w zaułkach, by nie rzucać się w oczy. Mam za sobą setki wypraw przez miasto z tajnymi wiadomościami, lecz żadna nie była tak ryzykowna. Czuję, że oddycham coraz głębiej, gdy próbuję obejść jeden punkt kontrolny, ale niestety natykam się na kolejną barierę, ustawioną zupełnie niedawno.

– Dobry wieczór, signorina – wita mnie faszystowski posterunkowy, a ja uśmiecham się szeroko i lekko mrugam w jego stronę, starając się z całych sił, by wypadło to naturalnie. Przesadzam? „Bądź naturalna, Stello, zachowaj spokój", podśpiewuję w myślach. „Nie masz niczego do ukrycia". Rutynowym gestem sięgam po torebkę, ale kiedy podnoszę klapkę, on macha, żebym szła dalej, rozbierając mnie przy tym wzrokiem. Nie widzi, że kolana niemal uginają się pode mną, gdy skręcam za róg. Muszę się zatrzymać i wziąć kilka głębokich oddechów, udając, że wycieram nos, a zaraz potem czuję szybki przypływ adrenaliny, dzięki któremu uśmiecham się i ruszam żwawym krokiem. Mimo to kiedy docieram do mieszkania, jestem w równym stopniu wykończona, co upojona. Uświadamiam sobie, że po części napędza mnie to nieznane, gra w kotka i myszkę z nazistowskim reżimem, o której opowiadał Sergio. Zastanawiam się tylko, czy to dobra, czy zła cecha u żołnierza ruchu oporu.

Przekazanie paczki w punkcie docelowym odbywa się spokojnie i, o dziwo, z radością powracam do rutyny biura generała Breugala. Niezwykłe za to okazuje się zachowanie Cristiana. Breugal wyjechał z Wenecji w sprawach służbowych i w biurze oczywiście panuje luźniejsza atmosfera. Wysoki i poważny kapitan Klaus korzysta z okazji, by paradować między biurkami, próbuje wydawać rozkazy, ale wygląda jak chłopczyk przebrany za mężczyznę i nie ma niedźwiedziej postury Breugala. Widzę, że niektóre dziewczęta chichoczą za jego plecami, i jest mi go niemal żal. W takich chwilach maszynistki zdają się na Cristiana i na niektórych niemieckich oficerów.

Zmagam się z wyjątkowo złożonym raportem technicznym, kiedy przed obiadem Cristian podchodzi do mojego biurka.

– Signorina Jilani – zaczyna po włosku, przez co zaciekawiona spoglądam szybko na niego. – Czy mógłbym zamienić z panią kilka słów? Na osobności. Może zje pani ze mną obiad?

Czuję, jak krew niemal odpływa mi z głowy. Nie mam skłonności do omdleń, ale przez ułamek sekundy obawiam się, że może do tego dojść. Oddycham głęboko i prostuję plecy. Cristian się uśmiecha – wygląda, że całkiem szczerze. Ale przecież naziści i faszyści potrafią z uśmiechem wydawać wyroki śmierci.

– Hmm, oczywiście – jąkam. Co innego mogę powiedzieć?

Kwadrans po dwunastej Cristian odkłada swój raport, porządkuje pióra na blacie, dając sygnał, że jest gotowy. Podchodzi do mojego biurka.

– Wyjdę za panem za moment – rzucam, zanim zdąży cokolwiek powiedzieć. Mimo to czuję na sobie badawczy wzrok kilku par kobiecych oczu, kiedy wstaję i wychodzę, ich znaczące uśmieszki palą mnie w plecy. Czy mogę jeszcze bardziej czuć się jak kolaborantka?

Cristian czeka w holu i prowadzi mnie nie do kantyny – na co liczyłam – lecz w jasne wiosenne słońce; unosi głowę, by poczuć ciepło na policzkach, a na jego twarzy pojawia się wyraz zadowolenia, jakby nabierał nowej energii. Do czego – mogę sobie tylko wyobrażać. Idziemy kilka minut do kawiarni mieszczącej się w uliczce odchodzącej od placu Świętego Marka i jestem jednocześnie wdzięczna i czujna, bo jest w niej tak cicho. Kelner dobrze zna Cristiana, więc najwyraźniej jest to jego ulubione miejsce. Zamawiamy kawę i kanapki z dodatkami, jakie akurat mają. Kiedy kelner odchodzi, zapada cisza.

– Czy miał pan więcej doniosłych filozoficznych przemyśleń dotyczących Wenecji? – zaczynam tonem sugerującym, że żartuję, ale tylko trochę. Podczas szkolenia nauczono mnie sztuki luźnej pogawędki, bo lepiej nie ryzykować ciszy, podczas której mogą się zrodzić podejrzenia.

Śmieje się, popijając kawę.

– Nie, nie, już nie rozmyślam. Mieszkańcy Wenecji mogą czuć się bezpieczni.

Wbija we mnie wzrok, jakby chciał wyjawić coś niezwykle ważnego, być może o sobie. No to pod przykrywką niewinnego spotkania mamy przesłuchanie, myślę. Ładnie mnie osaczył.

– Zastanawiałem się, czy uczyni mi pani zaszczyt i będzie mi towarzyszyć podczas wieczornego przyjęcia? – pyta, nagle bardzo zainteresowany swoją niemal pustą filiżanką. Wyczuwając bez wątpienia wstrząs malujący się na mojej twarzy, dodaje: – Jeśli pani nie może, nic się nie stanie. Pomyślałem tylko, że zapytam. Generał Breugal wyjechał, a to jedno z tych pompatycznych wojskowych przyjęć i byłoby...

Nie jest już tym pewnym siebie, spokojnym i opanowanym Cristianem De Lucą z biura Rzeszy. Zarumienił się pod zarostem i zastanawiam się, z iloma kobietami się umawiał w tym życiu lub wcześniej.

– Będę zachwycona – odpowiadam, przypominając sobie w porę, że moja lojalna faszystowska persona potraktowałaby to jako prawdziwy zaszczyt: uległa maszynistka na pewno byłaby szczęśliwa, że może się bratać z niemieckimi oficerami i zbawcami narodu włoskiego. W środku już czuję przerażenie na myśl o przebywaniu tak blisko szarych i czarnych postaci tej wojny. Lecz to prawdziwy dar dla ruchu oporu; będę mogła podsłuchać wiele rozmów i przekazać ich treść dowództwu mojego oddziału. Jeśli pomoże to ocalić choć jedno życie, jedną wysiedloną rodzinę, warto będzie narazić się na poniżenie. Uśmiecham się słodko, a moja twarz ze wszystkich sił stara się promieniować radością.

– Ogromnie się cieszę – odpowiada on, równie poruszony. Nachyla się, jakbyśmy byli uczniami w zmowie. – Jeśli będzie okropnie nudno, przynajmniej staniemy sobie w kącie i porozmawiamy o literaturze.

To sygnał, byśmy porozmawiali o niej także teraz, i wymieniamy się tytułami ulubionych książek i opowieściami. Później muszę ze wstydem przyznać, że godzina mija całkiem przyjemnie.

– Och – zaczyna, gdy wstajemy, by wracać do biura. – W całej tej rozmowie zupełnie o tym zapomniałem. – Wyciąga z kieszeni niedużą paczkę, owiniętą w szary papier. Gdy go rozchylam, moim oczom ukazuje się małe, pięknie oprawione włoskie wydanie *Dumy i uprzedzenia* Jane Austen – używane, ale w dobrym stanie.

– Dziękuję – mówię. I mówię to szczerze. Uwielbiam tę powieść i będę ją czytać raz po raz. I jestem bardzo zaskoczona jego życzliwością.

– Pewnie już ją pani ma – dodaje niepewnie. – To przecież jej najlepsza powieść. A przynajmniej ja tak uważam.

Patrzę prosto na niego.

– Ma pan na myśli styl czy wszystkie ukryte znaczenia? – Chcę wprowadzić do rozmowy trochę humoru i mówię to z uśmiechem, ale osiągam przeciwny efekt. To brzmi niemal jak wyzwanie.

Ale Cristian De Luca jest już z powrotem opanowany i pewny siebie.

– Jedno i drugie – mówi, gdy ruszamy przed siebie. – Elizabeth Bennet jest jedną z moich ulubionych bohaterek, mądra i tyle wie. Pomyślałem, że pani chyba też ją lubi.

Podobnie jak podczas naszego ostatniego spotkania, w milczeniu wracamy do surowej atmosfery biura, chłonąc radosne, białe światło Wenecji.

Muszę zwierzyć się z mojej frustracji Mimi, gdy kilka dni później stoimy na targu w kolejce po chleb.

– No i co mam myśleć o faszyście, który daje mi w prezencie wzruszającą powieść po tym, jak zaprosił mnie na przyjęcie, gdzie będzie się roić od nazistów? – szepczę, ściszając głos, bo uszy są wszędzie.

Mimi wpatruje się we mnie orzechowymi oczami, próbując ukryć rozbawienie. Zależy mi na jej opinii, od lat zwierzamy się sobie ze wszystkich sekretów. Wcześniej nie zdawałyśmy sobie sprawy z tego, że plotki o chłopakach i skryte pragnienia są dziecinną zabawą w porównaniu z tym, o co idzie gra teraz. Mimo to Mimi milczy, wiedząc, że jeszcze nie skończyłam.

– Podejrzewam, że po prostu potrzebuje dziewczyny przy boku, żeby wywrzeć dobre wrażenie na przyjęciu – myślę na głos.

– I mógłby zaprosić niemal każdą urzędniczkę z biura – wtrąca w końcu Mimi. – A z jakiegoś powodu zaprosił ciebie.

– Nie! Nigdy go nie zachęcałam, Mimi. Nie w ten sposób.

– Może nie i może nie musisz. Spójrz prawdzie w oczy, Stello, ta twoja ciemna, tajemnicza uroda przyciąga mężczyzn, choć wyobrażasz sobie siebie w jakiejś brudnej starej koszuli w górach, z włosami rozwianymi podczas ataku partyzantów.

– Ale faszysta? Naprawdę? – Wzdycham. – On jest pod butem Breugala.

– Tym lepiej dla sprawy – rzuca wyzywająco Mimi. Jako jedna z łączniczek wie, ile można się dowiedzieć, gdy języki rozwiązuje dobra zabawa i alkohol. I ładna dziewczyna u boku mężczyzny, myślę z przerażeniem.

– No, ale opowiedz mi o tym drugim, o żołnierzu na Giudecce – ponagla mnie Mimi, gdy znajdujemy stolik w kącie kawiarnia Paola. – Wydaje się miły.

– Jack. I jest miły. Lubię z nim rozmawiać.

– On też interesuje się literaturą i sztuką?

– Nie sądzę, raczej nie. Rozmawiamy głównie o rodzinie albo o wojnie. Czasami o filmach.

– To nie wybierasz się na wycieczkę do Londynu, kiedy to wszystko się skończy? – Mimi wyraźnie chce się ze mną podroczyć.

– Nie – odpowiadam krótko. – Poza tym on zaraz stąd zniknie, kiedy tylko trochę podleczy nogę. I więcej go nie zobaczę.

Mimi nie daje za wygraną.

– W czasie wojny dzieją się dziwne rzeczy. – Uśmiecha się szeroko. – To czas wielkich zmian.

Ale ja nie skupiam się na tym. Myślę, jak przeżyję kilka następnych dni, a potem jako tajna łączniczka ruchu oporu włożę najlepszą sukienkę i znajdę się w towarzystwie wysokiego dowództwa nazistów. Na razie wystarczy mi taka huśtawka nastrojów.

Jednak priorytetowym zadaniem jest teraz przetransportowanie drugiej paczki Jacka przez kanał z Giudekki. Tym razem kończę pracę w gazecie dobre pół godziny wcześniej, głównie z powodu braku doniesień z Wenecji Euganejskiej od oddziałów partyzanckich – wygląda na to, że nawet podczas wojny pojawiają się okresy spokoju. Na szczęście obok jest Tommaso ze swoim ostrym pod wieloma względami piórem, gotów wymyślić stosowny rysunek. Słyszę, jak razem z Arlem śmieją się z najnowszej karykatury Tommasa przedstawiającej Il Duce jako klauna, co przewidział mój dziadzio.

– Powinieneś go jeszcze bardziej pogrubić! – żartuje Arlo.

– I tak już się wylewa z munduru – protestuje Tommaso. – Poza tym ten cały jego tłuszcz nie zmieści się na rysunku! – Przerzucają się tak żartami przez kilka chwil i uśmiecham się, żałując jednocześnie, że Vito nie pracuje razem z nimi, zamiast narażać się na tak duże ryzyko.

Pozostałe strony gazety wypełniamy doniesieniami o wojnie w Europie, pozyskanymi z Radia Londra. Kolejny raz jestem wdzięczna armii babć, które sumiennie słuchają audycji, siedząc przy piecu, i zapisują informacje w słabym świetle kuchennych lamp.

Zostawiam chłopaków, gdy mają zacząć drukować, i raz jeszcze zmieniam rolę, kierując się do dużej, pustej przestrzeni kościoła Świętej Eufemii. Przechodzę za ołtarz i przyłapuję się na tym, że poprawiam kilka niesfornych pasemek włosów.

– Głupia baba – mruczę pod nosem.

Jack siedzi przy stole i przy świetle lampy majstruje śrubokrętem.

– No, właśnie miałem nastawiać wodę na herbatę. Zakładam, że przyszłaś wcześniej, by zająć najlepsze miejsce w Café Giovanni?

– Zadowoli mnie wyłącznie najlepszy stolik, signor – odpowiadam, przysiadając na drewnianej skrzynce.

Jack wciąż pakuje paczkę, ale mnie się nie spieszy. Bez trudu zdążę przed godziną policyjną. Zostaję z radością. A nawet z wielką chęcią.

Znów rozmawiamy o tym, jak różnią się nasze życia – on wypytuje mnie o dorastanie w przypominającej fantastyczną wyspę Wenecji, gdzie trzeba wskoczyć do łódki, żeby się gdziekolwiek dostać, i o izolację, jaką pociąga za sobą mieszkanie na skraju laguny.

– Jestem pewna, że wenecjanie nigdy nie myślą o tym jak o izolacji – odpowiadam. – Ta osłona wody sprawia, że jesteśmy wyjątkowi. To reszcie świata wszystko się pomieszało, bo zamieszkuje suchy ląd.

– Niektórzy mogą to uznać za elitaryzm, manię wielkości – mówi Jack, podając mi filiżankę z herbatą.

– Być może – zgadzam się. – Ale tyle razy nas podbijano, znosiliśmy epidemie i inwazje, więc chyba jest nam już wszystko jedno. Martwimy się tylko, żeby Wenecja przetrwała.

– Wypiję za to – zgadza się z zamyślonym wyrazem twarzy. – Kiedy widzę leje, jakie bomby Hitlera pozostawiły w Londynie, boję się o przyszłość miasta. Ale potem przypominam sobie, że to dostojna starsza dama i przetrwa, nawet jeśli straci przy tym trochę swojego blasku. Serce nie przestanie bić.

W świetle świec widzę, jak oczy zasnuwa mu mgła wspomnień – o rodzinie i ulicy, przy której mieszka – i bardzo podoba mi się, że kocha swoje rodzinne miasto. Nawet jeśli nie leży we Włoszech.

Z paczką schowaną głęboko w torebce, łapię ostatnie *vaporetto* na główną wyspę. Jest zatłoczone, pasażerowie narzekają, że poprzedni nie przypłynął.

– Macie szczęście, że ten płynie – odpowiada sternik niezadowolonemu tłumkowi. – Prawie skończył się nam węgiel.

Notuję w pamięci, by porozmawiać z zastępcą Sergia w moim batalionie; jeśli wodne tramwaje przestaną pływać na Giudeccę, będziemy musieli zorganizować wieczorami jakiś alternatywny transport do redakcji gazety. Ale nie uśmiecha mi się podróż w łodzi wiosłowej przez wzburzoną wodę i to z możliwością natknięcia się na jedną z niemieckich łodzi patrolowych.

Wenecja jest cicha i niesamowita w niebieskim świetle, gdy idę szybko do domu, żałując, że obcasy moich butów stukają na kamieniach, a dźwięk niesie się echem. Powinnam zdążyć przed godziną policyjną i przyspieszam kroku, mając nadzieję, że nie wygląda to, jakbym pędziła w jakimś groźnym celu. Ale oczywiście tak jest. Po pierwszym transporcie części radia czuję się pewna, że uda mi się z uśmiechem przejść przez każdy punkt kontrolny.

Zbyt późno uświadamiam sobie, że samozadowolenie jest niebezpieczne – wychodzę z pasażu dwie ulice od domu i wpadam prosto na niemiecki patrol. Czuję, jak twarz mi martwieje, ale rozciągam mięśnie w odpowiednim uśmiechu. Mam nadzieję, że oczy mnie nie zdradzą.

– Dobry wieczór – mówię po niemiecku. Jest ich tylko dwóch, ale w ruchu oporu doskonale zdajemy sobie sprawę, że wystarczy jeden karabin, by znaleźć się w śmiertelnym niebezpieczeństwie. Obaj żołnierze mają przewieszone przez ramię małe karabiny maszynowe i broń w kaburze.

Na szczęście jeden uśmiecha się, słysząc mój przyzwoity niemiecki.

– Dobry wieczór, Fräulein – mówi ten wyższy. – Późno pani wraca.

– Wiem, wiem – odpowiadam lekko tonem osoby, która wypiła jeden kieliszek za dużo. – Zagadałam się i zapomniałam spojrzeć na zegar. Ale jestem już prawie w domu.

Wyczuwam, że drugi nie daje się tak łatwo zwieść i z prawdziwym zainteresowaniem spogląda na moją torebkę.

– Możemy? – pyta. Kiedy kolega rzuca mu ostre spojrzenie, dodaje – Takie są zasady, rozumie pani.

– Jasne, jasne – szczebioczę i otwieram torebkę. Serce pracuje jak tłok na pełnej parze; na dnie, obok starego notesu, który na szczęścia zawiera tylko osobiste zapiski, leży paczka Jacka, owinięta w szmatkę, która spowijała ostatnio kawał wyjątkowo dojrzałego parmezanu. Gdy niższy żołnierz nachyla się nad torebką, niemal wzdryga się, czując wydobywającą się z niej woń.

– Co to jest? – pokazuje palcem, trzymając go centymetr od paczki. Jeśli dotknie ostrej metalowej krawędzi, będzie wiedział od razu, że żaden ser nie jest aż tak twardy.

– Ser dla babci – odpowiadam niewinnie. – Rodzina zrzuciła się, by kupić jej kawałek na urodziny. Głupie, prawda? Ale ona go uwielbia. Nie mogę się doczekać, żeby się go pozbyć, zasmrodził mi całą torebkę. – Śmieję się, a strach niechcący staje się moim sprzymierzeńcem, bo mój głos jest wyższy i bardziej wesoły.

Niższy wciąż zagląda do środka, ale niczego nie dotyka. Czas zdaje się stać w miejscu, słychać jedynie, jak drugi żołnierz przestępuje z nogi na nogę.

– Chodź, Hans – mówi. – Nic tu nie ma. Zaraz kończymy służbę.

Zamykam torebkę, a serce niemal opada mi do stóp. Kiedy skręcam za róg, grzecznie odrzuciwszy propozycję odprowadzenia mnie do domu, czuję, jak żółć podchodzi mi do gardła, i muszę się siłą powstrzymywać, by nie zwrócić niewielkiej zawartości żołądka. Nadal się pocę, kiedy docieram do bezpiecznej przystani mojego mieszkania, choć przez kilka minut nie zapalam światła i wyglądam przez okno na drugim piętrze, by się upewnić, że ci dwaj nie poszli za mną. Nietrudno o paranoję, gdy ma się pod ręką niebezpieczną kontrabandę.

A potem znów czuję przypływ adrenaliny i satysfakcję, że udało mi się wywinąć. Wślizgując się do łóżka, niemal śmieję się pod nosem. Mam za sobą dwie wyprawy, choć podczas ostatniej byłam bliska wpadki. Czy za bardzo wyzywam los i wkrótce szczęście mnie opuści?

8

Odnalezienie i frustracja

Londyn, wrzesień 2017

Jamie spogląda w ciemną dziurę wejścia na strych i wzdycha.

– Lu? Wciąż tam jesteś? – woła. – Zejdź, przyniosłem lunch.

Nad jego głową rozlega się szuranie i stęknięcie, które bierze za coś, co brzmi jak „okej".

Luisa pojawia się w kuchni z pajęczyną we włosach. Jamie ją zdejmuje i całuje Luisę w policzek, lecz ona prawie tego nie zauważa. Ostatnio w ogóle dostrzega niewiele poza zawartością brązowego pudła. Jest teraz równie jak on sfrustrowana, lecz z innego powodu. Kiedy krząta się po kuchni matki i bez słowa parzy herbatę, Jamie wie, że prowadzi wewnętrzną rozmowę z samą sobą. I denerwuje się.

– Znalazłaś tam coś ciekawego? – pyta, gdy rozwijają z folii kanapki, które kupił w drodze powrotnej z trzeciej wyprawy do śmietnika tego dnia. Mama Luisy zgromadziła pokaźny życiowy bagaż pochowany głęboko w pokrytych kurzem szufladach i szafkach, stare niespodzianki ze świątecznych strzelających niby-cukierków i „przydatne" kuchenne gadżety na baterie, których nigdy nie używała. Przejrzawszy już wszystkie pomieszczenia, Luisa jeszcze raz sprawdza strych w poszukiwaniu osobistych drobiazgów, zanim firma opróżniająca domy zacznie szukać tu łupów.

– Nie, nic – odpowiada z wzrokiem utkwionym w dzikie krzewy w ogrodzie na tyłach. – Byłam przekonana, że oprócz tego pudła znajdę tam coś więcej. Nadal nie wiem, czemu mama nigdy o tym nie mówiła, nigdy mi tego nie pokazała. Byłabym strasznie dumna, gdybym miała taką matkę jak ona.

Jamie się nie odzywa, udając, że jest bardzo zajęty kanapką. Nie ośmiela się zasugerować, że może to być związane z typem osobowości matki Luisy – bywała zimna, nadąsana i zapatrzona w siebie. Nigdy nie zwierzył się Luisie, w jakim był szoku, kiedy został jej przedstawiony, bo kobiety ogromnie różniły się charakterami, a matka była bardzo chłodna zarówno wobec niego, jak i wobec córki. Nigdy nie dowiedział się, co było tego powodem, i wygląda na to, że Luisa też nie. Nie były sobie bliskie i Luisa jakoś nigdy nie tęskniła za tym, czego nie miała – przynajmniej aż do teraz. Robi mu się jej żal, gdy pomyśli o swojej matce zawsze spieszącej z uściskiem, pocałunkiem, miską zupy oraz z tym dodającym otuchy zapachem, który mają tylko mamy. Nigdy nie poczuł ani śladu tego zapachu od matki Luisy.

Jednak najwyraźniej żona, którą bardzo kocha, desperacko pragnie odnaleźć jakąś więź ze swoją rodziną i powinien ją wspierać bez względu na to, co sam naprawdę myśli. Od czasu, gdy znalazła to rozpadające się pudło pełne historii, niemal wszystko ustąpiło miejsca pragnieniu, by pozbierać jakoś układankę Stelli i Gia, połączyć zdjęcia mogące stworzyć ścieżkę do przeszłości, której Luisa tak rozpaczliwie potrzebuje. Zupełnie jakby szukała swojej tożsamości, tyle tylko, że on kocha tę osobę, którą ona już jest. Jak może ją o tym przekonać z tą jej nową „misją"? Wie, że Luisa nie odpuści; jest nieustępliwa i zdeterminowana. Jak pies, który dostał kość. Dlatego jest taką dobrą dziennikarką.

– Zastanawiałem się, czy znalazłaś coś cennego, co moglibyśmy wystawić na aukcję – rzuca Jamie. – Może uda nam się znaleźć jakiś bezcenny obraz jak w tych programach w telewizji i zarobić fortunę. – Próbuje zachęcić ją uśmiechem, żeby przynajmniej nawiązali jakiś kontakt, będąc w tym samym pomieszczeniu. Żeby połączył ich wspólny cel.

– Nie – odpowiada Luisa, przerzucając z roztargnieniem stos listów. – Ale ty możesz tam iść i się rozejrzeć. Oglądasz dużo więcej tych programów o antykach niż ja. Może masz lepsze oko.

Jamie stara się nie traktować tego jako przytyku do niezbyt udanej kariery „odpoczywającego aktora", ale wie, że w przypadku Lu to nie krytyka. Powtarza sobie, że jest rozkojarzona – ostatnio mniej przez żałobę, a bardziej przez możliwość odkrycia sekretów przeszłości i uporządkowania swojego życia.

– Okej – mówi. – Prowadź do tej jaskini pełnej pajęczyn. Uporajmy się z tym.

Później siedzą w na wpół pustym salonie nad chińszczyzną na wynos. Jamie obserwuje, jak Luisa skubie swoją porcję, obrzucając spojrzeniem ściany ogołocone już z obrazów i rodzinnych zdjęć. Jest w niej jakieś przygnębienie, choć raczej nie wiąże się z tym, że musi to wszystko zostawić za sobą, lecz że w ogóle się tu znalazła. Wyraz jej twarzy mówi mu, że zamknięcie na dobre drzwi do dzieciństwa nie przysporzy jej smutku. Wyrzucenie klucza być może sprawi jej nawet przyjemność.

– Jak myślisz, za ile uda się sprzedać dom? – pyta Jamie beztrosko. – Wystarczy na zaliczkę na nasze wymarzone gniazdko?

Luisa patrzy na niego zaskoczona, a potem mruży oczy. Najwyraźniej znów powiedział coś nie tak. Przeszedł po cienkim lodzie, który załamał się pod jego stopami.

– Jezu, Jamie, co jest ostatnio z tobą i pieniędzmi? Matka jeszcze nie ostygła w grobie, a ty już myślisz o kasie! – warczy Luisa, odrzucając pudełko z kluskami, i wypada z kuchni.

– Luisa, wracaj, nie o to mi... – jąka się Jamie, ale ona już próbuje stłumić łkanie paskudnymi ścierkami do naczyń, które matka uparcie trzymała. Jamie nie wstaje. Przyzwyczaił się już, że nie jest w stanie pocieszyć żony. Wieczorem Luisa zajmie się tylko jedną rzeczą. A ostatnimi czasy on nie potrafi współzawodniczyć ze stosem starych fotografii.

9

Przyjęcie u wroga

Wenecja, marzec 1944

Wściekam się na siebie, bo przejęta zastanawiam się, co na siebie włożyć. Nigdy dotąd nie zawracałam sobie tym głowy, a tak naprawdę mam niewielki wybór; kilka przyzwoitych sukienek sprzed wojny, na pewno nic nowego. Jest mi gorąco i denerwuję się, głównie z powodu własnej próżności. Przez cały tydzień od naszego obiadu Cristian zachowywał zawodowy dystans, a ja niemal marzyłam o tym, żeby zapomniał o zaproszeniu na wojskową imprezę, dopóki poprzedniego dnia nie podszedł o piątej po południu i nie przypomniał mi o dacie i godzinie, dodając przy tym, że obowiązuje strój oficjalny.

– Czy mam przyjść po panią do domu? – zapytał, wywołując szybką, lecz, mam nadzieję, uprzejmą odpowiedź:

– Nie, dziękuję. – Spotkamy się na placu Świętego Marka, skąd możemy się przejść albo popłynąć wodną taksówką *motoscafi*.

Przyjęcie zaplanowano na sobotni wieczór, co na szczęście nie koliduje z wyprawą do redakcji gazety na Giudecce i spotkaniem z Jackiem. Próbuję przekonać samą siebie, że bardziej będzie mi brakować pracy w redakcji, choć przychodzi mi to z trudem. Poirytowana swoimi rozterkami, cieszę się, że w końcu udaje mi się podjąć decyzję dotyczącą sukni.

– Wracamy do czegoś, co jest naprawdę ważne! – mruczę w końcu w przestrzeń, choć dopiero później, podczas spotkania z Sergiem, zyskuję pewność, że tego typu praca wywiadowcza jest bardzo istotna dla planowanych działań ruchu oporu.

Nie wyjawiając zbyt wielu szczegółów – często bezpieczniej jest nie wiedzieć – mówi mi, że dostarczane przez mnie informacje pokazują sposób myślenia nazistów: ustalone wzory, ale także ich biegłość w pozostawianiu fałszywych tropów, by skierować ludzi i zaopatrzenie gdzie indziej. Sergio zapewnia mnie, że po złożeniu radia, które dostarczam w częściach, ruch oporu będzie mógł przekazywać informacje jeszcze dalej. Wyobrażam sobie, że po prostu jest miły, bo w podobny sposób zachęca wszystkich swoich podwładnych: z błyskiem w oku, a nie z marsową miną, której można by się spodziewać po każdym przywódcy ruchu oporu, zważywszy na zadanie, jakie nas czeka. Ale czuję się przez to lepiej, jakbym była naprawdę użyteczna.

Nie mówię mu, że się denerwuję przed przyjęciem, ale on oczywiście się domyśla.

– Nawet jeśli usłyszysz tylko urywki rozmów, i tak będą cenne – dodaje, nachylony nad kieliszkiem grappy w rogu cichego baru. – Ale podkreślam, że nie wolno ci się zdemaskować, nie przystawaj i nie nasłuchuj. Interesują nas tak naprawdę poszczególne osoby i to, z kim rozmawiają. Wiem, że masz dobrą pamięć wzrokową, więc spotkamy się szybko po przyjęciu, kiedy wszystko będzie świeże, może przyniesiemy najnowsze fotografie.

Wychodzę z baru z zapewnieniami Sergia i dziwnym uczuciem w żołądku, mieszaniną niepokoju i podniecenia.

Uczucie to przechodzi szybko na drugi plan, bo tuż przed barem wpadam na mojego brata Vita.

– Stella! – wykrzykuje ze szczerą radością, choć bez zaskoczenia, całując mnie w oba policzki. – Że też się tu spotkaliśmy.

Zauważam, że nie pyta mnie, co robię akurat w tym barze ani z kim się spotykam. Ja też nie zadaję pytań. Wystarczającym powodem jest fakt, że bar jest dobrze znany członkom ruchu oporu. Należymy do tej samej brygady w Wenecji, lecz działamy w różnych batalionach – i chyba oboje wolimy, by tak pozostało.

Z typową miną starszej siostry mówię mu, że bardzo tęsknią za nim w domu, a on patrzy na mnie tymi swoimi wielkimi oczami.

– No dobra – rzuca z typowym dla siebie szczerym uśmiechem. – Postaram się być lepszym synem. Bo naprawdę wkurzyła mnie moja starsza i lepsza siostra. – Znów rzuca mi ten swój szeroki uśmiech, którym podbija niemal wszystkich. Działa na mamę i normalnie zadziałałby na mnie, ale nie tym razem. Nie traktuje całej sytuacji poważnie i mój wyraz twarzy mu to mówi.

– Vito – niemal błagam. – Proszę, nie dostarczaj im więcej powodów do zmartwień. Już wystarczająco cierpią. Pokazuj się częściej, zjedz z nimi, to wystarczy.

Tym razem na jego twarzy pojawia się dziwnie poważny wyraz.

– W porządku, będę się bardziej starał. Obiecuję. A teraz, Stello, muszę już iść. Ty też uważaj na siebie. – Ściska mnie za ramię, mocniej niż w czasie normalnego pożegnania, i wiem już, że nawet jeśli o tym nie mówimy, rozumiemy się nawzajem i to, co robimy.

*

Po powrocie do domu staję przed starym, popękanym lustrem i staram się wyglądać jak najlepiej, choć trudno stwierdzić dla kogo. Nie chcę robić z siebie widowiska, ale też nie chcę zawstydzić Cristiana – zdaniem Sergia to może być bardzo korzystny związek w kampanii na rzecz wyzwolenia Wenecji. Upinam włosy w fale grzebieniami ozdobionymi macicą perłową, które tato podarował mi kiedyś na urodziny, i wkładam pasujące do nich kolczyki. Wyskrobuję resztki pudru i używam odrobiny szminki – to przyjęcie nie jest aż tak ważne, by się mocno malować, ale koniec końców wyglądam inaczej niż w dzień roboczy.

Wieczór jest chłodny, lecz suchy, a zmrok zapada szybko, gdy czekam na placu Świętego Marka nieopodal Palazzo Ducale – znanego przedwojennym turystom jako Pałac Dożów. Jego stare różowawe tynki – w kolorze najpyszniejszych lodów – lśnią na tle atramentowego nieba i wpatruję się intensywnie w piękno mojego miasta. Nawet warkot samolotu powracającego najpewniej z jakiejś akcji nie potrafi zmącić widoku płonącego słońca, które zawisło na ogromem wody. Kiedy przebiegam wzrokiem po niebie, a potem spuszczam go na drobne fale, trudno mi odnaleźć tam choć ślad kilku minionych dni, gdy siły aliantów bombardowały nas jak jeszcze nigdy dotąd. Wzięły na cel niemieckie okręty w dokach i jedna strona miasta zapłonęła zupełnie innym blaskiem; gęsty, czarny dym unosił się nad niszczycielskimi czerwonymi płomieniami. Przez wieki niekończących się najazdów Wenecja po mistrzowsku odzyskiwała swoje piękno i wygląda na to, że jeszcze raz jej się to udało. Zastanawiam się, czy kiedykolwiek moglibyśmy pomyśleć poważnie, że ten klejnot odbiorą nam najeźdźcy, cudzoziemcy czy okupanci, i wtedy już wiem dokładnie, czemu stoję niepewnie w najlepszej sukience i zdenerwowana czekam, by wejść do sali balowej diabła. Robię to dla Wenecji, to przecież oczywiste.

– Dobry wieczór, signorina. Wygląda pani przepięknie, jeśli mogę to powiedzieć. – Wzdrygam się na dźwięk głosu Cristiana, gdy podchodzi do mnie z tyłu. Uśmiecha się i jeszcze nigdy nie widziałam, by jego twarz była tak radosna i odprężona. Jest elegancki, ma przystrzyżoną brodę, włosy zaczesane do tyłu i nosi czarny dwurzędowy garnitur, białą koszulę i szmaragdowy krawat. Nie jest to strój wieczorowy, ale może za taki uchodzić. Nie ma okularów, przez co lekko mruży oczy. Zastanawiam się, czemu ich nie włożył, gdyż dzięki nim zdecydowanie się wyróżnia.

– Pan też świetnie się prezentuje – odpowiadam, a on podaje mi ramię, gdy kierujemy się w stronę nabrzeża.

– Będę tam kogoś znała? – pytam, gdy czekamy na transport, który zamówił, a woda laguny pluszcze głośno u naszych stóp.

– General Breugal wyjechał, ale oczywiście zjawi się kapitan Klaus – odpowiada Cristian. – Od nas będziemy tylko my. To przyjęcie na cześć jakiegoś dygnitarza, który przyjechał z Berlina, więc chcą się popisać. Zjawią się przedstawiciele różnych wydziałów z całego miasta.

Spogląda na mnie i się uśmiecha.

– Nie mam wątpliwości, że znajdę się tam tylko po to, by zgadzała się liczba zebranych – mówi, po czym dodaje szybko: – Ale pani nie, signorina. Jestem zachwycony, że znalazła pani czas.

– Na pewno zaproszono pana z jakiegoś powodu. O ile mi wiadomo, dzięki panu biuro generała Breugala funkcjonuje bez zarzutu. Na pewno by sobie bez pana nie poradził.

Czekam na jego reakcję, ale nie odpowiada. Przypływa nasza motoscafi i Cristian pomaga mi wsiąść do łódki podskakującej na falach.

– Panno Bennet – żartuje, ujmując moją rękę, a potem rzuca mi bardzo chłopięcy uśmiech.

– Dziękuję, sir – odpowiadam, przyłączając się do zabawy, choć trudno mi o nim myśleć jako o panu Darcym. Odnoszę coraz mocniejsze wrażenie, że zaczynam brać udział w jakiejś wyszukanej grze, jednak nie jestem pewna, czy ktokolwiek odniesie w niej zwycięstwo.

Przyjęcie odbywa się w jednym z mniej znanych palazzi nad Canal Grande i dziwnie jest zobaczyć wszystkie piętra oświetlone, które błyszczą w ciemnościach, gdy się zbliżamy. Nawet najbogatsze rodziny przeniosły się na najwyższe piętra swoich imponujących domostw nad kanałem, gdyż pokoje na górze łatwiej ogrzać przy ograniczonych zapasach drewna. Jednak tego wieczoru całe palazzo Ca' Foscari lśni jak choinka.

Wewnątrz nie jest inaczej. Dziś wieczór wojna nie istnieje, sądząc po stołach uginających się od jedzenia, wina, brandy i szampana. Ogarnia mnie głębokie poczucie niesprawiedliwości i drżę w mojej oficjalnej sukience. Czyżby przez twarz Cristiana przebiegł cień odrazy? Jeśli tak, szybko dochodzi do siebie.

– Generale, witam, miło pana tu zobaczyć… – Zachowuje się bardzo naturalnie i jest za pan brat z dyplomacją, przedstawiając mnie jako swoją „towarzyszkę" albo „koleżankę"; robimy rundę po sali pośród grupek ludzi krążących jak wiejscy tancerze. Gwar głosów wznosi się pod wysoki sufit razem z chmurą dymu z cygar, która otula kosztowny żyrandol, a kwartet smyczkowy daje z siebie wszystko. Wszędzie aż roi się od oliwkowych i szarych mundurów, na wypiętych piersiach połyskują medale, lecz niewiele jest kobiet, które przełamałyby monotonię barw i wszechogarniającą atmosferę męskiej władzy.

Wszyscy rozmawiają po niemiecku, lecz choć mówię biegle w tym języku, męczy mnie wychwytywanie różnych akcentów i zmieniających się tematów. Wszystkie rozmowy krążą oczywiście wokół wojny, ale nie omawia się tu szczegółowych planów – alkohol jeszcze tak bardzo nie rozwiązał języków. Skupiam się więc na tym, co sugerował Sergio, i łączę obrazy ze słowami, by potem móc odszukać w pamięci różne osoby: ten z wąsami, kulejący porucznik, który lekko sepleni. Uśmiecham się i głośno śmieję, kiedy należy, przełykając gorycz kolaboracji i fałszu.

Kilka razy przepraszam i wychodzę do toalety; w obcasach-kaczuszkach nie ma wygodnej skrytki, ale wszyłam osobną kieszonkę do torebki kopertówki i tam wsuwam notatki, mając gorącą nadzieję, że ani karteczki, ani krzywe szwy nie rzucą się w oczy, jeśli będę zmuszona otworzyć torebkę. Sergio pokazał mi zdjęcia ważnych członków niemieckiej hierarchii i z pamięci spisuję, kto rozmawia z kim, kto razem się śmieje, a kto z trudem zachowuje pozory. Pomimo wojskowych rządów na gładki przebieg okupacji ogromny wpływ mają osobiste relacje. Mogą też ten przebieg zakłócić, mówi Sergio. Zapisuję swoje uwagi, a potem przywołuję na twarz maskę podporządkowania, oddycham głęboko i wracam na salę.

Kiedy się pojawiam, Cristian stoi przy bocznym stole i prowadzi mnie nie do kolejnej grupy, lecz w stronę krótkich schodów prowadzących na nieduży balkon, na którym ustawiono kilka stolików. Widać z niego główny parkiet.

– Świetnie sobie pani radzi z luźną rozmową, ale pomyślałem, że przyda się pani przerwa – mówi, podsuwając mi krzesło. W jednej chwili pojawia się kelner i stawia dwa kieliszki szampana. Kilka już wypiłam i czuję w głowie efekty, ale to najlepszy trunek, jaki od wieków poczuły moje kubki smakowe, i palce automatycznie wędrują mi do nóżki kieliszka.

– Przepraszam, jeśli jest okropnie nudno – mówi Cristian. – Może pobędziemy tu jeszcze chwilę, a potem się wymkniemy?

– Nie, jest bardzo miło – kłamię. – Warto się przekonać, jak żyje druga połowa.

Marszczy brwi, zakładając pewnie, że to krytyka.

– Chodziło mi tylko... – próbuję wyjaśniać.

– Nie, zgadzam się z panią – mówi. – Nie wpadłbym na pomysł, żeby szykować coś tak wystawnego, kiedy tam walczą żołnierze i ich rodziny. Ale tu faszyzm spotyka się z Rzeszą. To właśnie robimy.

Mówi „my", ale dostrzegam, że niełatwo mu to wypowiedzieć, co potwierdza też wyraz jego twarzy. Może i należy do faszystów, ale zaczynam myśleć, że w pewnym sensie trochę się od nich różni. I trudno mi się w tym wszystkim połapać.

Twarz Cristiana rozjaśnia się, spogląda w dół na parkiet, potem na mnie – figlarnie.

– Jako kochankowie z powieści Austen mamy chyba idealną okazję, by przenieść się na bal w Netherfield. Może pan Darcy i panna Bennet spróbują szermierki słownej?

– Tak?

– Sceneria nie różni się aż tak bardzo – tłumaczy. – Wystarczy zamienić szare mundury na szkarłatne, wyobrazić sobie kilka elegancko ubranych dam. Śmiem twierdzić, że pompa i przechwałki były dokładnie takie same.

W takim otoczeniu bawi mnie jego swawolna wyobraźnia, przechylamy się przez balustradę ukryci za wielką kwiatową dekoracją zwisającą z balkonu. Każde z nas wybiera osobę, którą umieścilibyśmy w naszej scenie balowej. Cristian podrzuca mi nazwiska, których jeszcze nie zapamiętałam. Może to wina szampana albo tego, że – z wyrzutami sumienia – nawet nieźle się bawię, ale chichoczemy jak uczniaki, gdy malujemy portrety rodem z powieści Austen, niektóre wielce niepochlebne.

Kiedy mamy już dość tej zabawy, Cristian rozsiada się wygodnie i wzdycha. Patrzę, jak ramiona opadają mu pod marynarką. Trwa to jakieś trzy sekundy, zanim znów staje się Cristianem De Lucą, wiernym sługą faszystowskiego państwa.

– Chyba powinniśmy wrócić do obowiązków – mówi z cieniem znużenia w głosie. – Czy wytrzyma pani jeszcze jedną rundę ściskania dłoni, zanim będziemy mogli wyjść?

– Oczywiście – odpowiadam, raz jeszcze przywdziewając swoją fałszywą tożsamość. Dziwi mnie, jak łatwo mi to przychodzi.

Kiedy uporaliśmy się z obowiązkami, świeże powietrze nad kanałem stanowi miłą odmianę po zaduchu i dymie dobrego życia. Oddychamy głęboko. Jest już dobrze po godzinie policyjnej i kanał praktycznie znieruchomiał. Tylko łagodne falowanie morza w blasku księżyca tworzy na lagunie srebrne plamki, których nie zakłócają powracające samoloty.

– Wezwę łódź – mówi Cristian.

– Nie możemy się przejść? To niedaleko. – Jeśli mężczyzna mający po swojej stronie Rzeszę nie przeprowadzi nas przez punkty kontrolne, to komu się to uda?

– Jak sobie pani życzy. – W jego tonie słychać, że nie jest to niemiła niespodzianka. Jak na mężczyznę odprowadzającego kobietę przystało podaje mi ramię, a ja je ujmuję. Świeże powietrze nieco mnie otrzeźwiło, ale wciąż czuję efekty szampana.

– Chyba nigdy nie słyszałam takiej ciszy – mówię w końcu, przeklinając obcasy moich butów za jej zakłócanie.

Odwraca głowę z wyrazem zaskoczenia na twarzy.

– Poezja, signorina Jilani, o tej porze i po takim wieczorze? – Jego uśmiech mówi mi, że żartuje.

– Musi pan spróbować – rzucam w odpowiedzi. – I proszę mi mówić Stella. Skoro wspólnie doświadczyliśmy wspaniałości balu w Netherfield, panie Darcy, możemy dać sobie spokój z konwenansami.

Powiedziałam to ja, czy moje drugie ja – rozflirtowana dziewczyna z ruchu oporu? W tej chwili kwestionuję własne motywy; chcę rozwijać ten związek dla sprawy. To konieczne. A jednak kontakt z Cristianem nie napawa mnie takim przerażeniem, jak byłoby w przypadku generała Breugala lub lizusa kapitana Klausa. Ale czuję, że nie powinnam cieszyć się z towarzystwa faszysty. Bo to jest złe. Myślę o Jacku w jego norze na Giudecce, o jego bólu i niemożności oglądania piękna nawet tej przygaszonej Wenecji i nagle czuję, że w moim wnętrzu wiruje nie tylko szampan. Mam wrażenie, że się odsłoniłam i pozwoliłam Cristianowi De Luce zajrzeć za moją maskę. Choć czuję się z tym nieswojo, nie mogę już tego odwrócić.

Spacer powrotny przebiega spokojnie i napotykamy tylko jeden patrol, który szybko zadowala się dokumentami Cristiana. Znajdujemy się kilka ulic od mojego mieszkania, gdy wysuwam rękę spod jego ramienia.

– Ostatnie kilka ulic przejdę sama – mówię.

– Mogę panią odprowadzić aż do drzwi, to nic takiego – odpowiada. – Nie jestem wcale zmęczony.

Waham się, rozważając, czy naleganie na dalszy samotny spacer nie wzbudzi jego podejrzeń. Niewiele osób zna mój adres – jestem wciąż oficjalnie zameldowana u mamy – i chcę, by tak pozostało. To moja kryjówka, w której jestem Stellą, nie z ruchu oporu czy biura Rzeszy. Po prostu sobą. To tam zrzucam ubranie i różne maski i pośród własnych czterech ścian czuję się wolna. Ale dochodzę do wniosku, że nawet nieśmiała odmowa może wzbudzić nieufność w stosunku do mnie jako podwładnej.

– Dobrze – odpowiadam. – Ale proszę się nie zdziwić, jeśli nawet o tej porze poruszy się kilka firanek.

Jak można się było spodziewać, w oknie signory Menzio na parterze pojawia się błysk światła, gdy wchodzimy w ciemność mojego *campo*, a nasze kroki odbijają się echem na nierównych kamieniach. Wiem jednak, że moja starsza sąsiadka nie jest wścibska, daje mi jedynie zwyczajowy znak, że jest bezpiecznie, stawiając w oknie pewien przedmiot. Rzadko obecnie opuszcza mieszkanie, ale czujne oczy i uszy wdowy stanowią część cennego arsenału ruchu oporu.

Kiedy zatrzymujemy się przed moją bramą, Cristian rozgląda się po niewielkim placyku, przyzwyczajając oczy do mroku – ledwo widać starą studnię na jednym końcu, a obok niej malutką, obecnie nieużywaną kapliczkę.

– Tu jest pięknie – mówi.

– Na swój własny sposób – zgadzam się. – Nie jest to Santa Margherita albo Santo Stefano, ale lubię to miejsce. Przyjaźnimy się z sąsiadami. ·

– Idealnie – szepcze i wiem już, że to Cristian miłośnik sztuki i mól książkowy podziwia piękno Wenecji, a nie jego druga, polityczna wersja. – Życzę więc dobrej nocy – dodaje. Nie ma między nami skrępowania, żadnej sugestii, że czeka na zaproszenie na górę czy nawet chce mnie pocałować w policzek. – Dziękuję, że pani ze mną poszła, bo dzięki pani ten wieczór stał się łatwiejszy do zniesienia, panno Bennet.

– Cała przyjemność po mojej stronie, panie Darcy – mówię i odwracam się, by odejść. I zastanawiam się, ile w tym prawdy.

10

Nowa rola

Wenecja, koniec marca 1944

Kiedy dwa dni później po pracy w redakcji odwiedzam Jacka, nie jest ożywiony jak poprzednio. Znowu leży w łóżku, na jego czole lśnią kropelki potu. Mimo to próbuje się uśmiechnąć, gdy siostra Cara wprowadza mnie do środka.

– Stello, jak miło cię widzieć. – Stara się jeszcze bardziej, by ucieszyć się z nowych książek, które mu przyniosłam, kilku angielskich i włoskich powieści, ale widać wyraźnie, że nie czuje się dobrze. Siostra Cara szepcze mi, że w ranę w nodze wdała się infekcja; oczyszczają ją i opatrują, jak mogą najlepiej, lecz zakażenie się rozwija. Jack usiłuje tego nie okazywać, ale się martwi. Przebywa głównie sam i zdaje sobie sprawę, że na tym polu bitwy może polec bez odpowiedniego leczenia.

– Na pewno udałoby się sprowadzić do ciebie lekarza – mówię. – Kogoś życzliwego.

– Najwyraźniej w tej chwili nikt nie jest dostępny. Za dużo rannych napływa spoza Wenecji Euganejskiej. Kilka dni w łóżku i wyzdrowieję.

Jednak jego blada twarz wskazuje, że sam odpoczynek nie wystarczy. Nie znam się na medycynie, ale widzę, że

Jack potrzebuje lekarza – i to szybko. Podejmuję decyzję, być może głupią, ale dyktuje ją autentyczna troska, a nie trzeźwe myślenie.

Przez cały następny dzień nie mogę się pozbyć obrazu bladej i spoconej twarzy Jacka i muszę się na siłę skupiać na pracy. Wychodzę z biura nieco wcześniej, udając ból głowy, lecz mam przed sobą jasno postawiony cel. Kilka ulic przed domem skręcam w stronę głównego szpitala, który mieści się przy brzegu nieco wzburzonej wody przy Fondamenta Nuove. Wiem, że mój brat Vito ma w partyzantce przyjaciela, którego brat jest lekarzem – mogę mieć tylko nadzieję, że ten lekarz podziela poglądy polityczne rodziny, ale muszę podjąć ryzyko.

Kiedy przechodzę przez duże drzwi, w środku panuje dziwna cisza. Uśmiecham się do portiera i pokazuję dokument z wydziału Rzeszy, udając, że idę kogoś odwiedzić. Znajduję doktora Livię na oddziale, gdzie siedzi na krześle ustawionym pod ścianą pomieszczenia sanitarnego. Ma zamknięte oczy, a głowę zwieszoną z wyczerpania. Wydaje się, że zupełnie nie przeszkadza mu odór moczu z basenów, który unosi się w powietrzu.

Kiedy wypowiadam jego nazwisko, natychmiast otwiera oczy.

– Co? Och, przepraszam!

Ale uspokaja się, gdy widzi, że nie należę do wyższego personelu ani nie jestem dowódcą nazistów, który wpadł z niezapowiedzianą wizytą. Pomimo wyraźnego zmęczenia – pod jego oczami malują się głębokie cienie – słucha uważnie, gdy opisuję mu sytuację Jacka.

– Nie można go przenieść do jakiegoś domu na głównej wyspie? – pyta. – Mógłbym go tam odwiedzać.

– Raczej nie. Ma trochę gorączki, a boląca noga uniemożliwia mu poruszanie się.

– Proszę tu chwilę zaczekać – mówi doktor Livia i wychodzi z pomieszczenia. Wraca minutę później z niedużą torbą i prowadzi mnie do wyjścia.

– Jeśli ruszymy teraz, zdążę wrócić, zanim zauważą, że wyszedłem – mówi.

Ale jest już szósta i boję się, czy zdążymy przed godziną policyjną, jeśli łodzie się spóźnią.

– Proszę się nie martwić, mamy łódź gotową na nagłe przypadki – zapewnia mnie lekarz. – Nie chwalimy się tym, ale jeśli nas zatrzymają, sternik ma papiery.

– Można mu zaufać?

– To jeden z nas. Powierzyłbym mu swoje życie. Zresztą już raz to zrobiłem.

Dla mnie to wystarczy. Zwróciłam się o pomoc i doktor Livia zdecydował bez wahania. Muszę odpowiedzieć zaufaniem. Jedynym ustępstwem z mojej strony jest szybkie włożenie fartucha pielęgniarskiego na wypadek, gdyby przeszukano łódź. Owijam się ciasno peleryną, by ukryć, że fartuch nie bardzo pasuje. Przestałam się już zastanawiać, ile przebrań przyjdzie mi włożyć, zanim skończy się ta wojna pełna wybiegów i oszustw.

Podróż z Fondamenta Nuove i wokół Arsenału – koszar marynarki pozostających pod całkowitą kontrolą nazistów – przebiega dziwnie spokojnie, przez co jeszcze bardziej się denerwuję. Jednak sternik jest doświadczony, zwalnia, gdy zbliża się do nas jakaś jednostka i wycisza silnik do takiego poziomu, by nasza wyprawa wyglądała na rutynową, a nie pilną. Doktor Livia drzemie na swoim miejscu, nawet unoszone przez wiatr kropelki wody nie zakłócają cennych minut snu, które udaje mu się złapać;

nie ma pojęcia o smutku, jaki odczuwam, i o twarzy Jacka, z której uchodzi życie. Muszę obudzić go lekkim szturchnięciem, gdy cumujemy w niewielkim kanale obok kościoła Świętej Eufemii.

Doktor Livia – prosi, bym zwracała się do niego Ignazio – nie potrzebuje światła, by postawić diagnozę. Siostra Cara czuwa przy Jacku, wycierając mu twarz wilgotną gąbką, a jego stan najwyraźniej się pogorszył w ciągu ostatnich dwudziestu czterech godzin. Ignazio zabiera się do pracy; wkłuwa w ramię Jacka igłę, do której podłączona jest rurka i plastikowa butelka z cennym antybiotykiem. Próbuję ją zawiesić na deskach, jakie udaje mi się znaleźć. W końcu doktor odwija bandaże; nawet on wzdryga się, gdy smród zgnilizny rozchodzi się w pomieszczeniu. Chyba dobrze, że Jack jest ledwo przytomny, kiedy siostra przynosi jeszcze więcej przegotowanej wody, a doktor robi, co w jego mocy, by oczyścić zainfekowaną ranę. Można chyba stwierdzić, że jeśli Jackowi uda się wydostać z Wenecji, wojna i tak się dla niego skończyła, a przynajmniej nie będzie już mógł brać w niej czynnego udziału.

Udaje mi się znieść smród, ale okrzyki bólu, które wydaje z siebie półprzytomny Jack, są trudne do wytrzymania. Nie jest łatwo zdobyć antybiotyki, a ta skromna ilość środków znieczulających, jakimi dysponują w szpitalu, jest potrzebna dla ciężej rannych. Mam ochotę zatkać palcami uszy, ale jestem potrzebna, by podawać różne rzeczy, a nawet przytrzymywać opatrunek, gdy Ignazio dokonuje medycznych cudów.

W końcu lekarz unieruchamia nogę Jacka, pozostawiając jednak dostęp do rany, by siostry mogły zmieniać opatrunki. Jack śpi i jestem wdzięczna, że jego pierś unosi się i opada. Przynajmniej żyje.

Ignazio udziela instrukcji siostrze Carze i pakuje torbę. Wizyta trwała dłużej, niż się spodziewaliśmy, i możemy nie zdążyć przed godziną policyjną.

– Lepiej już się zbierajmy. Nocne patrole wodne niebawem zaczną pływać, zwłaszcza wokół Arsenału – mówi.

– Zostanę – odpowiadam. – Przynajmniej dzisiaj. Siostry przecież są zajęte, a on nie powinien być sam. – Choć jutro idę do pracy, na pewno uda mi się znów wykorzystać ból głowy, by usprawiedliwić spóźnienie.

Ignazio spogląda na mnie zaskoczony, ale jest albo zbyt zmęczony, albo zbyt zajęty, by zastanawiać się nad moimi motywami czy też moim związkiem z Jackiem.

– Dobrze. Musisz go tylko budzić co dwie, trzy godziny, żeby dać mu pić. Siostra Cara odłączy jutro kroplówkę. Jeśli w nocy jego stan nieznacznie się poprawi, będziemy wiedzieli, że powstrzymaliśmy infekcję na czas, ale jeśli się pogorszy… – Nie kończy, bo nie ma takiej potrzeby. Jack albo wyzdrowieje, albo będzie mu potrzebna zupełnie inna posługa, z którą kościół świetnie sobie poradzi.

Ściskam dłonie lekarza.

– Bardzo dziękuję – mówię. – Że przyjechałeś. Że coś zrobiłeś. – Spogląda na mnie, jakby chciał powiedzieć: Jak mógłbym nie pomóc człowiekowi? I znika.

Siostra Cara wraca z kocem i poduszką dla mnie, żebym mogła przygotować sobie jakieś posłanie. Ale jestem zbyt zdenerwowana, by spać. Chcę słyszeć, jak Jack od czasu do czasu pochrapuje i prycha. Chcę być przytomna, kiedy się obudzi, by podać mu wodę, której tak bardzo potrzebuje. Pomimo fartucha nie jestem pielęgniarką, ale wiem, że nie powinien umrzeć w tym ciemnym, pustym pomieszczeniu tysiące kilometrów od swojej rodziny. Nie, kiedy tyle poświęcił dla sprawy aliantów, dla Włoch i Wenecji.

Siadam przy stole Jacka, pod jego lampą, i robię to, co robię zawsze, gdy odczuwam niepewność, boję się, jestem przytłoczona lub po prostu nie jestem sobą. Piszę. Piszę, co tylko przychodzi mi do głowy, bazgrzę w notesie, który zawsze mam przy sobie, zapisuję w nim szyfry i wiadomości dla partyzantów, które zaraz wyrywam i przekazuję dalej albo palę. Na kartkach pozostają jedynie wytwory mojej wyobraźni, które mnie nie pogrążą, jeśli zostanę złapana.

Pierwszy raz od wieków zaczynam myśleć o miłości. O tym, jak udaremniła ją ta wojna, w niektórych przypadkach zniszczyła, ale też niezliczone razy udało jej się przetrwać jak nadkruszonym przez czas cegłom Wenecji lub starym drewnianym palom, na których wszystko w tym mieście się opiera. Miłość to potrafi.

Spisuję historię miłości, która zrodziła się w mojej głowie w ciszy, przerywanej rytmicznym oddechem Jacka. Nie mam pojęcia, skąd się tam wzięła, i staram się nie łączyć jej z osobami, z którymi przebywam ani w tym pomieszczeniu, ani po drugiej stronie wody, w „innym życiu". Postaci po prostu budzą się do życia, a ja nauczyłam się nie odrzucać daru słów, gdy spływają na papier. Podobnie rzecz ma się z pływami oceanu: poddajesz się falom, a nie walczysz z nimi. Tak narodziła się historia Gai i Raffiana – on pochodzi z dobrej włoskiej rodziny, ona z długiej linii weneckich Żydów. Na takie połączenie kultur od wieków nie patrzono przychylnie, ale podczas tej okrutnej wojny może się ono okazać również wyrokiem śmierci – wydanym przez tych, którzy uznają jedynie surowe granice oddzielające religie. Gaia i Raffiano spoglądają ponad tymi granicami; są po prostu ludźmi. I są zakochani.

Kiedy napisałam pierwszy akapit, pochłonęła mnie narracja, dialogi i obrazy napływające mi do głowy, tykające jak zegar – zadaniem mojego ołówka jest przenieść na papier barwy, które widzę. Piszę tak długo, że niemal zapominam obudzić Jacka. Jest zupełnie wyczerpany i trudno unieść mu głowę i przekonać, żeby się napił. Ale robi to, otwierając oczy tylko na moment i mrucząc coś po angielsku, po czym znów zapada w sen. Kiedy zbliża się trzecia nad ranem, nie mogę się nadziwić, że jestem tak rozbudzona. Muszę użyć scyzoryka Jacka, żeby zastrugać ołówek, a gdy zostaje z niego już tylko ogryzek, budzę Jacka jeszcze raz i w końcu sama poddaję się zmęczeniu: siedząc na krześle, przykrywam się kocami od siostry Cary.

Kilka godzin później jej dotyk budzi mnie delikatnie, ale i tak zrywam się zaskoczona. Dopiero kiedy dostrzegam, że Jack ma otwarte oczy, moje serce zaczyna bić w miarę normalnie. Światło wczesnego poranka wpada przez górne okna i jeszcze bardziej mnie rozbudza.

– Wygląda, że najgorsze minęło – uspokaja mnie siostra, a blady uśmiech Jacka potwierdza jej słowa.

– Myślałem, że to tylko wyobraźnia, gdy zobaczyłem nad sobą pielęgniarkę – mówi, kiedy pomagamy mu się lekko podnieść. Zupełnie zapomniałam, że mam na sobie źle dopasowany fartuch, który pożyczył mi doktor Livia.

Zaparzona przez siostrę herbata ożywia mnie na tyle, że w pośpiechu wracam do domu i wysyłam szybko wiadomość do biura Rzeszy, że wciąż źle się czuję. Uspokojona, że stan Jacka się poprawia, zapadam w głęboki, mocny sen i nie słyszę warkotu samolotów, które przelatują nad domem jak królowe pszczół powracające do swoich uli we wspaniałym szyku.

Kiedy się budzę w południe, jestem trochę zdezorientowana. Nie mam w domu zbyt wiele do jedzenia, idę

więc do pobliskiej kafejki Paola, który odgrzewa mi trochę zupy i dokonuje cudów z ziarnami kawy.

– Nie będę pytał, czy chodziło o sprawy służbowe, czy
o coś innego – mówi. – Ale, Stello Jilani, chcesz dać Panu
Bogu świeczkę i diabłu ogarek. A to grozi, że sparzysz
sobie palce.

– Tak, tato – odpowiadam, marszcząc nos. Wiem, że
lekko kpi ze mnie, bo się o mnie troszczy. Vito jest moim
młodszym bratem, a Paolo zachowuje się jak starszy.
Zdaję sobie też sprawę, że ma rację.

Nie powstrzymuje mnie to przed wyprawą na Giudeccę wczesnym popołudniem; obchodzę z daleka plac Świętego Marka i biuro Rzeszy, żeby nie zauważono, że chora
wstałam z łóżka. Wiosenne słońce towarzyszy mi podczas podróży przez kanał, a wiatr marszczy powierzchnię
wody i pomaga rozwiać mgłę w mojej głowie.

Z radością dostrzegam, że Jack naprawdę wygląda
lepiej i nie widać żadnych oznak pogorszenia. Trochę je
i z pomocą może się nieznacznie oprzeć na chorej nodze.
Jego twarz nie jest już śmiertelnie blada i choć słaby, staje
się na powrót Jackiem, którego znałam, nawet jeśli bardzo krótko.

– Uratowałaś mi życie. Czy to znaczy, że mam wobec
ciebie dług wdzięczności do końca moich dni? – pyta ze
śmiechem, ale ma zaczerwienione i skupione oczy.

– Nie wygłupiaj się – odpowiadam. – Nie zrobię z ciebie dżinna z lampy. Poza tym uratował cię doktor Livia.

– Ale to ty go wezwałaś. Bez ciebie byłbym pokarmem
dla ryb w tej twojej uroczej lagunie.

– Muszę przyznać, że to całkiem przyjemny obrazek! – Mamy świadomość, że oboje staramy się podchodzić do tego lekko, ale w jego oczach maluje się
prawdziwa wdzięczność. – Może pewnego dnia skoczysz

ze spadochronem i uratujesz damę taką jak ja od pewnej śmierci, jak w najlepszych filmach.

– Hmm… – Gestem wskazuje nogę. – Mogę pokuśtykać? Przyrzekam, że zrobię to z wielkim wdziękiem.

– Dobra, ale tylko jeśli nabierzesz kolorów.

Wychodzę z kościoła, obiecując, że wrócę za dwa dni, kiedy znów przypadnie moja zmiana w redakcji gazety. O dziwo, nie wiem, co ze sobą począć, gdyż nie mam żadnych instrukcji, czy jestem potrzebna jako łączniczka; Mimi jest w pracy, a nie mogę narazić się na przesłuchanie ze strony mamy. Gryzą mnie wyrzuty sumienia i obiecuję sobie, że spełnię swój obowiązek i odwiedzę ją w sobotę albo niedzielę. Teraz tylko by się zastanawiała, czemu nie jestem w pracy, a nie mam dość energii, żeby wymyślać kolejną historię pośród wielu innych, które składają się na moje życie. W niedzielę pójdę z nią do kościoła, co z pewnością bardzo ją ucieszy.

Mimo to czuję w środku jakiś niepokój. Nie chodzi o Jacka, bo wiem, że nic mu już nie grozi, a tak bardzo przywykłam do życia na krawędzi podczas tej wojny, że niebezpieczeństwo nie jest dla mnie czymś niezwykłym. Nie, to coś innego. To jakby niewielkie bąbelki gdzieś w środku, które nie dają mi spokoju.

Kiedy idę wietrznym nabrzeżem Giudekki na przystanek *vaporetto*, w końcu uświadamiam sobie, co to takiego. Potrzebuję maszyny do pisania. Tak bardzo pragnę poczuć klawisze pod palcami, usłyszeć stukot i zobaczyć, jak czcionki zapisują moje myśli na czystej kartce. Wyobrażam sobie, jak notes szeleści w torebce i niecierpliwi się, żeby się wydostać. Może nikt nigdy tego nie przeczyta, ale to żar, który płynie w moich żyłach – adrenalina nieco inna niż ta poprzedniego wieczoru. Nadal potężna, ale bardziej trwała.

Matteo patrzy na mnie zdziwiony, gdy zjawiam się w dniu, w którym nie wydajemy gazety, ale tłumaczę się, że chcę nadgonić pracę. Z przyzwyczajenia wkładam fartuszek i znikam w piwnicy. Muszę wyglądać na bardzo głodną albo wymizerowaną, albo jedno i drugie, bo Elena, żona Mattea – niech ją Bóg błogosławi – przynosi mi na dół parującą miskę makaronu, którą zjadam, wpatrując się w czystą kartkę, po czym zaczynam gładzić palcami klawisze mojej ukochanej maszyny. Lubię sobie wyobrażać, że dziadzio kazał ją zrobić specjalnie dla mnie, gdyż moje palce pasują idealnie do każdego wgłębienia, ale wiem, że to tylko fantazja.

Jak w przypadku każdej historii, jaką kiedykolwiek napisałam – wymyślonej bądź prawdziwej – sensacje w brzuchu wywołuje biel kartki papieru, bo Elena zatroszczyła się już o mój głód. Nadeszła moja kolej, by wypełnić białą, ziejącą pustkę. Wyobrażam sobie, że to koszmar każdego pisarza; w równej mierze podniecenie i przerażenie. Na szczęście mój notes działa jak iskra. Pisząc, skracam i poprawiam, stukot klawiszy wytłumiają nasze prowizoryczne wyciszenie i zamknięte okno. Niczego jednak nie zauważam; szybko przenoszę się do świata Gai i Raffiana, ich niewinnych spotkań na Lido, zanim zwoje drutu kolczastego odstraszą ludzi od pięknych plaż. Ich zauroczenie szybko przeradza się w gorącą miłość czasu wojny, gdzie zakazana namiętność stanowi tylko jedno z wielu ograniczeń. Każdy dzień ich życia niesie ze sobą jakieś zagrożenie, więc czemu nie? Czemu nie żyć, zamiast tylko trwać?

Nie zdaję sobie sprawy, że na zewnątrz zapada zmierzch, aż w końcu schodzi do mnie Matteo i spogląda w mrok, który rozprasza tylko lampka na moim biurku. Mówi, że interes słabo idzie i zamyka już bar. Chłodne wieczorne powietrze i świadomość, że uwolniłam się od przepełniających mnie obrazów, sprawiają, że zapominam o przemożnym zmęczeniu; czuję się lżejsza. Płynę *vaporetto* do przystanku na Zattere i mijam hotel, który stał się siedzibą żandarmerii wojskowej. Jest już prawie ósma, ale nie chcę jeszcze wracać do domu, czuję się jednocześnie niespokojna i wyczerpana. Idę więc w stronę mostu Accademia i przechodzę na ogromne Campo Santo Stefano. Tam siadam przy stoliku na zewnątrz jednej z moich ulubionych kawiarni i przy aperitifie czytam *Dumę i uprzedzenie*. Drugi raz tego dnia przenoszę się w inną rzeczywistość, w inny czas i miejsce, gdzie serca można zdobywać i leczyć. Wiem, że nie jestem pierwszą osobą, która podziwia, jak miłość przekracza czas, przestrzeń i okropności wojny, ale i tak jest mi z tym dobrze. Jednak kiedy rozglądam się po pięknym, starym placu oświetlonym żółtawym światłem padającym z kawiarenek, niemal trudno mi uwierzyć, że dzieje się tyle strasznych rzeczy i jest tyle cierpienia, o którym donosi Radio Londra.

Kiedy czytam, jak skrępowany pan Darcy kieruje usilne prośby do panny Bennet, do ich rozmowy wkrada się inny głos.

– Dobry wieczór, signorina. Lektura zupełnie panią pochłonęła.

To Cristian. Podnoszę wzrok zaskoczona, a on wzdryga się na widok wyrazu mojej twarzy. Boję się, że zostałam przyłapana, bo zgłosiłam, że jestem chora, lecz on nie wygląda na poirytowanego.

– Och! Dobry wieczór, signor – odpowiadam nieco wyższym głosem. – Tak, uciekłam na kilka minut. Aby oczyścić umysł. – Wiem, że akurat on zrozumie, co mam na myśli, i kiwa głową w odpowiedzi, gdy pokazuję mu okładkę.

Ma na sobie granatowy garnitur, który określiłabym jako mniej oficjalny i choć nosi do niego krawat, całość wydaje się bardziej swobodna. Zadbał też o dodatkową ozdobę: kobietę uwieszoną u ramienia. Ona z pewnością nie jest swobodna, wystroiła się w szpilki i futrzaną etolę, a usta pomalowała karminową szminką. Próbuje słabo się uśmiechać, ale jej to nie wychodzi. Zastanawiam się, dokąd się wybierają w tak niedopasowanych strojach. Karcę się w duchu, że osądzam ją po pozorach, lecz zaraz zaczynam się zastanawiać, dlaczego w ogóle zawracam sobie tym głowę. Co mnie obchodzi, dokąd Cristian chadza po pracy i z kim? Tłumię cichy, niewyraźny głosik w głowie, który zadaje temu kłam. I kolejny raz nienawidzę się za to.

– Bardzo się cieszę, że ból głowy już pani nie doskwiera – mówi Cristian, gdy kobieta ciągnie go za ramię i bezskutecznie stara się, by nikt tego nie zauważył. – Zostawimy panią z jej lekturą. Dobranoc, signorina.

Odchodzą, a ja wpatruję się w słowa na stronie książki, rozmyślając, jak dziwny był ten dzień.

11

Pozbywanie się

Bristol, wrzesień 2017

– Muszę jechać do Wenecji – oświadcza nagle Luisa, kiedy – jak na ironię – są w połowie miski z makaronem.
– Co takiego? – Jamie niemal się dławi. To jasne, że to nie jego umiejętności kulinarne lub ich brak zmusiły Luisę do takiego wyznania. – O co ci chodzi? Kiedy? Po co?

Nie jest do końca pewny, czemu w ogóle pyta, bo jej motywy są oczywiste. Omijali temat pudła od czasu wybuchu Luisy w Londynie, a on tolerował – albo starał się ignorować – ilość czasu, jaką nad nim spędzała. Bo po co innego miałaby chcieć jechać do Wenecji? Znaleźć odpowiedzi, zaspokoić swoją niepohamowaną ciekawość. Odnaleźć spokój. To oczywiste.

– Tylko na kilka dni – mówi Luisa pospiesznie do swojego talerza. – Ale jak najszybciej. W pracy na razie panuje spokój. Pomyślałam, że powinnam skorzystać z okazji.

Jamie z kolei przeżuwa makaron powoli. Przez chwilę wydającą się wiecznością jest to jedyny dźwięk, jaki rozlega się w ich wszechświecie.

– Jamie? Co o tym myślisz?

Jamie podnosi wzrok.

– Lu, wiesz, że nie mogę teraz jechać, poza tym nie stać mnie na to. Mam dwa przesłuchania zaplanowane na najbliższe tygodnie, a jeśli się do mnie potem odezwą...

– Mogę jechać sama – przerywa mu gwałtownie. Jamie jest na tyle doświadczonym aktorem, by wiedzieć, że przygotowała tę kwestię słowo po słowie. Wraca myślami do ich wspólnego wypadu do Wenecji na romantyczny weekend. Kiedy to było? Trzy, cztery lata temu? Luisa nie myślała wtedy o swoim dziedzictwie, choć wiedziała, że jej rodzina wywodzi się właśnie stamtąd. Pojechali tam jako turyści, karmili gołębie na placu Świętego Marka, przepłynęli tramwajem wodnym cały Canal Grande i płacili kosmiczne ceny za kawę w eleganckich kawiarniach. Świetnie się bawili. Spacerowali kilometrami, rozmawiali z przejęciem i często się kochali. Byli zakochani. Ostatnimi czasy ich związek bardziej przypomina pracę, którą ma stać się ta wyprawa. Jamie się zastanawia, czy naprawdę chce jechać? Poza tym jest aż nazbyt jasne, że ona wcale go o to nie prosi.

– Nie możesz przekonać jednej ze swoich koleżanek, żeby z tobą pojechała? Samotne podróżowanie jest mało przyjemne – mówi, a potem przypomina sobie, jak się poznali. Luisa wróciła właśnie z samotnej wyprawy z plecakiem po Afryce, gdzie wędrowała utartymi szlakami, ale mimo wszystko sama. To jej nie odstrasza.

– Dam sobie radę – zapewnia go, jakby już zarezerwowała bilet. Najwyraźniej nie czekała na jego aprobatę.

– A co zrobisz, kiedy już się tam znajdziesz, Sherlocku? – Stara się żartować, by ukryć, jak go to zabolało.

– Odnaleźć ją – rzuca wyzywająco. – Bo co innego miałabym robić? Zamierzam odnaleźć moją babkę, odkryć jej historię i dowiedzieć się, jaka była naprawdę.

Jamie ma ochotę zapytać: „Ale po co? Czemu ma to służyć? Ona nie żyje, nie możesz jej zadać żadnych pytań". Ale to wydaje się błahe i bezcelowe. Widać wyraźnie, że Luisa wciąż jest w żałobie, najprawdopodobniej po matce, ale także po tym, czego matka jej nie dała: po relacjach i intymności. Jako jedynaczka, z głównie nieobecnym ojcem, który zmarł, gdy była nastolatką, Luisa rozpaczliwie szuka jakiegokolwiek związku ze swoją przeszłością. Relacja z matką była napięta, ale coś mimo wszystko je łączyło. Teraz nie zostało jej nic.

Jamie próbuje sobie wyobrazić, jak by się poczuł, gdyby jego dwaj bracia i rodzice odeszli – gdyby nagle po drugiej stronie telefonu nie było nikogo. Ale nie potrafi. Luisa jest dorosła, jednak praktycznie w wieku trzydziestu trzech lat została sierotą. Jak on może wiedzieć, co ona czuje? Zwłaszcza że nie chce mu się zwierzyć, woli zaprzątać sobie głowę tymi skrawkami papieru. Jej zapał i smutek, gdy pochyla się nad pudłem i obietnicami, które skrywa, są oczywiste i Jamie może się tylko modlić, że na strychu nie schowano pełnej bólu puszki Pandory.

12

Otwarcie

Wenecja, koniec marca 1944

Kiedy rankiem po naszym krótkim spotkaniu na Santo Stefano przychodzę do pracy, Cristiana nie ma przy biurku. Z jakiegoś niewyjaśnionego powodu martwi mnie to, ale potem dostrzegam, że na blacie leżą jego pióro i notes. Nieco uspokojona tym widokiem powtarzam sobie w duchu, że zareagowałam tak tylko dlatego, że biuro działa znacznie sprawniej, gdy on jest w pracy.

Pojawia się, gdy tłumaczę raport dotyczący przesyłania dostaw statkami do i z Wenecji. Chowam szczegóły w zakamarkach umysłu do późniejszego wykorzystania; porty stały się niezbędne dla nazistów, którzy transportują zaopatrzenie i wojska drogą morską, gdyż partyzanci wysadzili większość torów kolejowych w północnych Włoszech. To bardzo ważne informacje dla naszej walki, choć zdajemy sobie sprawę, że tłumaczenia niemieckich wiadomości przeznaczone dla ich faszystowskich odpowiedników nie zawsze są do końca zgodne z prawdą. Na papierze są przyjaciółmi i sojusznikami – Hitler i Mussolini mają te same przekonania – lecz Niemcy traktują włoskich faszystów z lekką pogardą i uznają ich za niezbyt godnych zaufania.

Przez dobre pół godziny nie zwracam uwagi na Cristiana, widzę tylko kątem oka, że rzuca dziwne spojrzenia w moją stronę. To mnie zawsze denerwuje – czuję, że ze wszystkich pracowników zwraca uwagę jedynie na mnie. Może za bardzo się odsłoniłam podczas przyjęcia? A może po prostu tylko zwleka, żeby mnie zdemaskować w widowiskowy – i śmiertelnie niebezpieczny – sposób? Fakt, że nie potrafię go przejrzeć, jednocześnie mnie irytuje i sprawia, że chcę się o nim więcej dowiedzieć. Co, poza miłością do Mussoliniego, kieruje nim w tym chaosie?

– Signorina Jilani, mogę zapytać, kiedy ten raport będzie gotowy? – Staje przy mnie jak duch, nabrał już niemal takiego zwyczaju, i muszę ukryć zaskoczenie.

– Już niedługo, signor, tłumaczę ostatni fragment – odpowiadam szybko. Nie będę więc miała okazji zrobić kopii tego raportu i muszę zapełnić swój mózg do granic możliwości, zanim uda mi się wyjść do toalety i zapisać zapamiętane szczegóły. Cristian nie pomaga, gdyż tkwi przy moim biurku, to jego kolejny nawyk. Podnoszę na chwilę wzrok.

– Potrzebuje pan jeszcze czegoś, signor?

– Nie. Zastanawiałem się tylko, czy miło się pani czytało wczoraj wieczorem. Zawsze twierdzę, że nie jest się samotnym z książką, gdy się na kogoś czeka.

– Na nikogo nie czekałam – odpowiadam lekko. Przychodzi mi to bez trudu, bo to prawda. Ale w głowie mam zamęt: on wyraźnie chce mnie wybadać, ale czego szuka? Czy podejrzewa, że jestem łączniczką i spędzam pół życia, wyczekując na innych kurierów w kawiarniach i barach?

Patrzy na mnie, tym razem prosto przez szkła okularów, krótkowzroczność sprawia, że jego oczy są nieco mniejsze, ale wciąż czujne i badawcze.

– I woli to pani, signorina? Własne towarzystwo?

– Czasami tak – odpowiadam. – Czasem łatwiej posiedzieć z książką, nie trzeba się kłopotać podtrzymywaniem rozmowy.

Już za późno, słowa spłynęły z moich ust, zanim zdążyłam pomyśleć, że odsłaniam przed nim kolejną część siebie. A wciąż działam pod przykrywką lojalnej Stelli. Nie powinno się przez nią przebić nic, co dotyczy prawdziwej mnie. Ale on tylko kiwa głową, jakby rozumiał, i odwraca się do swojego biurka.

– A pan miło spędził wieczór, signor? – pytam na zakończenie rozmowy. – Ze swoją towarzyszką? – Znów moje usta są szybsze niż myśl, ale panujący w biurze hałas zagłusza naszą wymianę zdań.

Zatrzymuje się i odwraca.

– Wieczór był dość przyjemny – odpowiada bez entuzjazmu. – To było zadanie służbowe, towarzyszyłem siostrzenicy pewnego oficera. – Uśmiecha się słabo, a ja się zastanawiam, czemu Cristian De Luca czuje potrzebę, by tłumaczyć się przede mną, zwykłą maszynistką. I choć o tym nie wie, zdrajczynią. A co ważniejsze, czemu mnie to w ogóle obchodzi?

Kiedy parę dni później odwiedzam Jacka na wyspie Giudecca, jest znów w nieco lepszym stanie. Zaglądam do niego przed pójściem do redakcji; nie leży już w łóżku i jest porządnie ubrany. Nawet w tej mrocznej celi dostrzegam, że jego policzki nabrały kolorów. Nie pytając, parzy nam herbatę i zabawia mnie rozmową, gdy przygotowuje przedostatnią paczkę. Przychodzi mi na myśl, by mu zaproponować, żeby podzielił te dwie ostatnie na trzy, bo gdy skończę zadanie, nie będę już miała po co go

125

odwiedzać. Ale czy potrzebuję jakiegoś innego powodu poza przyjaźnią?

Wychodzę ze zgrabną paczuszką w torebce, wiem, że następna zmieści się tylko w torbie na zakupy – ostatniej części nie można rozłożyć na mniejsze fragmenty i przewiezienie jej będzie wymagało najwięcej odwagi.

Kiedy wracam do redakcji pod barem, czuję się pełna energii i szybko kończę artykuły, akurat gdy przychodzą Arlo i Tommaso. Opowiadają, że zatrzymały ich nazistowskie patrole, które przeszukują młodych mężczyzn na głównej wyspie. Dobrze, że wszystkie materiały do gazety pozostają na Giudecce do czasu publikacji.

Zaczynają od przeglądania moich artykułów i innych wiadomości, które trzeba zamieścić w numerze.

– Włącz Benita – rzuca Arlo, gdy zabierają się do pracy, a ja sięgam do naszego wysłużonego odbiornika nazwanego bezczelnie na cześć umiłowanego przywódcy Italii. Jednak zamiast słuchać Radia Londra, nastawiamy muzykę i nastrój robi się niemal zabawowy. W ostatnich tygodniach zauważyłam, że Tommaso wyszedł ze swojej skorupy, i z przyjemnością słucham, jak przekomarza się z Arlem. Opowiada nam o rozmowach toczonych w liceum i o tym, jak uczniowie planują drobne akty sabotażu, jakby szkolili się do działalności w ruchu oporu na resztę tej pozornie niekończącej się wojny.

– Planujemy rozrzucać ulotki we wszystkich szkołach i na części ulic – mówi, a twarz pała mu dumą. Podobnie jak on, niektórzy uczniowie mają rodziców działających w partyzantce i chcą z dumą iść w ich ślady.

– Tylko uważaj, żeby cię z tym w żaden sposób nie połączyli – przestrzega go Arlo niczym starszy brat. Gdy mruży oczy, patrząc na gazetę, wiem, że myśli o swoich braciach, którzy igrają z niebezpieczeństwem.

Minutę później Tommaso rysuje komiks i obaj znów chichoczą jak uczniowie z ukrytego w nim wywrotowego sarkazmu.

Zostaję jeszcze jakiś czas, żeby pomóc składać i spinać szpalty, gdy pierwsze egzemplarze tygodniówki pełne najświeższych doniesień wypływają z maszyny jak makaron mamy. Dla mnie to najlepsza część tygodnia, gdy w naszej w walce z najeźdźcami oglądam coś namacalnego. Wiem, że stron nie wypełniają treści godne nagród dziennikarskich, ale wierzę głęboko w starą prawdę, że pióro jest silniejsze od miecza. Wielka szkoda, że musimy walczyć także mieczem.

Czekając, czy przy gazecie nie trzeba czegoś jeszcze zrobić, poprawiam swoją opowieść o Gai i Raffianie, wyrzucając fragmenty, które nagle okazały się zbyt „kwieciste", i ograniczam słowa, by mówić o emocjach, a nie je wylewać. Jestem zadowolona, gdy historia staje się bardziej zwarta – nieważne, że powstaje tylko dla mnie. Czyż każdy pisarz nie tworzy głównie dla siebie?

Aby mieć pewność, że zdążę na ostatnie *vaporetto*, wychodzę przed innymi, kiedy tylko Matteo zamyka bar i dołącza do chłopaków w piwnicy, żeby im pomóc wiązać gazety w paczki. Jak w każdy poniedziałek jego szwagier czeka na bocznym kanale w niedużej motorówce o płaskim dnie. Jest z zawodu rybakiem i zna najlepsze trasy, by uniknąć patroli i mielizn na lagunie; na swojej łodzi przemyka przez głębsze kanały ze stosami gazet, płynąc zygzakiem do głównej wyspy, gdzie grupy roznosicieli czekają w gotowości, by gazeta trafiła do świata – pod lady sklepów i kawiarni, czasami do kościołów i w wyznaczone miejsca na *campi*.

Podczas podróży do domu w każdy poniedziałkowy wieczór odczuwam największą... satysfakcję? W inne dni, gdy tylko przygotowujemy poszczególne strony, towarzyszy mi świadomość sukcesu, ale kiedy czuję druk pod palcami, prawdziwie promienieję. To moja własna forma spełnienia i jestem pewna, że dziadzio też byłby ze mnie dumny. Niewątpliwie w ten sposób zbliżam się najbardziej do partyzantki.

Dziś wieczorem mój powrót do domu przebiega bez zakłóceń – nadkładam drogi, by ominąć wszystkie punkty kontrolne, i wykończona padam na łóżko. Mam za sobą trzy podróże i wciąż pozostało mi dziewięć żywotów. A może to niedobrze tak myśleć? Następnego ranka bezpiecznie dostarczam części radia; patrole skupiają się przede wszystkim na młodych mężczyznach i machając dłonią, przepuszczają mnie w moim służbowym stroju. Serce wali mi jednak mocno za każdym razem, gdy przechodzę za szlaban, i staram się nie napawać swoją dwulicowością. Ale w duchu się uśmiecham.

Dopiero kilka dni później, gdy gazeta krąży już od dwudziestu czterech godzin, zaczynam cokolwiek dostrzegać. Siedzę przed barem w Castello i czekam, by przekazać wiadomość nieznajomemu kontaktowi. Popijam nędzną namiastkę kawy. Wytężam wzrok, by móc dostrzec zbliżający się kontakt, ale mimowolnie zaczynam podsłuchiwać rozmowę dwóch pań w średnim wieku, które przy sąsiednim stoliku plotkują nad drinkami.

– Życzę im powodzenia – mówi jedna w jaskrawym niebieskim kapeluszu. – Wszyscy kochają odrobinę romansu.

– Miło jest pogrążyć się na chwilę w fantazji, zwłaszcza w tych trudnych czasach – zgadza się siedząca naprzeciwko pani w jasnozielonym szalu.

– W naszym wieku to rzeczywiście fantazja – śmieje się pierwsza, a potem dodaje poważnym tonem: – Mam tylko nadzieję, że wszystko dobrze się skończy. Że Żydzi i nie-Żydzi odważą się... no wiesz.

– To z pewnością tylko fikcja – mówi ta druga i ich rozmowa rozpływa się w tle, gdy zbliża się do mnie kobieta; rozpoznaję znajome zmrużenie oczu, gdy próbuje odnaleźć kontakt, zachowując się jednocześnie na tyle swobodnie, by pokazać, że po prostu szuka wolnego stolika. Na szczęście wszystkie są zajęte i gdy nasze spojrzenia krzyżują się na ułamek sekundy, pyta, czy krzesło obok mnie jest wolne. Kiwam głową. Nie ma żadnych gwarancji, że zjawiła się tu z taką samą misją jak ja, i przez chwilę patrzymy na siebie podejrzliwie. Wszystko musi się odbyć zgodnie z procedurami i niczego nie można brać za pewnik, bo jeśli zrobimy niewłaściwy ruch, nagle może się pojawić grupa faszystowskich żołnierzy, którzy odprowadzą nas w znacznie mniej przyjemne miejsce. Musimy zakładać, że nawet najprostsze zadania są pułapką, dopóki nie okaże się, że jest inaczej.

– Podają tu przyzwoitą kawę? – pyta kobieta. Wyjmuje z torebki paczkę papierosów i kładzie ją na stoliku między nami.

– Ujdzie, ale nijak się ma do tej sprzed wojny – odpowiadam. To kłamstwo, bo cienki brązowy płyn jest paskudny, ale kobieta czekała na taką odpowiedź. Jest moim kontaktem, a ja jej. Uśmiecha się za obłokiem dymu i zaczynamy nasz udawany taniec, gawędzimy o wojnie, o kłopotach wynikających z racjonowania przede wszystkim jedzenia i produktów do makijażu. Pojawia się jeszcze jedna kawa i jestem zmuszona wypić łyk, wskazując jednocześnie paczkę papierosów.

– Mogę wziąć jednego na później? – Nie palę, nigdy nie paliłam, ale kiedy ona kiwa głową, zsuwam paczkę na kolana i zwinnym ruchem ręki, którego nauczył mnie sam Sergio Lombardi, szybko wyciągam z niej malutką karteczkę i wsuwam do rękawa.

– Dzięki – mówię, podnosząc papierosa i życzę nieznajomej dobrego wieczoru, jakbyśmy właśnie odbyły najprzyjemniejszą z zaimprowizowanych pogawędek.

Jak po każdej wymianie wiadomości wracam do domu dłuższą drogą, by sprawdzić, czy nie mam ogona. Kiedy jestem pewna, że nikt mnie nie śledzi, zaglądam do najbliższego sklepu spożywczego, mając nadzieję, że uda mi się zapełnić niemal pusty kredens makaronem, polentą lub cenną konserwą mięsną. Zwykle jestem tak zajęta, że staję ostatnia w kolejce po coś choć trochę smacznego i kończę z mieszaniną przypadkowych składników, których nie przewidują nawet oszczędne przepisy zamieszczane w gazecie. Zaglądam za ladę i z dumą dostrzegam róg „Venezia Liberare".

– Wezmę coś ekstra – mówię do sklepikarza patrioty przyjętym szyfrem i kiwam głową w stronę lady. Może i wystukałam własnoręcznie każde słowo, ale mimo wszystko lubię doczytywać szczegóły w domu, bo nie oglądam ostatecznej wersji. Można to nazwać próżnością, ale sprawia mi to przyjemność.

Już w domu zamykam i rygluję drzwi, parzę herbatę, kroję cienkie kromki cennego chleba z ziarnami i plasterki kawałeczka sera, który udało mi się zdobyć. To moja własna porcja nieba. Kiedy otwieram gazetę, by przerzucić wydanie z tego tygodnia, ze środka na podłogę wypada luźna kartka. Gdy się nachylam, żeby ją podnieść, od razu dostrzegam, że nie złożył jej Arlo, nie ma dwóch kolumn. Rozpoznaję w niej moją własną czcionkę, przede wszystkim dlatego, że na obu stronach kartki widnieje dobrze mi znane opadające „e" mojej maszyny.

Swoją opowieść zatytułowałam pospiesznie *Kolczasta miłość* i niemal roześmiałam się na głos, widząc, jak poetycko potraktowałam rzędy paskudnych drutów przecinających plaże Lido, mających uniemożliwić lądowanie łodzi wroga. Tam Gaia i Raffiano spotykają się po raz pierwszy, w stosunkowo beztroskich miesiącach przed inwazją i rozciągnięciem zasieków, więc tytuł wydawał się oczywisty. Skąd jednak u licha moja pisanina znalazła się w wydaniu gazety z tego tygodnia? Mogę sobie tylko wyobrażać, że Arlo popełnił błąd, bo kartka, którą trzymam w dłoni, nie jest tą, którą wystukałam. Być może zaplątała się między stronami przez pomyłkę; ma lekko zatarte wiersze przez powielacz, z którego korzystamy, by szybko skopiować całe strony tekstu, gdy potrzebne są nam ulotki do natychmiastowego wykorzystania i nie musimy ich składać na większej maszynie. Proces jest szybki, ale jakość gorsza. Najwyraźniej tekst odbito. Ale po co? To na pewno jakaś pomyłka. Ogarnia mnie zażenowanie na myśl, że tyle cennego papieru zmarnowano na moje niepoważne bazgroły. Będę mogła zapytać o to Arla dopiero jutro, bo dla bezpieczeństwa rzadko kontaktujemy się poza redakcją gazety.

13

Czas opowieści

Wenecja, koniec marca 1944

Następnego dnia w biurze Rzeszy ponaglam czas, by płynął szybciej, choć Breugal wrócił do Wenecji albo z nowym zapałem, albo naciskany przez wysokie dowództwo i z konieczności praca wre; wszystkie maszyny aż podskakują, by go zadowolić. Wymagania Breugala siłą rzeczy przejmuje też Cristian, który krąży jak lew, by się upewnić, że wszystko przebiega gładko. Dziewczyny cmokają na widok jego zwiększonego zapału, mnie irytuje ich brak lojalności, a potem dziwię się, że dopuszczam do głosu własne emocje. I zastanawiam się, o co w tym wszystkim chodzi. Spuszczam głowę i stukam w klawisze jak szalona, a Cristian ani się do mnie nie zwraca, ani mnie nie upomina.

Zostaję w pracy pół godziny dłużej, żeby skończyć raport, i ucieka mi *vaporetto* płynące na Giudeccę, muszę więc czekać godzinę na następny. Kolejny raz siadam w kawiarni na nabrzeżu Zattere, tym razem w towarzystwie piwa i książki. Czuję się dziwnie, mając trochę wolnego czasu, kiedy nie muszę wyglądać nieznajomego uchodzącego za przyjaciela i czuć ciężaru zakazanej wiadomości w torebce.

Siedząca obok młoda kobieta z zainteresowaniem czyta wydawane w Wenecji Euganejskiej „Il Gazzettino" – spoglądam na nią i zastanawiam się, jak może wierzyć w te całe strony propagandy i nagłówki, które służą tylko podburzaniu społeczeństwa. Kiedy obok przechodzi włoski strażnik, uśmiecha się na widok jej lektury, a ona odpowiada mu przyjaznym skinieniem. Jednak gdy kobieta poprawia się na krześle, dostrzegam, że nie pochłania jej wcale gazeta; ukryła w niej opowieść o zakochanej parze, o nielegalnej i zakazanej namiętności napisanej na maszynie z opadającą czcionką „e". Podpowiada mi to wyobraźnia, czy rzeczywiście kąciki jej ust unoszą się w uśmiechu, gdy czyta z wielkim zaangażowaniem? I czy i mnie serce mocniej bije?

Kiedy wreszcie docieram do redakcji gazety, Arlo jest skruszony, choć nieco zdumiony.

– Myślałem, że chcesz to dołączyć do gazety – protestuje. – Było schowane między kartkami, które napisałaś.

– Czemu przyszło ci do głowy, że jakaś opowieść może mieć jakikolwiek związek z tym, co robimy? – Jestem lekko sfrustrowana i staram się tego nie okazywać.

– Stello, prawie nie zwracam uwagi na treść artykułów, dopóki nie przeczytam gazety następnego dnia – broni się. – Ufam, że przesiewasz informacje i wybierasz najważniejsze, bo zawsze to robisz. Mam tylko czas, żeby zadbać o jakość składu i sprawdzić, czy zdania układają się w odpowiedniej kolejności. Jeśli tak, to drukuję. Na tym polega moja praca.

Przepraszam go, doceniając poświęcenie, jakiego dokonuje co tydzień; jest jedynym z trzech synów, który opiekuje się owdowiałą matką; jego dwaj bracia walczą w górach. Za dnia pracuje do późna w młynie, a wieczorami poświęca cenny czas gazecie.

– Zastanawiam się tylko, co na to powie Sergio – mówię. – To trochę żenujące. – Jako dowódca naszej brygady Sergio odpowiada nie tylko za bezpośrednie akcje dwóch batalionów i przepływ informacji, ale także za wydawanie gazety. Choć na jej zawartość wpływa to, co akurat jest dostępne. Arlo spotyka się z Sergiem, by omówić wszelkie zmiany w sytuacji politycznej, i przekazuje potem wszystko mnie. Efekt końcowy zależy też od liczby egzemplarzy, które uda nam się wydrukować, oraz od zapasów papieru, jakie uda nam się zdobyć.

Jak można się było spodziewać, następnego dnia Sergio przesyła mi wiadomość z prośbą o spotkanie i kolejny raz czas w twierdzy Breugala wlecze się niemiłosiernie. Jestem rozkojarzona, niemal pewna, że moja pasja literacka nie zasłuży na przychylną reakcję dowódców ruchu oporu. Spotykamy się jak zwykle w niewielkim barze na San Paolo i dziwię się, gdy Sergio wita mnie uśmiechem, a nie grymasem niezadowolenia.

– Bardzo przepraszam, signor Lombardi – bełkoczę. – Nie wiem, co się stało... to po prostu pomyłka i nie wiem, co...

Podnosi rękę, by mi przerwać.

– Może i tak, Stello, ale czasami nieporozumienia prowadzą do dobrych rzeczy.

Ku memu wielkiemu zdumieniu mówi mi, że oddziały weneckich partyzantów są zachwycone, mogąc poczytać o miłości przekraczającej granice, nawet jeśli to fikcja. Reakcja w całej Wenecji była bardzo pozytywna, opowieść wyraźnie zainteresowała partyzantów i patriotów.

– Zima była długa i ciężka, nie mieliśmy zbyt wielu dobrych wieści. Wiesz o tym lepiej niż ktokolwiek – ciągnie Sergio. – Dobrze jest więc podnieść wszystkich na duchu. Domyślam się, że wszystko skończy się szczęśliwie?

Szczerze mówiąc, nie myślałam jeszcze, jak się ta historia rozwinie, nie wspominając w ogóle o zakończeniu, ale tak, od zawsze wiedziałam, że miłość Gai i Raffiana przetrwa zawieruchę. Gdyby było inaczej, jak mogłabym to pisać? Albo żyć własnym życiem, trwać dzień po dniu i mieć nadzieję, że jakoś z tego wyjdziemy?

Czytelnicy chcą więcej, mówi mi Sergio, kolejny rozdział z każdym numerem gazety. Czy to możliwe przy całej mojej pracy? Prawda wygląda tak, że pisząc pierwszy rozdział, wcale nie czułam, że pracuję, a jedynie otwieram serce, mogłam więc tylko się zgodzić. Będę zatem odwiedzała Giudeccę cztery razy w tygodniu, a nie trzy jak w ostatnich miesiącach, tym bardziej że – zgodnie z obietnicą Sergia – będą mi przydzielać mniej zadań łączniczki. I gdzieś w zakamarkach mojej głowy pojawia się myśl, że to dodatkowa okazja, by odwiedzić Jacka.

On sam jest bardzo uradowany moim widokiem i zachwycony wiadomościami, które mu nieśmiało przekazuję podczas następnej bytności u Świętej Eufemii.

– No to biedny rekonwalescent będzie miał co czytać – mówi. Już pochłonął wszystkie książki, które mu przyniosłam, i chce więcej. – Przeczytałem pierwszy rozdział i jest bardzo... – Wahanie Jacka, gdy trzyma w dłoni kartkę, jest dla mnie męką.

„O Boże, wiedziałam, to straszliwie żenujące", myślę.

– Dobry – mówi w końcu Jack. – Jestem zaszczycony, że znam autorkę osobiście. Mogę prosić o autograf?

– Przestań! – wykrzykuję. – Teraz się droczysz.

– Wcale nie – odpowiada tym razem bez rozbawienia. – Nawet w tym krótkim rozdziale wyczuwam miłość i pragnienia tej pary, niemal czuję ich smak. – Patrzy na mnie ciemnymi oczami, pełnymi blasku teraz, gdy czuje się już dobrze. Na kilka krótkich sekund nasze spojrzenia się spotykają, dopiero hałaśliwe przybycie siostry Cary przerywa coś, co przez moment można było uznać za czar. Potem Jack znów staje się dowcipnym sobą.

– Jakie smakowitości mamy dzisiaj? – pyta, gdy siostra stawia przed nim zupę i chleb. To zbyt skromny posiłek dla dochodzącego do zdrowia mężczyzny jego postury, ale to wszystko, czym mogą się z nim podzielić. Jack, jak to on, nie posiada się z wdzięczności: – Co za uczta!

Wychodzę z torbą na zakupy z największą częścią nadajnika na dnie, owiniętą materiałem, przykrytą książkami i starym śmierdzącym śledziem, którego dostałam od sióstr. Możemy mieć tylko nadzieję, że smród odstraszy wścibskie oczy i nie będą chciały zaglądać zbyt głęboko.

W redakcji gazety przerzucam szybko wiadomości z tego tygodnia i wykorzystuję wolny czas, żeby zacząć pisać drugi rozdział *Kolczastej miłości*, który spływa spod moich palców bez żadnego trudu. Gai i Raffianowi oraz członkom ich rodzin i przyjaciołom nadałam cechy wielu bliskich osób – także mamy, taty, Vita i Mimi. Nakazuję sobie w duchu, żeby nie przemycać zbyt wielu cech Jacka, i wiem, że później muszę uważać, żeby nie sparodiować Breugala tak, by można go było zbyt łatwo rozpoznać.

Pewna swojej rozkwitającej miłości para postanawia ukrywać ją przed obiema rodzinami i, co ważniejsze, przed światem zewnętrznym i znajduje sposoby, by się spotykać w sekrecie. Muszą się zadowalać kradzionymi chwilami w porzuconych budynkach lub wypływać na wodę, gdzie z dala od obcych oczu mogą być sobą. Żyją tu i teraz, starając się nie przewidywać, jak może wyglądać potem świat. Oboje wiedzą, że jeśli Hitler wygra tę wojnę, czeka ich jeszcze trudniejsza walka.

Kiedy piszę na maszynie, czuję, że klawisze są dobrze naoliwione i słowa bez trudu przenoszą się na papier, zupełnie jakbym była jedynie przekaźnikiem, a nie twórcą. Takie poczucie swobody przywołuje wspomnienia dni spędzanych z rodziną na wodach laguny przed wojną, gdy wiatr rozwiewał nam włosy, łódź nabierała prędkości, a skóra była wilgotna od kropelek wody. Totalna wolność. Nawet Arlo uśmiecha się na widok mojego tempa i razem z Tommasem nucą coś pod nosem.

– Hej, posłuchaj naszego własnego Shakespeare'a. – Arlo szturcha Tommasa. – Niedługo zostanie sławną pisarką i zostawi nas, biedaków, z tą naszą prymitywną gazetą.

– Ponieważ Shakespeare na pewno nie miał maszyny do pisania, jest to mało prawdopodobne – odpowiadam szybko.

– Gdyby miał, to na pewno bez opadającego „e". – Arlo śmieje się, a ja patrzę na niego z udawanym gniewem.

Do zaprzestania pracy zmusza mnie jedynie godzina policyjna i coraz bardziej zawodne *vaporetto* z Giudekki.

Jestem tak pochłonięta moją opowieścią, że dopiero kiedy łódź zbliża się do głównej wyspy, przypominam sobie o torbie na zakupy i ukrytej w niej kontrabandzie. Zaczynam zwracać uwagę na chód i zachowanie, gdy schodzę z łodzi z podniesioną głową, ale nie pozwalam sobie ani na cień buty. Zmierzam pewnie w stronę domu, wypatrując patroli, skręcam pod *sotti* i w zaułki, kiedy słyszę za sobą kroki. Ich rytm jest stały, nie przyspieszają, ale coś wyraźnie jest nie tak. Są zbyt miarowe. Jak najbardziej swobodnie zatrzymuję się przy drzwiach sklepu i udaję, że szukam w kieszeni chusteczki, z nadzieją, że kroki mnie miną. Zamiast tego zwalniają i się zatrzymują. Wyglądam niepewnie z bramy. Nic. Jedynie odgłosy miasta w oddali zakłócają ciszę panującą na ulicy. Torba jest ciężka z powodu metalowej zawartości i poczucia winy i zastanawiam się, czy tylko tracę odwagę, a wyobraźnia szaleje. Znów ruszam przed siebie, zmuszając uszy, by wytłumiły ogłuszające pulsowanie w głowie. Ale to tylko moje serce. Bije podwójnym rytmem.

Jestem tak skupiona na tym, co się dzieje za mną, że nie zwracam uwagi na ulicę przed sobą. Dosłownie. Dostrzegam wojskowe buty za późno, by zamaskować oczywisty wstrząs – i możliwą winę – i podnoszę głowę, by ujrzeć kamienne wyrazy twarzy.

– Dobry wieczór, signorina – mówi żołnierz słabym włoskim. Serce mi zamiera, gdy rozpoznaję w nim jednego z tych, którzy zatrzymali mnie już wcześniej. Przyglądał mi się podejrzliwie i bardzo chciał przeszukać mi torebkę. Ale czy on rozpoznaje mnie?

– Dobry wieczór – odpowiadam po niemiecku. Wcześniej to działało na inne patrole, więc czemu nie spróbować?

Padają nieuniknione pytania: „Dokąd pani idzie? Gdzie pani była? Gdzie pani mieszka? Pani dokumenty?".

O dziwo, moje uaktualnione papiery, w których pojawia się nazwa pracodawcy, nie łagodzą twardych, lodowatych spojrzeń. Żołnierze są albo znudzeni, albo zmuszeni zaprezentować efekty swoich zatrzymań i kontroli.

Jeden pochyla się nad moimi dokumentami, a spojrzenie drugiego wwierca się w moją twarz, by nagle przenieść się na torbę na zakupy. Palce płoną mi od ciężaru, rączka wpija się w skórę, ale próbuję nie ruszyć dłonią ani o centymetr.

Widzę, że nie ma sensu próbować flirtu – wyraźnie nie są w nastroju – skupiam się więc na pozorach obojętności, jakbym była tylko lekko poirytowana, że mnie zatrzymano.

W końcu oddają mi dokumenty. Przez ułamek sekundy myślę, że pozwolą mi odejść, ale to tylko pobożne życzenie.

– Co jest w torbie? – pyta ten, którego rozpoznaję. Po plecach zaczyna mi spływać pojedyncza kropla potu.

– Zakupy spożywcze dla matki – odpowiadam. – Rzepa, ziemniaki. „Nie przesadzaj, Stello. Nie za dużo szczegółów".

Dwie pary oczu mrużą się podejrzliwie.

– Otworzyć.

Modlę się, żeby śledź zdążył się zepsuć i jego smród uderzył nas w nozdrza, gdy otworzę torbę. Rzeczywiście wystarcza, by jeden z żołnierzy odskoczył do tyłu.

– Cholera jasna! – krzyczy. – Co to jest?

Zmuszam się do śmiechu.

– To śledź. Dla mojej matki. Czasami tylko taką rybę możemy zdobyć. O dziwo, jeśli się potrze o nią polentę, nadaje jej całkiem niezłego smaku.

– Obrzydliwe – mruczy jeden i trudno zgadnąć, czy ma na myśli rybę, mnie, czy ogólnie Włochów. Ale nie jest usatysfakcjonowany. Mruży oczy jeszcze bardziej i sięga dłonią do paska po cienką drewnianą pałkę. Wsuwa ją do torby i sięga niemal do dna, kilka centymetrów od twardej obudowy radia.

Pot cieknie mi już strużką po plecach od karku, co łatwo zauważyć od tyłu, bo włosy wsunęłam pod beret. Zaczynam czuć, jak się zbiera u nasady włosów. Jeszcze chwila i spłynie na czoło jako oznaka mojej winy.

– Opróżnić torbę – rzuca ten z pałką.

Nie mam wyboru, muszę posłuchać. Powolnym ruchem odstawiam torebkę, pragnąc zarobić kilka sekund, gdy mój mózg wiruje. Czy mogę coś zrobić? Cokolwiek?

– CHOLERNI NAZIŚCI! – rozlega się ryk gdzieś z boku, a kilka sekund później trzask czegoś, co może być fajerwerkiem albo wystrzałem, jednym, drugim, trzecim. Kątem oka łapię resztki pomarańczowych błysków rozświetlających ulicę przed nami.

– NIECH ŻYJĄ WŁOCHY, PRECZ Z FASZYZMEM! – krzyczy znów oddalający się głos. Obie aryjskie głowy podnoszą się gwałtownie z głodnym wyrazem oczu. Żołnierze ruszają w pościg, pozostawiając mnie na ulicy z torbą, której zawartość miała zostać ujawniona. W następnej sekundzie chowam się pod łukiem i trzymając się ciemnych cieni osłoniętego zaułka, idę tak szybko, jak tylko jestem w stanie. W przypadkowym kierunku, byle dalej.

Kiedy wychodzę na niewielkie *campo*, okazuje się, że tylko jedna brama dzieli mnie od bezpiecznego domu, w którym już kiedyś byłam. Panując nad oddechem, idę powoli w jego stronę; pukam cicho i czekam na odpowiedź. Podaję hasło i wchodzę do środka. Szybko wyjaśniam, co zaszło, i proszę, by przechowano tu torbę do czasu, kiedy będzie można ją bezpiecznie odebrać. Starsza para patriotów wyraża zgodę. Uprzejmie zapraszają mnie na noc, ale nie chcę narażać ich na niebezpieczeństwo ani wykorzystywać ich wielkoduszności bardziej, niż muszę. Mam dwadzieścia minut do godziny policyjnej i zdążę, jeśli się pospieszę. Nie mam nic ciężkiego, a do ewentualnego przeszukania tylko prawie pustą torebkę.

Serce mam w gardle do chwili, gdy zamykam za sobą drzwi mieszkania i padam na łóżko. Oddycham głęboko i kładę dłoń na piersi, naciskając miejsce, w którym serce próbuje się z niej wyrwać. Jeden z moich dziewięciu żywotów przepadł na dobre. Przed oczami staje mi wizja rodziców, jak otwierają drzwi Sergiowi Lombardiemu albo komuś z jego brygady i mama załamuje się z rozpaczy na wieść o egzekucji córki za zdradę faszystowskiego państwa. A potem ogarniają mnie wyrzuty sumienia – nie z powodu tego, co zrobiłam, ale że o mało mnie nie złapali. Konsekwencje dla mnie... no cóż, nie poczułabym ich po torturach albo kuli. Ale ta wojna wyciąga swoje paskudne macki w stronę każdej rodziny, każdego serca, niszczy dobro i człowieczeństwo. Szlocham w poduszkę, opłakując tych, których bym pozostawiła, i nieszczęście, jakie mogłam spowodować; partyzantów, których straciliśmy, i tych, którzy dopiero zginą.

Kiedy tak leżę na łóżku z twarzą jeszcze mokrą od łez, ale ze spokojniejszym pulsem, zaczynam myśleć o tym racjonalnie. Próbuję sobie wyobrazić, jak bym zareagowała, gdyby odkryli paczkę Jacka. Stałabym z kamienną twarzą czy paplałabym, że to roślina? To byłoby głupie i niewiarygodne, ale mogłoby dać mi trochę czasu. A potem zastanawiam się nad zamieszaniem, które mnie ocaliło. Był to albo niezwykły zbieg okoliczności, albo dobrze zaplanowana akcja. Nie daje mi spokoju, czy miało to coś wspólnego z krokami, które słyszałam za sobą, i kto to mógł być.

Próbuję ułożyć to w logiczną całość, ale wszystko zaczyna się zacierać. Bez względu na okoliczności jestem wdzięczna losowi i postanawiam być ostrożniejsza. Mądrzejsza, bardziej czujna. Uważaj na siebie, Stello. Żadnych gwałtownych ruchów. Czy nie tak brzmi podstawowa zasada przetrwania?

14

Głos z laguny

Bristol, październik 2017

Szybki, nieplanowany wyjazd Luisy do Wenecji odsuwa się nieco w czasie. Jej plany krzyżują wymogi prawa i fakt, że jest jedyną spadkobierczynią niewielkiego majątku matki – określenia takie jak „urzędowe zatwierdzenie testamentu" i „podatek od spadku" dominują w jej poczcie i mejlach. Musi podpisywać dokumenty i oświadczenia. Jak na złość, w tym samym czasie pojawia się ważne zamówienie – nie chce go odrzucić, bo pomoże jej sfinansować podróż do Wenecji, zanim na konto wpłyną pieniądze ze sprzedaży domu matki.

Zamiast więc jechać, Luisa przygotowuje się do podróży, czytając jak najwięcej pozycji o ruchu oporu w Wenecji, o którym pisze się zadziwiająco mało. Stos książek przy jej łóżku sugeruje jakiś spory projekt naukowy; zdecydowała się korzystać z materiałów drukowanych, bo nie chce, żeby jakikolwiek rząd zaglądał do jej historii przeszukiwania internetu, w której przewijałyby się słowa „faszyzm" i „okupacja nazistowska".

Coraz lepiej też mówi po włosku dzięki przyjacielowi Jamiego, który potrzebuje pomocy w promocji, więc raz w tygodniu wymieniają się umiejętnościami. Być może z jej strony jest to tylko pobożne życzenie, ale pewne zwroty coś jej przypominają – sposób, w jaki nauczyciel wypowiada *prego*, zupełnie jak babcia Stella, gdy czasami się zapominała. Nie daje jej to spokoju jak zamglone déjà vu i lubi sobie wyobrażać, że pracowicie odkrywa różne oblicza babci. Luisa nie pamięta, by matka w ogóle mówiła po włosku, choć z pewnością znała ten język, mając rodziców Włochów. To niewyraźne echo, które powraca, musi być głosem Stelli albo nawet dziadka Gio. Na pewno?

Pomiędzy pracą i spotkaniami z prawnikami Luisa rozpoczyna poszukiwania na szerszą skalę. Płaci za zbadanie drzewa genealogicznego – choć nie wspomina Jamiemu o kosztach tej operacji – a potem wysyła mejle w nadziei, że nawiąże kontakt w Wenecji z osobami mówiącymi po angielsku, których rodziny pomogą odnaleźć jakieś ślady. Czeka, otwierając co rano Daisy i sprawdzając pocztę. Całymi tygodniami porusza się w kółko, odsyłana od jednej osoby do drugiej, która „może" mieć starszego krewnego, lecz jak się okazuje, jego wspomnienia zatarły się z czasem lub celowo wyrzucił je z pamięci.

A potem nagle trafia w dziesiątkę. Dostaje odpowiedź po angielsku od Giulia Volpego, pracownika naukowego w IVESER* – Instytucie Historii Ruchu Oporu i Współczesnego Społeczeństwa, mieszczącym się na wyspie Giudecca. Mają tam nie tylko najbardziej kompletną historię ruchu oporu w Wenecji, ale i przechowują dowody – fotografie, listy, gazety. Dla Luisy to jak Gwiazdka i urodziny jednocześnie. Signor Volpe pisze, że sprawdził i nie może znaleźć żadnej wzmianki o Stelli

---

* IVESER – Istituto veneziano per la storia della Resistenza e della società contemporanea (wszystkie przypisy pochodzą od tłumaczki).

143

Hawthorn, co nie dziwi Luisy, bo nie jest to panieńskie nazwisko babki. W korespondencji matki nie znalazła żadnej o nim wzmianki, tylko nazwisko dziadka Gio: Benetto, ale jednocześnie ma pewność, że babka raczej nie wyszła za mąż w czasie wojny. Fotografia z placu Świętego Marka z mężczyzną oznaczonym wyraźnie jako „C" wskazuje, że w 1950 roku nie była jeszcze z dziadkiem.

Informacja o archiwum fotografii jest dla Luisy o wiele cenniejsza. Obok zdjęć, które znalazła w swoim cennym pudle, stanowi potencjalny klucz do zagadki, a połączywszy jedne z drugimi, może znaleźć jej rozwiązanie.

Pierwszy raz od śmierci matki Luisę ogarnia euforia połączona ze spokojem. Że być może istnieje jakieś rozwiązanie. Że będzie mogła na czymś się oprzeć.

Teraz może jechać i odkrywać Wenecję, a być może przy okazji i siebie.

15

Miłość i furia

Wenecja, kwiecień – maj 1944

Dni szybko przechodzą w tygodnie wypełnione pracą w dowództwie nazistów, wydawaniem gazety i opowieścią o Gai i Raffianie wypływającą ze mnie jak strumień, który wreszcie odblokowano. W moim życiu brakuje jedynie spotkań z Jackiem; jego noga wydobrzała na tyle, że można go było przenieść z kościoła na Giudecce na mniejszą wyspę Pellestrina leżącą obok Lido, z dala od szlaków patroli. Kiedy całkiem odzyska siły, spróbuje wyruszyć w długą drogę do domu przez górskie przełęcze, najlepiej jeszcze przed zimą. Tymczasem ma przekazywać wiadomości na swoich radiach domowej roboty i pomagać naprawiać dziury w sieciach miejscowych rybaków.

– Cieszę się, że mogę spłacić dług i na coś się przydać – żartował podczas naszego ostatniego spotkania na Giudecce. – Matka nauczyła mnie szyć, gdy byłem jeszcze mały. Wiedziałem, że kiedyś się to przyda.

Humor ma przykryć smutek. Jestem pewna, że oboje go odczuwamy, gdyż połączyła nas bliska przyjaźń. Czy także coś więcej? Trudno powiedzieć, gdy się przytulamy – jak podejrzewamy – żegnając się po raz ostatni. Wiem tylko, że gdzieś we mnie pozostanie pustka. Wyraz jego twarzy mówi mi, że on też będzie tęsknił.

W następnym tygodniu brakuje mi tych wizyt, ale jestem tak zajęta, że prawie nie mam czasu, by pomyśleć o czymś innym niż praca lub przetrwanie; nieregularne dostawy oznaczają, że brakuje żywności, tym bardziej że po przybyciu uchodźców liczba mieszkańców niemal się podwoiła. Mamy także problemy z wodą z powodu bombardowań w pobliskim Mestre i Marghere, gdzie zniszczono cenne wodociągi. Czekanie w długich kolejkach do studni ma jednak dla mnie dobre strony, gdyż to idealny czas, by wybadać, jak odbierana jest moja opowieść, która pojawia się teraz z każdym tygodniowym wydaniem gazety. Nie mogę powstrzymać uśmiechu, gdy słucham plotek o Gai i Raffianie, zupełnie jakby żyli naprawdę, a czytelnicy przepowiadający ich dalsze losy byli ich przyjaciółmi.

– Jest zupełnie jak mój bratanek Alfredo – słyszę jedną z kobiet. – Wydaje się taki rycerski, a mój bratanek to wzór uprzejmości. Autor na pewno zna Alfreda.

Jednak nigdy mnie nie kusi, by zdradzić swoją tożsamość – z jednej strony mogłoby to kosztować życie, ale z drugiej podoba mi się aura tajemniczości, którą tworzy anonimowość. Świetnie się przy tym bawię.

Reakcje, które podsłuchuję, upewniają mnie, że trafiłam we właściwy ton, i czasami podkradam sugestie innych i wplatam je w losy mojej pary, jakby sama Wenecja dyktowała, jak ma się rozwinąć ich związek.

Sergio też przekazuje mi informacje, że opowieść wywiera pozytywny wpływ na morale, gdy zakochana para z wielką przebiegłością wymyka się prześladowcom i oszukuje nazistowską machinę. Dzieje się tak w samą porę, bo alianci i partyzanci walczący we Włoszech powoli robią postępy, a w innych miejscach Europy już zmierzają do ostatecznego zwycięstwa; Radio Londra przekazuje doniesienia o zniszczeniu dowództwa gestapo na Węgrzech i w Jugosławii oraz atakach RAF-u na kwaterę główną gestapo w Hadze. Gorsze są informacje o niemieckich akcjach odwetowych; docierają one do nas dzięki podziemnym wiadomościom i lubię sobie wyobrażać, że ma to coś wspólnego z Jackiem i jego magicznym radiem. Dowiadujemy się, że naziści zamordowali osiemdziesięciu sześciu francuskich cywilów w zemście za działania partyzantów. Okropnie się tego słucha, ale trzeba o tym wiedzieć – w Wenecji musimy to wykorzystać jako paliwo do naszej walki z okupantami.

Dobiegają do mnie echa mojej opowieści także z innych stron – pewnego ranka pod koniec kwietnia głośne i wyraźne okrzyki furii rozlegają się w gabinecie generała Breugala. Ciężkie drewniane drzwi tłumią krzyki, ale słyszę urywki jego tyrady.

– Cholerni partyzanci! – niemal wrzeszczy, a ja wyobrażam sobie fioletowe żyły pulsujące na jego tłustej szyi. – Jakbym nie miał dość na głowie... bez... cholerny pismak... marnuje mój czas...

Cristian siedzi przy swoim biurku i udaje, że czyta raport, choć wyczuwam, że nie jest skupiony. To pewnie kapitan Klaus przyjął na siebie cały impet tyrady Breugala. Przez krótką chwilę jest mi niemal żal drugiego zastępcy i wyobrażam sobie, jak jego chuda sylwetka chwieje się pod naporem wściekłości.

Szybko jednak pojawia się poczucie satysfakcji, że to ja przyczyniłam się do frustracji Breugala i nazistów. Jeśli wszystko dokładnie usłyszałam, rozmawiają o Gai i Raffianie, ich wpływie na morale miasta i o bezczelności partyzantów, którzy produkują coś takiego pod ich nosem.

147

Dziadzio miał rację – łagodne połączenie słów może stać się najpierw cierniem, a potem mieczem wbitym w ciało naszego przeciwnika. Jestem jednocześnie zdenerwowana i zadowolona. Co się stanie, jeśli odkryją wroga we własnych szeregach? Do czego się posuną, by uciszyć kogoś takiego jak ja? Policzki nagle zaczynają mi płonąć, choć w biurze panuje chłód.

Krzyki w końcu cichną i z gabinetu wychodzi kapitan Klaus ze zmarszczonym czołem, jakby brał udział w najkrwawszej z bitew i na wpół żałował, że się nie poddał. Z wnętrza biegnie za nim głos Breugala:

– De Luca!

Cristian podnosi się z krzesła, choć nie tak szybko, jak można było oczekiwać, zważywszy na wcześniejszą wymianę zdań. Ze spokojem bierze notes i pióro i wchodzi do jaskini cesarza. Słychać głosy, lecz są denerwująco ciche i nie mogę się domyślić, o czym mówią, mimo że reszta biura znacząco zwolniła tempo pracy, maszyny do pisania niemal wstrzymały oddech. Cristian wraca po dziesięciu minutach i zatrzymuje się, by się rozejrzeć po biurze. Jedno surowe spojrzenie i stukot znów przybiera na sile.

Pracuję przy biurku przez pół godziny, zapełniając kolejne kartki. Zżera mnie ciekawość i w końcu bierze górę; podchodzę do Cristiana, by niby poprosić o pomoc z jakimś technicznym zwrotem, ale wzrokiem przebiegam po jego papierach. Na biurku leży kilka odcinków *Kolczastej miłości* i serce boli mnie na myśl, że znalazły się w tym biurze i on ich dotyka. Cristian najwyraźniej szkicuje coś, co przypomina ulotkę, plakat z gatunku „poszukiwany" – wymieniona jest tam spora nagroda za wskazanie miejsca przechowywania maszyny i, co ważniejsze, autora. Spodziewałam się jakiejś reakcji z ich strony, ale nie byłam przygotowana na coś takiego. Słowa więzną mi w gardle i oblewa mnie zimny pot, gdy uświadamiam sobie, że jestem poszukiwanym przestępcą, i mamroczę jakąś wymówkę, by odejść od biurka.

W łazience muszę zapanować nad przyspieszonym oddechem, w ciszy łapię znów powietrze, które grozi, że mnie obezwładni. Jak głupia myślałam początkowo, że to będzie zabawa, i mile połechtał mnie entuzjazm Sergia. Powinnam była wiedzieć, że reżim, który wynosi propagandę i blask władzy ponad prawdziwe treści, rozwścieczy się w zderzeniu z takim wyzwaniem, nawet jeśli jest ono czystą fikcją. Oczywiście nigdy nie będą tolerować tak bezczelnego działania. A teraz stałam się celem. Moją jedyną nadzieją pozostaje to, że ochroni mnie wenecki ruch oporu, a tak naprawdę każdy mieszkaniec miasta. Potrzebna jest nam solidarność, by zewrzeć szyki i desperacko trwać, jak drewno i muł, na których egzystujemy wszyscy w tym unoszącym się na wodzie raju. Kilka wyłomów, szczelin w palach i wszyscy zatoniemy. Jasne i proste.

Rozpaczliwie pragnę wydobyć z Cristiana więcej informacji, gdyż najwyraźniej zna szczegóły planu Breugala, ale się powstrzymuję. Pamiętam, że mimo okazywanej mi przyjaźni, przez swoją skrytą naturę jest bardziej niebezpieczny niż nawet generałowie. Jest bystry i możliwe, że na swój sposób potężny, ale nie obnosi się z tym. Przede wszystkim jednak to lojalny faszysta.

Po południu jest niezwykle milczący, wchodzi do sanktuarium Breugala i wychodzi z niego, i w pewnej chwili widzę ukończony plakat, który pospiesznie wrócił z drukarni. Widnieje na nim powiększona do dużych rozmiarów moja charakterystyczna opadająca litera „e". A pod nią dużymi literami napisano:

ZNACIE AUTORA TEJ OPOWIEŚCI?
ZA WSKAZANIE WYSOKA NAGRODA.

Cristian siada przy biurku i z satysfakcją przygląda się swojemu dziełu.

Wieczorem wychodzę z budynku, czując się, jakbym miała na plecach wymalowany cel, wyobrażam sobie, że kiedy plakaty pojawią się w całej Wenecji, zawieszone na latarniach i drzwiach, znajdzie się tam moja twarz; Stella Jilani – to ona, ona to zrobiła. Wydajcie ją, złapcie. Zabijcie.

Odrobinę pociesza mnie świadomość, że moja ukochana maszyna znajduje się za wodą na Giudecce, ukryta w piwnicy i jest tam bezpieczna.

Przez jakiś czas krążę po ulicach. Mam się zjawić u rodziców na kolacji i w brzuchu burczy mi w oczekiwaniu na dania mamy, ale wcześniej muszę poukładać myśli, zwłaszcza po dzisiejszym dodatkowym zamęcie. Nie mogę pozwolić, by na mojej twarzy pojawił się choć cień niepokoju, który sprawi, że tato zacznie coś podejrzewać i odciągnie mnie na bok. Nie chcę też siedzieć w barze, przy brzęku szkła i wśród gwaru codziennych rozmów; w tym mieście nie ma osoby pozbawionej zmartwień, ale czuję, że z ciężarem spoczywającym na moich barkach muszę sobie poradzić w samotności, w ciszy.

Kieruję się w stronę spokojnych uliczek wokół Zattere, na których zwykle nie ma ruchu, z wyjątkiem przepływającej od czasu do czasu łodzi. Pogrążona w myślach patrzę pod nogi, kiedy nagle coś każe mi wrócić do rzeczywistości. Znowu.

– Signorina Jilani? – To niewątpliwie jego głos. Jestem zszokowana i zdezorientowana. Głos rozlega się za mną czy przede mną?

W końcu go dostrzegam: Cristian stoi zwrócony twarzą do mnie po mojej prawej stronie przy nabrzeżu, naprzeciwko starego warsztatu, gdzie buduje się gondole. Ile razy można przypadkiem na kogoś wpaść? Moja paranoja łączniczki daje o sobie znać; podejrzewam, że to nie przypadek. Śledził mnie, a ja zupełnie straciłam czujność? Wydarzenia popołudnia sprawiają, że w moim ciele szaleje burza.

– Och! Dobry wieczór, signor – jąkam się.

– Piękna, prawda? – mówi Cristian i znów spogląda na wodę. Głos ma spokojny, nie słychać w nim żadnych złowieszczych tonów. Wygląda na to, że zostawił w biurze wszystkie problemy związane z pracą.

– Szuka pan czegoś szczególnego? – Jestem szczerze zaciekawiona, ale chcę też spróbować wydobyć z niego powód, dla którego się tu zjawił. Jeśli nie śledzi mnie, to co robi?

– Gondoli – odpowiada niemal ze smutkiem. – Zawsze mówiłem mojej matce, że jeśli przyjadę do Wenecji, przepłynę się dla niej gondolą, zrobię mnóstwo zdjęć. Ale wygląda na to, że teraz przewożą tylko towary.

– Śmiem twierdzić, że za odpowiednią sumę znajdzie pan chętnego gondoliera w jakimś barze – odpowiadam, wciąż zdumiona. Odwieczny obraz weneckich kanałów, na których aż roi się od lirycznych gondolierów, przerwała wojna, a jedynymi „turystami" są teraz nazistowscy żołnierze na przepustkach. Wykwalifikowani gondolierzy zatrudnili się gdzie indziej lub poszli walczyć, ale wciąż można ich znaleźć w tkance miasta, jeśli tylko się wie, gdzie szukać.

– Hmm, to nie byłoby to samo – mówi i uśmiecha się lekko. – Poza tym chciałbym popłynąć z kimś wyjątkowym. Bo tego wymaga takie doniosłe wydarzenie.

Daje mi coś do zrozumienia czy żartuje? A może tylko się ze mną bawi? Powiedział to z wdziękiem, a nawet z odrobiną humoru. Czy to ten sam człowiek, który zaledwie tego popołudnia przygotowywał nakaz mojego aresztowania i – jeśli zajdzie tak potrzeba – z chęcią mnie wyda? Aż w głowie mi się kręci.

Przerywa rozmyślania i odwraca się do mnie.

– Zmierza pani do jakiegoś konkretnego celu, signorina? – pyta, widząc, że skonfundowana stoję jak wrośnięta w ziemię.

– Słucham? N… w zasadzie tak. Wybieram się do rodziców. Mama gotuje kolację – mówię prawdę, by jeszcze bardziej się nie wikłać.

– Mogę panią odprowadzić? – proponuje.

– Dziękuję, proszę sobie nie robić kłopotu. Muszę się jeszcze gdzieś zatrzymać i kupić chleb, jeśli zdołam.

– Życzę miłego wieczoru. – Odwraca się, by znów rozmyślać nad warsztatem pełnym gondoli, które tęsknią za wodą i czymś więcej niż tylko farba, by powrócić do dawnej chwały. Ruszam w stronę mostu Accademia, co kilka kroków oglądając się za siebie, pewna, że opuścił już nabrzeże i idzie za mną, kryjąc się wśród murów. On jednak nie rusza się z miejsca i stoi z rękami wsuniętymi do kieszeni.

Zastanawiam się, czy po tej rozmowie w ogóle uda mi się uporządkować myśli.

16

Uspokojenie

Wenecja, maj 1944

Jak w przypadku większości wyobrażeń, rzeczywistość nie jest tak zła, jak przewiduje się w czarnych myślach. Następnego ranka zauważam pierwszy plakat kilka ulic od mojego placu: trzepocze na porannym wietrze przybity do słupa. Normalnie odwróciłabym się i poszła w drugą stronę, ale moją uwagę zwróciła grupka ludzi zgromadzona wokół słupa i komentująca treść plakatu.

– Kto by pomyślał, że niewinna opowieść tak rozsierdzi nazistów – szydzi jedna z kobiet.

– Boją się własnego cienia – dodaje inna i wszyscy zaczynają chichotać, rozglądając się jednak, czy w pobliżu nie ma patrolu.

– Chwała temu, kto to pisze – wtrąca starszy pan. – Czytam to żonie co tydzień. Wzrok jej szwankuje, a to zawsze podnosi ją na duchu. Byłaby zmartwiona, gdyby opowieść się urwała i nie poznała zakończenia.

Słysząc te słowa, czuję, jak walczą ze sobą moje dwie połówki: dumna i przerażona, ostrożna i oszołomiona, wystraszona i zbuntowana. Choć zawsze byłam osobą zdecydowaną, teraz czuję, że zgrałam się z przypływami i odpływami wód naszej ukochanej weneckiej laguny, chwiejnych i niepewnych, podlegających nieustannym zmianom. Wiem, co podpowiada mi serce, ale po której stronie równania znajduje się zdrowy rozsądek?

Muszę wytrzymać kolejny dzień pod bacznym spojrzeniem Cristiana, zanim będę mogła porozmawiać z Arlem, Matteem i Tommasem, dowiedzieć się, co powiedział Sergio i inni dowódcy, i zastanowić się, jak zadbać o nasze bezpieczeństwo.

W biurze męczy mnie niezdecydowanie i staram się znaleźć zapomnienie w pracy. Panuje nieco swobodniejsza atmosfera, gdyż Breugal wyjechał na cały dzień, o czym z wyraźną ulgą informuje mnie Marta, kiedy tylko przychodzę. Cristian też zdaje się mniej znękany i znów widzę, jak czyta dzieło mojej wyobraźni z okularami zsuniętymi na czubek głowy i kartką tuż przed nosem. Nie widać po nim gniewu, gdy czyta jedną kartkę po drugiej – od czasu do czasu marszczy brwi, ale zdaje się prawdziwie pochłonięty lekturą. Na jego twarzy maluje się wyłącznie zainteresowanie i uświadamiam sobie, że czuję się trochę zawiedziona; po wszystkich naszych rozmowach dotyczących literatury być może oczekiwałam, że Cristian doceni dobrą opowieść, że ujrzę jakąś reakcję na jego twarzy lub w oczach, gdy Raffiano zastanawia się, czy zaryzykować wszystko dla miłości – nie ugnie się przed żądaniami rodziny i nie rzuci Gai, przysięga, że pozostanie u jej boku, dokądkolwiek ona się uda. Chcę, by moje słowa wzbudzały przynajmniej jakieś emocje. A potem karcę się za to zarozumialstwo. To opowieść, Stello, napisana przede wszystkim po to, by bawić i być może wywołać jakiś przelotny komentarz, ulotny blask. Nic więcej. W tej wojnie nie ma miejsca na wybujałe ego.

*

Na Giudecce Arlo jest początkowo upojony reakcją Niemców, cieszy się, że wetknęliśmy kij w mrowisko, choć rozumie mój niepokój. To nie on zostawił wyraźne ślady w całym tekście. Niepewnie wypowiada to, o czym ja już pomyślałam – że powinnam się pozbyć maszyny, na zawsze oddać ją morzu. Jednak gdy spoglądam na dobrze znane klawisze, czuję pod palcami, jak są wyjątkowe, i słyszę dźwięk, który od tak dawna stanowił melodię mojego życia, wiem, że nie mogę tego zrobić. I to jeszcze zanim zaczynam myśleć o dziadziu. Maszyna musi zostać – ukryta, ale na wyspie.

W ciągu następnych kilku dni Sergio zapewnia mnie o mojej anonimowości i choć sugeruje, byśmy wstrzymali publikowanie kolejnych odcinków, nie proponuje całkowitej rezygnacji. Zastanawiam się, czy chce mnie tylko udobruchać, ale w sekrecie odczuwam ulgę. Nikt nie lubi być celem.

– Jeśli zarzucimy to teraz, w biurze Rzeszy pomyślą, że nas wystraszyli – przekonuje mnie Sergio. – Da im to poczucie wyższości, a to zawsze dobrze u nich podtrzymywać. Bo wtedy będą bardziej skorzy do popełniania błędów.

Ściska mnie za ramię.

– Wrócisz – mówi. – Z jeszcze większą wyobraźnią, jeszcze lepiej pokażesz naszą siłę. Jestem tego pewny.

Przez jakiś czas cieszę się z dodatkowej przestrzeni w życiu – powiedziano mi, że moja praca w świętym miejscu Rzeszy jest wciąż niezbędna, by ogarnąć plany nazistów w regionie. Pomiędzy wierszami każdego raportu, który przepisuję i przekazuję dalej, kryje się całe bogactwo informacji o liczbie oddziałów przybywających i opuszczających Wenecję Euganejską; biuro Breugala odpowiada za śledzenie ich ruchów. Uczymy się szybko,

które linie kolejowe są ważne dla transportu zaopatrze-
nia – które mogą stać się celem sabotażu partyzantów.
Sergio mówi mi, że to wszystko pomaga ruchowi oporu
stworzyć mapę, klucz, by nazistowscy najeźdźcy musieli
stale mieć się na baczności. Kiedy Sergio chwyta mnie za
rękę i mówi, że jestem bardzo ważnym trybem w wielkiej
machinie, zalewa mnie poczucie dumy. I zawsze, zawsze
myślę wtedy o ukochanym dziadziu i widzę jego uśmiech
psotnego chłopca, którym kwitowałby udaremnienie planów wroga.

Tęsknię jednak za Gaią i Raffianem – motywacją do
opisywania ich życia byli ludzie, którzy chcieli o nich czytać. Nigdy nie pisało mi się dobrze do szuflady. Na razie
więc pozostają w mojej głowie, gotowi znów się wyłonić,
gdy zajdzie taka potrzeba.

Dostaję teraz więcej zadań jako łączniczka, w ten sposób nieco zapełniam lukę i nie jestem bezrobotna, za to
mam więcej czasu dla rodziców. Zawsze uważałam, że są
silni i nieugięci – czyż większość dzieci nie widzi w swoich rodzicach niepokonanych herosów? Stopniowo jednak
dostrzegam niepokój na ich twarzach. Zazwyczaj potężne
ramiona taty zmarniały z powodu niedostatku jedzenia,
pochyliły się pod ciężarem codziennych smutków, a mięśnie pod skórą zwiotczały. Dopiero gdy widuję rodziców
częściej – dwa razy w tygodniu, jeśli uda mi się wcisnąć
odwiedziny pomiędzy pracę w biurze, wieczory w redakcji i od czasu do czasu obowiązki łączniczki – zauważam,
że zmartwienia odbijają się na nich fizycznie. Przy każdej
wizycie mama mówi mi, że wyglądam na zmęczoną, ale
to pod jej normalnie jasnymi oczami sine cienie rysują się
coraz wyraźniej. Tato chce wyciągnąć ode mnie informacje,
gdy tylko zostajemy sami, ale mówię mu niewiele. Jakże-
bym mogła, gdy już tak bardzo martwią się o mnie i o Vita.

Ja wiem na pewno, że mój młodszy o trzy lata brat jest partyzantem, ale myślę, że rodzice od dawna to podejrzewają, choć mama próbuje chronić się przed tą wiedzą w geście matczynej samoobrony.

W dzieciństwie Vita całymi latami zamartwiała się z powodu deformacji stopy, z którą się urodził – kość lub ścięgno wykrzywiło się jeszcze w jej łonie i okrutnie nazwano to wrodzoną stopą końsko-szpotawą. Jak każda matka obwiniała siebie. Kiedy Vito był malutki, przeszedł operację i wyrósł na irytującego młodszego brata, który wspinał się na mury z przyjaciółmi i ganiał mnie bezlitośnie, choć kulejąc.

Mama żegnała się i dziękowała świętym, kiedy tak zwana niepełnosprawność Vita ocaliła go przed włoską armią lub przed przymusową pracą dla nazistów – jeśli zaszła taka potrzeba, potrafił genialnie podkreślać swoją ułomność. Być może naiwnie myślała, że będzie bezpieczniejszy tutaj, w Wenecji. Ale najwyraźniej w tej wojnie Vito wybrał sobie rolę nie tylko milczącego obserwatora.

– Prawie go nie widujemy, Stello – narzeka znów mama. – Wpada o różnych porach. Czasami jest brudny i wiem, że to nie tylko z powodu pracy. Jak można się tak ubrudzić z dnia na dzień?

Jestem pewna, że nie można – zwłaszcza jeśli pracuje się jako operator maszyn w stoczni. Ale czołgając się po bocznicach kolejowych i podziemiach Wenecji, jak najbardziej. Kiedy mama sprząta ze stołu, tato oczami daje mi znak, żebym wyszła na podwórze.

– Masz jakieś pojęcie o tym, co robi Vito? – pyta. Chce się czegoś dowiedzieć, ale nawet on nie może zapytać bezpośrednio, czy będąc w partyzantce, wiem, co mój brat knuje nad ranem. Nawet w gronie rodzinnym luźna pogawędka może mieć fatalne konsekwencje i często lepiej nie znać szczegółów. Nie można zdradzić tego, czego się nie wie.

Tato wypuszcza w powietrze obłok dymu – ostatnimi czasy zauważyłam, że pali z potrzeby, a nie dla przyjemności jak przed wojną.

– Stello? Wasza matka zamartwia się na śmierć.

– Nie wiem, tato – mówię, lecz tylko w połowie nie mijam się z prawdą. Dobiegły mnie pogłoski, że Vito może być częścią grupy przygotowującej ataki na Arsenał, mocno ufortyfikowaną bazę, gdzie naziści przechowują broń. Jak na razie udało im się przeprowadzić drobne akty sabotażu, które bardziej irytują, niż osłabiają Rzeszę. Mimi raz zrobiła aluzję do młodego człowieka zaangażowanego w misje ruchu oporu, którego mogę znać, a czasami Arlo spogląda na mnie z ukosa, gdy składamy gazetę. Na jego twarzy widać wtedy napięcie, jakby nie chciał, żebym dodała dwa do dwóch, przepisując raporty na maszynie. Dodawałam, ale nie na tyle, żeby zyskać absolutną pewność. Martwi mnie to jednak, podobnie jak teraz tatę – poirytowanie Rzeszy szybko zamieni się w gniew, a jeśli Vito zostanie złapany, konsekwencje okażą się bardzo surowe.

– Porozmawiam z nim, tato – obiecuję, choćby tylko po to, by uspokoić rodziców, tak jak oni pocieszali mnie tyle razy w życiu.

– Dziękuję, Stello. Dziękuję, *cuore mio*. – Delikatny dotyk na moim ramieniu jest jak tysiące uścisków, którymi obdarzył mnie w całym moim życiu.

Zostawiam u mamy liścik do Vita, radosną wiadomość w stylu: „Cześć, braciszku, tak długo się nie widzieliśmy, skoczmy gdzieś razem na drinka", z prośbą o spotkanie w kawiarni w przyszłą sobotę, bo nie będzie mógł się wymówić, że akurat jest w pracy. Taki sam liścik zostawiam u Paola, gdzie przychodzi na drinka raz czy dwa razy w tygodniu. Tylko tyle mogę zrobić; mam nadzieję, że rozsądek weźmie górę nad dążeniem do chwały.

W biurze Rzeszy mam wiele zajęć, ale niewiele powodów, by się przejmować. W rogu biurka Cristiana leżą egzemplarze „Venezia Liberare" i czuję się dziwnie, wiedząc, że to jakaś cząstka mnie. Jednym z jego zadań jest teraz czytanie gazety, gdy tylko się pojawia, i robi to bardzo wnikliwie, podsuwając okulary na czoło i zbliżając gazetę do twarzy. Mam ciarki za każdym razem, gdy to robi, jakby mógł wyczuć, że maczam w tym palce, zostawiając na stronach swój zapach. Tak właśnie wygląda paranoja.

Jednak gdy przez kilka tygodni w gazecie nie ukazuje się wkładka z opowieścią o rosnącej miłości Gai i Raffiana, gorączka otaczająca maszynę do pisania opada. Nie ma dalszych poleceń dotyczących poszukiwań i z gabinetu Breugala nie docierają do mnie ani pomrukiwania, ani wybuchy, a tylko informacje, że coraz lepiej żyje mu się w Wenecji. Za to Cristian traktuje mnie bardziej oficjalnie i próżno szukać między nami tego przebłysku przyjaznej intymności. Czuję się lekko rozczarowana, choć nie jestem pewna dlaczego. Cieszę się jednak, że nie zwraca na mnie uwagi z żadnego innego powodu.

W końcu spotykam się z Vitem w barze Paola, uznawszy, że to najbezpieczniejsze miejsce. Mimo to siadamy w rogu z dala od wścibskich uszu. Vito ma jednodniowy zarost, a w jego oczach widać zmęczenie, lecz jednocześnie lśnią w nich psotne iskierki. Rozpoznaję ten wyraz – wyraźnie ożywia go świadomość, że oszukuje wroga.

– No i co tam knujesz? – pytam niezobowiązująco.

– To i owo – odpowiada, kryjąc się za kuflem piwa.

– Czy to dziewczyna nie daje ci spokoju wieczorami? Wyglądasz na wykończonego.

– Naprawdę? Może. – Rozpromienia się.

Nachylam się bliżej już ze znacznie mniej swobodnym wyrazem twarzy.

– Vito, bądź ostrożny – prawie szepczę.

– Co? Nie zamierzam się żenić, jeśli o to ci chodzi! – Odsuwa się ze śmiechem, wciąż starając się utrzymać lekki nastrój, ale ja mam go już dość.

– Vito, rozmawiasz ze mną. Jeszcze trochę i sparzysz sobie palce. I to bardzo. I może resztę ciała też. – Unoszę z determinacją brwi, jakbym chciała powiedzieć: dajmy spokój z udawaniem, musimy o tym porozmawiać.

Wydyma policzki, zmusza się do półuśmiechu, a potem odpuszcza. Widzę, jak jego mózg pracuje – nie ma sensu grać w to ze Stellą, myśli. Zawsze wiedziałam, kiedy w dzieciństwie kłamał. Lekko marszczy brwi. Teraz robi to automatycznie; nie powie mi o niedawnym incydencie, gdy podpalili magazyn z bronią, ani o swoim udziale w podłożeniu ładunków wybuchowych w dokach, które tak dobrze zna, ale pozostawił ślad na wszystkich tych akcjach.

Nachyla się.

– To, co robimy, wiele zmienia – mówi z naciskiem. – Muszę pomagać, Stello. Jest mi to potrzebne. – Spuszcza wzrok pod stół na swoją stopę. Wciąż przeprasza za coś, co nie było jego winą. Nikt nie zawinił, ale wciąż musi coś udowadniać. – W każdym razie ty nie powinnaś mnie pouczać. – Jego czarne oczy patrzą surowo, zasznurował usta.

Przez chwilę jestem zaskoczona. Nie przyszło mi do głowy, że może wiedzieć, jak bardzo jestem zaangażowana – działalność batalionów jest koordynowana, ale dowodzą nami różni porucznicy nadzorowani przez Sergia. Czuję, że moja fasada rozpada się w jednej chwili.

– Najbardziej zbliżysz się do piekielnego kotła, jeśli staniesz przy samym ogniu – ciągnie Vito. Wyraz jego twarzy zaprasza do odpowiedzi, ale mam niewiele na swoją obronę.

– Czasami najciemniej jest pod latarnią – próbuję. – Jestem ostrożna. Nie ryzykuję.

W rozmowie z inną osobą Vito mógłby starać się przekonywać, że on też nie ryzykuje. Ale zbyt dobrze zna naszą wspólną historię – pamięta, jak razem z kolegami ze szkoły prowokował policję do napędzanych adrenaliną pościgów, przeskakiwali po mostach lub pod mostami, ukrywali się w opuszczonych budynkach. To była dziecinna zabawa, bardziej irytująca niż nielegalna, ale Vito zawsze przekraczał granice, by się sprawdzić.

– Obiecaj mi, że czegokolwiek się podejmiesz, pomyślisz o rodzicach. Żeby nie musieli uczestniczyć w twoim pogrzebie.

– Obiecuję – odpowiada z zapałem. – Ale jeśli tak się stanie, będą ze mnie dumni. Z tego, co zrobiłem dla nas, dla Wenecji.

– Może i będą dumni, ale na pewno będą smutni. Bardzo, bardzo smutni.

Rozstajemy się przed barem Paola, ściskając się na pożegnanie, jak ściskałam się z moimi udawanymi adoratorami przy przekazywaniu wiadomości. Ten uścisk jest jednak dłuższy, a Vito dodatkowo całuje mnie w policzek.

– Uważaj na siebie – szepczę.

– Venezia Liberare – odpowiada szeptem. Uśmiecha się od ucha do ucha, gdy odchodzi, machając i mówiąc już głośno: – *Ciao*.

17

Czekanie

Bristol, listopad 2017

– Jezu! – rzuca ze złością Luisa, sprawdzając mejle. Kolejne prawnicze zawiłości, jeszcze więcej dokumentów do podpisania. To jedna z przeszkód, oczywiście poza wyrzutami sumienia, że zostawia Jamiego, która powstrzymuje ją przed wskoczeniem do samolotu do Wenecji w poszukiwaniu klucza. Gdyby nie te niekończące się prawnicze komplikacje, dzięki cudom internetu i tanim liniom mogłaby siedzieć w samolocie już jutro, zarezerwowawszy hotel jednym kliknięciem. Musi jednak pamiętać, że dzięki tym zawiłościom może otrzymać swoisty paszport do nowego życia. Ceny nieruchomości w Bristolu szybują pod niebo i tylko dzięki spadkowi po matce ją i Jamiego będzie stać na własny prawdziwy dom, gdzie zapuszczą korzenie i być może powiększą rodzinę, co Jamie raz po raz sugeruje. Luisa nie jest jednak pewna, czy byłaby już gotowa na macierzyństwo, martwi się, że nie ma odpowiednich umiejętności ani cierpliwości, której to oczywiście wymaga. Genetyka może przecież odpowiadać za wiele, a wychowywanie nigdy nie było mocną stroną matki, nawet ona to wie.

Nie ma szczególnego planu na Wenecję, ale nie powstrzymuje jej to, by chcieć po prostu tam pojechać, stanąć na bagnistych równinach zamienionych w ląd i poczuć, że jest bliżej... no, czegoś. Wici, które rozpuściła przez internet, przyniosły tylko strumyczek odpowiedzi pod hasłem: „Nie, przykro mi" i jak dotąd może się oprzeć jedynie na kilku przypadkowych adresach z pudła i najważniejszych dzielnicach miasta. Musi odwiedzić Muzeum Żydowskie, ale największe nadzieje wiąże z Giuliem Volpem i jego archiwum, że nakierują ją na jakiś ślad. Ale czym to się skończy?

Podejrzewa, że to właśnie zaprząta myśli Jamiego, ale za bardzo ją kocha, by dać temu wyraz. Ona też w ostatnich miesiącach bała się zajrzeć w głąb siebie, nie wiedząc, co tam znajdzie. Zwykle nad ranem, gdy Jamie śpi spokojnie obok niej, Luisa zastanawia się, czemu jej matka nie była w stanie dać dużo z siebie swojemu jedynemu dziecku albo mężowi, gdy jeszcze żył. Luisa pamięta ojca jako bardzo kochającego, pamięta dni, gdy spacerowali i śpiewali, zawsze roześmiani. W tle jawiła się matka, o wiecznie zaciśniętych ustach i nachmurzonej twarzy, która napominała ich, by nie wskakiwali w kałuże, albo ostrzegała, że zaraz będzie deszcz i co wtedy zrobią bez płaszcza?

Luisa zastanawia się, co sprawiło, że była taka, kiedy babcia zawsze się śmiała albo wpadała w drobne tarapaty, a potem chichotała, że dostaje reprymendę od własnej córki? Czuje, że być może nigdy się nie dowie, czemu jej matka urodziła się bez poczucia humoru i zamiłowania do przygód. Może jedynie starać się odkryć, jakie powody skłoniły jej babkę do ich poszukiwania, co dopiero teraz wychodzi na jaw. Tylko to ją napędza, ta nieokiełznana siła, która sprawia, że nie czuje się tak pusta i zagubiona. I z tego powodu nie ma wyboru: może tylko iść do przodu.

Luisa musi stanąć na weneckiej ziemi i pożeglować wokół wysp, by poczuć, że prawie osiągnęła swój cel.

18

Pogawędki

Wenecja, czerwiec 1944

Pierwsze dni czerwca przynoszą powód do świętowania, który stopniowo przenika falami radiowymi do naszej weneckiej enklawy; piątego czerwca alianci wyzwalają Rzym, a zaledwie dzień później przeprowadzają szturm na francuskie wybrzeże i lądują na plażach Normandii. W piwnicach i w kawiarniach radujemy się ukradkiem, że w Europie odwracają się losy wojny i że rzymianie wylegają na ulice szczęśliwi, bo odzyskali swoje miasto. Breugal oczywiście szaleje ze złości. Tupie z dziecinną furią po całym budynku, podczas gdy my spuszczamy głowy i stukamy szybko w klawisze, by uniknąć jego gwałtownej reakcji, która – zważywszy na reputację generała – może mieć bardzo poważne konsekwencje.

O dziwo, wraz z pojawieniem się tych wieści Cristian na nowo zaczyna traktować mnie znacznie uprzejmiej. Nagle staje się bardziej otwarty i przystępny i zastanawiam się, czy przypadkiem nie wyczuwa, stanie po której stronie przyniesie mu więcej korzyści. Być może uświadomił sobie, że gdy linia ataku aliantów przesuwa się na północ, sytuacja faszystów robi się coraz gorsza. Z tą tylko różnicą, że jego postawa wydaje się szczera, a mnie kolejny raz niemile zaskakuje kontrast pomiędzy jego zachowaniem a moimi podejrzeniami w stosunku do jego motywów.

W tym nowym nastroju prosi mnie pewnego dnia, żebym poszła z nim po pracy na drinka pod pretekstem omówienia jakiegoś szczególnego tłumaczenia. Początkowo mam ochotę mu odpowiedzieć, że jestem już umówiona, lecz potem dociera do mnie, że nie tylko mogę zebrać cenne informacje dla ruchu oporu, ale też że cieszę się z jego zaproszenia. Kolejny raz czuję się z tym źle, lecz w końcu się zgadzam, przekonując samą siebie, że jestem po prostu lojalną partyzantką.

Chwilę się ociągam, byśmy znów wyszli oddzielnie i spotkali się pod zegarem na rogu placu Świętego Marka, choć trudno mi zdecydować, czy wybór tego miejsca nie sprawia, że spotkanie wygląda na sekretną schadzkę. Nie narzekam na ich brak. Z wrodzoną podejrzliwością wyobrażam sobie, że Cristian wynajął fotografa, który czai się gdzieś w pobliżu i zbiera dowody, żeby mnie później szantażować.

Jednak od razu wydaje się inny. Z dala od Breugala i naszego przytłaczającego mimo wysokiego sufitu biura bardzo dużo się uśmiecha. Jakby mu zdjęto z ramion wielki ciężar. Przy stoliku w niewielkiej trattorii wyjmuje teczkę, ale szybko wyczuwam, że nie ma zamiaru jej otwierać. Bardzo chciałabym się dowiedzieć, czy ma w niej kartki z *Kolczastą miłością*, czy obiecane tłumaczenie.

Zamiast tego staje się jasne, że chce porozmawiać o literaturze i opowieściach. Jakaś część mnie podejrzewa, że jest po prostu spragniony rozmowy i w jego oczach pojawia się błysk, gdy mówimy o książkach, które oboje czytaliśmy i które wywarły na nas wpływ. Trzymamy się z dala od pozycji na tematy polityczne, ograniczając się do powieści historycznych, romantycznych lub tych, które ukształtowały nas jako Włochów, a nie stworzyły złożony układ polityczny w kraju. W końcu robi się późno i Cristian proponuje kolację, a myśl o talerzu czarnego makaronu jest o wiele bardziej kusząca niż prawie pusty kredens w domu.

Kiedy rozmowa schodzi na ukazujący się w odcinkach *Klub Pickwicka* Dickensa, wreszcie zbieram się na odwagę, by obojętnym tonem poruszyć temat cotygodniowych prób naszego lokalnego podziemnego pisarza. Z pewnością ośmieliło mnie dobre chianti, które popijamy.

– Czytała to pani? – pyta Cristian.

– Jak chyba większość wenecjan. – Przesadzam nieco z zasięgiem gazety, ale w obliczu wroga nie zaszkodzi trochę zablefować.

– I?

– I co?

– Uważa pani, że to dobre? Podoba się pani? – pyta. I znów na widok jego lekko rozchylonych, wygiętych ust zaczynam się zastanawiać, czy na zewnątrz kilku żołnierzy nie czeka na znak, by mnie aresztować. Albo czy szczerze pyta o moją opinię. Światło odbija mu się w szkłach okularów i trudno dojrzeć jego rdzawe tęczówki.

– Chyba dotknęło czułego miejsca, może wyraża poglądy niektórych mieszkańców miasta – ostrożnie dobieram słowa.

– Nie, nie chodzi mi o przesłanie. Podoba się pani ten styl?

Znów nie mam pojęcia, czy próbuje mnie zbić z tropu. Stawiam na szczerość.

– Tak. Może miejscami zbyt kwiecisty, ale zachęca do dalszej lektury. Czy dla pisarza to nie połowa zwycięstwa? – Unikam jednoznacznej odpowiedzi, lecz wiem też, że jeśli zacznę kluczyć, mogę tylko podsycić jego podejrzenia, jeśli takowe ma.

– Zgadzam się – odpowiada, popijając wino.

– Panu też się podoba? – Moja ciekawość i być może próżność biorą górę nad zdrowym rozsądkiem zwłaszcza po trzech kieliszkach chianti.

– Tak – odpowiada. – To jest bardzo dobre. Nie mogłem się oderwać. – Podnosi głowę. – I jednocześnie cieszę się, że to już koniec. Moja opinia nie znalazłaby uznania u Breugala czy Klausa, a i bez tego muszę się sporo natrudzić, by dostarczać im powodów do zadowolenia.

Zauważam, że pierwszy raz użył jedynie ich nazwisk i zrobił aluzję do własnej irytacji – być może wino nadwątliło nieco jego twardą skorupę. Wydaje się łagodniejszy, w czym pomaga fakt, że zdjął marynarkę i nie widzę jego błyszczącej odznaki faszystów. Ich sztandar nie powiewa już na maszcie.

Wykorzystuję podlaną alkoholem chwilę i w zapamiętaniu daję upust swojej ciekawości.

– Co pan robił, Cristianie? Przed tym wszystkim?

Podnosi wzrok i marszczy brwi, być może niezadowolony, że w ogóle o to pytam.

– Pracowałem na pół etatu jako wykładowca na uniwersytecie w Rzymie – odpowiada. – I pisałem pracę doktorską.

– Z czego?

– Z europejskiej literatury romantycznej.

Nagle wszystkie kawałki zaczynają do siebie pasować: jego inteligencja, ale także miłość do historii i literatury, potrzeba rozmowy i dysputy, spoglądanie w przeszłość – krótko mówiąc, rozpaczliwa próba utrzymania słów przy życiu. Szuka mojego towarzystwa, bo równie mocno kocham książki i może przypomnieć sobie o świecie, w którym żył przed wojną. Czyż nie dokładnie to samo robię z Gaią i Raffianem – nie pozwalam, by zgasło moje dawne życie i miłość do pisania? Trudniej mi teraz zrozumieć, czemu znalazł się w biurze Breugala, ale niemal dałam już sobie spokój z rozmyślaniem nad tym. Tu i teraz, wino i makaron dają mi niemal poczucie radości. A to budzi kolejną falę wyrzutów sumienia.

Moje zamyślenie sprawia, że patrzy na mnie badawczo.

– Wydaje się pani zaskoczona?

Tak i nie. Nigdy nie kwestionowałam, że jest bardzo oddany karierze, ale jego skuteczność i zapał w biurze Rzeszy skłaniały mnie do myślenia, że zajmuje się polityką albo stara się o awans w jakimś departamencie rządowym. W miłości do książek widziałam jedynie chęć ucieczki.

– W zasadzie nie – kłamię. On unosi brwi. – No, może trochę – przyznaję.

– Że jestem człowiekiem? – Nie czeka na moją odpowiedź, tylko przesuwa dłonią po stole, być może odnosząc się do tego wszystkiego, co dzieje się poza tą przytulną restauracją w Wenecji, Europie, na całym świecie. Do wojny. Zabijania. Dominacji. Tego wszystkiego.

– Teraz to już kwestia czysto akademicka – mówi, drapiąc palcami obrus. – Wojna to wszystko zniweczyła.

– Nie wróci pan do tamtej pracy? – pytam. Nie ma potrzeby dodawać „jeśli pan przeżyje", w tych czasach nikt nie musi tego precyzować. Każdy plan i każda myśl o przyszłości zależą od tego, czy się przetrwa ten zamęt.

– Hmm, może. – Jego wzrok staje się nieobecny, a kelner z rachunkiem ratuje nas przed dalszą introspekcją.

Kiedy wychodzimy w ciemność, Cristian proponuje, że odprowadzi mnie do domu. Przez sekundę zastanawiam się, czy nie odmówić, podając za powód konieczność zrobienia zakupów, i wykorzystać samotny spacer, żeby wytrzeźwieć i zebrać okropnie rozbiegane myśli. Ale nie robię tego. Z powodów, których sama nie rozumiem, odpowiadam: „Tak, dziękuję" Cristianowi De Luce. Wieczór jest ciepły, więc nie wkłada z powrotem marynarki, tylko zarzuca ją na ramię i przytrzymuje jednym palcem. Nie proponuje, żebym wzięła go pod rękę i czuję ulgę – po wszystkim, co zaszło od czasu wojskowego przyjęcia, byłoby to zbyt intymne.

Jak wytrawny dyplomata Cristian kieruje rozmowę na dawne czasy, kiedy mogliśmy mieć ze sobą coś wspólnego jako młodzi Włosi dorastający w pierwszych dniach faszyzmu Mussoliniego, gdy byliśmy zbyt niewinni, by dokonywać rozróżnień, wiedliśmy życie w otoczeniu licznych krewnych i dziadków, chodziliśmy na rodzinne obiady i mieliśmy swoje ukochane przysmaki – słodkie cannoli i tiramisu, których smak wciąż wraca do nas we wspomnieniach, jeśli tylko bardzo się postaramy (i mamy nadzieję, że wróci naprawdę, kiedy pozwolą na to wojenne racje żywności).

– Zawsze uchodziłem za trochę dziwne dziecko, bo nawet w najbardziej słoneczne dni siedziałem w miejskiej bibliotece z nosem w książce – mówi Cristian, śmiejąc się ze swoich dziwactw.

– Ja też! – odpowiadam. – Biedna mama próbowała wyciągnąć mnie z domu, żebym pobawiła się z całymi gromadami dziewczynek. Ale one uważały, że jestem nudna. Tylko dziadek rozumiał moje zamiłowanie do składania słów… – urywam nie tylko na wspomnienie dziadzia, ale uświadamiam sobie, że powoli zbliżam się do dawnego życia dziennikarki. A ta część mnie na pewno musi pozostać w tajemnicy.

– Wygląda na to, że oboje wylądowaliśmy w niewłaściwym miejscu – mówi w zamyśleniu. – Pasujemy tu jak pięść do nosa.

Śmieję się w duchu z tej etykietki, którą już mu przykleiłam w pierwszych tygodniach pracy w biurze Rzeszy. Co jeszcze mawiają Anglicy: „Wielkie umysły myślą podobnie"?

A potem wydaje się, jakby to on się zamykał ze strachu, że odsłoni zbyt dużą część swojej osobowości. I wtedy dochodzę do wniosku, że nienawidzę tej wojny, nie tylko za śmierć i zniszczenia, jakie przynosi, ale też za to, że zmienia nas, ludzi, że przez nią boimy się przed sobą otwierać.

Bardzo szybko docieramy na niewielkie *campo*, przy którym mieszkam. Firanka w oknie signory Menzio porusza się, ale jestem wdzięczna, bo sąsiadka sprawdza tylko, czy jestem bezpieczna. Jeszcze bardziej cieszy mnie to, że Cristian wciąż trzyma marynarkę na ramieniu i signora Menzio, zagorzała antyfaszystka, nie widzi jego odznaki.

Cristian odprowadza mnie do samej bramy, zatrzymuje się na chwilę i sprawia wrażenie, że nie ma ochoty się pożegnać, rzucając mi uśmiech mówiący: „No to jesteśmy na miejscu". To straszliwa głupota, ale naprawdę nie wiem, jak do tego dochodzi. Po prostu jakoś tak zbliżamy się do siebie. Przestrzeń pomiędzy nami zmniejsza się i w chwili, która zdaje się trwać wieczność, nasze usta dotykają się. Dobrowolnie. Jego są miękkie i ciepłe i mam nadzieję, że moje nie są suche i obojętne. Trwa to może sekundę, na tyle długo, by nie można tego uznać za przyjacielskie cmoknięcie albo koleżeńskie „*ciao*". Chyba nawet zamykam oczy, ale nie mam pewności.

Cristian odsuwa się, nie gwałtownie, ale chyba by powstrzymać dalszy rozwój sytuacji.

– Signorina, bardzo przepraszam – rzuca ze wzrokiem wbitym w ziemię. – Nie chciałem... Nie myślałem...

– Nie, nie. Nic się nie stało, naprawdę – mamroczę w odpowiedzi, bo tylko tyle przychodzi mi do głowy. Jestem bardziej zażenowana niż przerażona. Przypominamy skrępowane nastolatki na pierwszej randce. Upuszczam klucze i niemal zderzamy się głowami, gdy jednocześnie próbujemy je podnieść.

– Przepraszam, przepraszam – mówimy nieskładnie i widzę, że on rozpaczliwie pragnie uciec.

– Dobranoc. – Uśmiecha się nieśmiało i niemal biegnie w stronę najbliższego zaułka odchodzącego od *campo*. Wchodzę do domu i przez wieczność stoję nieruchomo w kuchni. Co takiego zrobiłam przed chwilą? Pocałowałam faszystę. A może on pocałował mnie? Czy to ma jakieś znaczenie, skoro nie protestowałam?

Gryzie mnie sumienie, początkowo z powodu tego, co się wydarzyło, a potem, że nie do końca tego żałuję. „Och, Stello, ogarnij się. Takie odczucia spowodują, że będziesz miała złamane serce i pętlę na szyi". Jednak wysiłki, by zapanować nad umysłem, nie odnoszą żadnego skutku.

Kładę się do łóżka zdezorientowana, a zmieszanie unosi się nade mną niczym baldachim. O co chodzi Cristianowi De Luce? I czemu nie mogę do końca go znielubić?

Następnego dnia spotykam się z Mimi, która – jak tylko prawdziwa przyjaciółka potrafi – dostrzega sine kręgi pod moimi oczami. Na wpół domyśla się, co jest powodem mojej bezsenności, i opowiadam jej o pocałunku, choć został tak szybko przerwany. Zastanawiam się jednak, co i kto go przerwał? Przede wszystkim poczucie winy, przynajmniej z mojej strony.

Wbrew moim oczekiwaniom Mimi wcale nie jest tak bardzo zszokowana – zawsze była prawdziwą romantyczką i dla niej miłość jest najważniejsza. Widzę w niej mnóstwo cech wyobrażonej Gai i postanawiam, że spróbuję lepiej to ukryć.

– Ale przecież on jest faszystą. Od tego nie ma ucieczki – wyznaję.

– A czemu u licha myślisz, że faszyści nie mają uczuć ani pragnień? – wtrąca Mimi. – Może nie podoba nam się ich polityka, ale to nie sprawia, że pod każdym względem są potworami. A już na pewno nie wszyscy. – W jej drobnej postaci mieści się tyle rozsądku, a mimo to sumienie zaczyna mnie gryźć w chwili, w której najmniej się tego spodziewałam.

– Ale muszę z nim pracować! – jęczę.

– I bardzo prawdopodobne, że on będzie się czuł tak samo, więc oboje będziecie skrępowani i tak się to wszystko skończy – dodaje. – Za to nie skazują na karę śmierci, Stello.

Nachyla się bliżej z szeroko otwartymi oczami.

– Nigdy nie zdradzę twojego sekretu. – Odrzuca głowę do tyłu i wybucha perlistym śmiechem, a ja nie mogę się powstrzymać i też się uśmiecham. Czuję, że przez poczucie winy znacznie wyolbrzymiłam znaczenie jednego przelotnego pocałunku. To był po prostu błąd z jego strony. Z mojej też, że się na to zgodziłam.

Dostrzegam, że Mimi w przeciwieństwie do mnie promienieje, i kieruję rozmowę na nią.

– A skoro już mowa o sekretach, jak tam twój romans? – Jej ożywienie zazwyczaj oznacza, że znalazła nowy obiekt uczuć. – No, kim on jest? – dopytuję się. Zakładam, że to telefonista w centrali, w której oboje pracują.

– Wszystko w swoim czasie, Stello – odpowiada. To niepodobne do niej, że jest tak skryta, ale odpuszczam. – To świeża sprawa i chcę mieć pewność, zanim cokolwiek powiem – wyjaśnia.

Mimi uwielbia dramatyzm pościgu i kocham ją za to – fakt, że potrafi zachować taką energię i entuzjazm w ciężkich wojennych czasach, napełnia mnie otuchą.

– Niech ci będzie – odpowiadam. – Ale chcę się szybko dowiedzieć. – Dobre wieści mogą mnie oderwać od bałaganu, jaki panuje w moich własnych uczuciach.

19

Objazd

Wenecja, koniec czerwca 1944

Pozornie Cristian albo chce zapomnieć o naszym pożegnaniu na progu, albo gorzko go żałuje, bo nigdy już do tego nie wracamy. Nie tyle ignoruje mnie w biurze Rzeszy, co znowu traktuje dokładnie tak samo jak inne maszynistki – z czysto zawodową rezerwą. Bardzo się stara, by nie spojrzeć mi w oczy ani o nic nie pytać, jeśli nie ma w pobliżu innych pracowników, i akurat to rani mnie najbardziej – że nie odważy się zaufać mojej dyskrecji w sprawach osobistych. Postanawiam przestać o tym myśleć i pomagać dalej, by obalić królestwo Breugala. Jednak gdzieś z tyłu głowy zawsze pojawia się pytanie, czy uwzględniam w tym równaniu Cristiana De Lucę.

W innych miejscach na świecie wojna przyspiesza i mam niewiele czasu, by roztrząsać te sprawy. Dzięki dobrej pogodzie napływa więcej wiadomości od oddalonych od miasta brygad partyzantów, co oznacza, że musimy przesiewać więcej materiałów do cotygodniowej gazety; akty sabotażu, do których dochodzi w całej Wenecji, też zyskują na sile i podejrzewam, że w niektóre z nich zaangażowany jest Vito; ostrzeżenia starszej siostry najwyraźniej nie padły na podatny grunt. Niemal cały czas poza biurem poświęcam na pracę dla partyzantów i biegam od baru do baru na spotkania z nieznajomymi albo zmierzam na Lido pod bacznymi spojrzeniami nazistowskich żołnierzy pływających tam i z powrotem promem Motonavi. Kiedy odpowiadam uśmiechem na ich uśmiechy, bawi mnie, że przenoszę wiadomość w berecie lub bucie, a czasami nawet w majtkach. Czuję wtedy dreszcz satysfakcji i pomimo towarzyszącego mi stale strachu przed złapaniem uświadamiam sobie, że nadaję się do tej roli. Kiedy przepływam przez lagunę, nie mogę przestać myśleć o Jacku, który wciąż przebywa na Pellestrinie, niezbyt blisko, ale też i nie tak daleko. A potem zmuszam się, by skupić się znów na następnym zadaniu.

Ukrywając w sobie taki kłębek emocji, cieszę się, że mam tyle zajęć, a dodatkowo na duchu podnosi mnie świadomość, że poza Wenecją Euganejską ruch oporu i alianci posuwają się naprzód; po Rzymie dotarli na północ najpierw do Asyżu, a potem do Perugii i powoli, ale zdecydowanie zmierzają w naszą stronę. Rosjanie zyskali przewagę w Finlandii i maszerują w kierunku Berlina. Stopniowo przyzwyczajamy się do myśli, że pewnego dnia uwolnimy się od tego zamętu, choć nikt nie sądzi, że Hitler łatwo się podda. To będzie paskudna walka, bardzo niebezpieczna i pociągnie za sobą mnóstwo ofiar. Musimy być po prostu na to przygotowani.

Bez wątpienia w odpowiedzi na tę zaostrzającą się sytuację połączone oddziały nazistowskie i faszystowskie powróciły do bezlitosnych ataków na żydowskie getto. Kilka razy zrywano mnie z łóżka, żebym pomogła przeprowadzić całe rodziny do bezpiecznych domów w mieście, ale zbyt często ruch oporu zostaje zaskoczony i nie może zareagować w porę na ataki w bocznych uliczkach albo w domach, które stały się celem, ponieważ faszystowscy strażnicy, kierujący się informacjami dostarczanymi przez szpiegów gestapo, podejrzewają, że ukrywają się tam Żydzi. Godzina policyjna zaczyna się o dwudziestej trzeciej i jest bardziej rygorystycznie przestrzegana, co oznacza, że mamy mniejsze pole manewru. Zaufana poczta pantoflowa doniosła, że Vita kilka razy o mało nie dopadły psy patrolowe i dreszcz przebiega mnie na myśl, że mój brat lekceważy swoje ograniczenia w poruszaniu się. Cieszę się tylko, że rodzice pozostają w błogiej nieświadomości, choć mama wygląda na coraz bardziej zmęczoną i nie tryska energią jak kiedyś.

Pomimo swojej pozycji w biurze nie mogę przekazywać ostrzeżeń przed coraz częstszymi nalotami na mieszkania – wygląda na to, że gestapo i Breugal mają inne pola działania, co tylko pogłębia wściekłość generała. Codzienne rozmowy w kawiarniach i sklepach stwarzają mgłę niepewności i strachu rozciągającą się z getta na całe miasto; w ruchu oporu spada morale i z każdą aresztowaną rodziną i każdą osobą przewiezioną do więzienia Santa Maggiore obniża się jeszcze bardziej. Sergio robi co w jego mocy, publikując anonimowe artykuły w gazecie, ale dzień po dniu muszę sobie przypominać, że to, co robimy, jest lepsze niż nic i że dziadzio byłby dumny. Jak na ironię pogoda jest przepiękna, woda lśni w ostrych promieniach słońca, ale wojna splamiła nawet najbardziej widowiskowy ze śródziemnomorskich zachodów słońca. Zwyczajne piękno – nawet to weneckie – nie może przesłonić wszystkiego.

Pośród tego całego zamętu dostaję zadanie, by przekazać paczkę kontaktowi na Lido. Łódź ma czekać na mnie wieczorem po pracy w gazecie, przewieźć mnie na wyspę i z powrotem. Wszystko odbędzie się pod osłoną ciemności i z ulgą dostrzegam, że mam płynąć niewielką łódką *sandalo* o płaskim dnie i z niedużym przymocowanym na zewnątrz silnikiem. Choć nie przepadam za pływaniem po otwartej lagunie taką malutką łodzią, której potencjalnie zagrażają patrole przemykające po wodzie i pozostawiające za sobą fale i krople w powietrzu, wiem też, że dobry przewoźnik potrafi prześlizgiwać się po płyciznach i unikać szperaczy. Mój jest stary i siwy, wygląda na to, że urodził się nad laguną, na twarzy ma narośla, które wyglądają jak pąkle, i długą brodę falującą jak wodorosty. Niewiele się odzywa, co przyjmuję z radością, bo jestem zmęczona i nie mam nastroju do pogawędek. Ale przy spotkaniu uśmiecham się szeroko – muszę zyskać jego przychylność, bo chcę go poprosić, by trochę zboczył z drogi. To i banknoty lirowe w kieszeni powinny go przekonać.

Podróż na Lido przebiega spokojnie, o burty łodzi uderzają jedynie niewielkie fale. Przewoźnik mija przystań na Lido i wpływa do niedużego kanału. Na szczęście nikogo nie ma w pobliżu i zostawia mnie w małej zatoczce na plaży, manewrując wcześniej zgrabnie pomiędzy zwojami drutu kolczastego, żebym mogła wysiąść na wilgotnym piasku i nie zmoczyła sobie stóp. Widok drutu znów przypomina mi pierwsze spotkanie Gai i Raffiana, a ich obecność ogrzewa mnie w chłodzie wieczoru, nawet jeśli istnieją tylko w mojej głowie.

Mój kontakt, swobodnie ubrany mężczyzna w średnim wieku, wyłania się z cienia, gdy wychodzę na piasek. Jak zawsze zamieramy na sekundę, byśmy mogli obrzucić się spojrzeniami od stóp do głów, próbując ocenić, czy możemy sobie zaufać. Często po wykonaniu zadania rozmyślałam nad tym, że pomimo armat i karabinów ta wojna w ogromnym stopniu opiera się na dobrym charakterze ludzi, bez względu na ich pochodzenie. Wygramy ją dzięki dobroci i łagodności, a nie zimnemu metalowi artylerii.

Z tym mężczyzną dochodzimy do wniosku, że podzielamy te same przekonania i wymieniamy hasło. To jedyne słowa, jakie padają między nami – podaję mu paczkę, on wraca do cienia, a ja na łódkę. Zawsze kusi mnie, żeby przebiec kilka ostatnich kroków, ale zmuszam się do zachowania spokoju; zawsze gdzieś może stać strażnik obserwujący plażę przez lornetkę.

– Możemy się zatrzymać na Pellestrinie? – pytam z najsłodszym uśmiechem. To więcej niż niewielki objazd, ale skoro wypłynęliśmy tak daleko na lagunę, czuję, że warto zaryzykować. Przewoźnik początkowo kręci głową, ale dostrzega, że wyciągam banknoty. Otwiera szerzej oczy.

– Jak długo? – pyta.

Szczerze mówiąc, nie mam pojęcia. To zależy, czy znajdę to, czego szukam, ale kilka kolejnych banknotów przekonuje go, żeby zaczekał i wypił drinka. Wcześniej niczego nie zaplanowałam; myślałam tylko, jak się tu dostać. Przewoźnik zgadza się i płyniemy dalej wzdłuż wybrzeża Lido, a potem długiego paska lądu tworzącego wyspę Pellestrina.

Malutka przystań jest pusta, wita nas jedynie parchaty, lecz przyjazny kot, miaucząc do wtóru chlupotu wody, który wywołuje kilka żaglówek i małych łodzi takich jak nasza.

– Jest tu jakiś bar? – pytam. Przewoźnik wskazuje brudnym palcem za przystań w stronę kilku domów, choć nie widać tam świateł, które mogłyby być wskazówką. Wiem, że domy są pomalowane na jasne kolory i za dnia tworzą piękną mozaikę, ale w ciemnościach niczym się nie wyróżniają.

Kiedy zbliżam się do niedużej grupy budynków, dobiegają mnie szum głosów i muzyka w tle, choć w niczym nie rozpoznaję baru, dopóki nie ruszam za zapachem i wchodzę pod łukowate przejście. Tam blask jest już ewidentny, szum radosny i zbieram się na odwagę, by wejść do środka. Mogę jedynie zapytać o Jacka, choć chyba będę musiała go opisać i usłyszę fałszywe zaprzeczenia. Dopiero gdy udowodnię, że nie stanowię żadnego zagrożenia, dostanę instrukcję, jak go znaleźć. Poza tym zjawiłam się tu powodowana impulsem – niczego nie planowałam, stwierdziłam jedynie, że każda wyprawa na Lido stanowi dobrą okazję, by zahaczyć o Pellestrinę. I co powiedzieć Jackowi? Zbliżając się do baru, nadal nie mam pojęcia, speszona jeszcze bardziej fatalnym spotkaniem z ustami Cristiana. Nawet nie jestem pewna, skąd się wzięła ta potrzeba. Przyznaję tylko w duchu, że tęsknię za nim i jego wesołym towarzystwem.

Kiedy otwierają się drzwi i wszyscy w środku się odwracają, żeby wbić we mnie wzrok, już żałuję swojej decyzji. Towarzystwo przewoźnika wydaje się lepsze niż te podejrzliwe spojrzenia. Jedna twarz natychmiast przybiera otwarty, radosny wyraz, jej właściciel odwraca się na barowym stołku, wyciągając ranną nogę.

– Witaj, nieznajoma! – mówi. Reakcja Jacka od razu topi lód w spojrzeniach jego lojalnych nowych przyjaciół. Niebawem siedzimy przy stoliku w kącie; Jack przedstawił mnie wszystkim jako Gisellę, szepnęłam mu to do ucha, gdy się uścisnęliśmy na powitanie. Wygląda inaczej; zniknęła chorobliwa bladość i choć nie przybrał zbytnio na wadze, jego twarz jest zdecydowanie pełniejsza i bardzo mu z tym dobrze.

– Wygląda na to, że spadłeś na cztery łapy – mówię i zdaję sobie sprawę, że wyszła z tego niezła gra słów.

– Ha, ha, zawsze lubiłaś żartować. – Śmieje się. – To porządni ludzie. Mnóstwo im zawdzięczam. Bardzo dobrze się mną opiekują. Zaadoptowały mnie aż cztery matki.

W to akurat nie wątpię. Jack ma ten swobodny urok, który sprawia, że starsze kobiety chcą go karmić i tulić w ramionach. A młodsze... przecież tu przypłynęłam, prawda? Jakby na dowód korpulentna kobieta w zdecydowanie matczynym typie podchodzi i stawia przed nami dwie miski z parującą potrawką rybną. Zapach jest odurzający i uświadamiam sobie, że znów nie zdążyłam niczego zjeść.

– Masz tu co robić? – pytam pomiędzy łyżkami niebiańskiego bulionu.

Na te słowa wzdycha i rozgląda się, na wypadek gdyby mógł urazić tych, których pokochał.

– Szczerze mówiąc, przydałoby mi się więcej pracy – mówi przyciszonym głosem. – Przysyłają mi części, kiedy transport jest bezpieczny, i udało mi się złożyć kilka odbiorników radiowych, ale to i tak za mało. Mógłbym robić więcej. Natomiast świetnie sobie radzę z naprawianiem sieci. Choć nie jestem pewny, czy akurat ta umiejętność przyda się na brzegu Tamizy, gdy już będę w domu!

Ulżyło mi, gdy usłyszałam, że ma nadzieję przeżyć i wrócić do swojego kraju, nawet jeśli wizja rozstania na dobre sprawia mi ból. Ostatnio nie widywałam go zbyt często, ale przynajmniej czułam pociechę na myśl, że przebywa tuż za wodą.

Jack jest spragniony informacji i opowiadam mu wszystko, co wiem – słyszał już o postępach aliantów, ale sukcesy partyzantów na północy są dla niego nowością. Zgadzamy się, że losy tej wojny się odwracają, choć oboje zdajemy sobie sprawę, że koniec wcale nie jest bliski. A on wciąż tkwi na wysepce na Morzu Śródziemnym, nie mając możliwości, by wrócić do domu.

Po zjedzeniu potrawki – nie mieliśmy oporów, żeby chlebem wyczyścić miski do ostatniej kropli – Jack proponuje, byśmy wyszli na świeże powietrze. Chodzi o wiele lepiej, choć wciąż wyraźnie kuleje, i przykro mi, że ta pamiątka po wojnie zostanie mu już na zawsze. Mam jednak pewność, że on wcale się nad sobą nie użala, jest wdzięczny, że udało mu się przeżyć, ale oboje zdajemy sobie sprawę, że to może utrudnić mu ucieczkę, zwłaszcza jeśli część drogi będzie musiał przebyć pieszo.

Nasza rozmowa toczy się w bardzo optymistycznym nastroju.

– Tylko tędy przepływałaś, prawda? – żartuje.

– Znasz nas, lubimy przenosić się z jednej wyspy na drugą – odpowiadam w podobnym tonie. – Mamy chyba błony między palcami.

Nachyla się w moją stronę i ociera ramieniem o moje ramię. Dochodzimy do przystani i cieszę się, że mój przewoźnik nie czai się nigdzie w pobliżu. Przystań jest pusta, woda też jest spokojna, omywa jedynie burty łodzi. Jack prowadzi mnie do stosu drewnianych skrzynek. Siadamy, a on instynktownie pociera dłonią udo.

– Pięknie tu jest – mówię, wdychając nocne powietrze. – Tak cicho. – Jak na dany znak na niebie rozlega się warkot, blade tylne światła są ledwo widoczne w granatowej przestrzeni i oboje wybuchamy śmiechem z powodu tej ironii losu.

– Tęsknisz za domem? – Moje pytanie jest po części retoryczne. Jasne, że tęskni.

Jego odpowiedź okazuje się jednak zaskakująca.

– I tak, i nie. – Wzdycha. – Oczywiście martwię się o rodzinę, ale gdyby nie ta wojna, mój żałosny skok i ta noga – klepie się wesoło – nie spędziłbym tego czasu tutaj z tymi uroczymi ludźmi – urywa na moment. – I z tobą.

Odwraca się, uśmiecha i zbliża usta do moich. Kolejny raz niemile zaskakuje mnie mężczyzna i sytuacja.

Przypominam sobie ostatni pocałunek, jaki wymieniłam. Z kimś innym. Ale czyż nie tego pragnę gdzieś bardzo głęboko? Czy nie na to liczyłam – z Jackiem? Nachylam się w jego stronę. Pachnie i smakuje lekko zupą rybną – ja zresztą też – ale przeważa zapach przyjemności i zachwytu. Nasze czułości przerywa rozlegające się nieopodal wymowne kaszlnięcie. Odsuwamy się od siebie z uśmiechem, a nie zażenowaniem, i widzę przed sobą przewoźnika.

– Musimy wracać, signorina – mówi burkliwie. – Jeszcze trochę i wpadniemy w kłopoty.

Nie wydaje się poirytowany – może normalnie przemawia takim tonem. Zastanawiam się, czy za moje liry kupił sobie talerz czegoś smacznego i więcej niż jedno piwo. Czy chcę, by pijany przewoźnik wiózł mnie przez ogromny port z patrolami nazistów siedzącymi nam na ogonie? Ale potem uświadamiam sobie, że nawet pijany zna każdy centymetr tych wód lepiej niż ktokolwiek inny. W każdym razie nie uda mi się tu zostać i rankiem zdążyć do pracy; przed oczami miga mi obraz, jak jąkając się tłumaczę moim dwóm surowym przełożonym – Sergiowi Lombardiemu i Cristianowi De Luce – czemu nie zjawiłam się w pracy, i wiem, że muszę wracać.

Jack na pożegnanie całuje mnie w policzek, a jego zarost łaskocze mnie w skórę. Macha do nas z przystani do chwili, gdy rozpływa się w ciemności.

– Wpadnij znowu – woła za mną, wciąż żartując.

Przewoźnik dotrzymuje słowa. Podróż powrotna z konieczności jest bardzo wolna i zdaje się trwać wieczność. Ponieważ od dawna obowiązuje już godzina policyjna, opływa sprawnie Arsenał i wysadza mnie na Fondamenta Nuove, kilka uliczek od mojego domu. Zdejmuję buty i cichutko przechodzę przez *campi* i ulice, kryjąc się w cieniu; docieram do domu, nie natknąwszy się na niko-go. W łóżku przytulam myśli jak poduszkę, kolejny raz zastanawiając się, jak dziwna jest ta wojna i to życie. Raz jeszcze przeżywam tę pikantną chwilę, czuję na ustach wargi Jacka, cierpki smak jedzenia i słoną mgiełkę lagu-ny. Pierwszy raz od wieków czuję się zaspokojona.

20

Przyjazd

Wenecja, początek grudnia 2017

Blask słońca niemal oślepia Luisę, gdy wychodzi z lotniska i rusza w stronę przystani, a jej mała walizka turkocze po betonie. Stojąc w kolejce do tramwaju wodnego płynącego do Wenecji, aż drży z przejęcia, by na solidnej łodzi przeskoczyć lagunę i znaleźć się w unoszącym się na wodzie mieście. To przecież coś fantastycznego.

Podróż nie przynosi rozczarowania, na zielonym dywanie wody nagle pojawiają się wyspy, jakby właśnie wynurzyły się z głębin niczym zaginiona Atlantyda, z solidnymi betonowymi brzegami zamiast schodzących łagodnie ku wodzie plaż. Wszędzie wokół poruszają się tam i z powrotem małe łódki, klucząc pomiędzy palami, które mają za zadanie uporządkować ruch na wyznaczonych szlakach. Niektóre z tych łódek to taksówki, inne transportują pudła z towarami, a ich przewoźnicy noszą okulary chroniące oczy w ostrym zimowym słońcu. Najwyraźniej normalne życie biegnie bez zakłóceń w tym współczesnym raju i to także jest odurzające.

Luisa wysiada z łódki i wpada w tłum turystów zmierzających w stronę słynnego placu Świętego Marka z legendarnymi kamiennymi lwami trzymającymi straż na szczycie imponujących kolumn obok delikatnego, lekko różowego Pałacu Dożów, który na tle jasnego nieba wygląda jak porcja lodów. Mogłaby bez trudu popłynąć *vaporetto* wzdłuż Canal Grande, by dotrzeć do mieszkanka, które wynajęła na cztery dni, ale woli pójść piechotą i od razu chłonąć miasto, bo ma przecież niewiele czasu.

Kupiła wcześniej bardzo duży i szczegółowy plan Wenecji, więc przystaje w rogu olśniewającego placu pod zdobionymi podcieniami i z dala od przelatujących gołębi tak składa arkusz, by była widoczna ta część, której potrzebuje. Kiedy bezpiecznie postawi walizkę w mieszkaniu, zrobi co w jej mocy, by nie wyglądać jak turystka. Bo czy nią jest? Wcale się tak nie czuje. Bardziej jak badaczka z ważną misją do wykonania. Gdyby przybyła tu jedynie zwiedzać, mogłaby się wybrać do eleganckiej, starej kawiarni Floriana po drugiej stronie placu, wypić kawę za kosmiczną cenę i zamieścić zdjęcia w mediach społecznościowych na dowód, że tu była. Podczas wspólnej podróży w 2013 roku nie zaliczyli z Jamiem Floriana, gdyż woleli odwiedzać mniej uczęszczane kawiarnie. Teraz Luisa ma wrażenie, jakby to wydarzyło się w innym życiu, gdy patrzyła na Wenecję jak zachwycona, lecz nieco ograniczona zakochana turystka. Tym razem ma sprawę do załatwienia. Wiek i żałoba sprawiły, że stała się inną osobą; zrobiło to też pragnienie odnalezienia cząstki siebie w tym fantastycznym, zdumiewającym mieście. Niech Wenecja objawi teraz swoje inne oblicze.

Kiedy Luisa opuszcza plac i zagłębia się w labirynt uliczek – zwanych *calle* – by przez sieć niewielkich mostów dotrzeć do słynnego Rialto, znów uderza ją magiczna, jakby nie z tego świata aura miasta. Gdyby próbowało się opowiedzieć o Wenecji komuś, kto nigdy nie widział nawet jej zdjęć, mógłby sobie wyobrazić ogromną flotyllę unoszących się na wodzie powiązanych razem pontonów, turystów przeskakujących z jednego na drugi i próbujących utrzymać równowagę. Jednak prawda wygląda inaczej – Wenecja jest solidna. Nic nie porusza się pod stopami Luisy, a niezliczone wieże i kwadratowe betonowe budynki stoją twardo nad brzegiem szmaragdowej wody. Łatwo więc zapomnieć, że choć Wenecja i jej mieszkańcy nie unoszą się na wodzie, pozostają na niej gośćmi – kanały wijące się wokół ciężkich kamiennych *campi* nie są ozdobą. To fundament, na którym spoczywa Wenecja, a laguna pozostaje jej podstawą.

Luisa czuje, że pierwszy raz tak naprawdę patrzy na Wenecję, i odnosi wrażenie, że miasto jest dryfującą na wodzie fantazją – być może wytworem wyobraźni pisarza, gdzie okropności czegoś tak straszliwego jak wojna wydają się zbyt brutalne, by mogły być prawdziwe. Czy śmierć i zniszczenia mogą się pojawić w mieście przypominającym fikcyjną utopię? Jednak książki historyczne i jej własne badania mówią coś wręcz przeciwnego – przez wieki Wenecja doświadczała niezliczonych wojen i inwazji, nie wspominając już o śmiertelnej zarazie. Luisa podejrzewa, że następne cztery dni jeszcze bardziej przygaszą ten blask; że w tym raju toczyło się i nadal toczy zbyt prawdziwe życie. Ależ czyż nie pragnie odkryć nagiej prawdy?

Odnalezienie mieszkania zajmuje Luisie mniej więcej godzinę, bo kilka razy źle skręciła w małe *campo* otoczone starymi domami, na których widok wciągała powietrze i marzyła, by stać się właścicielką takiego schronienia w Wenecji. W końcu znajduje właściwą ulicę i numer w okolicy Ca' d'Oro i spotyka się z właścicielem mieszkania, który nawet nieźle mówi po angielsku. Wypytuje go o najlepszą kawiarnię w pobliżu, najsmaczniejszą pizzę i supermarket, gdzie może wybierać produkty w milczeniu i nie wstydzić się swojego łamanego włoskiego.

Kiedy właściciel wychodzi, jest dopiero trzecia, więc Luisa podłącza się do wi-fi i szybko pisze krótką wiadomość do Jamiego: „Dotarłam bezpiecznie, mieszkanie super, idę zwiedzać. Tęsknię, kocham. Lx".

Pisząc ostatnie czułe słowa, słyszy głośne echo tych ostrzejszych, którymi pożegnali się minionego wieczoru. Jamie dostał drugie zaproszenie na casting do dużej roli w teatrze i był zachwycony, lecz zaaferowana własnym przedsięwzięciem Luisa nie zareagowała zbyt entuzjastycznie i szybko. Jamie dał jej wyraźnie do zrozumienia, że czuje się urażony. Luisa przeprosiła, robiąc sobie w duchu wyrzuty, lecz było już za późno. Jamie pocałował ją na dobranoc, gdy wcześnie kładła się spać, i życzył jej dobrej podróży, lecz udawał, że śpi, gdy wstawała i wychodziła o świcie, choć zauważyła, że drgają mu powieki. Mimo że w pracy miała do czynienia ze słowem pisanym, nigdy nie potrafiła wyrazić swoich uczuć w esemesach. Obiecuje sobie, że później zadzwoni do Jamiego i postara się poprawić atmosferę. Potem pakuje notes, składa mapę miasta w taki sposób, by mogła z niej dyskretnie korzystać, i wychodzi z mieszkania.

Nie przygotowała żadnego konkretnego planu. Na ślad trafiła za sprawą pudła ze strychu, internet pomógł jej uzupełnić parę danych, ale w historii jej babki jest wciąż kilka ogromnych luk, których nie wypełniły fragmenty notatek, wyblakłe zapiski czy zaszyfrowane wiadomości. Wie, że to niemądre, ale liczy wyłącznie na signora Volpego, który przynajmniej skieruje ją we właściwą stronę. Z uwagi na inne zobowiązania może się z nią spotkać dopiero nazajutrz, co zostawia jej tylko dwa pełne dni na złożenie wszystkiego w jedną całość. Zastanawia się, czy to w ogóle możliwe. Teraz, kiedy już się tu znalazła, sprawa wydaje się jeszcze bardziej pilna.

Dziś jednak Luisa dochodzi do wniosku, że może jedynie chłonąć to niepowtarzalne, tajemnicze miasto. Przede wszystkim musi się napić kawy i raz po raz ćwiczy zamawianie po włosku. Znajduje niewielki placyk położony na tyle daleko od placu Świętego Marka, by można liczyć na rozsądne ceny. Choć jest grudzień, słońce wciąż zalewa blaskiem połowę *campo* i jest na tyle ciepło, by usiąść na zewnątrz. Znajduje się tam jeden skromny bar i Luisa odsuwa krzesło tuż obok stolika, przy którym siedzą niewątpliwie wenecjanki. Zdradzają je futra, maleńkie pieski i pomalowane usta wymawiające włoskie słowa. Luisa uśmiecha się, gdy obrzucają ją spojrzeniem, lecz ich usta pozostają ściągnięte. Kelnerka okazuje się na szczęście bardziej sympatyczna i uśmiecha się, gdy Luisa dzielnie próbuje zamówić kawę w jej ojczystym języku. Nawet jeśli śmieje się w duchu z żałosnego akcentu, wcale tego nie okazuje.

Kawa jest dobra, mocniejsza i nieco bardziej gorzka niż ta serwowana w jej kawiarni w domu i ożywia Luisę po wyjątkowo wczesnej pobudce. Trochę żałuje, że nie ma z nią Jamiego, by mogła się z nim wszystkim dzielić, a jednak nie czuje się samotna. Zauważyła kilka współczujących spojrzeń na lotnisku, gdy okazało się, że leci sama, zlekceważyła je jednak, wyjmując elektroniczny notes i udając, że podróżuje służbowo, choć jej swobodny strój wskazywał na coś przeciwnego. Mężczyzna siedzący obok niej próbował nawiązać uprzejmą rozmowę.

– Podróżuję służbowo – powiedziała, starając się, by zabrzmiało to pewnie. Chciała powiedzieć, że odwiedza rodzinę, bo przynajmniej dla niej było to zgodne z prawdą, ale nie zrobiła tego. Z pewnością nie zwiodła swojego współpasażera. Teraz jednak czuje się spokojniej. Znalazła się w miejscu, z którego pochodzi połowa, czyli spora część, jej rodziny. Czy czuje jakiś związek, korzenie wrastające głęboko w muł? Jeszcze nie. Ma na to ciągle czas, choć jest on ograniczony.

Ożywiona przez kofeinę postanawia wykorzystać resztę dziennego światła, by zapoznać się z drogą powrotną do mieszkania, poszukać makaronu lub pizzy i skorzystać z tego, co zapamiętała jako najbardziej efektowny, lecz rozsądny sposób zwiedzania miasta – tramwaj wodny płynący wzdłuż całego Canal Grande, dzięki czemu można w spokoju podziwiać piękno pałaców i życie na wodzie. To jej jedyne ustępstwo na rzecz roli prawdziwej turystki.

W międzyczasie chce odwiedzić część miejsc, które zapisała w notesie, przypadkowych lokalizacji wymienionych w zapiskach z pudła. Niektóre bez trudu odnalazła na planie, inne musiała jej podpowiedzieć wyobraźnia – jest tyle „Santa" i „Margherita", że niemal nie można wskazać ich wszystkich dokładnie.

Wędruje ponad godzinę, zanim dociera do pierwszego celu, Campo Santo Stefano, zapisanego kilka razy tym samym ozdobnym charakterem pisma w cennych notatkach. Luisa podziwia olbrzymi kwadrat placu, z ogromnym budynkiem na jednym końcu, który wygląda na czynny kościół, a nie tylko zabytek. Naprzeciwko wejścia znajduje się mała kawiarnia i Luisa nagle czuje zmęczenie. Siada przy stoliku na zewnątrz i zamawia aperol; wokół niej na wszystkich stolikach widać szklanki z pomarańczowym płynem i jak przez mgłę przypomina sobie, że próbowali go z Jamiem podczas wspólnej podróży. „Skoro wszedłeś między wrony...", żartował. Na myśl o nim gryzie ją sumienie i z poczuciem winy szybko ją od siebie odsuwa.

Popijając drinka, obserwuje, co się dzieje dookoła, zafascynowana grupami ludzi wchodzącymi do kościoła i wychodzącymi z niego w popołudniowym słońcu, głównie kobietami i starszymi mężczyznami. Myśli o fotografiach, które znalazła w pudle; zdaje się, że starsze kobiety nie zmieniły się wcale przez te siedemdziesiąt lat: większość jest niska i korpulentna, noszą płaszcze z czarnej wełny z futrzanymi kołnierzami. Nad przygarbionymi ramionami widać mocno skręcone włosy, a ciała balansują na silnych nogach obciągniętych grubymi pończochami. Jeśli Luisa zamknie oczy i wyobrazi sobie stare, czarno-białe zdjęcia, które bezpiecznie schowała w walizce, te starsze Włoszki wcale nie będą się różnić od uwiecznionych na fotografiach.

Czas nie stanął tutaj w miejscu, myśli, ale porusza się bardzo powoli.

Luisa nie doceniła pomarańczowego koktajlu – alkohol połączony ze zmęczeniem po porannym locie sprawia, że wstając, chwieje się lekko, trochę szumi jej w głowie i czuje, że ręce i nogi odrobinę jej ciążą. Najwyraźniej musi coś zjeść. Jest zbyt zmęczona, by długo szukać, więc siada w małej restauracji na drugim końcu *campo*, widząc w niej zarówno Włochów, jak i turystów, i zamawia miskę makaronu. Nieważne, czy należy to przypisać wakacyjnemu nastrojowi, makaron smakuje rewelacyjnie – sos *pomodoro* z pewnością został przyrządzony ze świeżych warzyw. Pobudza kubki smakowe Luisy i przywraca nieco sił w jej kończynach. Nic dziwnego, że Włosi rzadko jadają cokolwiek poza własną kuchnią, myśli.

Jedzenie przywróciło jej siły, ale nie może zdziałać cudów. Jest dopiero ósma, lecz Luisa nawet nie myśli o migoczącym Canal Grande – pociesza się w duchu, że skoro przetrwał tyle czasu, nic się z nim nie stanie do następnego dnia. Choć nie chce marnować ani minuty w mieście, które już ją zauroczyło, rozsądek bierze górę i Luisa wraca do mieszkania. Musi się porządnie wyspać, żeby rankiem rozpocząć prawdziwe poszukiwania.

21

Miejski kocioł

Wenecja, lipiec 1944

Wczesny lipiec zalewa śródziemnomorskim upałem Wenecję i rosnącą liczbę jej mieszkańców, a sporadyczne braki w dostawie wody i przelatujące coraz częściej nad laguną samoloty sprawiają, że miasto przypomina kocioł, naciskany i ogrzewany ze wszystkich stron. Tarcia są nieuniknione. I nadchodzą.

Budzę się, gdy przez otwarte okno do pokoju wpada lekka bryza, a z nią hałas. Nie jest to nic szczególnego, tylko ogólny niepokój, ale z pewnością nie odgłos kroków, który zwykle dobiega mnie z dołu, gdy ludzie idą do pracy bądź na targ. Kroki są może nieco szybsze, a towarzyszą im pomrukiwania, które nie powinny być słyszane. Z okna niewielki plac wygląda tak samo, przecięty przez promień jasnego słońca zwiastujący, że czeka nas kolejny dzień, gdy budynki będą się gotować, a woda się nagrzeje i zacznie się z niej wydobywać siarkowy odór. Jednak unoszący się w powietrzu nastrój każe mi wstać i ubrać się wcześniej niż zazwyczaj. Idę do Paola na kawę – i na plotki.

Paolo oczywiście wie, co się dzieje, ale czeka, dopóki nie usiądę z nalaną przez niego kawą przy jednym ze stolików na tyłach. Dopiero wtedy zniża głos do szeptu. Faszyści zrobili nalot na Cannaregio, dzielnicę żydowską, i zamordowali pięciu mieszkańców w odwecie za zastrzelenie oficera i jednego, może dwóch faszystowskich strażników.

Serce zamiera mi na moment na myśl o Vicie, ale Paolo wiedziałby już, gdyby brat brał w tym udział. Po chwili puls mi przyspiesza i szumi mi w głowie na myśl o tych niewinnych zabitych, pośród których może był ktoś, z kim kontaktowałam się w ciągu ostatnich miesięcy. Możliwe, że nie mieli nic wspólnego ze strzelaniną, znaleźli się jedynie w niewłaściwym miejscu o niewłaściwej porze, na celowniku rozwścieczonych faszystów, którzy przyszli wyrównać rachunki. Jak się poczują ich rodziny, wiedząc, że ofiary nie zginęły w wyniku działań wojennych, a były jedynie pechowymi przechodniami? Czyjaś ciotka, brat albo matka – prawdziwi ludzie, każdy ze swoją historią pełną miłości i śmiechu – potraktowani jak straty wśród ludności cywilnej?

Idę do pracy zmartwiona i przygnębiona. Zastanawiam się, ile podobnych wydarzeń jeszcze nas czeka, zanim my, członkowie ruchu oporu, raz na zawsze rozprawimy się ze złem. I odniesiemy prawdziwe zwycięstwo. Kiedy się zjawiam, Cristian tylko obrzuca mnie spojrzeniem i lekko ściąga brwi, gdy szybko przechodzi obok mojego biurka.

Mniej więcej tydzień później połączenie ognia wojny i letniego skwaru sprawia, że miasto wydaje się tlić jak palenisko. Budzę się rankiem, czując kwaśny swąd spalenizny. Zanim docieram do Paola i jego źródeł informacji, dostrzegam już obłok dymu unoszący się nad pomarańczowymi dachami. Ogień płonie w instytucie Luce, oddziale faszystowskiej machiny propagandowej, który produkuje masowo niezliczone filmy pokazujące uśmiechniętych generałów paradujących przed dumnymi Włochami w brunatnych koszulach. Jego kamery skupiają się przede wszystkim na dygnitarzach odwiedzających Wenecję. Wygląda na to, że budynek spłonął do cna, a pióropusz dymu unosi się w czyste niebo nieopodal placu Świętego Marka.

Kiedy idę do pracy, żandarmeria wojskowa jest w pełnej gotowości, gdyż kilka ulic dalej słychać stukot ich butów na kamieniach. Mając w pamięci niedawne represje, wenecjanie wstrzymują oddech: jeśli podpalenia dokonali partyzanci, czy doprowadzi to do kolejnego niebezpiecznego odwetu ząb za ząb? Faszystowscy i nazistowscy żołnierze będą gorączkowo szukać winnych, wpadając do wszystkich domów, gdzie mogliby się ukrywać partyzanci. W tej chwili tylko jedno przychodzi mi do głowy: Vito. Po naszej ostatniej rozmowie i pogłoskach, które do mnie docierały, wiem, że ten rodzaj ataku wyjątkowo by go usatysfakcjonował.

Jak w przypadku każdego poważnego kryzysu Cristian przez cały ranek wpada do gabinetu Breugala i wypada z niego, a na jego twarzy maluje się niepokój. Prawie nie zwraca na mnie uwagi i nawet się z tego cieszę, bo czuję, że widać po mnie wewnętrzny smutek. Nieustannie myślę o młodszym bracie: muszę się dowiedzieć, gdzie jest i co zrobił. Ulgę przynosi mi jedynie świadomość, że nie ma żadnych doniesień o ofiarach, więc na razie nic nie sprowokuje gniewu, który mógłby doprowadzić do śmierci kolejnych niewinnych osób.

W porze obiadu tłumaczę się, że wychodzę, by dostarczyć mamie lekarstwo – Cristian zbywa mnie machnięciem

ręki, bo musi się uporać z atakiem furii Breugala wywoła-
nym przez nieudolność oddziałów. Idę szybkim krokiem,
czując lejący się z nieba żar, i próbuję go pogodzić z zimowym zapachem sadzy w powietrzu. Nasza cudowna
laguna lśni jak nietknięta przez ostatnie wydarzenia i kolejny raz bardziej niż kiedykolwiek uwielbiam ją za zmie-
niającą się nieustannie, a jednak nieprzemijającą naturę.
Jej solidność na chwilę podnosi mnie na duchu.

Mama jest w domu, jak zwykle w porze obiadu.

– Stella! Co ty tu robisz? – wita mnie z prawdziwą radością. – Jak miło. Siadaj. Odłożyłam dla ciebie trochę
sera.

Czuję chłód powietrza w domu; słyszę, że nikogo więcej nie ma.

– Miałam sprawę do załatwienia w pobliżu – kłamię
z poczuciem winy. – Pomyślałam, że wpadnę. – Siedzę
przy kuchennym stole, podczas gdy mama wykłada
wszystko, co ma. – Jak tam tato i Vito? – pytam lekko.

– Tato? W porządku. Za ciężko pracuje. Wziął się do
budowania łodzi w wolnym czasie, ale moim zdaniem
nie ma na to siły…

– A Vito?

Podnosi gwałtownie wzrok. Myślałam, że wtrąciłam
to niewinnie, ale może nie pytam o brata tak często, jak
myślałam. Albo z tak wielkim zapałem.

– Nie widzieliśmy go przez ostatni tydzień – odpowiada mama z powagą. – Przysłał wiadomość, że mieszka
u przyjaciela, ale szczerze mówiąc, Stello, nie mamy pojęcia, co robi. Odchodzę od zmysłów ze zmartwienia.

Jej słowa niemal przekonują mnie, że Vito brał udział –
i to poważny – w ostatnim akcie sabotażu. Z jednej strony temu przyklaskuję: walka za Wenecję, którą kocha-
my, jest godna podziwu i sama to robię, choć w nieco

194

subtelniejszy sposób. Ale znam porywczy charakter Vita i jego uwielbienie dla dreszczyku emocji. Wystarczy to dodać do niebezpieczeństwa, jakie pociąga za sobą sabotaż, i może zostać złapany lub zginąć. Jeśli już nie wtrącono go do więzienia Santa Maggiore.

– Czy tato nie widział go w pracy w stoczni?

– Przedwczoraj – odpowiada mama – ale tylko po drugiej stronie placu. Nie rozmawiał z nim. Martwi mnie, z jakimi ludźmi się zadaje.

Mnie też. Każdy batalion ma bardzo ściśle określone zasady postępowania narzucane przez wyższych oficerów, ale banda młodych patriotów z tendencją do nierozwagi… Wystarczy ich sprowokować i nie wiadomo, co się stanie.

Próbuję uspokoić mamę szeptanymi słowami pociechy, ale nawet ona czuje, że nie mają zbyt wielkiej wagi. Muszę odnaleźć Sergia Lombardiego i dowiedzieć się, ile zdołam. I to szybko.

Popołudnie w biurze wlecze się do piątej i muszę się skoncentrować, by wyłączyć wybujałą wyobraźnię, która podpowiada mi ponurą przyszłość, jaka może czekać Vita. Rozlega się kilka wystrzałów, ich odgłos wpada przez otwarte okna – często są to tylko ostrzegawcze strzały nadgorliwych patroli, ale wzdrygam się na każdy z nich, a Cristian spogląda na mnie znad okularów i jeszcze bardziej marszczy czoło. Zbliża się do mnie, gdy się pakuję i wychodzę prawie równo o piątej, i zastanawiam się, czy będzie chciał zaprosić mnie na drinka po dzisiejszych dyplomatycznych zmaganiach z Breugalem. Ale raczej nie zdecyduje się na to po naszym ostatnim wspólnym wyjściu. Po żenującym zakończeniu tamtego wieczoru nie mam nastroju na lekką rozmowę ani na jego narzekania na zachowanie generała. Wychodzę z krótkim

„Dobrego wieczoru", choć jego wieczór raczej nie będzie lepszy od mojego.

Mam się stawić w redakcji gazety, ale wiem, że nie będę w stanie skupić się na pracy, jeśli przynajmniej nie spróbuję skontaktować się z Sergiem. Kieruję się do bezpiecznego domu niedaleko mostu Accademia. Poza wonią sadzy wczoraj w Wenecji niewiele się zmieniło – z chmury dymu znad Luce powstała szara mgła. Słońce wciąż pali i pocę się pod ubraniem, przywołując na twarz niewinny wyraz i uśmiechając się do znajomych wartowników, którzy stoją na placu Świętego Marka, kiedy idę do pracy i z niej wracam. Czasami fakt, że mnie rozpoznają, przynosi realne korzyści, zwłaszcza gdy kiwają głowami i pozwalają mi przejść bez zadawania pytań, nie wiedząc, że często ukrywam przy sobie tajną wiadomość dla ruchu oporu. Staram się nie zwracać uwagi na oskarżycielskie spojrzenia stojących w kolejce wenecjan, którzy szydzą ze mnie pod nosem, uznając, że moja znajomość z wartownikami wynika z kolaboracji. Czuję na plecach ich wzrok. Chcę krzyknąć do nich: „Jestem jedną z was!". Ale oczywiście nigdy się na to nie ośmielam. Maska zawsze pozostaje na miejscu.

Bezpieczny dom stoi ciemny z zamkniętymi okiennicami i zastanawiam się, czy nie został opuszczony. W pobliżu nie ma nikogo, więc stukam mocno do drzwi i ku memu zaskoczenia otwiera mi starszy mężczyzna. Gdy podaję hasło, wpuszcza mnie do środka, dając mi znak, żebym poszła za nim na górę, za ciężkie drewniane drzwi.

– Muszę przekazać wiadomość signorowi Lombardiemu – mówię, gdy drzwi się zamykają. Nagle robi mi się gorąco nad kołnierzykiem, a mężczyzna z pewnością wyczuwa mój niepokój. – Potrzebuję informacji o moim bracie, Vicie Jilanim.

Oczy mężczyzny pozostają nieruchome, lecz dostrzegam niewielkie drżenie w okolicy jego szczęk. Woła coś do drugiego pokoju i pojawia się młody chłopak z chudymi opalonymi nogami wystającymi z szortów. Mężczyzna szepcze instrukcje do jego ucha i chłopiec wybiega, zanim zdążyłam się choćby domyślić, jakie słowa padły.

– Wie pan coś? – pytam naglącym tonem.

– Bądź cierpliwa – odpowiada mężczyzna. – Usiądź. Napij się wody. Widać, że jest ci gorąco.

Ma rację, więc piję wodę. Mężczyzna próbuje podtrzymywać luźną rozmowę o wojnie, ale nie mówi niczego, co mogłoby zagrozić któremuś z nas lub co mogliby z nas próbować wyciągnąć torturami. Rozmawiamy o postępach aliantów, omijając temat Wenecji. Nagle chłopiec wraca i zdyszany szepcze coś do ucha mężczyźnie.

– Będzie najlepiej, jeśli z nim pójdziesz – mówi w końcu mężczyzna. – Signor Lombardi się zgodził.

– Dokąd? – pytam. Rozpaczliwie pragnę zdobyć jakieś wiadomości o Vicie, ale zadania innego rodzaju czekają na mnie na Giudecce i wiem, że jeśli moja nieobecność będzie się przedłużać, zaczną się martwić i zastanawiać, co się ze mną stało.

– Niedaleko. Idź już. Patrole są na razie zajęte gdzie indziej.

Chłopiec spogląda na mnie wielkimi brązowymi oczami i uśmiecha się, ukazując szpary między zębami. On też prowadzi działalność wywrotową, na pewno pochodzi z rodziny partyzantów.

– Dziękuję – zwracam się do mężczyzny, który żegna nas machnięciem ręki.

Chłopiec idzie obok mnie w milczeniu i podaje mi rękę, żebyśmy przynajmniej wyglądali jak matka z synem albo ciotka z siostrzeńcem. Został nieźle wyszkolony – niemal od kołyski. Idziemy przez kilka ulic i mostów i wchodzimy w część Cannaregio, w której nigdy nie byłam.

Bez słowa rozglądamy się, szukając patroli czy ogona. Na podwórzu między domami wspinamy się po zewnętrznych schodach prowadzących na środkowe piętro i chłopiec kieruje się do drzwi, na których wystukuje znany nam wszystkim kod.

Znika, zanim mam okazję mu podziękować, i wchodzę do niemal ciemnego pokoju z zamkniętymi okiennicami. Odwraca się do mnie jakaś twarz, w ciemności widać białka szeroko otwartych oczu i muszę zmrużyć powieki, by się zorientować, że osobą siedzącą w kącie jest mój brat.

Twarz Vita nie jest odprężona ani radosna jak podczas naszego ostatniego spotkania – malują się na niej niepokój i troska, gdy się odwraca, zaciągając się głęboko papierosem.

– Stella! Co ty tu robisz?

– Sprawdzam, czy jeszcze żyjesz – odpowiadam lekko poirytowana. Ale mimo wszystko go przytulam. Jest cały brudny od sadzy, śmierdzi popiołem i ogniem, jakby pracował przy paleniskach w fabryce szkła na wyspie Murano. Ale tak nie jest.

Właściciel tego bezpiecznego domu wycofuje się do innego pokoju i zostawia nas samych. Siadam.

– Vito, co się dzieje? – Patrzę mu prosto w oczy, nie dając mu okazji, by się odwrócił lub zbył to pytanie śmiechem. To jego siostra prowadzi przesłuchanie i podobnie jak w dzieciństwie Vito zdaje sobie sprawę, że potrafię przejrzeć każde kłamstwo.

– Nie chcesz wiedzieć – odpowiada. – Naprawdę nie chcesz... dla własnego bezpieczeństwa. – Potem jego usta rozciągają się w szerokim uśmiechu. – Ale daliśmy im po-palić, co?

Cały Vito. Ukrywa swój strach pod humorem, ale zdradza go drżenie dłoni i popiół z papierosa osypujący się na podłogę.

– Co teraz zrobisz? – pytam. – Czarna Brygada będzie cię szukać. Znają już jakieś nazwiska, aresztowali kogoś?

Oboje wiemy, z jakim niebezpieczeństwem wiąże się schwytanie choć jednej osoby z jego grupy – bita i tortu-rowana zdradzi inne nazwiska. Czarna Brygada Mussoli-niego ma specjalne umiejętności wydobywania informacji w nieludzki sposób.

– Nie wiem, tego próbuje się dowiedzieć mój porucz-nik. Do tego czasu muszę się ukrywać. – Nagle pewna myśl przychodzi mu do głowy. – Przekażesz rodzicom wiadomość, że jestem bezpieczny?

Nie jestem pewna określenia „bezpieczny", ale obiecu-ję, że powiem rodzicom. Potem Vito każe mi przysiąc, że będę się trzymała od niego z daleka i już tu nie wrócę. Na-gle zupełnie nie przypomina wesołego, żartującego siebie.

– Stello, już dość ryzy… już dość zrobiłaś. Nie pakuj się w to. Ruch oporu się mną zaopiekuje. Musisz im za-ufać. Ja ufam.

Żegnamy się i tym razem mocno mnie przytula, nie rzuca mi uśmiechu, gdy się zbieram do wyjścia. Oboje wiemy, że na tym etapie wojny być może widzimy się ostatni raz. Zapominamy o wszystkich kłótniach i utarcz-kach z dzieciństwa, gdy ściska mnie za rękę, a ja czuję swąd spalenizny na palcach, gdy wychodząc, ocieram za-błąkaną łzę.

Nadal mam sporo czasu, by przedostać się na Giudec-cę i zająć swoją pracą dla ruchu oporu – czuję ucisk w żołądku na myśl o położeniu Vita, ale jestem też pełna determinacji. Idę ulicami w stronę Zattere i zjawiam się tam w samą porę, by wsiąść na *vaporetto*. W połowie drogi zatrzymujemy się, żeby przepuścić nazistowską łódź patrolową, ale to opóźnienie staje się niemal nagrodą – laguna jest olśniewająca, nisko unosi się nad nią późne słońce przypominające mandarynkę, zalewając San Giorgio mozaiką różowych i pomarańczowych odcieni, które barwią też kołyszącą się wodę niczym na obrazie Picassa. Mogłabym zostać tu na zawsze, w połowie drogi miedzy brzegami, pomiędzy jednym życiem a drugim.

Ale czeka na mnie praca, która nie ma w sobie nic z letniego wieczoru w Wenecji. Dotarły do nas wiadomości o egzekucjach partyzantów na północy i Arlo dostał polecenie od dowódcy brygady, by zestawić z tym doniesienia o pożarze w Luce, choć muszę ostrożnie dobierać słowa – nikt nie stwierdził bezpośrednio, że to dzieło partyzantów, pojawiły się jedynie zawoalowane przypuszczenia. I na nich musi opierać się gazeta.

Zdejmuję cienki pokrowiec z maszyny do pisania, lecz tym razem nie daje mi to takiej pociechy jak przez ostatnie lata. Każde uderzenie w klawisze przywołuje obraz smutnej twarzy Vita; często przerywam pisanie i nawet Arlo patrzy zdziwiony, że tak wolno idzie mi dokończenie tej notatki. Mam niewiele twardych faktów, więc mój talent do malowania słowami bardzo się przydaje, ale mimo wszystko to wielkie wyzwanie. Dysponujemy relacjami kilku naocznych świadków pożaru i opiniami mieszkańców Wenecji oraz mamy pozwolenie, by zasugerować, że to operacja ruchu oporu, ale to wszystko. Arlo kiwa głową i wiem, że dobrze sobie poradziłam z rozwinięciem tematu i odmalowaniem obrazu triumfu, choć dopóki Vito nie będzie bezpieczny, czuję, że nie mogę tego tak nazwać.

– To jest dobre – dodaje Tommaso, próbując podnieść mnie na duchu. – Jeszcze bardziej chce mi się walczyć. – Mogłabym go w tej chwili uścisnąć za to, że próbuje posklejać kawałki, na które rozpadam się od środka.

Moje palce stukają automatycznie w klawisze przez resztę wieczoru i kolejny raz jestem wdzięczna za szkolenie i maszynę, która zdaje się pracować jak sprawny silnik. Ja mam jedynie dotykać klawiszy i bawić się rzeką słów. Kiedy wyciągam zapisaną kartkę, widok opadających liter „e" przynosi mi spokój i poczucie, że znajduję się we właściwym miejscu.

Zdając sobie sprawę, jak bardzo nieobecność Vita niepokoi rodziców, prosto z Giudekki kieruję się do nich, stukając głośno obcasami, gdy spieszę się, by zdążyć przed godziną policyjną.

– Dokąd to pani tak pędzi? – pyta mijający mnie faszystowski żołnierz, ale robi to z uśmiechem. Może mu się nudzi i chce pogadać. Ale ja odpowiadam raźno:

– Nie chcę ryzykować spóźnienia. – On kiwa głową. Nie widzi, jak moja twarz tężeje, gdy tylko go mijam.

Oczywiście nie mówię rodzicom całej prawdy, że widziałam ich syna z wyrazem strachu wymalowanym na twarzy – zapewniam tylko, że Vito jest bezpieczny. I nie dodaję: „Na razie".

Mama zarzuca mnie pytaniami: „Skąd wiesz?", „Czemu nie może wrócić do domu?". Nie powoduje nią ignorancja – mnóstwo jej przyjaciółek z kościoła ma synów w ruchu oporu. W ten sposób chce się jednak uchronić przed całkowitą rozpaczą. Tato jest spokojniejszy. Ulga, którą widać po jego ramionach i na twarzy, mówi mi, że wystarczy mu świadomość, że syn żyje i nie trafił do więzienia. Wie jednak doskonale, że to wszystko może się zmienić. Zbywam przesłuchującą mnie mamę zasłyszanymi opowieściami, a potem mama idzie do łóżka, by się tam wypłakać.

Pod bladym światłem przy kuchennym stole tato wyciąga swoje sękate, spracowane dłonie i chwyta mnie za ręce. Wykrzywione usta zdradzają jego ból.

– Uważaj, Stello – szepcze. Nic więcej nie mówi, reszta kryje się w zmarszczkach, które w ostatnich miesiącach pojawiły się wokół jego oczu. Oświadcza, że śmierć jednego dziecka by go załamała, po śmierci drugiego oboje z mamą z rozpaczy rzuciliby się do laguny.

– Będę ostrożna, tato – obiecuję ponownie.

Ponieważ jest już grubo po godzinie policyjnej, zostaję u rodziców na noc, lecz wstaję skoro świt, by przed pracą zajrzeć do mojego mieszkania. Mam tylko tyle czasu, by się ochlapać zimną wodą i przebrać – ale to ważne, żebym w biurze prezentowała się nienagannie, stając przed Cristianem, Breugalem czy nawet Martą. Mój kamuflaż musi być idealny.

Widać wyraźnie, że zwiększono liczbę patroli i wartowników w pobliżu budynków wojskowych i policyjnych, w kantynie słychać też więcej rozmów na temat powodów takiego postępowania. Dowiaduję się, że Breugala wezwano na jakąś naradę wojenną na Lido, więc Cristian czyta raporty przy biurku – nachyla się nad kartkami i pociera czoło. Kiedy tylko mogę, unikam jego spojrzeń; nie chcę ryzykować, że moja twarz cokolwiek zdradzi, i znikam szybko pod koniec dnia, gdy on na chwilę odchodzi od biurka.

Głowa i serce pękają mi z niezdecydowania i muszę to z siebie wyrzucić. Dzięki Bogu za Mimi – sama już myśl o jej radosnym usposobieniu pozwala mi przetrwać dzień.

Sprawdzamy kilka barów przy Campo San Polo, omijając te, w których całe morze oliwkowych lub szarych mundurów śmieje się i popija w wieczornym słońcu. Pomimo działań wojennych Wenecja jak magnes przyciąga szukających wrażeń oficerów podczas cennych przepustek spędzanych z dala od frontu; krąży mnóstwo plotek o zaprawianych kokainą imprezach, pełnych najlepszego jedzenia i seksualnych ekscesów. Podczas gdy zwykli wenecjanie muszą oszczędzać żywność i wodę, w niektórych dzielnicach panuje rozpusta. To kolejny kontrast, jaki niesie ze sobą wojna.

Wreszcie decydujemy się na niewielki bar, w którym siedzą zwykli ludzie, i zajmujemy najdalszy stolik na świeżym powietrzu. Mimi wyszkolono, by panowała nad swoim głosem i wrodzonym entuzjazmem, ale od razu dostrzegam, że jest mniej ożywiona niż zazwyczaj. Daje mi czas, żebym zrzuciła z serca ciężar ostatnich kilku dni i od razu czuję się lepiej. Uświadamiam sobie, jak bardzo tęsknię za Gaią i Raffianem, którzy byli dla mnie lekiem na wszystkie frustracje. Jednak jej twarz tężeje, gdy wspominam o niepewnej sytuacji Vita.

– Mimi? – pytam, gdy po jej pięknym, okrągłym policzku toczy się łza. – Co się dzieje?

Nie może już tego dłużej ukrywać. Roni jeszcze kilka łez i wyznaje, że nowym mężczyzną w jej życiu jest właśnie Vito; jest zakochana w moim nieznośnym, czasami niedojrzałym, ale niezwykle przystojnym i uroczym braciszku.

– Nie chciałam, Stello – mówi, próbując jednocześnie pociągać nosem i szeptać. – Przysięgam, że nie chciałam się w nim zakochać. Po prostu wpadliśmy na siebie któregoś dnia i zaczęliśmy rozmawiać. Dorastaliśmy przecież razem, a potem nagle coś zaskoczyło. Nie mogliśmy nic na to poradzić.

Znów zalewa się łzami i muszę jednocześnie zapanować nad własnym strapieniem i dać jej nie tylko pociechę, ale i błogosławieństwo. Prawdę mówiąc, jeśli przeżyjemy wszyscy tę wojnę, Mimi będzie miała doskonały wpływ na mojego krnąbrnego brata. Byłabym zachwycona, mając ją za szwagierkę, bo to tylko dodatkowo scementowałoby naszą wieloletnią przyjaźń.

Oczywiście zakładając, że Vitowi uda się wyrwać z obecnej pułapki i przetrwać. Mimi pierwszy raz usłyszała, że Vito się ukrywa, i jest podwójnie przejęta faktem, że może go stracić na dobre tak krótko po tym, jak go odnalazła. Jako członkini ruchu oporu zdaje sobie sprawę z powagi sytuacji. Podczas gdy obie zgadzamy się, że możemy jedynie czekać na wieści, zbyt dobrze znam charakter Mimi – czekanie nigdy nie było jej mocną stroną. Obiecuję przekazywać jej informacje, gdy tylko do mnie dotrą.

Kiedy mamy już za sobą zwierzenia, Mimi w typowy dla siebie sposób kieruje rozmowę w stronę lżejszych tematów i przypomina, żebym opisała niedawne spotkanie z Jackiem. Opowiadając, zastanawiam się, czy to było coś więcej – może schadzka?

– Stello! Naprawdę przypominasz Matę Hari. Kręcisz się po lagunie i spotykasz z przystojnymi nieznajomymi. – Jej szeroki uśmiech przenosi mnie do tamtej chwili i przebiega mnie dreszcz. – Na pewno niedługo znów udasz się na Pellestrinę?

– Raczej nie – odpowiadam. – Myślę, że teraz wszyscy musimy być ostrożniejsi i mieć się na baczności. Jack musi pozostać wspomnieniem jednego pocałunku.

– Ale to było miłe?

– O, tak. Bardzo, bardzo miłe.

Mimi kiwa głową i wiem, że myśli o Vicie i o ich z konieczności krótkich spotkaniach. Nie potrafi ukryć zachwytu w oczach na to wspomnienie i wiem, że jest naprawdę zakochana. W tej chwili mój umysł na moment wykonuje nagły zwrot; choć bardzo się staram, nie potrafię przestać myśleć o tamtym drugim pocałunku i jak się po nim poczułam. I o mężczyźnie, którego usta dotknęły moich. Czemu to poczucie po prostu nie zniknie i nie przestanie mnie dręczyć?

Choć Mimi jest smutna, widzę, że nie chce wracać do domu, by siedzieć tam samotnie ze swoimi myślami. Proponuje, żebyśmy się przeszły i porozmawiały. Poprawia makijaż – to jej maska – i wychodzimy, by pospacerować po małych *calli* i przejść przez mosty, gdy dzień powoli gaśnie. Rozmawiamy o wspólnych przyjaciołach, parach, które dopiero co się ze sobą związały, i o tym, jak wojna rozluźnia surowe nakazy katolickiego życia.

– A co z tym drugim mężczyzną w twoim życiu, tajemniczym signorem De Lucą? – pyta w końcu Mimi, a ja znów czuję ten irytujący dreszczyk.

Zdumiewa mnie, że Mimi pomyślała o Cristianie w trakcie naszej rozmowy o przystojnych mężczyznach. Nigdy nie widziała go na oczy. Czy naprawdę go tak odmalowałam, być może w łaskawszych chwilach? Najwyraźniej muszę zachować większą rozwagę.

– Pochłaniają go zupełnie polityczne wydarzenia ostatnich dni – rzucam obojętnym tonem. – Na szczęście nie poświęca mi zbyt wiele uwagi. Ale jestem ostrożna. Należy do osób, którym nie umknie najdrobniejszy detal.

– Jesteś tego pewna?

– Czego? – dopytuję. – Że jest śliski jak wąż? Zdecydowanie.

– Nie, głupia, że nie przygląda ci się w zupełnie inny sposób? – Twarz Mimi zawsze przybiera filuterny wyraz, kiedy mówi o mężczyznach.

– Ależ skąd – odpowiadam, zaciskając usta buntowni-
czo. – Zwłaszcza po tym fiasku na moim progu. Jestem
pewna, że Cristian de Luca myśli o swojej jedynej miłości:
faszystowskich Włoszech. I oczywiście o umiłowanym
Benicie!

Myśl o naszym krępym, kroczącym dumnie przywódcy występującym w roli Casanovy wywołuje nasze salwy
śmiechu i postanawiamy śmiać się przez resztę wieczoru, gdy słońce powoli się zniża, a niebo ciemnieje. We-
soła rozmowa i alkohol stanowią przyjemne antidotum
na mijający tydzień pełen smutku. Przynajmniej na kilka
godzin zapominam o ucisku w żołądku. I cieszę się, że
udało mi się wywołać uśmiech na twarzy Mimi.

W tej chwili nie możemy wiedzieć, że tak zwana
„łagodna" wojna w Wenecji – choć wcale taka nie była
w ostatnich tygodniach – stanie się twarda jak beton, a tę-
żejąc, zamieni się w nieludzki, bezlitosny ciąg wydarzeń,
które zmienią nasze życie na zawsze.

22

Poszukiwanie

Wenecja, grudzień 2017

Luisa wstaje i podziwia wschód słońca, a jego blask zmusza ją do włożenia okularów, by ochronić oczy przed promieniami odbijającymi się od wody. Różnica czasu między Anglią i Włochami wynosi jedynie godzinę, ale wczesne pójście do łóżka i wrodzone zniecierpliwienie Luisy okazały się lepsze od budzika. Trzęsie się teraz w cieniu nad brzegiem wody, obserwuje, jak mgiełka oddechu unosi się w stronę różowego nieba i płynie dalej. Nawet pojawienie się jaskrawo pomalowanej łodzi ratunkowej z głośną syreną – a to znak, że tutaj naprawdę toczy się współczesne życie – nie zakłóca ulotnego marzenia, jakim jest Wenecja.

– Kawa – mruczy pod nosem Luisa i rusza w poszukiwaniu eliksiru, który pomoże jej przetrwać dzień. Na spotkanie z signorem Volpem umówiona jest dopiero o pierwszej. Zanim popłynie na wyspę Giudecca, planuje zwiedzić Muzeum Żydowskie i inne miejsca związane z ruchem oporu.

Idąc od mostu do mostu, Luisa zauważa tylko nielicznych turystów. Wenecja przez cały rok przyciąga zwiedzających, ale na początku grudnia daje się wyczuć przyjemne spowolnienie, które ogarnia uliczki i przede wszystkim jedną z głównych atrakcji, most Rialto – miasto nie przypomina ula, co Luisa zapamiętała z poprzedniej wizyty, kiedy wszyscy próbowali zwiedzić wszystko w jeden dzień i jeszcze zrobić zdjęcia. Stragany sprzedające oryginalne wyroby ze szkła z Murano i tańsze podróbki są otwarte, ale daje się wyczuć, że to okres przestoju. Luisa zmierza w stronę muzeum, wdychając zapach pieczonych kasztanów i ostrej włoskiej kiełbasy, i zatrzymuje się, by poprosić łamanym włoskim o puchate słodkie ciastka z morelowym nadzieniem. Smakują bosko.

Targ rybny jest jeszcze otwarty i choć poranny handel już się skończył, wokół straganów kręcą się turyści, robiąc zdjęcia i wchodząc w drogę lekko poirytowanym wenecjanom, którzy szukają ważnych składników swoich kolacji – ryby, której Luisa nigdy wcześniej nie widziała na oczy: okrągłej, płaskiej i nakrapianej, szarych i różowych ośmiornic z przyssawkami wielkimi jak filiżanki oraz wciąż ruszających się krewetek. Mieszkańcy Wenecji niczym wodne nimfy znają i kochają owoce morza.

Idąc w stronę dworca kolejowego, Luisa zauważa, że zmniejsza się liczba turystycznych atrakcji – drogie lokale ustępują miejsca kawiarniom na rogu z takimi samymi krzykliwymi tablicami jak w Bristolu, pełnymi Włochów, którzy żywo gestykulując, rozmawiają o polityce, telewizji lub wrzucają zdjęcia na swoje konta w mediach społecznościowych. Jej włoski nie jest na tyle dobry, by mogła wychwycić choć jedno zdanie, ale kiedy przechodzi, dobiega ją szum i śmiech typowy dla kafejek na całym świecie – ludzie po prostu porozumiewają się ze sobą. Na ten widok Luisa uśmiecha się z sympatii do ludzkości.

Jak na każdym dworcu kolejowym, który odwiedziła podczas swoich podróży, w Wenecji też panuje ruch jak w ulu – wypełnia go gwar przyjeżdżających i odjeżdżających podróżnych z walizkami zawierającymi szczoteczki do zębów i oczekiwania. Dworzec to uderzający budynek o prostych, czystych liniach typowych dla uporządkowanej architektury Mussoliniego. Surowy, lecz niewątpliwie elegancki. Choć Luisa już wie, że za tymi wytwornymi betonowymi liniami stoi okrutny faszyzm, nie może ich nie podziwiać. I z każdym krokiem zastanawia się: czy jej babka często tu bywała i chodziła po tych samych kamieniach? Czy wyjechała z Wenecji z tego dworca, czy też z jakiegoś sekretnego miejsca?

Most prowadzący do serca dzielnicy Cannaregio kolejny raz przenosi Luisę do innej Wenecji. To pierwszy przystanek dla mniej zamożnych turystów i tych wędrujących z plecakiem, czego dowodem są uroczo zaniedbane sklepy i ulice. Wokół widać żydowskie kafejki i piekarnie i czuje się wyraźnie, że mieszkają tu wenecjanie, a turystyka jest tolerowana tylko ze względu na ekonomiczne korzyści, jakie przynosi.

W wąskich zaułkach prowadzących do muzeum panuje cisza przerywana jedynie przez weneckie koty, które zeskakują z murków, domagając się uwagi. Jest też kilka pracowni krawieckich i galerii, które mogą wskazywać, że dzielnica się rozwija, ale blask porannego słońca jest przygaszony, co wnosi nastrój niejasnego niepokoju.

Na jednym rogu Campo di Ghetto Nuovo, centrum społeczności żydowskiej podczas wojny, znajduje się muzeum z nowoczesnym wejściem. Na drugim Luisa dostrzega drewnianą budkę z dwoma uzbrojonymi strażnikami i zastanawia się, czemu – po tylu latach – ich obecność jest wciąż potrzebna. Ale zaraz wraca myślami do teraźniejszości i uświadamia sobie, że świeże uprzedzenia narzucają taką ochronę – zagrożenie terrorystyczne nadal jest aktualne na całym świecie. Czy w ogóle czegoś się nauczyliśmy?

Pierwszy raz spogląda na datę na swoim zegarku: szósty grudnia. Zgodnie z tym, co przeczytała, dokładnie siedemdziesiąt cztery lata wcześniej doszło do ataków na getto, do pierwszego poważnego mordu od początku okupacji nazistowskiej. Nie jest to kamień milowy, ale na tyle ważne wydarzenie, by Luisa usiadła na ławce na placu i rozejrzała się powoli, by zachować w pamięci wygląd placu. Podnosi wzrok na wielki, lecz rozpadający się stary balkon, na wieńczącą dom wieżyczkę z malutkim oknem między cegłami i zastanawia się, czy tamtej nocy przerażeni Żydzi odsuwali się od tego okienka i drżeli o życie. Myśli o względnej ciszy *campo*, jedynie niewielka grupka turystów z boku słucha oprowadzającego ich po hiszpańsku przewodnika, w porównaniu z krzykami i wystrzałami tamtej nocy w 1943 roku i strachem, jaki musiał towarzyszyć tym biednym ludziom.

To niemal nie do pomyślenia, przekracza nawet wybujałą wyobraźnię Luisy, dopóki nie podchodzi do tablicy z brązu wmurowanej z boku placu. Widnieją na niej nazwiska weneckich Żydów, którzy zginęli podczas wojny, być może tamtej nocy: Todesco, Kuhn, Levi, Polacco, Gremboni – połączenie religii i kultury, stare żydowskie nazwiska mieszające się z włoskimi. Napełnia ją smutkiem świadomość, że za każdym nazwiskiem kryje się utracone życie. Czy jej babka znała którąś z tych osób? Nie była Żydówką, to jasne, ale ona i ludzie noszący te nazwiska byli wenecjanami i być może ich ścieżki się krzyżowały. Na myśl o tym Luisa drży pod warstwą ciepłych ubrań, a wzdłuż kręgosłupa przebiega jej dreszcz, że może znajdować się tak blisko swojego dziedzictwa.

W muzeum jest przynajmniej ciepło, ale dla niej, która pragnie odnaleźć przede wszystkim informacje o wojnie, za dużo jest starej historii żydowskiej, a bardzo niewiele tej, która ją interesuje. Znajdują się tam jednak fotografie z przedwojennego życia pod rządami faszystów, dumnego Mussoliniego siedzącego na koniu, całych stadionów pełnych młodych dziewcząt ustawionych w równych rzędach i demonstrujących swoje umiejętności w kręceniu hula-hoop – z perspektywy czasu widać tak wiele podobieństw z Rzeszą Hitlera.

W drodze do wyjścia Luisa dostrzega najlepsze zdjęcie. Ziarnista czarno-biała fotografia przedstawia grupę partyzantów – nie sposób nie rozpoznać ich strojów albo zamierzeń – wbiegających na stopnie mostu Rialto w kwietniu 1945 roku. To mężczyźni i kobiety z karabinami i pasami z amunicją przewieszonymi przez pierś, na ich twarzach maluje się absolutne skupienie na ataku – mogliby nosić stroje Rzymian, Celtów bądź wikingów; ich rysy bez trudu można by dopasować do innych stuleci. Otwarte usta, płonący wzrok to wyraz bezinteresownego poświęcenia dla większego dobra.

Zdjęcie opisano jedynie po włosku i Luisa powoli odcyfrowuje znaczenie, choć słowa w zasadzie nie są potrzebne: to ostateczny atak przynoszący wyzwolenie Wenecji, zakończenie nazistowskiej i faszystowskiej dominacji. Triumf.

Luisa zastanawia się, czy być może patrzy na twarz babki, może nie na pierwszej linii, ale gdzieś tam nieostrą z tyłu, może jest jedną z osób cieszących się z odzyskania wolności i miasta. Ich domu. Kolejny raz przekonuje się jednak, że zdjęcie nie jest dość wyraźne, i powraca znajoma frustracja. Powoli zbliża się czas spotkania z signorem Volpem. A jeśli on też nie będzie w stanie wyostrzyć obrazu?

23

Gwałtowna reakcja

Wenecja, lipiec 1944

Nieustanny żar lejący się z nieba sprawia, że lipiec zdaje się nie mieć końca. W Wenecji panuje napięcie, lato nie przypomina tych radosnych i swobodnych dni, jakie zapamiętałam z dzieciństwa. Upał i działania wojenne na zewnątrz naszej małej enklawy wywołują napięcie w siłach stacjonujących w Wenecji, zarówno nazistowskich, jak i faszystowskich; na widok zdenerwowanych mężczyzn z bronią mamy wrażenie, jakbyśmy we własnym mieście stąpali po kruchym lodzie, zupełnie jak przed wiekami nasi przodkowie po drewnianych kratownicach. Przez to wszyscy czują się niepewnie.

W redakcji gazety znów wrze – pogoda ułatwia przenoszenie wiadomości przez górskie przełęcze, co przekłada się na zwiększenie liczby stron, a to z kolei oznacza więcej pracy dla nas wszystkich. Ogólnie rzecz biorąc, to dobre wiadomości i dużo łatwiej o nich pisać; Rosjanie odbili ostatni niemiecki bastion – Mińsk i zatopiono dużo niemieckich u-bootów. Dla Włochów ważniejsze jednak jest to, że alianci maszerują na północ zachodnią stroną półwyspu, zdobywając Cecinę i Livorno, i zbliżają się do Florencji. Możemy mieć tylko nadzieję, że niebawem skierują się na wschód, w naszą stronę.

Z tego wszystkiego płynie jeszcze jedna korzyść. Taka obfitość pracy, w biurze Rzeszy i poza nim, oznacza, że mam mniej czasu, by myśleć o Vicie, który według Sergia miewa się „dobrze". Wiem, że Mimi ma z nim pewien ograniczony kontakt, ale nawet ona bardzo uważa na słowa, by mnie chronić. To musi mi wystarczyć.

Jaśniejsze, dłuższe dni napełniają mnie energią – żywię się światłem, słońcem odbijającym się rankiem od dachów i wiszącym nisko wieczorem nad *campi*, gdy niechętnie ustępuje miejsca nocy. I na odwrót, płonące barwy pogłębiają nastrój, który osiadł nad Wenecją – wystarczy jedna iskra, by podpalić beczkę prochu, w którą zamieniło się moje miasto.

Z tą różnicą, że dostajemy znacznie więcej niż iskrę.

Eksplozja wstrząsa głębokimi, starymi fundamentami, odbijając się rykoszetem w mieście. Minęła właśnie dziewiąta rano i od kilku minut pracuję w biurze nad tłumaczeniem. Wszyscy podbiegamy do okna, widzimy jak ludzie wypadają ze sklepów i kawiarni na obrzeżach placu Świętego Marka i natychmiast spoglądają w górę, obawiając się, że mimo obietnic zachowania bezcennej sztuki naszego miasta alianci bombardują Wenecję. Ale na niebie widać jedynie samolot patrolujący. Wstrząsy, które czujemy, pochodzą z poziomu ziemi.

Wkrótce docierają do nas wiadomości, że celem ataku jest budynek Ca' Giustinian, pałac znajdujący się niedaleko mostu Accademia, położony nad Canal Grande, w którym mieści się dowództwo Republikańskiej Gwardii Narodowej. Oddziały z Platzkommandantur biegają tam i z powrotem, a krzyki i ogólne zamieszanie zakłócają względny spokój placu Świętego Marka. Orkiestra przed jedną z kawiarni nawet przestała wykonywać swój żelazny repertuar składający się z Bacha i Liszta.

Nic na to nie poradzę, zastanawiam się, czy Vito może być w to zaangażowany, pomimo swojego już i tak niebezpiecznego położenia. Dowódca jego batalionu z pewnością by na to nie pozwolił. Sergio, jako główny dowódca, też nie. Ale trzeba brać pod uwagę wrodzoną lekkomyślność Vita.

Siedzę uwięziona w biurze, pracując nad tłumaczeniem, które – jak wiem – okaże się cenne dla ruchu oporu, ale mam wielką ochotę wyjść tylko po to, by wybadać nastrój panujący na ulicy. Wyraźnie czuć zagrożenie, ale jak silne i dla kogo?

Jak zawsze w przypadku każdego nowego kryzysu Cristian często wbiega do gabinetu Breugala. Upały powodują, że generałowi trudno się podnieść z fotela, a kiedy to robi, jego widok nie jest miły. Tym razem mam ochotę zagadnąć Cristiana pod pretekstem jakiegoś problemu w tłumaczeniu i obojętnie zapytać o zamieszanie na zewnątrz. Podczas rozmowy przy herbacie dowiadujemy się, że to była eksplozja, prawdopodobnie zamierzona, ale nikt nie zna żadnych szczegółów. Marta wychodzi na zewnątrz, by poflirtować z jednym z wartowników i wyciągnąć od niego informacje, ale dowiaduje się jedynie, że jest kilka ofiar. Faszyści, naziści czy wenecjanie? Ofiary śmiertelne czy nie? Nie wiemy. Jeśli to ci pierwsi, wiadomo, że dojdzie do odwetu. Okrutnych represji.

W końcu nie mogę już dłużej znieść niepewności i jak najbardziej obojętnie podchodzę do biurka Cristiana z zapytaniem o tłumaczenie w dłoni. Na jego twarzy maluje się niepokój i – jeśli się nie mylę – lekki cień zadowolenia. Ale też rzadko udaje mi się go rozszyfrować.

– Eksplozja spotkała się z wielką reakcją – zaczynam, gdy pochyla się nad moim pytaniem.

– Mhm, tak – odpowiada tylko. Proponuje rozwiązanie mojego problemu, oddaje mi kartkę, a potem rzuca jakby po namyśle: – Niestety są ofiary. Niedobrze.

Jest niedobrze czy będzie niedobrze? Co ma na myśli? Nie rozwija tematu i wraca do gabinetu Breugala, zanim zdążę go zachęcić do wyjaśnienia.

Po pracy ruszam na ulice w pobliżu Ca' Giustinian, bo czuję, że muszę to zobaczyć na własne oczy, skoro na pewno będę musiała napisać relację do gazety. Samo miejsce eksplozji zostało szybko odgrodzone przez strażników z posępnymi minami. Nie mogą jednak pozbyć się smrodu kordytu, który utrzymuje się w powietrzu jak kwaśna mgła. Nawiązuję rozmowę z przechodzącymi obok kilkoma starszymi kobietami, które wyglądają, jakby mieszkały w pobliżu, i odgrywając rolę zdumionej mieszkanki miasta, pytam mimochodem, czy widziały, co się stało.

– Czyż to nie straszne? – Kiwam głową w stronę rumowiska.

– Mój mąż mówi, że słyszał wybuch w stoczni – odzywa się jedna z kobiet.

– Zapanował totalny chaos – dodaje druga. – Strażnicy biegali w kółko jak mali chłopcy, którzy się zgubili.

Rozmowy nie przyniosły żadnych konkretów, ale dodadzą opowieści ludzki wymiar, jeśli przytoczy się odczucia zwykłych wenecjan.

Straszna prawda objawia się później tego samego dnia. Trzynaście osób zginęło i wieść o tym szybko rozchodzi się po Wenecji. Nie wszystkie ofiary to wojskowi, ale dla niemieckiego naczelnego dowództwa to nie ma żadnego znaczenia – wiemy, że naziści są przekonani o swojej wyższości moralnej i traktują ofiary cywilne jak męczenników, jeśli tylko im to pasuje. A my spodziewamy się odwetu.

Nie musimy czekać długo. Ginie kolejnych trzynaście osób, tym razem są to więźniowie z partyzanckiego oddziału San Donà di Piave, tuż pod Wenecją. Wprowadzono ich do ruin pałacu, zrobiono pokazowy proces, który oczywiście był farsą, i rozstrzelano ich na gruzach eksplozji, do której oczywiście się nie przyczynili. Mimo to na pierwszych stronach faszystowskich gazet uznano ich za „rebeliantów" i w ostrych słowach potępiono jako zdrajców Włoch. Co za szczęście, że nie pracuję już w redakcji „Il Gazzettino".

Jestem jednocześnie smutna, wściekła i zdesperowana. W pracy z trudem powstrzymuję gniew, a następnego dnia wychodzę wcześniej z bólem głowy po tym, jak kazano mi przepisać szczegóły całego zajścia. Wiem na pewno, że nazwisko mojego brata nie widnieje na liście podejrzanych czy zabitych partyzantów, ale to niewielka pociecha. Zastanawiam się, jak u licha można powstrzymać tę zabójczą machinę oprawców.

Nie jest to zgodne z naszymi zasadami bezpieczeństwa, ale muszę odnaleźć Sergia i błagać go, żebym mogła coś robić. Wiem mniej więcej, gdzie może przebywać o tej porze dnia, i klucze pieszo niemal po całej Wenecji, dla zmylenia wchodzę w zaułki i prześlizguję się przez podwórka, na których furkocze suszące się pranie. Niektóre ulice są niesamowicie ciche w czasie popołudniowej sjesty, a stukot moich obcasów odbija się w upale od zalanych słońcem murów. Parę razy czuję mrowienie na karku i wydaje mi się, że ktoś mnie śledzi, ale w tych pełnych napięcia dniach okazuje się, że to tylko moja paranoja dochodzi do głosu.

Odnajduję Sergia i błagam go, żeby mi pozwolił jakoś pomóc. Wyraża zgodę na to, o co proszę – jedyną rzecz, jaką mogę i muszę robić, kiedy tracę grunt pod nogami, a świat zaczyna wirować. Muszę opisać tych młodych i już nie tak młodych mężczyzn, muszę się za nimi wstawić i sprostować opowiadane kłamstwa.

– Wiesz, że kiedy opublikujemy listę zabitych, istnieje spore ryzyko, że powiążą ją z twoim biurem? – zauważa Sergio. Z dala od linii ognia jest spokojnym, łagodnym człowiekiem, a jego wyważony ton każe mi się na chwilę zastanowić. On z kolei dostrzega mój rozpalony wzrok i czuje, że może mnie powstrzymać tylko bezpośredni rozkaz.

– Lista może pochodzić z wielu miejsc – tłumaczę. – Wieści rozniosły się po całej Wenecji. Szeptali ludzie, którzy pracują blisko miejsca wybuchu, świadkowie egzekucji. Wszyscy.

Sergio wzdycha. Nie zgasi mojego zapału.

– W porządku – mówi wyraźnie przygnębiony. – Popłyniesz na Giudeccę. Prześlę wiadomość do Arla i pozostałych i przygotujemy na jutro wydanie specjalne. Potem musisz się przyczaić, Stello. Rób to, co zawsze, uśmiechaj się, bądź miła. Ale nie trać czujności.

– Przyczaję się – obiecuję. Nie jestem pewna, jak to zrobię, ale i tak obiecuję.

Kiedy Arlo, Tommaso i Matteo pojawiają się w piwnicy, mam już połowę pierwszej strony. Maszyna do pisania wystukuje równy rytm, pozornie sama z siebie – obie jesteśmy skupione na tym samym przesłaniu i ledwo odrywam oczy od klawiatury, gdy mężczyźni schodzą po schodach.

– W porządku, Stello? – Arlo kiwa głową, ale w jego głosie jest więcej smutku niż radości. Tommaso przyniósł mi filiżankę kawy i stawia ją obok z bladym uśmiechem. Mogłabym go uścisnąć.

Ze względu na temat wydania pracujemy bez zwykłych przekomarzań i zbliża się godzina policyjna, gdy zostawiam ich, by nanieśli ostatnie poprawki i przygotowali gazetę do rozwiezienia. Mam tylko nadzieję, że oddaliśmy tym ludziom sprawiedliwość, przedstawiliśmy mieszkańcom Wenecji powody kryjące się za tak zwanym „terroryzmem" i wyjaśniliśmy, dlaczego jest on jednocześnie koniecznością i konsekwencją wojny. To straszne i przygnębiające, ale wojna pociąga za sobą ofiary.

Czuję obecność dziadzia, gdy ostatnie *vaporetto* płynie w stronę głównego lądu, i wyobrażam sobie, że owiewający mnie wiatr jest jego wielką dłonią spoczywającą na moim ramieniu. Czuję, że coś zrobiłam, być może coś małego, by przeciwstawić się oszczerstwom nazistów wymierzonym w tych nieszczęsnych ludzi. Ale jak zawsze wątpię, czy to wystarczy. Czy to naprawdę coś zmieni?

Sądząc po gwałtownych krzykach dobiegających z gabinetu Breugala, gdy zjawiam się w pracy następnego ranka, domyślam się, że wywarło jakiś efekt.

– Widziałaś to? – Marta podsuwa mi egzemplarz „Venezia Liberare" z wielkim nagłówkiem złożonym przez Arla: „EGZEKUCJA NIEWINNYCH".

– Jego wysokość jest wściekły. – Marta wzdycha i kwituje uśmiechem zachowanie nazistów, które jesteśmy zmuszone znosić. Czasem jest to nawet zabawne.

Modlę się, by moja twarz nie zdradziła, jak dobrze znam każdą literę tego druku.

– Kiedy to się ukazało? – pytam niewinnie. – Mają odwagę.

– Dziś rano – odpowiada Marta. – Zaniosłam mu to razem z poranną kawą i wydawało mi się, że wybuchnie. De Luca siedzi tam od tamtej pory.

Zabieram się do pracy jak najpilniej, a w brzuchu maszeruje mi stado słoni. Zza rzeźbionych drzwi dobiegają mnie jedynie pojedyncze powarkiwania i okrzyki, ale nie zazdroszczę Cristianowi, że znajduje się tak blisko tego spoconego, przeklinającego i wściekłego generała. To mało przyjemny obrazek.

Kiedy Cristian wychodzi z gabinetu, wygląda na wyczerpanego i od razu zaczyna dzwonić; wyłapuję informacje o dodatkowych patrolach. Mówi po włosku i zastanawiam się, czy „patrole" oznaczają faszystowską Czarną Brygadę, mężczyzn w czarnych mundurach, których działania są wyjątkowo złośliwe, ale nie słyszę całej rozmowy. Wyczuwam, że Cristian od czasu do czasu spogląda w moją stronę i kolejny raz mam wrażenie, że podejdzie, by mnie o coś poprosić. Ale jego twarz jest zmęczona, wzrok skupiony, a nosem niemal dotyka notesu, gdy coś w nim zapisuje. Ciekawe, czy to jakaś lista i czyje życie w efekcie zmieni się nieodwołalnie.

24

Po drugiej stronie laguny

Wenecja, lipiec 1944

Wychodząc z pracy, czuję się bezradna i samotna. Gniew, który mi wczoraj napędzał adrenalinę, zapadł się we mnie i zamienił w melancholię, której nie potrafię odgonić, przynajmniej nie dzisiaj. Towarzyszą jej wyrzuty sumienia, bo przyznaję w duchu, że nie mam ochoty biec do domu rodziców z wizytą; odwiedzam ich jedynie raz w tygodniu. Nie mam niczego, co mogłoby uśmierzyć ich niepokój z powodu nieobecności Vita, i boli mnie, gdy widzę, jak mama słabnie z niepokoju. Mimi albo pracuje, albo jest zajęta działalnością w ruchu oporu. Zazdroszczę jej, że może coś robić, ale wiem też, że Sergio rozesłał informację, że powinnam się przyczaić i przez jakiś czas unikać przenoszenia wiadomości. Mogłabym posiedzieć w barze Paola, ale znajduje się tak blisko mojego domu, że nie będę miała żadnych wymówek: po wypiciu drinka będę mogła tylko wrócić do siebie i siedzieć samotnie w czterech ścianach.

Przysiadam więc nad wodą niedaleko placu Świętego Marka, przede mną unoszą się niepotrzebne gondole, pięć czy sześć związanych razem. Obok przepływa łódź patrolowa, wywołane przez nią fale uderzają po kolei w bok każdej gondoli, a odgłos brzmi niemal jak skarga na ich żałosne porzucenie. Czuję się podobnie opuszczona.

Spoglądam na wieżę San Giorgio, a potem w lewo, gdzie w oddali majaczy Lido, a za nią wysepka, gdzie przebywa Jack, który na pewno chętnie wysłucha moich żalów. Bez wątpienia potrafi odnaleźć jasne strony mrocznej ostatnio Wenecji migoczącej dotąd jak klejnot. Jestem pewna, że Jack potrafiłby dostrzec kolor w szarej mgle.

Wiem, że zbytnio użalam się nad sobą, i ni z tego, ni z owego postanawiam coś z tym zrobić. To lekkomyślne i wbrew rozkazom Sergia, ale wsiadam na łódź Motonavi płynącą na Lido. Nie wiem, co zrobię, gdy się tam znajdę, ale przynajmniej będę bliżej Jacka. Kiedy siedzę na pokładzie, dostrzegam oliwkowe i szare mundury i przybieram wyćwiczony neutralny wyraz twarzy, odwracając się jednocześnie ku ciepłym promieniom słońca. Jeden z żołnierzy bardzo się stara podchwycić moje spojrzenie, a na wypadek gdyby pomylił moją neutralność z pogardą, uśmiecham się, przywołując kolejną z masek. Na szczęście dopływamy do przystani i umykam przed nim, ale czuję jego wzrok na plecach i świadomość, dokąd się wybieram, napełnia mnie podnieceniem i strachem.

Sprawdzam, czy nikt mnie nie śledzi, i zdecydowanie ruszam w stronę mniejszego portu, gdzie cumują łodzie rybackie. Przy ograniczonych przydziałach paliwa dla mniejszych łodzi wokół Lido jest ogromne zapotrzebowanie na transport i zwracam na siebie uwagę jednego z rybaków; jest stary i siwy, co dla mnie oznacza doświadczenie. Unosi brwi, gdy wymieniam cel podróży, ale przyjmuje banknoty lirowe, które mu wręczam.

Zapada zmierzch, gdy docieramy do niewielkiego portu, ale tym razem wiem, dokąd mam się udać. Kobieta za barem rozpoznaje mnie i z ironicznym uśmiechem prowadzi mnie parę domów dalej do niewielkiej chaty, wchodzi na kilka zewnętrznych schodków i puka do drzwi.

– Jack, masz gościa – woła i za drzwiami rozlega się szuranie.

Wyraz jego twarzy jest tym, na co liczyłam – nie jest to szok, ale szczere zaskoczenie i radość. Gdy kobieta zapukała, przez ułamek sekundy byłam pewna, że popełniłam kolosalny błąd, bo on pewnie zabawia jakąś miejscową dziewczynę, a barmanka chciała okrutnie zakpić z naiwnej panny z miasta. Powinnam wykonać nagły zwrot i jakoś wrócić do Wenecji, do bezpiecznego domu, gdzie moje serce też będzie bezpieczne. Ale radosny uśmiech na ogorzałej twarzy jest wszystkim, czego potrzebowałam.

– Cześć, podróżniczko, zapraszam do środka – mówi Jack i szeroko otwiera drzwi. Czuję się bardzo mile widziana.

Jack mieszka w małej, jednoizbowej przybudówce, z podłogą z gołych desek i niewielką umywalką w kącie. Od razu widać, że jest żołnierzem – w pokoju panuje porządek, ubrania są starannie poskładane i leżą na stosie obok materaca ułożonego na drewnianych paletach. Jest też kuchenka na parafinę, w gotowości obok niej czeka czajnik, a w jednym kącie stoi przykryte brezentem biurko. Jednak najbardziej uderzające we wnętrzu jest światło; sięgające od wysokości pasa do sufitu okna w trzech ścianach wpuszczają fioletowe promienie, które snują się po deskach.

– Cześć, mam nadzieję, że nie masz nic... – Ucisza mnie pocałunek, naglący, lecz czuły, i nie muszę już pytać ani o nic się martwić.

Wykorzystujemy resztki światła na zewnątrz i spacerujemy po porcie, trzymając się za ręce. Jack już mniej kuleje; mówi, że prawie tego nie zauważa, czuje tylko lekkie ukłucie, gdy za szybko wstanie.

– Co się stało, Stello? Co cię tu sprowadza? – pyta z szelmowskim uśmiechem; nie jest zły, że chcę się wypłakać na jego ramieniu.

Opowiadam mu o dramatycznych wydarzeniach ostatnich tygodni – pożarze, eksplozji i egzekucjach. Wieści o tym oczywiście do niego dotarły, ale zwraca uwagę przede wszystkim na moje reakcje, ściskając mnie za rękę, gdy nie potrafię powstrzymać łez. Zatrzymuje się i wyciąga z kieszeni kawałek szmatki – pachnie olejem silnikowym, ale dziwnie podnosi mnie na duchu.

– Dzięki. Przepraszam, nie powinnam tutaj przyjeżdżać i obarczać cię tym wszystkim.

– Czemu nie? Mogę dodać powiernika do listy moich nowo nabytych umiejętności: operatora radia, specjalisty od sieci i mechanika łodzi.

Wiedziałam, że mogę liczyć na Jacka, który potrafić znaleźć trochę humoru w każdej sytuacji.

– Pierwszy raz podczas tej wojny czuję się całkowicie zagubiona – wyznaję – a jednak nie mam do tego prawa. Nie straciłam nikogo bliskiego – w tym miejscu odsuwam od siebie myśl o Vicie leżącym na betonie – i mam pracę. Jestem dumna z gazety...

– I słusznie – wtrąca Jack. – To droga do prawdy w sytuacji, gdy mamy tylko kłamstwa drukowane przez faszystów. Liczę, że znajdę w niej prawdziwe wiadomości. – Całuje mnie mocno w usta i czuję, że robi to z wielkim uczuciem. Potem rzuca mi ten swój chłopięcy uśmiech, który niesie tak wielką pociechę.

– I widzę cię w każdym słowie, w każdej literze. Potrafię stwierdzić, że to ty.

– Naprawdę?

– Oczywiście. Nie możesz więc zrezygnować. Nikt z nas nie może. Musimy ciągnąć to wszystko, bo tylko tak wygramy tę wojnę. Dzięki czystemu uporowi.

Czuję się głupio, gdy przyznaję, że w takich chwilach tęsknię za Gaią i Raffianem – głupiutkim, kapryśnym wytworem mojej wyobraźni, ale jednocześnie moim wyzwoleniem. Ale nie mam problemu, by wyznać to Jackowi.

– To czemu nie piszesz dalej? – pyta i nagle wydaje się to bardzo rozsądne. Czekałam na nowy cel, choć go wcale nie potrzebuję. Jest mi potrzebna jedynie maszyna do pisania.

– Kiedy jest mi źle, piszę listy do matki – dodaje Jack. – Wiem, że do niej nie dotrą, nie ma jak ich wysłać, ale czuję przez to, że jesteśmy jakoś połączeni. Pewnego dnia je przeczyta.

Opuszcza nisko głowę.

– Do ciebie też czasem piszę.

– Naprawdę? – Jestem szczerze zaskoczona, że zajmuję miejsce obok jego rodziny.

– Dzięki temu czuję, że przynajmniej znów się spotkamy. – Chwyta mnie za rękę. – Jesteś tutaj. Więc to działa!

Jack coś we mnie przywraca, nie swoją opowieścią o determinacji ruchu oporu, ale sposobem, w jaki patrzy na życie. Uwięziony na środku Morza Śródziemnego, na razie bez możliwości powrotu, pomaga, jak tylko może, spoglądając w przyszłość, poza faszystowskie Włochy.

Zaglądamy do baru i Jack rozmawia z kobietą za ladą, najwyraźniej jedną z jego wielu „mam". Kobieta wychodzi z garnkiem owiniętym w ścierkę i kawałkiem żytniego chleba. Wracamy zaraz do jego pokoju, zapalamy świeczki i rozkładamy jedzenie na kocu na podłodze. To najlepszy makaron z krewetkami i najlepszy piknik, jaki miałam w życiu. Jeden z portowych kotów miauczy i skrobie w drzwi i Jack wpuszcza go do środka. Stawia na podłodze spodeczek z sosem spod makaronu i dorzuca jedną ze swoich krewetek.

– Ten mnie trochę polubił – mówi.

– Nic dziwnego, skoro karmisz go krewetkami. Ma jakieś imię?

– Nazywam go Matey*. Pasuje. – Kot wpada w ekstazę, gdy Jack drapie go po brudnym białym futerku pod brodą.

Potem zaparza herbatę, kładziemy się na jego łóżku i oparci na łokciach rozmawiamy o naszym życiu sprzed wojny. Rozśmiesza mnie opowieścią o szkoleniu wojskowym, które zamieniło maminsynka w twardego faceta.

Nadchodzi godzina policyjna i staje się jasne, że zostanę na noc. Nie czuję jednak żadnej presji ani oczekiwań. Rozbieram się do bielizny, on robi to samo, blizna na jego nodze straszy głębokim fioletem, potem się wsuwamy pod koc i całujemy. Ale nie posuwamy się dalej. Nie dlatego, że nie chcę, ale dlatego, że czuję, iż powinniśmy postępować powoli. On jest delikatny i dobrze wychowany i dzięki temu wiem, że mam rację. Gładzi mnie po biodrze, ale nie przyciąga mnie do siebie. Zasypiamy, słysząc w oddali stukot łodzi i łagodne mruczenie kota w nogach łóżka.

Budzi nas światło wpadające przez okna. Jest piąta rano i muszę się ruszyć, jeśli mam wrócić na Lido na czas, by złapać Motonavi płynące na główną wyspę i ogarnąć się przed pracą. Czeka mnie kolejny długi dzień. Ale warto czuć piasek pod powiekami, gdy wiatr rozwiewa mi włosy podczas podróży powrotnej. Będzie to musiało zastąpić kąpiel albo prysznic, przynajmniej na razie.

---

* Matey (ang.) – koleś, kumpel.

Jack ułatwia nam rozstanie w porcie, całując mnie jednocześnie czule i radośnie, zupełnie jakbyśmy byli małżeństwem i jakby odprowadzał mnie do pracy.

– Nie będę się z tobą żegnał. – Uśmiecha się. – Bo to może oznaczać, że wrócisz. Uważaj na siebie, Stello. – Wierzę, że ma rację, a on macha i odwraca się, zanim zdążę posmutnieć.

Przez następne dwa czy trzy dni w biurze panuje niepokój pomimo nieobecności Breugala i Cristiana. Wszyscy się zastanawiają, co jeszcze może się wydarzyć podczas tej wojny.

Trzeciego dnia wraca Cristian. Wydaje mi się, że wygląda na wyczerpanego, i od przyjęcia w pałacu – jakże wydaje się teraz odległe – zastanawiam się, ile spraw musiał załagodzić przy użyciu dyplomacji. Potem myślę: i dobrze. Musi to robić. Ta paskudna Rzesza i wierni miłośnicy Benita powinni wiedzieć, że weźmiemy odwet.

Spuszczam głowę i koncentruję się, by wydobyć każdy sekret, każdą cenną informację ze spoczywającego przede mną tekstu.

– Dobrze się pani czuje, signorina Jilani... Stello? – Kątem oka dostrzegam wypastowane buty Cristiana i słyszę znajomy akcent.

– Tak – odpowiadam, wciąż stukając w klawisze. Przestępuje z nogi na nogę i muszę podnieść głowę, ale jego wyraz twarzy sprawia, że nie mogę natychmiast odwrócić wzroku. – Wszystko... wszystko w porządku.

– W zaistniałych okolicznościach?

– Tak, w zaistniałych okolicznościach. – O czym on mówi? Czy próbuje wyciągnąć ze mnie, że współczuję zabitym w odwecie partyzantom?

– Miałem nadzieję, że dobrze się pani czuje – ciągnie Cristian. – Wydawała się pani zmartwiona. – Pierwszy raz od tamtego wieczoru na progu mojego domu zapytał o coś osobistego.

Ale po kilku ostatnich dniach nie czuję w stosunku do niego życzliwości. Pracujemy razem od tylu miesięcy, prowadziliśmy długie rozmowy, więc z pewnością nie uwierzy, że jestem pozbawiona emocji. Podnoszę wzrok.

– Współczuję każdej matce, która traci syna, obojętnie po której stronie. – Zmuszam się, by unieść lekko kąciki ust i przeciwstawić się przepełniającej mnie goryczy.

Choć raz udaje mi się zajrzeć za szkła jego okularów i zobaczyć wpatrzone we mnie źrenice. Przez sekundę wydaje mi się, że i one, i on są gdzie indziej.

– Oczywiście – odpowiada. – Im szybciej to rozwiążemy, tym lepiej.

Co rozwiążemy? I co chce przez to powiedzieć? Że alianci i ruch oporu mają bezwarunkowo skapitulować? Chyba jest bardziej inteligentny od Hitlera i Mussoliniego, więc na pewno nie wierzy, że prawdziwi Włosi coś takiego zaakceptują... zniszczenie kraju, poniżenie. Ale wraca do swojego biurka i kolejny raz Cristian De Luca jest jak biała, niezapisana karta.

25

Nowa nadzieja

Wenecja, grudzień 2017

Po wyjściu z Muzeum Żydowskiego Luisa wybiera się na przejażdżkę po Canal Grande, tym razem za dnia. Ale trasa nie jest przez to mniej malownicza: wzdłuż brzegów kanału wznoszą się budynki, które także z zewnątrz przypominają dzieła sztuki, z eleganckimi tynkami w kolorze lodów pistacjowych i wielkimi oknami ze wzorem plastra miodu i delikatnymi szybkami. Gdy woda omywa niższe partie z cegieł, poplamione i zniszczone z upływem czasu, trudno pojąć, jak pięcio- czy sześciokondygnacyjne budynki po prostu nie osuwają się do wody. *Vaporetto* często się zatrzymuje, przepływa wolno z jednej strony kanału na drugą, dzięki czemu można zajrzeć do wnętrza pięknych pałaców, zwłaszcza gdy pokoje oświetlają ogromne zdobione żyrandole. Wyobraźnia Luisy szaleje, malując obrazy przyjęć wydawanych nad tym kanałem przez wieki: bogactwo i rozpasanie, niebezpieczne związki. Myśli potem o domach nad tym samym kanałem, w których mieszkała nazistowska elita, i o przerażeniu uchodźców i rodowitych wenecjan, którzy kryli się w piwnicach i na strychach, gdy dobiegał ich gwar uczestników przyjęć.

Jasne zimowe słońce późnego poranka przywołuje jednak wspomnienie szczęśliwszych dni i na widok spacerujących przytulonych do siebie par Luisa żałuje, że nie ma z nią Jamiego. Jego wiadomość zeszłego wieczoru była już znacznie swobodniejsza, żartował, że powinna sobie znaleźć włoskiego przystojniaka na przewodnika i rozpłynąć się z nim w siwej mgle. Jamie nigdy nie był zazdrosny, zawsze podkreślał, że oboje są w równym stopniu niezależni, więc Luisa wie, że humor mu dopisywał. Czuje, że przynajmniej zawarli rozejm.

Płynie do końca kanału, a potem wraca na pokładzie innego *vaporetto*, które zmierza na Giudeccę obok imponującego kościoła i wieży San Giorgio Maggiore. Nabrzeże na przystanku Zitelle kryje się w cieniu i choć Luisa dostrzega kilka kolorowych frontów kawiarni, nie ma wątpliwości, czemu Giudecca traktowana jest jak uboższa krewna głównej wyspy. Jednak kiedy wyjmuje plan i rusza cichymi uliczkami biegnącymi za imponującym kościołem Le Zitelle, czeka ją miła niespodzianka. Wyspa z pewnością jest mniej malownicza, ale bardziej prawdziwa. Tutaj wenecjanie mieszkają w spokoju w starych i nowych domach.

Nazwa Instytut Ruchu Oporu też jest myląca. Luisa wyobrażała sobie surowy, funkcjonalny budynek, nudny według weneckich standardów. Ale willa Hériot, w której mieści się instytut, jest zupełnie inna. Piękny dom wznosi się w zielonym, zadbanym ogrodzie, który bardziej przypomina jej wakacje spędzone kiedyś w Weronie. Ma okna po obu stronach wejścia, biegnącą wokół werandę, eleganckie, białe kolumny i okna w stylu palazzo. Być może w minionych wiekach mieszkał tu bogaty kupiec. Z pewnością ten widok pasuje do weneckiego dostojeństwa po drugiej stronie wody.

Signor Volpe czeka w wysokim holu urządzonym z wielkim przepychem w odcieniach różu. Rozpoznaje Luisę od razu, być może dlatego, że bacznie rozgląda się dookoła, mniej jak turystka, a bardziej jak osoba, która czegoś szuka.

– Signora Belmont? – Patrzy na nią badawczo, przez moment szukając odpowiedniej reakcji. – Jak miło panią poznać!

Giulio Volpe wygląda niemal dokładnie tak, jak Luisa go sobie wyobrażała. Jest po trzydziestce, średniego wzrostu i budowy, ma gęste czarne włosy i jasne oczy – niebieskie, a nie brązowe, jak sądziła. Nosi typową dla naukowca brodę, krótką i zadbaną, i choć ma na sobie zwykłe spodnie i sweter pod szyję, spod którego wystaje kołnierzyk jasnoniebieskiej koszuli, cały emanuje włoskim stylem, aż po eleganckie i wypolerowane buty. Brytyjczyk w takim samym stroju nigdy nie wyglądałby tak wytwornie, myśli Luisa. W powietrzu unosi się korzenny, lecz nie duszący zapach płynu po goleniu, gdy mężczyzna ściska jej dłoń, uśmiechając się przy tym szeroko. Ma idealne zęby i Luisa powoli zakochuje się w człowieku, który może znaleźć odpowiedzi na nurtujące ją pytania.

Signor Volpe – „proszę mówić mi Giulio" – prowadzi ją nie w stronę szerokich schodów przypominających te z bajki o Kopciuszku, lecz do ogrodu i budynku, który najpewniej był mniejszym domem dla gości, choć prezentuje się równie okazale. W środku jest przytulniej i funkcjonalnie, ale i tak bardziej elegancko niż w jakimkolwiek biurze, w jakim przyszło jej pracować. Na ścianach wiszą stare plakaty, które z czasem nabrały barwy sepii, ze słowem, brzmiącym teraz dla Luisy znajomo: „FASCISMO!" wydrukowanym dużą czarną czcionką. Umeblowanie jest jednak typowe dla dwudziestego pierwszego wieku, a na kserokopiarce leży szary pręgowany kot, który wygrzewa się w blasku słońca i miauczy, gdy Giulio wchodzi do środka.

– Przedstawiam Melodie – mówi Gulio, drapiąc kotkę za uchem. – Sama się tu wprosiła, ale dotrzymuje mi towarzystwa, gdy nikogo nie ma. I najwyraźniej kocha książki.

Nie ma wyjścia, myśli Luisa. Półki z książkami zajmują wszystkie ściany aż do sufitu, tomy wypełniają każdą wolną przestrzeń, a spośród kartek wyzierają kolorowe paski papieru. Widać, że z tej biblioteki ktoś naprawdę korzysta.

Giulio proponuje kawę – filiżankę przyzwoitego napoju z ekspresu stojącego w kącie – i wygląda, że bardzo chce zacząć rozmowę. Luisa otwiera Daisy i pokazuje mu, co ma: starannie sfotografowane dokumenty i wybór oryginałów cennych zdjęć, które odważyła się zabrać ze sobą. Zamykaną teczkę i torbę miała zawsze przy sobie podczas podróży z Bristolu.

Twarz Giulia rozjaśnia się na widok karbowanych brzegów zdjęć, jakby dotykał prawdziwych skarbów. Zakłada okulary do czytania – w eleganckich, modnych oprawkach – a potem sięga po szkło powiększające. Wpatruje się w twarze, ale także poza nie, szukając wskazówek dotyczących czasu i miejsca, gdzie uwieczniono te chwile.

– Ma więc pani jedynie imię Stella? – upewnia się. – Żadnego włoskiego nazwiska?

– Niestety nie – odpowiada Luisa. – Sprawdzałam w akcie urodzenia mamy, ale tam tylko widnieje informacja, że nazwisko jej matki brzmiało Hawthorn. Podejrzewam, że mogła już być mężatką, zanim wyszła za mojego dziadka. Choć to raczej mało prawdopodobne. Pisała pod nazwiskiem Hawthorn, a on nazywał się Benetto. Giovanni Benetto.

Luisa dostrzega płomień w oczach Giulia Volpego. Pisze doktorat o weneckim ruchu oporu i Luisa czuje, że nie ma takiej rzeczy, jakiej by o nim nie wiedział. Najwyraźniej jest zachwycony, mogąc odgrywać rolę detektywa.

– No to jej poszukajmy – mówi, kolejny raz błyskając zębami.

Miaucząca Melodie podąża za nimi, gdy Giulio prowadzi ich do piwnicy, gdzie Luisa od razu czuje znajomy zatęchły zapach życia zapisanego na papierze, wilgotną woń strychu matki, gdy weszła tam i znalazła ukrytą maszynę do pisania. Znów zaczyna ją kręcić w nosie.

Giulio wysuwa duże szuflady z wolno stojących szafek wypełniających piwnicę i wyjmuje z nich zbiory własnych fotografii. Serce Luisy bije mocniej, a potem zamiera na widok setek, a może tysięcy zdjęć, które trzeba będzie przejrzeć, by znaleźć to jedyne. Czy pośród nich ukrywa się jej babka? Czuje się jednocześnie przejęta i wystraszona.

Giulio bez słowa podaje jej drugie szkło powiększające i zaczynają przeglądać morze twarzy, zerkając od czasu na leżące między nimi zdjęcia przywiezione przez Luisę. Wśród nich jest oryginalne zdjęcie „S i C" z placu Świętego Marka, ale Giulio skupia się na wcześniejszym, na którym twarz Stelli jest młodsza, a włosy rozpuszczone. Z grupą przyjaciół stoi na jakichś stopniach, obejmując ramionami dwóch mężczyzn ze swojej prawej i lewej strony. Nie popadając w stereotypy, można jednak stwierdzić, że wyglądają jak partyzanci – ich ubiór sugeruje powiązanie z walką. Po prawej widać krawędź jakiegoś wojskowego wyposażenia, być może podstawy armaty.

Luisa i Giulio oglądają zdjęcia przez dobre pół godziny, jego oczy przesuwają się tam i z powrotem, skupiony oddycha spokojnie. Luisa słyszy jedynie, jak burczy jej w brzuchu, i żałuje, że przed spotkaniem nie zjadła lunchu.

– Aha! – wykrzykuje nagle Giulio. – Jest!

– Znalazł ją pan? – Serce Luisy bije mocniej z zaskoczenia i ulgi.

Giulio podnosi niemal przepraszający wzrok.

– Nie, nie ją, ale kogoś innego z tego zdjęcia. – Serce Luisy wraca do normalnego rytmu.

– Jedną z kobiet tutaj. – Wskazuje na postać z szerokim uśmiechem na grupowym zdjęciu. – Jest także tutaj, na naszej archiwalnej fotografii.

Spoglądają razem, by porównać podobieństwo. To zdecydowanie ona, a napis z tyłu zdjęcia Giulia głosi, że to „Mimi Brusato, członkini oddziału partyzantów". Niestety inne osoby na zdjęciu nie są wymienione z nazwiska, więc babka Luisy pozostaje niezidentyfikowana. Ale coś mają. Potwierdza to także podejrzenia Luisy, że jej babka nie była jedynie ciepłą, uroczą staruszką, która najmocniej ją tuliła.

Przeglądają zdjęcia przez kolejną godzinę i Giulio odkłada kilka fotografii związanych prawdopodobnie z Mimi Brusato, gdyż to ona pozostaje ich jedynym śladem. Stella Hawthorn wciąż jest duchem, przynajmniej na razie.

Porcja nowych zdjęć sprawia jednak Luisie dużo radości – wszystkie są czarno-białe, a ona koloruje je po swojemu, wyobrażając sobie, że wojenna Wenecja na pewno nie była szara. Nawet pośród tragedii, o jakich czytała, mieszkańcy miasta próbowali cieszyć się życiem, podtrzymywać więzi przyjacielskie i rodzinne, których rządy nazistów nie zdołały zerwać. Pomimo reglamentacji kobiety modnie się ubierały i tryskały energią; podobnie jak mężczyźni w nieco obszarpanych partyzanckich

„mundurach". Na podniszczonych fotografiach być może nie widać, jak mocno pocerowane były wszystkie ubrania, co w czasie wojny stanowiło też codzienność w Wielkiej Brytanii, ale wenecjanie najwyraźniej bardzo się starali, by ich wrodzona elegancja nie ucierpiała.

Giulio odkłada szkło i prostuje plecy, pocierając oczy za okularami.

– Chyba wystarczy na dziś – mówi, a Luisa czuje jednocześnie rozczarowanie i ulgę; jej kręgosłup i żołądek skarżą się równie mocno. Jednak jeszcze nigdy nie zbliżyła się tak bardzo do drugiego życia babki. Jest już prawie o krok.

– Po południu przeszukam nasze archiwum cyfrowe – mówi Giulio. – W międzyczasie podam pani kilka miejsc, które warto odwiedzić. Niestety nie znam żadnych osób, które przeżyły wojnę. Mamy kilka relacji wenecjan spisanych przed śmiercią, ale wszystkie są po włosku. No i wspomnienia dzieci, ale w nich próżno szukać wzmianek o ruchu oporu.

Widać, że Luisa jest lekko zawiedziona.

– Proszę się nie martwić, znajdziemy ją – uspokaja ją Giulio. – Czuję, że gdzieś tam jest.

Nie można uznać tego popołudnia za zmarnowane, choć Luisa czuje, że polega w pełni na Giuliu, a nie na własnych umiejętnościach w gromadzeniu materiałów. Marzy, by odegrać rolę detektywa po swojemu. Giulio jest jednak szczęśliwy, że może pomóc, i okazuje się nieustępliwy i cierpliwy jak na prawdziwego historyka przystało.

Luisa spaceruje uliczkami Giudekki, na których panuje cisza, od czasu do czasu przechodzi mężczyzna lub kobieta z torbą na zakupy, a z oddali dobiega ją gwar ze szkolnego boiska. Ale wokół jest spokojnie i Luisa próbuje wyobrazić sobie siebie na mapie satelitarnej – na malutkiej wyspie na lagunie pośrodku ogromnego morza. To dość osobliwe uczucie.

Na ziemię ściąga ją brzęczenie telefonu – esemes od Jamiego: „Cześć, Sherlocku, jak ci idzie? Jakieś wieści lub postępy? Zadzwoń później. Całuję". Esemesy z reguły kiepsko przekazują emocje, ale z tego widać wyraźnie, że Jamie jest w dobrym nastroju. Może oddzwoniono do niego albo obiecano rolę. Przystanek na jedzenie w niewielkiej kawiarni na nabrzeżu umacnia sympatię Luisy do Giudekki; je najlepszą w życiu minestrone i arancini, ryżowe kulki z mięsnym nadzieniem, które zachwycają jej kubki smakowe i koją żołądek.

Korzystając z reszty dziennego światła, ogląda kilka pomników na głównej wyspie, które wskazał Giulio. Przez długi czas wpatruje się w poruszającą postać z brązu na Riva dei Sette Martiri: pomnik bojowniczki przedstawia omywane przez wodę ciało kobiety z bezwładnymi stopami, najwyraźniej okrutnie pozostawionej na śmierć. Podobnie jak w przypadku nazwisk w Muzeum Żydowskim Luisa próbuje sobie wyobrazić tę kobietę żywą – synów i córki czy wnuki, jakie mogła mieć, życie, które mogła przeżyć, gdyby nie okrutna wojna. Po emocjach i rozczarowaniach całego dnia nie potrafi powstrzymać łez i szuka chusteczki.

A jednak dopisało jej szczęście. I jedno wie na pewno: samo jej istnienie potwierdza, że babka Stella przeżyła wojnę. Nawet jeśli na razie nie potrafi jej odnaleźć, kiedyś to się uda i ta myśl zamienia ból w sercu Luisy w ciepło.

Siedzi na ławce i dokumentuje atmosferę Wenecji, mając Daisy za towarzystwo – tym razem na pięknym placu, na który się natknęła – kiedy odzywa się jej komórka. To numer włoski, a to oznacza, że może dzwonić tylko jedna osoba.

– Witaj, Giulio – mówi Luisa ostrożnie. Czy ten telefon oznacza, że dotarł do końca drogi i że w jego archiwach nie ma żadnej wzmianki o Stelli Hawthorn?

– Luiso – rzuca naglącym tonem, nie mogąc ukryć podniecenia. – Chyba ją znalazłem. Wydaje mi się, że wiem, kim była pani babka.

26

Zemsta

Wenecja, początek sierpnia 1944

Wenecja wciąż dochodzi do siebie po eksplozji, gdy mieszkańcom znów jeżą się włosy na karku, a bolesne konsekwencje nowego zdarzenia mogą dotknąć całe miasto. Na nabrzeżu zaginął bowiem niemiecki strażnik i nazistowskie dowództwo twierdzi, że został zamordowany. Dowiaduję się o tym w drodze do pracy, gdy Paolo gwałtownie macha do mnie z drzwi kawiarni.

– Naziści mówią, że reperkusje będą gorsze niż ostatnio, że dadzą nauczkę partyzantom i ich zwolennikom. – Na jego twarzy rzadko pojawia się wyraz niepokoju, dziś jest inaczej. – Uważaj, Stello. Miej oczy i uszy otwarte.

Zarówno na placu Świętego Marka, jak i w biurze Rzeszy panuje dziwna cisza i tym razem wolałabym chyba słyszeć wrzaski Breugala niż nic.

– Coś się dzieje? – pytam niewinnie Martę, gdy kapitan Klaus wchodzi do Breugala, a po paru minutach wychodzi z teczką, którą zabrał z jego azylu.

– Nie wiem – odpowiada Marta. – Podobno coś planują, ale z biura jego wysokości jeszcze nic nie wypłynęło. On sam wyszedł jakiś czas temu.

Bardziej niepokoi mnie fakt, że nie ma też Cristiana. Trudno go rozszyfrować, w niektórych momentach potrafię jednak coś wywnioskować ze sposobu, w jaki mnie traktuje. Po co mam siedzieć w jaskini lwa, skoro nie mogę zebrać choćby najmniejszej informacji, która by zapobiegła tragedii?

Na koniec cały ruch oporu zostaje zaskoczony okrucieństwem działań nazistów. Chcą bezwzględnie dać wenecjanom nauczkę i „oko za oko" już nie wystarcza. W kolejnym masowym nalocie, w którym naziści i faszyści się wyspecjalizowali, wchodzą do przypadkowych domów i wyprowadzają ponad setkę niewinnych ludzi, a trzysta pięćdziesiąt, w tym kobiety i dzieci, biorą na świadków. Następnego ranka prowadzą ich wszystkich na Riva dell'Impero. To rzut beretem od miejsca, w którym dorastałam, i wyobrażam ich sobie stłoczonych na nabrzeżu, nieświadomych, jakie okropieństwa przyjdzie im zaraz oglądać. Być może spodziewali się, że podpłynie statek, zabierze ich daleko od wszystkiego, co znają i kochają – rodzin, narzeczonych, rodziców – i drżeli na myśl, że trafią do obozów.

Zamiast tego za karę, że są Włochami, muszą oglądać morderstwo z zimną krwią; w blasku poranka naziści przyprowadzają siedmiu młodych więźniów, związanych razem sznurem, z posiniaczonymi i opuchniętymi twarzami po torturach Czarnej Brygady lub gestapo. Silniejsi i mniej pobici podtrzymują słabszych i za wszelką cenę unoszą głowy wysoko, pomimo strachu, który bez wątpienia ich przepełnia. Dzieci w różnym wieku są zmuszone oglądać śmierć tych mężczyzn, którą ponoszą za sprzeciwianie się nazistowskiemu reżimowi. Nie ma żadnego procesu ani dowodów, naziści nawet nie udają, że złapali osoby naprawdę odpowiedzialne za śmierć strażnika. Wina tych siedmiu mężczyzn sprowadza się jedynie do tego, że są Włochami.

Zabijają ich jednego po drugim, a echo każdego śmiertelnego wystrzału niesie się w niemal całkowitej ciszy, każde padające ciało pociąga za sznur i przybliża pozostałych do ich ostatniego miejsca na ziemi. Mężczyźni, niektórzy na tyle młodzi, że trzeba by nazwać ich chłopcami, kulą się, gdy pociski przeszywają ich ciała, a świadkom na zawsze pozostanie trauma po obejrzeniu tej bezsensownej masakry. W takich chwilach nikt nie może zarzucić wenecjanom, że wojna w ich mieście jest „łagodna".

Kiedy grad kul przeszywa powietrze i ciała padają na ziemię, być może właśnie budzę się w swoim wygodnym łóżku, zastanawiając się, jaki dzień mnie czeka. Później się dowiaduję, że Breugal przemówił do tłumu, ostrzegając przed jeszcze gorszymi represjami, gdy będzie ginąć więcej jego żołnierzy. Niewątpliwie wypiął pierś, naprężone guziki munduru niemal poodpadały, a on czuł wielką dumę ze swoich poczynań. Co gorsza, świadków masakry zabrano do więzienia Santa Maggiore jako zakładników i każdy chłopiec i mężczyzna w wieku od sześciu do sześćdziesięciu lat, który znalazł się w pobliżu, także został aresztowany, gdyż Breugal chce wypełnić swoją groźbę, że ukarze wszystkich, którzy buntują się przeciwko niemu.

Wstrząśnięta wysłuchuję ponurych szczegółów od kobiety, która oglądała to wszystko z dachu swojego domu. Ma zaczerwienione oczy i nadal się trzęsie – z niedowierzania i rozpaczy, ale także ze zrozumiałego gniewu. Chce rozmawiać, nadać temu jakiś sens i odmalowuje drastyczny obraz masakry.

– Musisz opowiedzieć, jak to wygląda, pokazać nienawiść tych drani – rzuca w kieliszek brandy, której potrzebuje, by uspokoić drżące palce. – Biedni chłopcy. Tak bardzo się bali, widać to było po tym, jak szli. A jednak pozostali dzielni, stali wyprostowani jak struny. – Wypija kolejny łyk alkoholu, krzywiąc się, gdy palący płyn spływa jej do gardła. – Obiecaj, że sprawisz, by wszyscy zrozumieli, jak bardzo to było okrutne i brutalne – mówi. – Proszę tylko o to.

Czy mogę nie obiecać?

Mój własny gniew rośnie, gdy ruszam w stronę Giudekki. Kolejny raz Sergio zaaprobował dodatkowe wydanie gazety; cały wenecki ruch oporu został postawiony na nogi, by mieć się na baczności; jego członkowie czają się w bramach, żeby ostrzegać przed płonącym gniewem po obu stronach i nie doprowadzić do tego, że Wenecja stanie się polem bitwy. Dowódcy ruchu oporu wciąż zalecają akcje podziemne, pomimo argumentów niektórych bardziej zagorzałych partyzantów, przekonujących, by przejść do otwartej walki. Działający razem naziści i faszyści wciąż dysponują większą siłą ognia i kontrolują drogę na grobli wiodącą na stały ląd, skąd mogą sprowadzić dodatkowe oddziały. Musimy czekać. Rozumiem ich gniew, ale szanuję też spokój Sergia i jego rozsądną reakcję. Lepiej wypadamy w roli słabszych i jesteśmy bardziej efektywni, gdy używamy podstępu.

Kiedy zdejmuję pokrowiec z maszyny do pisania, myślę o dziadziu – jego przekonaniu, że potrafię wiele zmienić słowami, traktując maszynę jako broń. Gniew i frustracja, które odczuwam, spływają z moich palców, kiedy piszę artykuły oparte na licznych wiadomościach przekazywanych przez łączniczki do naszej skromnej piwnicy, która stała się teraz gniazdem buntu. Arlo i Tommaso są równie poważni i pracujemy niemal w ciszy, z wyjątkiem stukotu dobiegającego z mojego kąta. Arlo przygotowuje najlepszą do tej pory pierwszą stronę, a Tommaso z powagą ilustruje cierpienie, ukazując całe zajście jednocześnie jako bezwzględną zbrodnię, ale także triumf Włochów, którzy pozostają niezachwiani w swojej miłości do naszego miasta i kraju. Naziści i faszyści jawią się jako przegrani, utraciwszy resztki człowieczeństwa.

Kiedy podaję moją kopię Arlowi, wciąż płonę. Jeszcze tyle gniewu we mnie zostało, a mam tylko jedno narzędzie, które mogę wykorzystać. Gaia i Raffiano spływają spod moich palców – śmierć i smutek być może nie pasują do zwyczajnej historii o miłości, ale przecież mamy wojnę. Wplatam w opowieść także cień wiary w tych, którzy pozostali, w nieustępliwość zwyczajnych ludzi, którzy nie dadzą się zastraszyć tyranom, i we wspaniałe reakcje pełnych godności wenecjan dumnych ze swego miasta.

Widzę, że Arlo jest wyczerpany. Dopiero później dowiaduję się, że wśród straconych mężczyzn znalazł się jego kuzyn – być może dlatego pracował z takim uporem – ale on działa dalej. Elena, żona Mattea, przynosi nam jedzenie i gdy w końcu gazeta zostaje zamknięta, pozostajemy przy szerokim stole jak baloniki, z których uszło powietrze; nie odzywamy się, ale krążą między nami miliony myśli. Arlo podnosi mój pospiesznie napisany rozdział i przebiega po nim zmęczonymi oczami. Patrzę, jak zaciska usta, i zastanawiam się, czy nie powinnam zakazać mu czytania.

– To też powinniśmy puścić – mówi cicho. – To powinno stać się częścią naszego świadectwa.

– Ale Sergio…

– Nieważne. Zróbmy to. To zbyt dobre, by nie ujrzało światła dziennego.

Tommaso porzuca swój pancerz i kiwa głową na znak poparcia; wyciągamy powielacz z kąta. Matteo ostrzega ludzi związujących gazety w paczki, że mamy jeszcze dodatek, i przesuwamy dźwignię starej maszyny.

Kolejny raz zaskakuje nas godzina policyjna i korzystam z łóżka zaproponowanego przez Elenę, prosząc ją, by koniecznie obudziła mnie o szóstej, kiedy brat Mattea będzie mógł mnie zabrać na główną wyspę. Teraz utrzymanie maski w biurze Rzeszy staje się jeszcze ważniejsze, muszę tryskać entuzjazmem i pokazywać, że w działaniach Breugala widzę siłę. Moje zachowanie w biurze może odzwierciedlać nastroje panujące w mieście, ale nie wolno mi pokazać, że jestem zrozpaczona. Jak zawsze w pełni popieram wypaczoną wizję Mussoliniego.

„Venezia Liberare" trafia pod lady w chwili, gdy idę do pracy. Koniecznie powinnam umyć włosy, w małym lusterku w łazience moja twarz wygląda na poszarzałą, ale korzystam z dobrodziejstwa makijażu i upinam włosy grzebieniami i szpilkami. Uśmiech rzucony wartownikom jest fałszywy, ale stał się tak automatyczny, że prawie nie zauważam, że go wysyłam. Podejrzewam, że pewnego dnia już tak zostanie i złożą mnie do grobu z zastygłym grymasem na twarzy.

W biurze panują pustki; o dziwo, nie ma Marty i jej miejsce zajmuje inna maszynistka. Unosząc brwi, spoglądam na jedną z pozostałych dziewcząt, ale ona tylko wzrusza ramionami. Zza drzwi dobiega mnie szorstki głos Breugala i pomruki kapitana Klausa. Zważywszy na wydarzenia ostatnich dni, atmosfera jest dziwnie normalna. Nie czuję jednak spokoju, jedynie strach, który jak kłębowisko żmij wije się w moim brzuchu.

Dwadzieścia minut później z jaskini Breugala wyłania się Cristian i z trudem go rozpoznaję. Ma na sobie koszulę z krótkimi rękawami, a jego twarz jest niemal tak blada jak biała bawełna. Bez słowa odkłada notes na biurko, podnosi słuchawkę telefonu i zaczyna mówić cicho naglącym tonem. Oglądam się na niego raz czy dwa w czasie poranka, ale jest całkowicie skupiony na swoich zadaniach. Podchodzi do mnie tylko raz i prosi o przepisanie listy nazwisk – długiej listy. Podejrzewam, że to pewnie nazwiska zakładników zatrzymanych po publicznej egzekucji, ale nie ma tam nic więcej – żadnych informacji o ich miejscu pobytu ani czekającym ich losie.

Kiedy Cristian stoi obok mnie, postanawiam zaryzykować.

– Cristianie, dobrze się pan czuje? – pytam, udając troskę, choć zastanawiam się, czy jest do końca udawana. Zaskoczony marszczy brwi i mruży oczy. Przez moment mam wrażenie, że przekroczyłam granicę naszej pseudoprzyjaźni.

– Nie, jestem tylko zmęczony – odpowiada. – Mam za sobą kilka bardzo pracowitych dni.

Pracowitych? Tak to ujmuje? Zdumiewa mnie jego brak emocji, nawet jak na opłacanego faszystę. Czy nie ma w sobie ani grama współczucia dla swoich rodaków? Ale potem przypominam sobie, że szkolono go, by tego nie okazywać.

– Pomyślałam jedynie, że może krąży jakaś choroba – mówię. – To niepodobne do Marty, by nie zjawiać się w pracy.

Tym razem patrzy na mnie uważnie, a te cholerne okulary zbyt skutecznie skrywają jego prawdziwe oblicze.

– Marta już nie wróci – rzuca krótko. – Niebawem zastąpi ją inna osoba. – Unosi brwi może o milimetr, a potem odwraca się i wraca do swojego biurka.

W głowie mam zamęt. Gdzie się podziała Marta? Czy była – jak podejrzewałam na samym początku – członkinią ruchu oporu i tak jak ja odgrywała swoją rolę? A co bardziej niepokojące, czy została złapana, zabrana do podziemi Ca' Littoria, siedziby gestapo, i poddana Bóg wie jakim torturom?

Ucisk w żołądku nie ustępuje przez resztę poranka i nie mam ochoty na obiad. Zapamiętując po dziesięć czy dwadzieścia nazwisk, wychodzę do toalety i zapisuję je na skrawkach papieru, które chowam w bucie. Z ulgą zauważam, że żadne nazwisko nie brzmi znajomo – cieszę się szczególnie, że nie ma wśród nich Vita – ale boleśnie zdaję sobie sprawę, że będą je znać inni, a najbardziej prawdopodobnie ruch oporu.

Cristian wychodzi jak zwykle koło południa, wraca trzydzieści pięć minut później i rzuca na biurko złożoną gazetę – świeży egzemplarz „Venezia Liberare" z wyróżniającym się nagłówkiem Arla. Zauważam, że nie bierze jej ze sobą, gdy udaje się do gabinetu Breugala. Ciekawe, jaką część tekstu przetłumaczy generałowi słowo w słowo, zważywszy na gniew i jego reperkusje po naszych wcześniejszych artykułach.

Gazeta leży na biurku Cristiana przez całe popołudnie i rozkłada ją dopiero pod koniec dnia – wydanie jest nieduże, zaledwie dwa arkusze druku, ale widzę, jak ze środka wypada kartka z powielacza. Przysięgam, że czuję, jak płoną mi policzki i uszy, gdy Cristian bierze okulary i nachyla się nad kartką, jedną ręką masując czoło, by pozbyć się stresu całego dnia. Narzucam pokrowiec na maszynę, gdy kończy czytać, składa gazetę i chowa ją pod stosem papierów po jednej stronie biurka. Przez jakąś minutę spogląda przez okno na gołębie na placu Świętego Marka, a jego twarz niczego nie zdradza. W tej chwili czuję, że oddałabym wiele, by znaleźć się w głowie Cristiana De Luki, także dlatego, że jego przemyślenia mogą mieć poważne następstwa, a może nawet oznaczać dla mnie niebezpieczeństwo.

Choć słońce zalewa miasto morelowym blaskiem, a wieczór jest nieskończenie piękny, wracam szybko do domu, pragnąc znaleźć się we własnych czterech ścianach, położyć na łóżku, nasłuchiwać przez otwarte okno, jak na niewielkim placu toczy się normalne życie, i być może zapaść w głęboki sen. Po drodze zaglądam do sklepu i kupuję warzywa i makaron, a potem wstępuję do Paola, gdzie daję mu znak, że mam informacje z dzisiejszego dnia. Paolo wie, co z tym zrobić.

– Sergio chce cię widzieć – mówi i patrzy na mnie, jakby karcił małe dziecko. Gestem wskazuje egzemplarz „Venezia Liberare" schowany pod ladą.

– Spodziewałam się tego – odpowiadam, ale muszę przyznać szczerze, że jestem zbyt zmęczona, by przejmować się reprymendą. Jestem dumna z kolejnego rozdziału historii Gai i Raffiana, nawet jeśli okaże się ostatnim. We śnie dręczą mnie koszmary o najbliższych i więzieniach i o bieganiu bez końca po ulicach miasta, ale cieszę się, że w ogóle mogę zasnąć.

Następnego ranka Sergio wzywa mnie na spotkanie w bezpiecznym domu w dzielnicy Santa Croce niedaleko dworca i w duchu przygotowuję się na prawdziwą i głośną reprymendę. W ten sobotni poranek muszę po prostu stawić czoło temu, co przygotował dla mnie dowódca, i szykować się na zakończenie tygodnia. Rodzice bardzo potrzebują wsparcia od ich jedynego dostępnego obecnie dziecka; Vito nadal się ukrywa, co przyjmuję z ulgą. Przynajmniej jest bezpieczny.

– Stello – zaczyna Sergio, gdy się zjawiam. – Usiądź. – Mieszkańcy domu przechodzą do innego pokoju i zostajemy sami. Towarzyszy nam jedynie mały niebieski ptaszek w klatce, ćwierkający od czasu do czasu.

Sergio ściąga brwi, które posiwiały od dnia, gdy go poznałam. Zastanawiam się, czy nie poszukać jakiejś wymówki, nie zacząć wylewać swojej frustracji i gniewu. Ale jak w przypadku konfrontacji z surowym nauczycielem, gdy chodziłam jeszcze do szkoły, dochodzę do wniosku, że lepiej się nie tłumaczyć. Postanawiam przełknąć karę.

– Stello, postąpiłaś pochopnie i wbrew rozkazom – zaczyna Sergio.

– Wiem – przyznaję. – Przepraszam. To się już nie powtórzy.

Drgnięcie brwi zwiastuje złagodzenie kary.

– To jedno – ciągnie Sergio. – Nie wybaczam twojej niesubordynacji, ale w dowództwie mamy poczucie, że w zaistniałych okolicznościach twoje działania były uzasadnione.

Napięcie mięśni, z którym czekałam na słowny atak, ustępuje i niemal wiotczeję z ulgi.

– Naprawdę?

Ptaszek ćwierkaniem wyraża swoją aprobatę.

– Tak. – Sergio wzdycha i siada wygodnie. Pierwszy raz dostrzegam prawdziwy smutek wypisany na jego twarzy. Bez wątpienia pośród zabitych i aresztowanych są jego znajomi. Zdradza się z tym tylko przez moment, a potem zbiera się w sobie i nachyla w moją stronę.

– Po tym, co się wydarzyło w zeszłym tygodniu… – Słychać wyraźnie, że słowa przychodzą mu z trudem. – Potrzebowaliśmy jakiegoś ujścia dla emocji. Twoja historia znów została bardzo dobrze przyjęta. Mieszkańcy Wenecji potrzebują się oderwać od trudnej rzeczywistości.

– Ale co z Niemcami? – pytam. – Chcemy prowokować jakąś reakcję? Pełną gniewu?

– Być może nadszedł na to czas. Ta wojna zmierza w takim kierunku, że w pewnym momencie nasza pozycja może okazać się silniejsza. – Zauważam, że nie dodaje „niebawem", ale Radio Londra informuje nas o postępach aliantów we Włoszech, Niemcy zostali wypędzeni z Florencji. Wszyscy modlimy się, by w końcu dotarli do naszej małej enklawy. I to szybko.

Ptaszek znów ćwierka i przywołuje nas do teraźniejszości.

– Jeśli więc masz ochotę, chcemy, żebyś znów co tydzień publikowała swoją opowieść – mówi Sergio. – To możliwe?

Odpowiadam, że tak, bo zakochani wciąż we mnie żyją – czuję, że tak jak nas wszystkich czekają ich prawdziwe przeszkody, ale oni też mają przyszłość.

– Jednakże – dodaje Sergio, znów marszcząc z powagą brwi – musisz być ostrożna i wyczuwać nastrój w biurze Rzeszy. Jeśli zaczniesz podejrzewać, że grozi ci jakieś niebezpieczeństwo, użyj szyfru i uciekaj stamtąd. O ile znam Breugala, może i wygląda na pompatycznego głupca, ale jest bezwzględny. Dla mężczyzn, kobiet i dzieci. Nie zawaha się ani chwili.

Nie rozwija tematu. Nie musi. Oglądałam wściekłość Breugala na własne oczy, a ci biedni świadkowie na własnej skórze przekonali się, jak wygląda jego determinacja. Rozumiem więc troskę Sergia.

27

Krwawe lato

Wenecja, koniec sierpnia 1944

Reakcja Niemców na specjalne wydanie gazety jest wyciszona, a przynajmniej w gabinecie Breugala nie rozlegają się okrzyki wściekłości. Na ulicach i w kawiarniach wenecjanie nie mówią o niczym innym; szepczą przede wszystkim o okrucieństwach, ale niektórzy komentują też ponowne pojawienie się mojej opowieści. Naziści pewnie tonują swoje reakcje i postanawiają się nie wychylać, gdyż „zamordowanego" wartownika wyłowiono z wody kilka dni po egzekucji. Nie miał żadnych śladów po kulach ani innych obrażeń; był po prostu pijany i utonął przypadkiem. W bezprecedensowym zwrocie akcji naziści wypuszczają wszystkich zakładników po kilku dniach od egzekucji – wiem, bo przepisuję na maszynie listę zwolnionych – i nie wysyłają nikogo do obozów pracy na wschodzie. Breugal tylko tak potrafi okazać, że się pomylił, ale jego gniewne oblicze nie łagodnieje.

Z nową odwagą opisuję więc dalej losy Gai i Raffiana. Po tragedii i okrutnym przypomnieniu, że życie może skończyć się bez żadnego ostrzeżenia, ich związek wkracza w kolejną fazę, którą znają wszyscy Włosi, ale w tych czasach muszę uciekać się do niedomówień. Raffiano jest w gronie zakładników i Gaia odchodzi od zmysłów z rozpaczy; jego nieobecność przekonuje ją, że jeśli i kiedy znów się połączą, już nigdy nie rozdzieli ich ani ignorancja, ani uprzedzenia. Kiedy Raffiano zostaje zwolniony po odkryciu pomyłki nazistów, muszę się wspiąć na wyżyny stylu, by subtelnymi opisami dać do zrozumienia, że miłość zwycięży wszystko, nie obrażając przy tym surowych katolickich czytelników ani nie dając nazistom do myślenia, że taka para istnieje naprawdę. Czuję, że mi się to udało, gdy Arlo kiwa znacząco głową, czytając i drukując tekst.

W sierpniu upał nie ustępuje, podobnie jak coraz to nowe okrucieństwa, które w kawiarniach i na targach określa się jako weneckie „krwawe lato". Przerażenie z powodu brutalności naszych wrogów wybucha na nowo, kiedy naziści wpadają do domu opieki dla starszych Żydów. Pomimo psychicznych i fizycznych ułomności, pomimo błagań i łez, okupanci wyprowadzają ich i wysyłają na wschód na niemal pewną śmierć.

Codziennie słyszymy głuche wybuchy w Margherze i Mestre po drugiej stronie grobli, wiedząc, że będzie to miało wpływ na dostępność wody i kurczące się dostawy żywności do miasta. Sytuacja ludzi mieszkających nad wodą jest trochę lepsza – rybacy przywykli do ryzykowania na lagunie, gdzie ich kutry mogą bez trudu wypatrzyć samoloty aliantów, i są często ostrzeliwane, być może wzięte przez pomyłkę za niemieckie łodzie patrolowe. My, członkowie ruchu oporu, czujemy się mocno związani z Wielką Brytanią i Stanami Zjednoczonymi, ale nie możemy zapominać, że Włochy Mussoliniego są traktowane przez aliantów jako wróg. „Freiburg", niemiecki statek szpitalny płynący pod flagą Czerwonego Krzyża, zostaje zaatakowany przez samoloty aliantów w pobliżu placu Świętego Marka, co pociąga za sobą również duże straty wśród cywilów. Otaczająca nas woda pozostaje szmaragdowa, ale mogę przysiąc, że spacerując wzdłuż kanałów, czasami dostrzegam w niej krew mieszkańców miasta.

Pozostaje nam czerpać siłę z wiadomości o aliantach dokonujących postępów we Włoszech i Europie i siedzimy przytuleni do radioodbiornika w redakcji gazety, by wychwycić wiadomości Radia Londra. Zasmuca nas potężny atak na centrum Londynu dokonany przez nazistowskie rakiety V-1 i myślę, co czuje Jack, jeśli też tego słucha, jak martwi się o rodzinę i swoje ukochane miasto. Ogarnia mnie czułość na myśl o tym, jak oplatał mnie rękami i nogami podczas tej szczególnej nocy, lecz wiem, że powtórka z tej wyprawy byłaby bardzo niebezpieczna. Mogę mieć tylko nadzieję, że albo wygramy wojnę, albo sytuacja polepszy się na tyle, że uda mi się zaryzykować kolejną wizytę.

– Słyszeliście o powstaniu warszawskim? – Zdyszany Tommaso wpada pewnego sierpniowego dnia do piwnicy, wyraźnie poruszony. – Odważni Polacy wreszcie chwycili za broń.

Podnosi mnie na duchu jego zachwyt, że nas wszystkich czeka jaśniejsza przyszłość. Wychowany w rodzinie buntowników Tommaso aż promienieje na myśl o uciskanym polskim narodzie, który odzyskuje niezależność.

Alianci wyzwalają miasta w całej Europie: Bordeaux, Bukareszt, Grenoble, a potem Paryż, Arlo żartuje, że padają jak „kostki domina", a potem dodaje poważniejszym tonem:

– Słyszałem, że niektórzy na głównej wyspie narzekają pod nosem, że postępy we Francji odwracają uwagę od Włoch i że angażują aliantów gdzie indziej, zamiast kierować ich w naszą stronę. – Marszczy przedwcześnie postarzałe czoło. – Ale wciąż mam nadzieję, że nie zapomnieli o Wenecji. Pewnego dnia przejdą przez groblę. Prawda, Stello? – Mogę tylko skinąć głową i podzielać jego nadzieję.

Koncentruję własne wysiłki na mojej działalności łączniczki i sprzecznych wymaganiach, gdy siedzę przy dwóch różnych maszynach do pisania: solidnej i wydajnej w biurze Rzeszy i mojej własnej, trochę sfatygowanej ukrytej w piwnicy malutkiej kawiarni. Wiem, którą wolę, która wydobywa ze mnie to, co najlepsze, ale wiem też, że w mojej dziennej pracy muszę jedynie znosić dziecinny gniew Breugala i czasem paskudne pożądliwe spojrzenie, gdy podaję mu raporty. Niewielką pociechę daje mi świadomość, że nie jestem jedyną maszynistką, która musi to znosić, ale mimo wszystko się wzdrygam. I oczywiście uśmiecham się, gdy znikam z zasięgu jego wzroku. Cristian raczej na mnie nie patrzy i rzadko się odzywa, z wyjątkiem spraw służbowych. Niepokoi mnie, że kapitan Klaus spędza więcej czasu w biurze, paraduje pomiędzy rzędami maszynistek i nachyla się nad nami, gdy pracujemy, owiewając nas nieprzyjemnie oddechem przesiąkniętym odorem papierosów. Żadna z nas nie ma pewności, czego szuka, ale pilnuję się, by nie robić już notatek przy biurku, i zmuszam pamięć do wytężonej pracy, co pociąga za sobą częstsze wizyty w toalecie.

Po powrocie Gai i Raffiana pierwsze trzy czy cztery rozdziały nie wywołują w biurze Rzeszy wściekłej reakcji. Mam świadomość, że Cristian je śledzi, gdyż widzę, jak czyta je co tydzień i kładzie kartki na stosie papierów na biurku, ale mam wątpliwości, czy w ogóle pokazuje je Breugalowi. Wygląda na to, że generał ma głowę zaprzątniętą wydarzeniami na szerszej wojennej arenie, a jego czas i oddziały zajmują nowe akty partyzanckiego sabotażu. Jednak z każdym tygodniem próbuję wplatać w historię wiadomości o ruchu oporu, które dostajemy, i tak opisywać reakcję zakochanych, by odzwierciedlała uczucia wenecjan; ich nastrój pulsuje gniewem i rozpaczą, fizycznym głodem i pragnieniem zwycięstwa.

Krwawe lato ustępuje miejsca jesieni, nad laguną rankami unosi się wilgotny chłód. To samo w sobie przynosi ulgę, serce zamiera mi jednak na myśl, że być może czeka nas kolejna zima, kiedy będziemy skradać się w śniegu w swoim własnym mieście. Alianci prą do przodu, front zahacza o północne Włochy, ale nasze wyzwolenie wciąż wydaje się odległe, dystans i czas wydłużają się jeszcze bardziej, jak oczekiwanie na Boże Narodzenie, które pamiętam z dzieciństwa.

Nic dobrego z tego nie wyniknie, a w moim małym świecie pojawiają się problemy z mamą. Vito wciąż się ukrywa, choć podejrzewam, że bierze udział w drobnych aktach sabotażu. Mogę jedynie donosić, że żyje, ponieważ tylko tyle wiem. Ale mama przywykła, że ma go blisko – być może z powodu jego niepełnosprawności zawsze bardziej się o niego troszczyła. Przestała wypytywać o moje źródła, gdy przynoszę skąpe informacje, ale przygniata ją smutek z powodu jego nieobecności. Tato namawia ją do jedzenia, gdy przesuwa po talerzu niewielką porcję polenty, a skóra na jej wydatnych kościach policzkowych staje się coraz bardziej napięta. W następnej kolejności poddaje się jej serce i otrzymuję wiadomość, której się obawiałam, choć na wpół jej oczekiwałam – mama trafiła do szpitala. Pędzę, by ją odwiedzić: leży wycieńczona i chuda na łóżku, ojciec siedzi skulony na krześle obok, niemal zupełnie pozbawiony sił.

– Och, Stello – wzdycha – kiedy to się wszystko skończy?

Widzę, że zastanawia się, czy nie straci niemal całej rodziny, nie w żadnej bitwie, ale z powodu długotrwałych konsekwencji wojny. Jeden z lekarzy mówi mi, że mama cierpi z powodu złamanego serca, a na to nie ma lekarstwa. Wydaje mi się, że gdyby mogła zobaczyć Vita, dotknąć jego twarzy i usłyszeć jego głos, byłoby to dla niej najlepszym lekiem, ale to zbyt ryzykowne w pilnie strzeżonym szpitalu. Tato poszarzał z niepokoju, gdy odwiedzamy mamę niemal codziennie, i jest to kolejne ogniwo, które muszę uwzględnić w łańcuchu mojego życia.

A potem jeden z filarów, które utrzymują mnie w pionie, rozpada się na dobre.

28

Poszukiwania i czekanie

Wenecja, grudzień 2017

Luisa przytupuje niespokojnie, wypatrując w tłumie Giulia, gdy grupy ludzi przechodzą przez Campo Santo Stefano ze spuszczonymi głowami i szyjami otulonymi mocno szalikami. O ósmej rano większość wenecjan spieszy do pracy i tylko niewielka grupka turystów wstaje tak wcześnie, by jak najlepiej wykorzystać dzień. Jest już jasno, ale kawiarnia, w której siedzi Luisa, kryje się w cieniu i chłód wzmaga jej czujność. Mimo wszystko woli siedzieć tutaj z kawą i ciastkiem i obserwować barwny strumień życia, nawet jeśli jej oddech zamienia się w parę.

Siedzi z notesem i planem miasta, mając nadzieję, że Giulio skieruje ją na trop, którym będzie mogła podążyć. Pomimo kolejnego pysznego posiłku i długiej podróży *vaporetto* objeżdżającego całą Wenecję, gdy siedziała ciasno otulona płaszczem i kołysana ruchem łodzi, poprzedni wieczór wydawał się bardzo długi. Giulio zaznaczył, że nie może przekazać jej zbyt wielu szczegółów przez telefon, a był już wcześniej umówiony, więc Luisa musiała czekać do następnego poranka na choćby skrawek nadziei. Po powrocie do mieszkania zabijała czas, pisząc mejle do Jamiego i kilku przyjaciół, po czym obejrzała naprawdę okropny włoski teleturniej i wypiła kilka kieliszków wina, przez co tylko zachciało jej się spać. Gęsta, mocna kawa stojąca przed nią jest więc nie tylko świetna, ale i konieczna.

– Signora Belmont! – Giulio wyłania się z tłumu i gdy rozwiązuje wełniany szalik, widać uśmiech na jego twarzy. Para z ich oddechów łączy się, gdy w typowo włoskim powitaniu ich policzki stykają się dwa razy.

– Proszę mi mówić po imieniu – odpowiada Luisa, powtarzając jego słowa z poprzedniego dnia.

Giulio zamawia kawę swoim śpiewnym akcentem i szuka zdjęć w podniszczonej skórzanej torbie na ramię.

– Proszę – mówi z szerokim uśmiechem, radosny niczym pies, który znalazł kość. – To chyba twoja babka, prawda?

Tak. Bez wątpienia. Czarno-białe zdjęcie nie oddaje różowych policzków i czerwonych warg ze wspomnień Luisy, ale podobieństwo widać w jej oczach i pokazywanych w uśmiechu zębach, gdy pozuje przed aparatem. Ma ciemne, opadające na ramiona włosy i pomimo fragmentu swastyki widocznego w jednym rogu zdjęcia, wygląda na szczęśliwą. Serce Luisy podskakuje z radości.

– To ona – szepcze. – Gdzie to znalazłeś?

– W naszych archiwach. Łatwo je było namierzyć, gdy już miałem nazwisko.

I jeszcze nazwisko! Prawdziwa włoska tożsamość – z czasów przed pokojem, przed Anglią. Luisa nie może uwierzyć w swoje szczęście.

– W naszym komputerowym archiwum znalazłem kilka kobiet o imieniu Stella, które były członkiniami ruchu oporu – wyjaśnia Giulio z dumą. – Myślałem, że będzie więcej, bo to stare weneckie imię. Ale na szczęście okazało się, że nie ma ich zbyt wiele, potem trzeba już było tylko je eliminować jedną po drugiej. Z tych, które przeżyły wojnę, tylko jedna nie mieszkała w Wenecji po tysiąc dziewięćset czterdziestym piątym roku.

– I?

– Stella Jilani – mówi i wyciąga fotokopię dokumentu z czasów wojny, który wygląda na dowód tożsamości. Znów pojawia się ta twarz, tym razem bez uśmiechu, ale pełne usta są bardzo charakterystyczne. Napis pod spodem głosi: „wydział robót publicznych" i data: „październik 1941".

– Znalazłem niewiele informacji o niej po roku tysiąc dziewięćset czterdziestym trzecim, ale dotarłem do jej pierwszej rejestracji w Anglii w tysiąc dziewięćset czterdziestym szóstym, więc możliwe, że przebywała w Wenecji do wyzwolenia w czterdziestym piątym lub nawet dłużej.

Luisa wyczuwa, że Giulio jest w swoim żywiole; ma nadzieję, że wyraz jego twarzy mówi, że ma coś więcej, jak dziecko, które nie potrafi do końca ukrywać sekretu.

– Coś jeszcze? – dopytuje.

Giulio uśmiecha się szeroko i zdradza niespodziankę.

– Chyba znalazłem kogoś, z kim możemy porozmawiać tutaj, w Wenecji. Możliwe, że ich rodzice ją znali.

Twarz Luisy natychmiast się rozjaśnia, lecz Giulio ostrzegawczo podnosi dłoń.

– Powiedziałem „możliwe", Luiso. Proszę, nie rób sobie zbyt wielkich nadziei. To słaby trop, ale na razie jedyny, jaki mam.

Teraz Giulio musi się zająć pracą w instytucie, więc najwcześniej mogą się spotkać późnym popołudniem. Luisa rozważa, czy nie wybrać się tam sama – z planem jest pewna, że trafi – ale szybko uświadamia sobie, że włoski, którego uczyła się tak pospiesznie, nie jest dość dobry. Potrafi jedynie wychwycić kilka słów z rozmowy wenecjan, którzy zazwyczaj mówią z prędkością stu pięćdziesięciu kilometrów na godzinę.

Trudno to uznać za karę, ale Luisa jest zmuszona skracać sobie godziny oczekiwania w najpiękniejszym mieście na ziemi. Ma wrażenie, jakby dreptała w miejscu w wodach laguny, a nie posuwała się naprzód. Czas gwałtownie ucieka, a ona znalazła jedynie ślad Stelli Jilani i jej przeszłości. Teraz ma jednak nazwisko. Brzmi egzotycznie, to bez wątpienia nazwisko pisarki. Zastanawia się, czemu babka nie wróciła do niego po przyjeździe do Wielkiej Brytanii. Dziadek Gio nazywał się Benetto, a jednak ona pisała pod nazwiskiem Hawthorn. Kolejny element łamigłówki. Krok po kroku, powtarza w duchu Luisa. Najpierw musi odnaleźć Stellę Jilani.

Przez cały ranek, gdy Luisa zagląda do różnych sklepów, czuje podniecenie musujące w niej jak bąbelki w szampanie. Potem, siedząc w kawiarni i obserwując innych turystów, którzy spacerują i robią zdjęcia, nabiera dystansu i pierwszy raz od miesięcy wychodzi ze swojej skorupy i rozgląda się wokół siebie. Ci turyści przyjechali tutaj, by zobaczyć jedno z najpiękniejszych miast na świecie. Delektować się czymś, co żyje. A jedynym celem jej przyjazdu było odgrzebanie martwej przeszłości, by odnaleźć cień kogoś, z kim nigdy nie będzie mogła porozmawiać. Po co? Pierwszy raz rozumie, czemu Jamie był tak zakłopotany, że wydaje ich cenne pieniądze na poszukiwanie ducha, choć skrzętnie to ukrywał.

Pomimo tej świadomości Luisa nie może wyprzeć się prawdy – że tego potrzebuje. Charakter jej matki – jej brak zapału do życia i rodziny – musi chyba pozostać tajemnicą, ale jej babka, Stella Jilani, stała się teraz osiągalna. Jest gdzieś tutaj. Luisa może w końcu odkryć, czemu ona sama jest właśnie taka, po kim odziedziczyła zamiłowanie do słów i pisania, co kiedyś będzie mogła przekazać własnym dzieciom. Chce – potrzebuje – wiedzieć, że jest mniej podobna do matki i ma więcej wspólnego z babką, która być może była prawdziwą bohaterką. Stella umarła, ale poprzez Luisę może znów wrócić do życia.

Znów pojawiają się bąbelki i Luisa nie potrafi ich uspokoić.

Giulio przewidział, że trzeba będzie powstrzymać zapał Luisy, kiedy będzie na niego czekać, i sporządził dla niej listę miejsc, które ruch oporu wykorzystywał jako punkty przekazywania wiadomości, gdzie łączniczki i ich kontakty mogli się spotykać, ukryci przed wścibskimi oczami. Luisa kolejny raz jest wdzięczna Giuliowi za to, że zadbał, by mogła się czymś zająć.

Wyrusza na niewielkie *campo* znajdujące się za słynnym gmachem opery La Fenice. Giulio napisał, żeby poszukała głowy lwa – jednej z wielu tysięcy w mieście, którego herbem jest lew – a potem skierowała się do pobliskiego pasażu, czyli *sotto*. Lwa nietrudno znaleźć, jego kamienny wizerunek wyróżnia się majestatycznie nad drzwiami jednopiętrowego budynku. Jednak mieszczący się kilka kroków dalej punkt spotkań znajdowałby się poza zasięgiem wzroku osób będących na placu. W mroku pasażu prowadzącego nad niewielki kanał kapiąca woda tworzy niesamowitą atmosferę i Luisa wyobraża sobie, że czeka w najdalszym kącie, całkowicie ukryta. Jak by się czuła, gdyby było zupełnie ciemno i pojawił się łącznik? Z cienia mógłby się wyłonić przyjaciel, partyzant lub – co bardzo prawdopodobne – wróg, faszystowski szpieg, których wielu dobrze się kamuflowało. Czy jej babka kiedykolwiek tutaj przyszła, czekała z sercem podchodzącym do gardła, nie wiedząc, czy ten kontakt nie

okaże się ostatnim? Myśl o tym i brak słońca w tym ciemnym zakątku miasta klejnotu wywołuje u Luisy dreszcz.

Spogląda na zegarek. Ma jeszcze kilka godzin, by nadal prowadzić poszukiwania za dnia. Wyobraża sobie, że
wenecjanom podczas wojny pozostała przede wszystkim
nadzieja, i postanawia pójść w ich ślady.

29

Smutek

Wenecja, październik 1944

Szloch Mimi rozlega się za moim drzwiami, zanim jeszcze zdąży do nich zapukać. Przyjaźnimy się od lat, przede wszystkim śmiałyśmy się razem, ale także razem płakałyśmy – z powodu chłopaków, złamanych serc, trudnych egzaminów. To jednak coś innego – oznaka prawdziwej rozpaczy.

Mimi wpada mi w ramiona w chwili, gdy otwieram drzwi, z trudem wydobywa z siebie słowa, smutek odbiera jej oddech i ściska płuca. Prowadzę ją do kanapy i sadzam, ramię mam mokre od jej łez.

– Mimi, kto? O kogo chodzi? – Podczas wojny nie opłakuje się już utraconej ziemi, domów czy zbytkownych przedmiotów. Takie emocje wywołuje jedynie strata ludzi. – Twoja mama, ojciec? – Mimi ma też siostrę, która mieszka w Turynie, także na celowniku nazistów.

Mimi opanowuje się na tyle, by przemówić.

– To Vito – szlocha, ocierając opuchnięte, zaczerwienione oczy. – Aresztowali go na grobli. Oskarżyli o przemycanie dokumentów. Jest w Ca' Littoria.

W jednej chwili robi mi się słabo – ze względu na Mimi, ale także rodziców. Ukochany mojej najlepszej przyjaciółki, mój brat, raczej nie wyjdzie z siedziby gestapo bez obrażeń, jeśli w ogóle wyjdzie. Sale tortur cieszą się złą sławą, a ci, którzy mogą o tym zaświadczyć, zostali okaleczeni na całe życie. Obie z Mimi wiemy, że Vito znalazł się w bardzo poważnym i niebezpiecznym położeniu.

Znam też jego charakter i wiem, że nigdy nie zadowoliłby się zbyt długim, bezczynnym siedzeniem w bezpiecznym domu. Wielce prawdopodobne, że zgłosił się na ochotnika do jakiejś akcji, być może zrobił to bez pozwolenia swojego porucznika.

Najwyraźniej zaaferowana swoim podwójnym życiem przez kilka ostatnich miesięcy nie doceniłam rosnącego uczucia Mimi do Vita i nie zorientowałam się, że tylko zyskało na sile w gorącej atmosferze wojny. Mimi wyjawia, że zamierzali się szybko pobrać, i spuszcza oczy na pasek spódnicy. Zbyt dobrze rozumiem teraz znaczenie słowa „szybko". Staram się ukryć wstrząs i niedowierzanie, lecz nie potrafię się na nich gniewać, że do końca poddali się swojemu uczuciu – to życie. I wojna.

– Teraz może nas już nigdy nie zobaczyć – żali się Mimi i znów zalewa się łzami.

– Och, Mimi. – Tylko tyle mogę powiedzieć, mocno ją przytulając, by wziąć na siebie choć część jej rozpaczy, czując jednocześnie, że robi mi się niedobrze. Jak powiem o tym rodzicom? Czy powinnam w ogóle próbować? To może być ostatni cios dla niedomagającego serca mamy.

W końcu smutek ustępuje miejsca wyczerpaniu i Mimi zasypia. Zapada już zmrok i idę do Paola sama, czując, że muszę się podzielić wiadomościami z kimś, komu ufam. Paolo nie słyszał jeszcze o aresztowaniu Vita, ale widać, że jest wstrząśnięty jak ja, i obiecuje, że postara się zasięgnąć języka.

– Wiesz, że nie jest dobrze, skoro zabrali go do Ca' Littoria – mówi z powagą, podając mi duży kieliszek brandy. Może nie jest tak szczery ze wszystkimi, ale przecież rozmawia ze mną. Jest mi tak bliski jak Vito, przytula mnie, jakbym należała do jego rodziny, i stawia przede mną talerz ciepłej zupy, namawiając do jedzenia jak mama. Znów mam przed oczami wizję, jak mówię o wszystkim rodzicom i jak się to odbije na ich zdrowiu. Mieszam gorącą zupę łyżką i myśl o torturach czekających mojego brata staje się nie do zniesienia. Wyobrażam go sobie w zimnej, ciemnej celi i co to oznacza dla jego już wyniszczonego ciała. Wiem, że jest wytrzymały, ale jak zniesie brutalność oprawców? Zrozpaczona nachylam się nad miską i zastanawiam się, jak u licha damy sobie z tym radę.

Kiedy pocieszałam Mimi, nie dopuszczałam do siebie takich myśli, ale teraz uświadamiam sobie, że równie dobrze to ja mogłam trafić do celi. Choć nigdy nie uważałam pracy dla ruchu oporu za beztroską grę – słyszałam o aresztowanych i rozstrzeliwanych łączniczkach – jakoś trudno mi było wyobrazić sobie, że może przytrafić się to mnie; człowiek myśli, że zawsze uda mu się wywinąć, nawet jeśli czasami uniknie się niebezpieczeństwa tylko o włos. I tak właśnie trzeba do tego podchodzić, bo inaczej nigdy nie miałoby się w sobie dość zimnej krwi, by wykonać powierzone zadanie – działalność ruchu oporu opiera się przecież na odwadze jego członków.

Kiedy w końcu udaje mi się zabrać do jedzenia zupy, zadaję sobie pytanie: co czułabym teraz na miejscu Vita? I czy byłabym wystarczająco dzielna?

30

Kryzys

Wenecja, październik 1944

Następnego ranka wyglądam na wyczerpaną i tak też się czuję. Przeżyłyśmy z Mimi trudną noc, ona budziła się raz po raz z powodu sugestywnych koszmarów i wylewała swą rozpacz w poduszkę i we mnie, a ja pocieszałam ją, jak mogłam. Nie mam siostry, a siostra Mimi mieszka daleko. Optymizm i śmiech Mimi wyciągały mnie z wielu opresji, których nie potrafię zliczyć, i myśl o tym, że jej płomień może nie osłabnąć, ale zgasnąć na dobre, była nie do zniesienia. Jeśli dodać do tego moje własne koszmary, nie spałam zbyt wiele.

Pomimo zmęczenia budzę się wcześnie i zostawiam Mimi jeszcze śpiącą, ale przed pracą zaglądam do taty i jak najłagodniej przekazuję mu wieści o Vicie, choć wiem, że serce wali mu jak szalone. Nieczęsto widuję płaczącego ojca i na widok jego rozpaczy czuję bolesny ucisk w piersi. Decydujemy, że nie powiemy o tym mamie ze względu na jej stan. Przynajmniej na razie.

Biuro Rzeszy jest ostatnim miejscem, w którym mam ochotę przebywać cały dzień, ale zmuszam się, by tam wejść i uśmiechać w odpowiednich momentach, by nie tylko zachowywać pozory, ale też postarać się zebrać choć strzępy informacji na temat brata. Niestety bezskutecznie. Z radością uciekam stamtąd punktualnie o piątej i ruszam na nabrzeże i do redakcji gazety, choć robię to z ciężkim sercem.

Prom z Zattere na Giudeccę został zawieszony, być może na czas nieokreślony, z powodu braku węgla i muszę opłacić przewoźnika, by mnie tam zabrał. Nie wiem, czy w żołądku przewraca mi się z powodu fal – co jest mało prawdopodobne w przypadku wenecjanki niemal urodzonej na wodzie – czy też dzieje się za tak za sprawą emocji przeniesionych tam z serca.

W redakcji zastaję więcej wiadomości dotyczących ostatnich aresztowań partyzantów. Część z nich to spekulacje, gdyż nie mamy szpiegów w samym dowództwie faszystów i muszę jakoś ubrać to w słowa. Trudno też zgromadzić jakiekolwiek dobre informacje z miasta, by zapełnić gazetę, koncentrujemy się więc na tym, co się dzieje w Europie, by zrównoważyć posępny ton.

Czuję, że rośnie we mnie kolejny odcinek opowieści o Gai i Raffianie, który ukazuje prawdziwe życie Wenecji. Słowa wypływają ze mnie jak łzy Mimi i nie potrafię pozbyć się jej obrazu, gdy piszę o Gai, a także o Vicie. On staje się moim Raffianem, aresztowanym i uwięzionym kolejny raz, z wiszącą nad nim groźbą tortur. Kilka razy przestaję stukać w klawisze i wpatruję się w ścianę, myśląc o Mimi, która będzie czytać te słowa. Czuję na sobie badawcze spojrzenie Arla. Ale Mimi to łączniczka, wrażliwa, lecz silna. Jej miłość do Vita jest jeszcze świeża, smutek z powodu jego możliwej utraty przytłaczający. Ale na koniec zrozumie, że to wszystko dzieje się dla sprawy, dla Wenecji. Czuję, że by to pochwaliła, płacząc nad tekstem. I nie mogę tego powstrzymać. Moje łzy pojawią się później. Na razie tylko tyle mogę zrobić – dla Vita, Mimi i wszystkich uwięzionych. Nawet Arlo mocno zaciska usta, gdy czyta moje słowa przed włączeniem maszyny.

Tekst, który prywatnie nazwałam „rozdziałem Mimi", spotkał się z niezwykłym przyjęciem. W następnych dniach w kawiarniach aż szumi, czego wcześniej nie dostrzegałam. A potem można tekst zobaczyć. „Venezia Liberare" jest z konieczności gazetą podziemną, sprzedawaną na tyłach małych sklepików, przekazywaną z rąk do rąk wśród rodzin, które są pewne swoich poglądów politycznych. Właściciele kawiarni, chowający egzemplarze pod beczkami z piwem, podchodzą ostrożnie do gazet pozostawionych na stolikach, gdy tak wielu nazistowskich oficerów spaceruje po Wenecji. Nikt nie jest jeszcze gotowy, by zdradzać swoje sympatie polityczne. Ale zaczynam zauważać pojedyncze kartki z opowieścią o Gai i Raffianie leżące na krzesłach, przytrzymywane na stolikach przez ciężkie popielniczki i furkoczące na wietrze; starsze kobiety bez zażenowania czytają je na widoku publicznym, a ich pobrużdżone twarze marszczą się z powodu smutnego losu czekającego zakochanych. Kiedy się zbliżam i spoglądam na tekst, moje charakterystyczne opadające „e" mniej mnie pokrzepia, a bardziej staje się wskazówką, która może zdradzić tożsamość autora. Czyli moją. Zdrajczynię włoskiego faszystowskiego państwa. Ale to tylko paranoja podnosi swój zdradziecki łeb.

Nie mogę zaprzeczyć, że moje ego jest mile połechtane reakcją czytelników i faktem, że pochłaniają moje słowa, ich niepowtarzalną kombinację, która wypłynęła ze mnie. Marzyłam o tym dawno temu, gdy dziadzio podarował mi tę uroczą maszynę. Szkoda, że takie historie rodzą się z tragedii i zamętu. Jeszcze smutniejsze jest to, że w szaleństwie, które ogarnęło cały świat, zaczęliśmy traktować tę sytuację jako coś normalnego.

Moja satysfakcja nie trwa długo. Jeśli wenecjanie przytulili zakochanych do serca, reakcja nazistów jest wręcz odwrotna. Oni też wyczuwają, że nastroje wenecjan stały się bardziej wrogie, czego powodem są głównie doniesienia o zwycięstwach aliantów poza regionem Wenecji Euganejskiej, lecz opowieść o zakochanych niewątpliwie jeszcze bardziej rozpala nienawiść do naszych niemieckich „gości".

– Znajdźcie tego drania! Dowiedzcie się, kto to jest, i przyprowadźcie tutaj, żebym mógł osobiście go powiesić! – Wrzaski Breugala dobiegają zza ciężkich drzwi, gdy wieści o kolejnych aktach sabotażu rozchodzą się po mieście. My wszyscy pracujący w biurze doskonale zdajemy sobie sprawę, że po takich wybuchach zwykle dochodzi do wizyt w naczelnym dowództwie nazistów, gdzie potężny Breugal ugina się pod naciskiem generałów potężniejszych od niego. Od czasu do czasu nawet on musi robić to, co mu się każe. A teraz próbuje wytropić autora tych buntowniczych słów, które zalewają „jego" miasto. Czyli mnie.

Słuchając jego tyrady, stukam w klawisze jak automat, przebiegając wzrokiem po słowach, które przenoszę na klawisze, prawie nie angażując w to umysłu. Skupiam się na tym, jak poważnie powinnam potraktować groźby generała. Wcześniej poszukiwania autora musiały szybko ustąpić miejsca pilniejszym sprawom, o moich przestępstwach szybko zapominano. Teraz wyczuwam jednak, że stały się ważniejsze, gdyż rozkaz przyszedł z samej góry.

Poczucie to pogłębia widok Cristiana, który wychodzi z gabinetu i nie wygląda tak spokojnie i schludnie jak zwykle. Jakaś zmiana zaszła w całej jego postawie, wojna z pewnością go przytłoczyła, jak nas wszystkich. Ale najbardziej martwi mnie jego twarz – wygląda jak wykuta z granitu, pełna determinacji. Gdy chwyta słuchawkę telefonu, przestaję pisać, udając, że czytam gotowe strony, i staram się ignorować stukot maszyn za mną.

– Tak, oddział – mówi. – General Breugal domaga się, by rzucić wszystkie siły do poszukiwań. Zacznijcie od Cannaregio i posuwajcie się na południe.

Nie słyszę słów po drugiej stronie słuchawki, ale ton brzmi prowokująco.

– Jak długo? Ile będzie trzeba! – Jeszcze nigdy nie słyszałam, by Cristian przemawiał tak zdecydowanie. – Macie odnaleźć tę osobę. Żywą. Znajdźcie maszynę do pisania, a my znajdziemy winowajcę.

Na dźwięk jego ostatnich słów przebiega mnie dreszcz. Żywa, lecz uwięziona. Być może z Vitem w Ca' Littoria? Czy Breugal spojrzałby na moją zakrwawioną, opuchniętą twarz i poczuł satysfakcję, że udało mu się schwytać wroga, który czaił się tak blisko? A potem patrzył, jak staję przed plutonem egzekucyjnym albo jeszcze gorzej?

Wiem, że nie powinnam przywoływać tak przerażających obrazów, ale skoro nie mam żadnych wieści od czasu aresztowania Vita, mogę polegać jedynie na pogłoskach o brutalności faszystowskiej policji. Choć bardzo się staram, nie potrafię zepchnąć w dalekie zakamarki umysłu okrutnych metod, podstępnego trzasku łamanych kości, błagań o litość…

– Fräulein Jilani?

– Tak? – odpowiadam zaskoczona, a Cristian spogląda na mnie zdumiony. Stosunki między nami z pewnością pochłodniały, ale już od miesięcy nie zwracał się do mnie tak oficjalnie, zwłaszcza po niemiecku.

– Mam pilne tłumaczenie do przepisania. Jest pani wolna? – Prawie na mnie nie patrzy, jego oczy są czarne i zimne, a nie łagodnie brązowe jak kiedyś.

– Tak. Oczywiście – odpowiadam. Mam tylko szczerą nadzieję, że nie jest to oficjalny nakaz mojego aresztowania. Jego widok czarno na białym mógłby mnie załamać albo przynajmniej zmusić do udawania choroby. Na szczęście mam przepisać wykaz ruchów oddziałów wjeżdżających i wyjeżdżających z miasta i jest to coś, co mogę uratować z całego dnia; wytężam więc pamięć dla dobra ruchu oporu.

– Jak najszybciej, proszę – mówi wyjątkowo ostro i odchodzi.

Jeszcze przed wyjściem z Platzkommandantur przekazałam wiadomość, że chcę się zobaczyć z Sergiem, a teraz czuję, jakby w brzuchu trzepotały mi tysiące obrzydliwych much. Kiedy zmierzam w stronę mostu Accademia, podchodzi do mnie kobieta, która usilnie stara się zwrócić moją uwagę.

– Gisella! – wykrzykuje, zbliżając się, by tradycyjnie ucałować moje policzki. Nigdy wcześniej jej nie widziałam, ale wiem, że mogę bezpiecznie odpowiedzieć, gdyż użyła mojego pseudonimu z partyzantki. – Tak długo cię nie widziałam. Jak się miewasz? – paple.

Wymieniamy udawane uprzejmości i rozstajemy się z obietnicą, że umówimy się kiedyś na drinka, ale wcześniej wsuwa mi w dłoń maleńką karteczkę. Potem znika w tłumie ludzi spieszących z pracy do domów.

Dopiero gdy siadam w kawiarni i staje przede mną drink, wyciągam książkę i chowam karteczkę między kartkami. To data i pora spotkania, do którego ma dojść już za godzinę, a ton wiadomości sugeruje, że może pochodzić od Sergia. Czuję jednocześnie ulgę i niepokój: moja prośba o spotkanie to jedno, ale czy to oznacza, że Sergio też ma poważne obawy?

W czasie tej godziny zastanawiam się, co mu powiem. Czy powinnam przyznać, że jestem przerażona i chcę zrezygnować? Bo przy całej mojej brawurze, głębokiej lojalności wobec miasta i kraju, muszę przyznać, że naprawdę boję się konsekwencji i wydobywania ze mnie informacji biciem. Nigdy nie zostałam poddana takiej próbie i nie wiem, czy zdołam to wytrzymać. Czy wszyscy się poddają, gdy zagrożony jest ich wzrok, życie albo rodzina? Lubię sobie wyobrażać, że w takiej chwili pomyślę o dziadziu i jego sile, co pomoże mi przetrwać. Ale nie jestem pewna.

Bezpieczny dom znajduje się w dzielnicy San Polo za Campo Santa Margherita i tak jak myślałam, czeka na mnie Sergio. Kiedy wchodzę, próbuje się uśmiechać, ale czuję, że dręczą go obawy, jeśli nie coś więcej.

– Jak się miewasz? – pyta, ojcowskim gestem pociągając mnie za rękę, żebym usiadła obok niego. Czuję, że nie pyta tylko z obowiązku, naprawdę chce to wiedzieć.

– Do... Dobrze – kłamię, starając się o najspokojniejszy wyraz twarzy. Wystarczyło mi tylko spojrzeć na Sergia i pomyśleć o odpowiedzialności, jaką dźwiga na swoich barkach, żebym boleśnie zdała sobie sprawę, jak niewielka spoczywa na moich. On bez przerwy wszystko śledzi, z wielkim zaangażowaniem planuje tyle działań ruchu oporu i jest nieustannie zagrożony. Budzi to mój wielki podziw, spływa na mnie dziwny spokój i odkrywam, że w jego obecności mniej się boję. Zastanawiam się też, czy on kiedykolwiek sypia.

Jego brwi ściągają się jednak, gdy siadamy twarzą w twarz. Mówi, że słyszał o pobycie mamy w szpitalu, ale może uspokoić rodziców tylko informacją, że Vito żyje. Nie wie jednak, w jakim jest stanie. Obserwuje, jak na mojej twarzy przez chwilę maluje się ulga, po czym znów powraca niepokój.

– Wiem za to na pewno, że twoja opowieść wywołała spore poruszenie – dodaje. – Podobno we wszystkich dzielnicach.

Opowiadam mu o dzisiejszym wybuchu Breugala, o jego groźbach i wszczętym na nowo poszukiwaniu mnie i mojej maszyny.

– Jak się z tym czujesz? – pyta i przygląda mi się badawczo. Najwyraźniej oferuje mi wyjście, pozwalając się wycofać bez utraty twarzy.

– Nie wiem – odpowiadam, tym razem uczciwie. – Przy odległości dzielącej nas od Giudekki poszukiwania zajmą trochę czasu. Ale tak, czuję się przez to... niekomfortowo, łagodnie rzecz ujmując. – Nie używam słów „przestraszona" ani „przerażona" z obawy, że jeszcze bardziej je w sobie umocnię. Kiedy siedzę tutaj z Sergiem, czuję się mniej bezbronna. Ale tam?

Sergio w milczeniu obserwuje targające mną emocje.

– Istnieje oczywiście opcja, by zniszczyć maszynę i pisać na innej – mówi w końcu. – Takiej, której nie można odróżnić. – Brwi poruszają się jak fala.

Sergio znał mojego dziadka i jego reputację, ale nie może wiedzieć, czym dla mnie jest moja maszyna, z całą miłością i historią ukrytą pod lśniącą pokrywą. Nie można jednak ryzykować życia dla zwykłego przedmiotu. Ta myśl znów pobudza obrzydliwe muchy w moim brzuchu.

– Zgoda – odpowiadam. – To jedna z opcji. Albo mogłabym przestać pisać, jak ostatnim razem. I przerwać groźby i poszukiwania.

Teraz unosi brwi zaskoczony, być może moją gotowością do kapitulacji.

– Nie jestem pewny, czy to wstrzyma poszukiwania –
mówi. – Myślę, że sprawa nabrała rozmachu. Naziści są
wściekli, a ich gniew oznacza, że będą dalej szukać.

Być może dostrzega niepokój, który tak bardzo staram
się ukryć.

– Ale to coś znaczy – dodaje. – W ostatnich tygodniach
przystąpiło do nas więcej ochotników, z pewnością po
twoim pełnym emocji rozdziale.

– Naprawdę? – Choć zawsze wierzyłam w moc słów,
dziwi mnie, że zmobilizowały tylu ludzi. A potem przychodzi mi do głowy, że każda dobra książka, którą prze-
czytałam, w jakiś sposób mnie poruszyła. Być może
dziadzio miał rację. Może to coś zmieni.

Mimo to potrzebuję więcej argumentów.

– Jest pan pewny, że to efekt mojego pisania?

– Kto wie? – Sergio wzrusza ramionami. – Wiemy jedynie, że coś ruszyło. Może to przez doniesienia o aliantach, poczucie, że losy wojny się odwracają, może jedno
i drugie. Ale to z pewnością pomaga, Stello. Tego jestem
pewny. Musimy tylko zadbać o twoje bezpieczeństwo.

Jak mogę po czymś takim wyrazić głośno swoje obawy? Czy muszę? Znów przepełnia mnie poczucie obowiązku w stosunku do ruchu oporu, nieważne, co się
potem stanie. Postanawiam wyrzucić z głowy obrazy
z Ca' Littoria. Nie mogę przestać myśleć o Vicie, ale mogę
myśleć o nim jako o silnym i uśmiechniętym – i zawsze,
zawsze do końca lojalnym. Co oznacza, że ja też muszę
być lojalna.

– Postanowione więc: ty pozbędziesz się maszyny, a ja
załatwię, by dostarczono ci następną? – naciska Sergio.

Muchy znów zaczynają brzęczeć.

– Tak. Tak jest. – Wypowiadam te słowa, ale odsuwam
od siebie myśl o samym działaniu. Przynajmniej na razie.

– Aha, mam dla ciebie jeszcze jedno zadanie – mówi, podnosząc się z kanapy. – Trzeba odebrać paszport i papiery i przewieźć je na Pellestrinę.

Na dźwięk ostatniego słowa nadstawiam ucha. Zastanawiam się, ile Sergio wie, ale uśmiecha się znacząco.

– Moje źródła twierdzą, że to zadanie dla ciebie. Do widzenia, Stello. Uważaj na siebie.

Ujmuje moje dłonie w swoje, ściska mocno, kiwa głową i uśmiecha się. Po chwili już go nie ma.

Papiery mam odebrać jeszcze tego samego wieczoru, a przekazać je nazajutrz w drodze powrotnej z Giudekki. Ruszając w stronę Campo Santa Margherita, biję się z myślami, wiedząc, że dokumenty i paszport mogą być przeznaczone dla Jacka. To więcej niż prawdopodobne. Jack opuści Wenecję, mój świat i moją wojnę i być może już nigdy się nie spotkamy. Wyobrażałam już sobie, że ta wizyta na wyspie będzie naszym ostatnim spotkaniem, ale w całym tym koszmarze myśl, że on wciąż tam jest, po drugiej stronie laguny, pozwalała mi walczyć z niepewnością. W ostatnich tygodniach powtarzałam sobie, że mogę wskoczyć na łódź i zaraz znajdę u niego pociechę i niepowtarzalny humor. Bóg jeden wie, że chwilami bardzo tego potrzebowałam, ale byłam tak zajęta, że pozostawało to poza moim zasięgiem. Teraz jestem rozdarta pomiędzy szansą, że znów go zobaczę, i pożegnaniem na zawsze. I wciąż nie jestem pewna, jak się z tym czuję.

Słońce wisi nad jednym rogiem wielkiego, kwadratowego placu, nie chcąc pogrążyć go w mroku, nie liznąwszy ostatnim pomarańczowym promieniem nieregularnego rzędu dachów. Drzwi, których szukam, kryją się jednak w cieniu i cieszy mnie to, bo na placu kręci się kilku faszystowskich strażników, zajętych flirtowaniem z młodymi wenecjankami. Omijam ich z daleka i odchodzę szybkim krokiem, starając się jednak nie stwarzać wrażenia, że umykam z poczuciem winy.

Budynek jest nieduży, dwukondygnacyjny, z frontem zdobionym jak pałac. Pamiętam go z dzieciństwa jako dom introligatora; kiedy tylko odwiedzaliśmy to *campo*, w oknie zawsze siedział mężczyzna pochylony nad biurkiem, a jego profil oświetlała mała lampka, co kojarzyło mi się z baśniami braci Grimm. Teraz światło się nie świeci i muszę zastukać do drzwi w ustalonym rytmie, który mieszkańcy rozpoznają. Po wymianie haseł młoda kobieta prowadzi mnie do pokoju na tyłach, gdzie ten sam mężczyzna – rozpoznaję jego posturę – pochyla się nad jasno oświetlonym biurkiem, wypisując dokumenty, od paszportów po karty pracy. Podnosi wzrok i mruży oczy; gdyby nie zbliżał się do sześćdziesiątki, wyglądałby dokładnie jak Arlo. Prawie się nie odzywa, pyta mnie tylko o kolejne hasło, które zapamiętałam, i podaje mi kopertę. Bardzo chcę zajrzeć do środka, ale zawartość nie jest przeznaczona dla moich oczu. Mężczyzna wraca do swojej pracy i ozdobnego pisma.

– Nie przejmuj się moim ojcem – mówi kobieta, prowadząc mnie do wyjścia. – Ostatnio ma sporo na głowie, jest duże zapotrzebowanie na jego umiejętności. Słynie z tego, że potrafi podrobić każdy charakter pisma i podpis, podobno raz nawet podrobił podpis Mussoliniego, ale on zaprzecza.

Kiedy wychodzę na plac, słońca już nie ma, a atmosfera stała się bardziej nerwowa, gdy patrole czają się w błękitnym świetle latarni. Ruszam w stronę domu z ciężkim sercem, lecz lekkim krokiem niewinnej kobiety spacerującej po mieście. Zastanawiam się tylko, jakie dokumenty przenoszę w torebce i dokąd mnie to zaprowadzi w przyszłości.

31

Zabawa w detektywa

Wenecja, grudzień 2017

Luisa spotyka się z Giuliem na przystani *vaporetto* na drugim końcu placu Świętego Marka tuż po czwartej po południu. Giulio nie potrzebuje żadnej szczególnej mocy, by wyczuć, jak jest przejęta. Mijając Arsenał, kierują się w stronę Via Garibaldi, a zimowe słońce towarzyszy im na szerokiej alei. Giulio ma adres, a Luisa trzyma w dłoni szczegółowy plan, lecz idą szybkim krokiem i przez to nie wyglądają na zwiedzających. Ulica pełna jest knajpek dla turystów z wywieszonymi na zewnątrz zdjęciami drinków i pospolitego spaghetti bolognese, jakby w dzisiejszych czasach ktoś mógł nie wiedzieć, co kryje się pod popularnymi nazwami. Jednak im dalej idą, tym rzadsze są turystyczne atrakcje, a przy wejściu do parku wenecjanki z dziećmi zbierają się i rozmawiają, być może po zakończeniu szkoły. Na barce z warzywami zacumowanej na kanale w pobliżu Ana Ponte kończy się już sprzedaż, a jej właściciel zamiata rozsypane na ziemi resztki fioletowej cykorii.

– To chyba gdzieś tutaj. – Giulio wskazuje małą boczną uliczkę i oboje zatrzymują się, by spojrzeć na plan. Uliczka przechodzi w Corte del Bianco, malutki placyk otoczony domami, na środku którego znajduje się jedynie studnia, a na jej betonowym ocembrowaniu siedzi na posterunku samotny kot. Giulio niemal wstrzymuje oddech, gdy puka do drzwi niedużego dwupiętrowego domu, a Luisie wydaje się, że jest prawie tak przejęty jak ona.

– Proszę tylko, żebyś nie była zbyt rozczarowana, jeśli… – zaczyna Giulio.

– Wiem – przerywa mu Luisa, gdy drzwi się otwierają.

Signora Pessari należy do tego samego pokolenia, co matka Luisy, być może jest kilka lat od niej starsza, dobrze po sześćdziesiątce. Jest korpulentna, ma ciemne, niemal czarne oczy i kruczoczarne włosy lekko przyprószone siwizną. Jednak mimo jej wieku Luisa wciąż dostrzega piękność, którą na pewno kiedyś była, jedną z tych modnych kobiet w krótkich sukienkach i o bujnych fryzurach, które fotografowano z papierosem w kawiarniach pod koniec lat sześćdziesiątych, gdy szalony styl życia dominował nie tylko we Włoszech.

Kobieta zaprasza ich do niewielkiego saloniku i przegania kota leżącego na jednym z foteli.

– Kawy? – pyta po włosku, gdy już zostali sobie przedstawieni. Giulio kiwa głową, nie zastanawiając się nawet przez moment.

Signora Pessari – Rina – przeprasza, że nie mówi po angielsku, i staje się jasne, że Luisa będzie musiała kręcić głową jak przy ping-pongu. Wychwytuje kilka słów tu i tam, także dzięki bogatej mowie ciała Włochów, ale jest zmuszona polegać przede wszystkim na tłumaczeniu Giulia, które ten robi z wielką cierpliwością.

Teraz wyciąga archiwalne zdjęcia, a Luisa sięga po swoje. Rina wkłada okulary i nie trzyma ich w niepewności. Jej uśmiech mówi im od razu, że nie przybyli tu na próżno.

– Rozpoznaje pani tę kobietę? – Giulio wskazuje Mimi Brusato.

– Tak! To ciocia Mimi. Młodsza siostra mojej matki. Jestem tego pewna. – To jednak potwierdza tylko to, co wiedzieli już wcześniej. Na dźwięk następnego pytania serce Luisy zamiera.

– A ta kobieta? – pyta Giulio, wskazując Stellę. Rina nachyla się jeszcze bardziej, marszczy czoło, a potem na jej twarzy pojawia się błysk rozpoznania.

– Tak, wydaje mi się... nazywała się...

Luisa przesuwa się niemal na brzeg krzesła, już ma zdradzić nazwisko babki, ale czuje też, że Giulio milcząco ją powstrzymuje. Tożsamość kobiety okaże się o wiele cenniejsza, jeśli nie padną żadne podpowiedzi.

– To na pewno najlepsza przyjaciółka cioci Mimi... Jak ona się nazywała? Jej rodzina mieszkała kilka ulic stąd.

Luisa czuje się jak dziecko, które zaraz wybuchnie.

– Stella! Tak jest. Stella Jilani – mówi w końcu Rina. Opiera się wygodnie zadowolona, że wydobyła nazwisko z głębin pamięci.

Luisa wypuszcza powietrze z jękiem ulgi, którą czuje w głębi.

– To moja babka! – Nie potrafi się powstrzymać, a Rina potrzebuje jedynie niewielkiej pomocy tłumacza, by docenić radość Luisy.

– Nie wiedziałam, że miała dzieci – dodaje. – Nie byłam nawet pewna, czy przeżyła wojnę. Moja mama mówiła, że Stella i Mimi były nierozłączne od dzieciństwa, mamy kilka ich wspólnych zdjęć. Razem chodziły do liceum, stale coś wymyślały. Słyszałam, że po szkole Stella została dziennikarką, ale my wtedy nie mieszkaliśmy w Wenecji.

Okazuje się, że matka Riny po wybuchu wojny przeniosła się z mężem do Turynu, który również znalazł się pod niemiecką okupacją. Podróże między miastami były niemal niemożliwe, rzadko pisano listy. W Turynie toczyli swoją własną wojnę – matka Riny, podobnie jak jej siostra Mimi, była łączniczką i działała w tych samych kręgach, co znana bojowniczka Ada Gobetti.

– Mama opowiadała, że docierały do nas strzępki informacji o walce w Wenecji – ciągnie Rina. – Czasami udało się nawet zdobyć egzemplarze partyzanckiej gazety. Zawsze się zastanawiała, czy niektóre artykuły pisała Stella. Po wojnie dowiedzieliśmy się, że tak rzeczywiście było, bo pracowała dla ruchu oporu. Ale potem zapadła cisza. Zniknęła, podobnie jak wiele osób po wojnie. Przez jakiś czas panował chaos.

Giulio zadaje kolejne oczywiste pytanie, nie licząc na zbyt wiele.

– A Mimi?

Jeśli jakimś cudem przeżyła, byłaby w bardzo sędziwym wieku. Ale niewielka szansa istnieje.

– Biedna Mimi – mówi Rina, kręcąc głową. – Wojna mocno ją poraniła. Zmarła w klasztorze w tysiąc dziewięćset sześćdziesiątym piątym roku. Nigdy nie doszła do siebie.

Wydyma ze smutkiem policzki. Nie wiadomo, po czym Mimi miała dochodzić do siebie, ale Giulio czuje, że nie powinien drążyć tematu. Zamiast tego pyta, czy w okolicy Via Garibaldi można znaleźć jakieś inne rodziny, które mogłyby znać Stellę.

– Od tamtej pory sporo rodzin się wyprowadziło – mówi Rina, głaszcząc kota łaszącego się do jej nóg. Luisa marzy, by Rina odnalazła w pamięci jeszcze jakiś ślad.

– Pamiętam, że mama opowiadała o kawiarni, do której obie chodziły – mówi. – Nie mam pojęcia, czy jeszcze działa, ale prowadziła ją rodzina dobrze znana w Wenecji. Przy Fondamenta Nuove. Nie wiem, gdzie dokładnie, ale spotykały się tam z przyjacielem o imieniu Paolo.

Na twarzach obojga gości maluje się rozczarowanie. Ilu Paolów mogło mieszkać w Wenecji, w przeszłości i teraźniejszości? Ten Paolo byłby po dziewięćdziesiątce i najprawdopodobniej spoczywa na cmentarzu na wyspie San Michele. Jak u licha uda im się dotrzeć do jego krewnych?

– Och – mówi Rina. – On nie był gościem kawiarni. Należała do jego rodziny. Jeśli wciąż działa, istnieje spora szansa, że właściciele będą go pamiętać.

Luisa i Giulio wychodzą, a Rina obiecuje, że przeszuka swoje pudło ze zdjęciami i da im znać, jeśli coś znajdzie. Na pożegnanie Giulio pyta, czy mówi jej coś nazwisko Giovanni Benetto. Adorator albo partyzant?

Rina kręci przecząco głową. W nielicznych listach Mimi nie znalazła się żadna wzmianka o Giovannim.

Gdy wracają w stronę lśniącej laguny i cudownego zachodzącego słońca dotykającego wody, Giulio jest pełen optymizmu. Widać, że cieszą go ich postępy.

– To początek – mówi z uśmiechem, choć Luisa myśli tylko o tym, jak szybko zbliża się koniec jej pobytu w mieście. Jej samolot odlatuje już jutro po południu. Być może aby odkryć dziedzictwo babci, potrzebna będzie kolejna misja badawcza, ale co na to powie Jamie? Zastanawia się, czy nie spędzić ostatniej połowy dnia na poszukiwaniach tajemniczego baru, ale co potem? Myśl o wcześniejszym przygotowaniu po włosku pytań na temat Paola jest już mniej kusząca. A nawet jeśli ją zrozumieją, to co, gdy udzielą odpowiedzi w szybkim dialekcie? Potrafi sobie wyobrazić, jakie wyniknie z tego zamieszanie. Czuje się, jakby weszła w najmniejszy wenecki zaułek, który okazał się ślepą uliczką.

Giulio prowadzi ją do ławki na nabrzeżu i oboje podziwiają gasnące słońce, którego blask zastępują inne światła unoszące się nad wodą.

– Mogę wziąć jutro wolny dzień, żeby ci pomóc – mówi w końcu Giulio. – To przecież badania historyczne. Odwiedzimy każdy bar przy Fondamenta i będziemy – jak to określają Anglicy – bardzo wścibscy?

Luisa odwraca głowę i jej twarz rozjaśnia się w mroku. Wypływa na nią uśmiech ulgi i wdzięczności.

– Rozumiesz, czemu muszę ją odnaleźć? Czy uważasz to tylko za głupią obsesję? – rzuca w powietrze.

Giulio spogląda na nią szczerze zdumiony.

– Oczywiście, że musisz ją odnaleźć – mówi, jakby to była najbardziej naturalna rzecz na świecie. – Nieważne, że ci ludzie umarli i odeszli, historia nas definiuje. Sprawia, że jesteśmy tym, czym jesteśmy. Właśnie teraz.

W tej chwili, w swojej marynarce i okularach w szylkretowej oprawie, wcale nie przypomina rycerza w lśniącej zbroi, ale Luisa mogłaby go ucałować.

32

Rozstanie

Wenecja, październik 1944

Kiedy przychodzę do redakcji gazety na Giudecce, nie ma tam nikogo. Zdejmuję pokrowiec z maszyny do pisania. Nie mam żadnej wymówki, żeby nie schować jej do walizki, wynieść na zewnątrz i z całej siły cisnąć do kanału, jak kazał Sergio. Choć nie jest ciężka, na pewno zatonie w ciągu paru sekund. Nie będzie już żadnego dowodu, a ja pozostanę anonimowa.

Ale nie mogę tego zrobić. Serce wali mi jak oszalałe; popełniam błąd i przesuwam palcami po chłodnych metalowych klawiszach, jak zawsze, kiedy czuję się zagubiona albo samotna. Potem myślę o dziadziu, jego postać staje mi przed oczami. Jestem sama w redakcji, łzy płyną mi po twarzy i na zmianę czuję, że jestem głupia i uparta. Jakim prawem ta wojna i ci przeklęci naziści zabierają mi najcenniejszą rzecz? Nadzieja, którą dał mi dziadzio, kryje się w tym metalowym przedmiocie.

Postanawiam, że ją ukryję. Jestem w stanie gdzieś ją bezpiecznie schować, może w kościele Świętej Eufemii? A potem myślę o faszystowskim oddziale prowadzącym poszukiwania i zemście, jaka czekałaby zakonnice. Nie mogę im tego zrobić. Poza tym nie dostałam jeszcze zastępczej maszyny od Sergia. Oszukuję samą siebie, że powinnam pisać dla dobra ruchu oporu. Zjawia się Arlo, tym razem bez Tommasa, co wydaje się niezwykłe, bo ostatnio byli nierozłączni.

– Jest chory? – dopytuję się. Byłoby to mniej przykre niż zatrzymanie młodego chłopaka przez patrol. Ojciec Tommasa jest porucznikiem w jednym z pododdziałów, a syn za radosnym sposobem bycia ukrywa, że jego rodzina żyje w stałym zagrożeniu.

– Nie wiem – odpowiada Arlo. – Nie zjawił się w naszym zwykłym punkcie, nie dostałem też żadnej wiadomości.

Zabieramy się do pracy, ale czas nam się dłuży aż do chwili, gdy mogę wyruszyć na Pellestrinę. Nawet kolejny rozdział o Gai i Raffianie idzie mi wolno, ich fikcyjne emocje mieszają się z uczuciami moimi i Mimi. Muszę wyciągać zdania gdzieś z głębi siebie i mam świadomość, że nie jest to mój najlepszy tekst.

W końcu Matteo stuka do drzwi piwnicy, by dać znać, że w małym kanale za kawiarnią czeka na mnie łódka. Jest niemal całkiem ciemno i odległość do wyspy staje się zwodnicza; podróż wydaje się trwać w nieskończoność, zanim w końcu przybijamy do przystani.

Koperta ciąży mi w torbie, gdy idę w stronę mieszkanka Jacka. Znajduję go na zewnątrz; siedzi na zwojach sieci, wciąż pracując w świetle padającym z otwartych drzwi warsztatu. Rozpromienia się, gdy mrużąc oczy, wyławia z mroku moją postać.

– Stella! – Tego właśnie potrzebowałam: przyjaznej, radosnej twarzy. Zastanawiam się, jak sobie bez niej poradzę.

Wchodzimy do jego pokoju i zawartość koperty potwierdza to, czego jednocześnie pragnęłam i czego się obawiałam – zaplanowano mu wyjazd. Na jego twarzy malują się ulga i smutek. Bardziej niż czegokolwiek pragnę, by znalazł się w bezpiecznym miejscu, może nawet z rodziną w Anglii, ale egoistycznie nie chcę, żeby wyjeżdżał. Niemal żałuję, że nie potrzebuje rodowitego Włocha, który przeprowadziłby go przez góry, omijając nazistowskie patrole. Z chęcią zostawiłabym za sobą tę wojnę, ale Wenecję? Nie mogę, gdy mama jest chora, a Vito siedzi w więzieniu.

Spędzamy noc, leżąc obok siebie – domyślałam się, że tak się stanie. Za obopólną zgodą nie obejmujemy się i nie posuwamy się dalej, nie robimy tego ostatniego kroku. Powstrzymuje nas przed tym poczucie, że być może zniszczymy łączącą nas krótką, lecz intensywną przyjaźń, która może przetrwać wojnę i dzielący nas kontynent. Jeśli tylko tego nie skomplikujemy. To pozostaje niedopowiedziane, ale nasza przyjaźń jest cenniejsza niż romans, nawet podczas wojny. Jeśli już nigdy się nie zobaczymy, lepiej rozstać się jako przyjaciele.

– Czy w domu czeka na ciebie ktoś wyjątkowy? – pytam, gdy blask księżyca przesuwa się po okrywającym nas cienkim kocu.

– Tak i nie – odpowiada. – To znaczy jest ktoś, kto mi się podoba, poznaliśmy się tuż przed moim wyjazdem, ale ona chyba nie wie, co czuję – urywa zażenowany. – Posłuchaj, Stello, to nie jest tak, że nie uważam cię za atrak...

– Wiem, wiem – przerywam. – Ze mną jest tak samo. Ale będzie lepiej, jeśli pozostaniemy przyjaciółmi, Jack. Dobrymi przyjaciółmi. – Chyba poczuł ulgę, że się zrozumieliśmy, i odpowiadam mu uśmiechem, dodając: – Ale to nie zmienia faktu, że cholernie dobrze całujesz!

Długo rozmawiamy, co przychodzi nam łatwo, skoro uporaliśmy się z niezręcznym tematem seksu. Wreszcie, nad ranem, zasypiamy i światło budzi nas kilka godzin później, powoli zbliżając nas do pożegnania.

Jack przytula mnie na przystani, ujmuje moje obie dłonie i dostrzegam, że ma wilgotne oczy. Uwalniam ręce, sięgam do torebki i tym razem ja podaję mu coś do otarcia łez, bo przygotowałam się na powódź własnych.

– Jeszcze się zobaczymy, na pewno – mówi Jack. – Wiesz, gdzie mnie znaleźć, pewnie skończę za ladą delikatesów mojej matki i będę kroił kiełbasę!

Znów wierzę w jego optymizm – że oboje przeżyjemy wojnę, że los będzie mu sprzyjał podczas niebezpiecznej przeprawy przez góry do Francji i uda mu się uniknąć kul, schwytania albo jednego i drugiego, a ja pożyję w Wenecji na tyle długo, by stać się świadkiem wyzwolenia, a pewnego dnia pojadę do Londynu. Tylko tyle możemy zrobić, bo jednocześnie mamy z tyłu głowy świadomość, że to się może nigdy nie wydarzyć.

Nie oglądam się, gdy łódź odbija od przystani, i pragnę, by płynęła szybciej, by wiatr powiał silniej w żagle, żebym nie czuła jego świdrującego wzroku na swoich plecach. Wysiadam na Lido i znów pędzę do Motonavi, żeby nie spóźnić się do pracy. Tym razem niektóre dziewczęta dostrzegają, że jestem rozczochrana, i usprawiedliwiają mnie, gdy biegnę do łazienki, żeby się trochę ogarnąć. Nawet Cristian, który nie zwracał na mnie uwagi całymi tygodniami, spogląda z ukosa zza swojego biurka, jakbym miała na twarzy jakąś wielką plamę. Być może smutek rysuje się na niej wyraźniej, niż mi się wydaje.

Jakoś udaje mi się przetrwać ten dzień i po pracy spotykam się z Mimi. Z poszarzałą, ściągniętą twarzą nie przypomina dziewczyny, którą znam. Nie ma żadnych nowych wieści o Vicie, a ona umiera z niepewności, co to może oznaczać.

– To dobrze, prawda? – mówi, nerwowo nawijając na palce pasmo włosów. – To znaczy, że przynajmniej nie trzeba odbierać ciała. Wiemy, kiedy kończą z nimi w Ca' Littoria i zabierają do więzienia Santa Maggiore. Mamy tam strażników, którzy mogą nam coś powiedzieć. Jeśli nic nie wiadomo, przynajmniej jest nadzieja.

Mogę tylko skinąć głową, zżymając się w środku na dźwięk słowa „ciało". Szuka we mnie pocieszenia, nawet jeśli oznacza to podtrzymywanie jej fałszywego optymizmu. Jeśli Vito przebywa wciąż w Ca' Littoria, na pewno nie jest na wakacjach i to nie daje mi spokoju. Ale tok myślenia Mimi, wznoszenie muru wokół prawdy, przynajmniej zmniejsza nieco jej niepokój. To może okazać się dla niej zbawieniem.

– Musisz zatroszczyć się o siebie – mówię. – Na przyszłość. – Żadna z nas nie wypowiedziała jeszcze słowa „dziecko". Zbyt trudne może okazać się dla niej rozmyślanie o drugiej ukochanej istocie, skoro ma świadomość, że może utracić tę pierwszą. A to także moja krew, dziecko mojego brata i wnuk rodziców. Brakiem obrączki zajmiemy się później, kiedy Vito będzie bezpieczny.

33

W ukryciu

Wenecja, październik 1944

W ciągu następnych kilku tygodni praca nad opowieścią o Gai i Raffianie znów idzie sprawnie, niestety inspiracji dostarcza mi kolejna tragedia; alianci atakują na lagunie duży prom pasażerski „Giudecca". Później krążą pogłoski, że najprawdopodobniej dostrzegli na pokładzie niemieckie mundury i pomylili prom ze statkiem transportującym wojsko, ale rezultat pozostaje niezmienny: prom tonie razem z nieokreśloną liczbą pasażerów; z wody wyciągnięto ponad sześćdziesiąt ciał, ale przy tak wielu uchodźcach w Wenecji liczba ofiar może znacznie wzrosnąć. Laguna i otwarte morze niewątpliwie mają też w tym swój udział.

W redakcji gazety robi się wyraźnie pusto, gdyż pracujemy tam tylko z Arlem.

– Ojciec Tommasa znów został aresztowany – oznajmia Arlo ponurym głosem. – I tym razem zabrali go do Ca' Littoria. Aresztowano go trzeci raz, ale wcześniej zawsze wypuszczano go z więzienia i unikał siedziby faszystowskiej policji. Tommaso przysłał wiadomość, że jest w domu i wspiera matkę.

W panującej ciszy pogaduszki, które kiedyś prowadziliśmy w redakcji, wydają się należeć do dalekiej przeszłości.

– Biedny chłopak – mówię pod nosem z głębokim współczuciem dla smutku jego rodziny. Przywołuje to wizję twarzy Vita i tym razem wyobrażam go sobie w celi, z opuchniętym i zakrwawionym ciałem. Tłumię emocje, jakie to we mnie budzi, i z bólem zabieram się do najnowszego rozdziału historii Gai i Raffiana.

Nie do końca zdaję sobie sprawę z zapału, jaki wzbudzają moje słowa. Dociera to do mnie kilka dni po publikacji. Gdy wychodzę z mieszkania do pracy, przy Fondamenta Nuove hula zimny wiatr. Walczę z szalikiem, a kiedy podnoszę wzrok, dostrzegam, że moje słowa nie pojawiają się już tylko na kartkach leżących na kawiarnianych stolikach. Na betonowej ścianie wypisany nierówno czarną farbą napis głosi: „Gaia i Raffiano: miłość na zawsze". Co gorsza, wpatruje się w nie nazistowski żołnierz patrolujący ulice. Zwalniam, by zobaczyć jego reakcję. Początkowo wydaje się zdumiony, potem przekrzywia głowę, gdy dociera do niego znaczenie tych słów, po czym odwraca się i idzie w tym samym kierunku co ja. W stronę kwatery głównej nazistów.

Uliczny artysta zadał sobie sporo trudu; nie jest to jedyny napis po drodze na plac Świętego Marka, bo można przeczytać również wariacje na temat: „Wolna Wenecja dla zakochanych" wypisane czerwoną farbą. Wtulam płonącą twarz w kołnierz płaszcza, wyobrażając sobie, że mam na plecach przypiętą tarczę strzelniczą. Od razu przypominam sobie o Żydach w całej Europie zmuszonych nosić dzień za dniem żółtą gwiazdę na rękawach.

Moja jest przynajmniej wytworem wyobraźni, podczas gdy ich aż nazbyt prawdziwa.

Wieści o napisach docierają do biura przede mną. Nigdzie nie widać Cristiana, ale wiadomo, gdzie jest, zważywszy na kakofonię dobiegającą z gabinetu Breugala. Przebiegam wzrokiem po biurze, ale wszyscy mają spuszczone głowy, być może sądząc, że ominie ich furia, jeśli nie będą się wychylać, udając, że ciężko pracują.

Breugal wykrzykuje na zmianę: „Powiesić ich!", „Sprowadźcie tego drania do mnie, żebym zobaczył, jak płonie", a jego głos aż kipi od gniewu. Głowy jeszcze niżej pochylają się nad maszynami. Muszę odetchnąć głęboko kilka razy, zanim zabiorę się do pisania, ale zauważam, że palce mi drżą i ślizgają się po klawiszach.

Cristian w końcu wypada z biura Breugala, siada ciężko za biurkiem, gniewnie odpowiada na pytanie jednej z maszynistek i zaczyna coś pisać na kartce. Po kilku minutach przynosi ją mnie.

– Proszę to przepisać, Fräulein Jilani. Jak najszybciej. – W jego głosie słychać napięcie i unika kontaktu wzrokowego.

Tego właśnie się obawiałam. Znów muszę polegać na naturalnych mechanizmach mojego ciała wypracowanych podczas dwudziestu siedmiu lat pobytu na tym świecie, by serce nadal pracowało, mimo że przebija je ostry nóż.

„NAGRODA ZA SCHWYTANIE AUTORA". Jestem też zmuszona przepisać wyznaczoną za to znaczną sumę: to więcej niż miesięczne wynagrodzenie przeciętnego wenecjanina. Dodatkową zachętą jest obietnica „ochrony" dla każdego informatora i jego rodziny. Wenecja jest niezwykle lojalna, ale w pękającym w szwach więzieniu Santa Maggiore i w Ca' Littoria na pewno znajdą się chętni.

Pierwszy raz naziści zaproponowali tak sporą sumę za moje aresztowanie i wiem, że pobladłam i cała się trzęsę, ale piszę dalej. Gdybym teraz uciekła, jestem pewna, że przynajmniej Cristian domyśliłby się mojej winy – jest na tyle inteligentny, by połączyć kropki, i wie, gdzie mieszkam, moi rodzice też. Siedzę sztywno, pot spływa mi po karku, myśli wirują w głowie, ale moje palce pracują nad klawiaturą. Kończę przepisywanie i zanoszę kartkę do biurka Cristiana.

– Proszę, Herr De Luca – mówię i tylko tyle mogę zrobić, by nie cisnąć kartki na biurko, gdy małe banieczki gniewu zaczynają się przedzierać przez zasłonę strachu.

Cristian podnosi wzrok, ma zaciętą twarz i zaciśnięte usta. Marszczy brwi ukryte za okularami.

– Dziękuję – rzuca i wraca do czytania raportu.

Po godzinie złożoną kartkę z apelem odbiera jeden z posłańców. Do jutra plakaty zostaną wydrukowane i rozwieszone w całym mieście. Żałuję, że byłam głupia i nie wrzuciłam maszyny do pisania do laguny, a jednak nie jestem pewna, czy byłabym to w stanie zrobić nawet teraz. Ale jej obecność obciąża nie tylko mnie: muszę ją przenieść i to szybko.

Dopiero podczas przerwy na obiad podchodzę do Cristiana i biorę głęboki oddech, by odezwać się bardziej przyjaźnie.

– Herr De Luca, czy mogę… – Patrzy na mnie, jakbym go uraziła, zwracając się do niego w ten sposób, ale ja tylko stosuję się do jego własnych zasad etykiety.

– Tak?

– Wie pan, że moja matka jest chora, ale obawiam się, że jej stan się pogorszył i muszę do niej pójść. Obiecuję, że nadrobię…

Jego twarz łagodnieje; nie próbuje się uśmiechać, ale widzę to w jego oczach. Pojawia się w nich coś na kształt rozejmu. Znam go krótko i wciąż trudno mi go rozszyfrować i przewidzieć, w jakim jest nastroju.

– Oczywiście, Fräulein Jilani – mówi. – Proszę wyjść, na jak długo pani potrzebuje.

Nie znoszę używać zdrowia mamy jako wymówki, wiem, że jest bezpieczna w domu z tatą, bo w końcu wypisano ją ze szpitala z osłabionym, ale zdrowym sercem i wygląda na to, że powoli dochodzi do siebie. Mimo to nie odważyliśmy się powiedzieć jej całej prawdy o Vicie; dla niej wciąż się ukrywa. To tato wziął na siebie cały niepokój wynikający z prawdziwego położenia syna.

Idę zdecydowanym krokiem, z trudem powstrzymując się, by nie podskakiwać ani nie podbiegać, co mogłoby zwrócić uwagę patroli. Ale nie zmierzam do siebie. W bezpiecznym domu, gdzie często bywa Sergio, ktoś jest, ale Sergia tam nie ma i mogę tylko zostawić wiadomość o plakatach, które pojawią się w całym mieście. Stamtąd kieruję się na przystań Zattere, by wynająć przewoźnika – kursy *vaporetto* znów zostały zawieszone i tuż po porze obiadowej czeka tam niewiele łódek. Przewoźnik, którego udaje mi się znaleźć, nie pali się do rejsu, chyba że znajdzie się jeszcze jeden chętny do wyprawy na Giudeccę, i choć kusi mnie, żeby zaoferować mu podwójną stawkę, wiem, że mogłoby to wzbudzić podejrzenia. Siedzę więc na przystani pełna obaw, gdy słońce chowa się za kurtyną szarej chmury, czekając na swoją kolej, zupełnie jak ja.

Zmuszona do czekania, staram się usprawiedliwić ten nagły zryw; maszyna stoi w piwnicy Mattea od miesięcy i aż do tej pory nie czułam, by jej obecność stanowiła zagrożenie dla mnie bądź bliskich mi osób. Ale też nigdy nie przyczepiono mi do czoła plakatu z nagrodą za schwytanie mnie. Być może są więc powody do obaw.

Udaje mi się wreszcie przepłynąć lagunę pod ołowianym niebem, obok starszego mężczyzny, który upiera się, by spędzić ze mną cały dzień. Z trudem staram się rozmawiać jak zwykła wenecjanka, która załatwia swoje sprawy, ale wiosła nie poruszają się dla mnie zbyt szybko i każda fala, która rozbija się o dziób naszej łodzi, zdaje się opóźniać mnie o kolejną sekundę.

Matteo dziwi się, widząc mnie tak wcześnie, ale przy ostatnich postępach w działaniach wojennych przyzwyczaił się, że nowy materiał trzeba opracowywać szybko i to o dziwnych porach. Dopiero kiedy schodzę po kilku stopniach i włączam blade światło, robię bilans. Wyciągam rękę w stronę przykrytej maszyny i dłoń mi drży – i to nie z powodu zimnego wiatru, jaki wiał nad wodą. Zmuszam się, by odetchnąć głęboko kilka razy, przypominam sobie, jak podczas szkolenia partyzantów mówiono nam, co mamy robić, kiedy... kiedy czujemy, że się rozpadamy, jesteśmy przerażeni i bezradni. A ja czuję to wszystko naraz.

„Ogarnij się, Stello!" – tylko to przychodzi mi do głowy, ale przynajmniej to banalne stwierdzenie sprawia, że śmieję się w duchu i skądś czerpię siłę, żeby się ruszyć. Ona wciąż tam jest, mój metalowy głos, doświadczona przez los, potrzebująca nowej taśmy, ale dochodzę do wniosku, że na jakiś czas to będzie jej ostatnie zadanie. Taśma może poczekać.

– Cześć, mała – mówię. – Strzemiennego, dobrze? – I znów się śmieję, bo gadam z maszyną. Kiedy wkręcam kartkę, Matteo przynosi mi kawę i wiadomość od Sergia otrzymaną przez radio w kawiarni. Jest krótka i dosadna, ale chłonę jej znaczenie.

„Jeszcze jeden na zakończenie", czytam. „A potem trzymaj się z daleka".

Wiem, że mam tylko ten jeden rozdział, żeby wyjaśnić całą sytuację Gai i Raffiana. Wojna jeszcze się nie skończyła, ale mogę przynajmniej wysłać ich w drogę z nadzieją i wiarą, którą wszyscy podzielamy, że nasza walka nie okaże się daremna. Dostrzegam, że w pokoju robi się ciemniej, gdy słońce chowa się za chmurami, ale na dwie godziny świat poza malutką piwnicą przestaje istnieć. Jestem w samym środku tej historii, przeżywam emocje, gdy Raffiano ucieka z więzienia, ze łzami w oczach spotyka się z Gaią i razem udają się do kryjówki – rozłąka nie wchodzi w grę, podobnie jak porzucenie Wenecji i rozstanie z rodzinami. Będą wychowywać swoje dziecko – poczęte w trudnej sytuacji, lecz z wielkiej miłości – w Wenecji. W swoim mieście, które jest domem dla wenecjan, Żydów i wszystkich innych ludzi. Mogę mieć tylko nadzieję, że to, co piszę, spełni się także dla Mimi i Vita.

Czuję się jak przepuszczona przez wyżymaczkę, gdy wyciągam kartki i zostawiam je Arlowi. Lekko opadające „e" znów miga mi przed oczami jak wskazówka dla nazistów. Oczywiście boję się, że mnie złapią i będzie to miało straszne konsekwencje, ale nie mogę zignorować poczucia dumy, że stałam się częścią czegoś, co pomaga ukierunkować nienawiść podczas tej wojny. Choćby w niewielkim stopniu.

Teraz jednak trzeba przenieść moją ukochaną maszynę, żeby nie obciążała innych. W tym celu pożyczam od Eleny kosz i raz jeszcze czuję ulgę, że maszyna nie jest duża, nawet zamknięta w walizeczce. Mieści się elegancko w koszu i jeśli zawieszę go na ręce, mogę go nieść, nie wyglądając przy tym, jakbym dźwigała coś cięższego niż zwykłe zakupy. Kupuję chleb i bułki, kładę na wierzchu i pod przykryciem z materiału kosz wygląda na pełny. Potem biorę głęboki oddech i wychodzę. Właściciel niedużej łodzi dostawczej lituje się nade mną, gdy trzęsąc się z zimna, stoję na przystani, i przewozi mnie na główną wyspę z wesołym „Dobrego wieczoru". Jakoś wątpię, by okazał się dobry.

Spacer z Zattere do domu jest łatwiejszy, niż sobie wyobrażałam, i zostaję poddana jednemu pobieżnemu przeszukaniu, kiedy żołnierz zagląda pod materiał tylko na tyle, by zobaczyć bułki. Na szczęście dobrze ich karmią, więc nie czuje potrzeby, by konfiskować żywność, zwłaszcza coś tak prostego jak chleb. Kiedy docieram do mieszkania, porusza się firanka u signory Menzio, mojej sąsiadki, która nie przywykła do tak wczesnych moich powrotów. Teraz lekko kiwa głową, by dać mi znać, że wszystko jest w porządku.

W mojej własnej przestrzeni czuję się bezpieczna, lecz przypominam sobie, że to tylko cegły i zaprawa, które łatwo może rozbić oddział poszukiwawczy i jego ciężkie buciory. Będę potrzebowała innej kryjówki, ale na razie – przynajmniej na dziś wieczór – moja ukochana maszyna musi zostać ze mną. Otwieram kredens, który służy również jako szafa, wyjmuję buty i pudełka i nożem kuchennym podważam jedną z luźniejszych desek na dnie. Muszę ostrożnie wsunąć maszynę do środka, żeby nie naruszyć pozostałych desek, co stałoby się jasną wskazówką dla doświadczonego przeszukującego.

– Śpij dobrze, mała damo – mówię, mocując deskę z powrotem, i wrzucam buty tak samo bezładnie jak leżały wcześniej.

Natychmiast czuję się osamotniona, choć być może także mniej bezbronna. Dziwnie jest pomyśleć, że praw-

dopodobnie przez jakiś czas będę pisać wyłącznie ob-
ciążające raporty Breugala, bo jeśli wierzyć wiadomości
od Sergia, mam się trzymać z daleka od redakcji gazety.
Znajdą kogoś na moje miejsce – nie jestem tak naiwna, by
wierzyć, że jestem niezastąpiona – ale czuję, że to koniec
jakiejś epoki, przynajmniej dla mnie.

Jestem niespokojna, chodzę po mieszkaniu, próbując
przygotować przyzwoity posiłek z niewielkich zapasów
w spiżarni. Wyciągam bezwiednie książkę i uświadamiam sobie, że to egzemplarz *Dumy i uprzedzenia*, który
dostałam od Cristiana. Nawet tamto życie wydaje się bardzo odległe, jego koleżeńska życzliwość przerodziła się
w gorycz.

Czuję się osaczona przez własną tęsknotę i przygnębienie. Dotychczas w czasie tej wojny przeżywałam chwile,
a nawet dni, pełne gniewu i smutku, ale nigdy nie czułam
się tak przybita. Jakby kryjąca się we mnie istota była nieustannie bombardowana niczym porty i statki w lagunie.
Jack wyjechał, nie mam przy sobie Mimi, żeby poprawiła
mi humor, i nie mogę się zdobyć na odwiedziny u rodziców. Wiem, że tato od razu zauważyłby mój podły nastrój, a co mogłabym powiedzieć, żeby pocieszyć mamę
i sprawić, by poczuła się lepiej? Pierwszy raz od miesięcy
tylko ja sama mogę się podnieść na duchu. A czuję się tak
pusta jak moja spiżarnia.

34

W poszukiwaniu kawiarni

Wenecja, grudzień 2017

Następnego ranka spotykają się wcześnie i zaczynają poszukiwania na północnym krańcu długiego nabrzeża Fondamenta Nuove. Nawet Giulio się dziwi, ile kawiarni i barów zgromadziło się na tak niewielkim obszarze, gdy wchodzą w głąb czterech czy pięciu uliczek, by żadnej nie pominąć. Giulio jest uzbrojony w wydrukowane dokumenty Stelli i Mimi, choć wiek klientów lokali wskazuje, że raczej nikt nie byłby w stanie ich rozpoznać. Niestety imię Paolo do niczego ich nie prowadzi; właściciele kawiarni zmieniali się wiele razy od czasu wojny albo po prostu nie ma w ich gronie żadnego Paola. Luisa może tylko stać bezczynnie i patrzeć, jak pracownicy kawiarni kręcą przecząco głowami.

Poszukiwania wydają się bezowocne, a kiedy z bolącymi stopami oboje zastanawiają się, czy nie zrezygnować, postanawiają wstąpić na kawę do baru w pobliżu głównego szpitala Wenecji.

Zamawiając napój przy barze, Giulio zadaje standardowe pytania.

– Tutaj nie – odpowiada kobieta za ladą, a pokonany Giulio opuszcza ramiona. – Ale w pobliżu znajduje się taki rodzinny bar. Jestem pewna, że ojciec właściciela ma na imię Paolo. Proszę tam spróbować.

Wzmocnieni kofeiną i promykiem nadziei, ruszają na Campo di (Santa) Giustina detto de Barberia, placyk mniejszy niż jego długa nazwa. Kawiarnia Rizzini mieści się w rogu placu, przy ustawionych na zewnątrz stolikach nikt nie siedzi, ale palące się w środku światło wskazuje, że wciąż jest otwarta. Giulio rzuca Luisie spojrzenie, jakby chciał powiedzieć: „Próbujemy ostatni raz". Za barem stoi kobieta i słysząc imię Paolo, od razu odwraca się i woła do pokoju na tyłach:

– Hej, Pietro, chyba ktoś do ciebie.

W drzwiach ukrytych za zasłoną pojawia się młody mężczyzna. Jest w wieku Luisy, może trochę młodszy, a Luisa i Giulio raz jeszcze przygotowują się na ściganie króliczka bez możliwości złapania go. Nawet teraz Giulio zaczyna od pytań. Tym razem jest dużo kiwania głową, młody człowiek wypowiada imię „Paolo", a Luisa wychwytuje słowo „papa".

Wraz z postępem rozmowy twarz Giulia rozjaśnia się, ale mówią zbyt szybko, by Luisa mogła nadążyć. W końcu mężczyzna znika za kotarą, a Giulio odwraca się do Luisy.

– To może być coś – mówi. – Ta kawiarnia należała do jego rodziny jeszcze przed wojną. Jego ojciec ma na imię Paolo, ale jest zaledwie w wieku twojej matki lub coś koło tego. Możemy z nim jednak porozmawiać.

Pietro wychodzi, naciągając sweter przez głowę, i prowadzi ich przez plac kilka bram dalej. Wyciąga klucz, otwiera drzwi i mówi po angielsku: „Wchodźcie, wchodźcie". Na pierwszym piętrze otwiera drzwi do mieszkania, wołając śpiewnie „Ciao, papa" i wchodzą za nim do małego saloniku, gdzie przed telewizorem siedzi w fotelu Paolo Rizzini. Pietro tłumaczy szybko, o co chodzi, a starszy pan ściąga brwi, najwyraźniej szukając czegoś w pamięci.

Giulio tłumaczy rozmowę.

– Signor Rizzini urodził się w tysiąc dziewięćset pięćdziesiątym pierwszym roku, więc nie może nam powiedzieć zbyt wiele o wojnie, ale opowiadał o niej ojciec i miał kiedyś album ze zdjęciami. Pamięta, że oglądał fotografie partyzantów na placu Świętego Marka po wyzwoleniu.

– Wiedzą, gdzie są te zdjęcia? – Luisa z trudem ukrywa podniecenie. Giulio wraca do głównego tematu rozmowy. Pietro macha ręką w stronę Giulia, który odwraca się w stronę Luisy. Jeszcze nie widziała, żeby się uśmiechał tak szeroko i promiennie.

– Pietro mówi, że sami możemy porozmawiać z dziadkiem Paolo, który żyje i ma się dobrze. Ma dziewięćdziesiąt sześć lat, ale najwyraźniej pamięć mu dopisuje – urywa i bierze oddech. – Luiso, może właśnie znaleźliśmy nasz trop.

Wychodzą z mieszkania na jasne zimowe słońce, które dzieli *campo* na dwie połowy. Jakie to znaczące, myśli Luisa, że wkraczają w jasne światło i muszą zmrużyć oczy.

– Tak więc… – zaczyna Giulio, a potem z podniecenia uśmiecha się od ucha do ucha. Luisa czuje się jak sześciolatka niecierpliwie wyczekująca Gwiazdki.

W tym momencie naprawdę nie potrafi się już powstrzymać – mocno obejmuje zdumionego Giulia, który mimo wszystko odwzajemnia jej uścisk. Gdzieś głęboko oboje czują, że może tym razem naprawdę uda im się odnaleźć Stellę Jilani.

35

Na gorącym uczynku

Wenecja, październik 1944

Pomimo dowodu winy spoczywającego pod dnem szafy, zasypiam wcześnie i śpię głęboko. Budzi mnie jasny
jesienny poranek. Trudno uznać moje sny za spokojne –
pełno w nich było scen aresztowania i pozorowanego
procesu, podczas którego Breugal drwił ze mnie do ży-
wego, a potem wydawał na mnie wyrok – ale fizycznie
czuję się pełna energii.

Wychodzę wcześnie i ruszam w stronę Paola, lecz
kawiarnia jest jeszcze zamknięta. Mam dość czasu, by
przejść wzdłuż nabrzeża – blask wody niemal oślepia, ale
podnosi mnie na duchu. Okrążam plac Świętego Marka
i wchodzę w uliczki prowadzące do mostu Accademia,
do innej kawiarni, gdzie lubię jeść śniadania, bo wiem, że
dla stałych klientów trzymają tam pod ladą jajka. Nadal
czuję ciężar na ramionach, ale skoro wiem, że maszyna
ukryta jest w miejscu, które może obciążyć tylko mnie,
nie jest już tak przytłaczający.

Jajka jeszcze bardziej dodają mi sił, bo w tych dniach
to prawdziwy rarytas, namiastka kawy może się równać
z tą podawaną przez Paola, a przy śniadaniu przerzucam nawet kilka stron „Il Gazzettino" – nie zaszkodzi się

zapoznać z propagandą wroga. Siedząc tam, czuję pewność, że my – ja, gazeta i ruch oporu, nawet moja rodzina – przetrwamy każdą burzę.

I wtedy ich dostrzegam. Podnoszę wzrok znad gazety jedynie na moment, ale od razu ich rozpoznaję. Wychodzą z ciemnego zaułka; jeden ma na sobie ponury brązowy dwurzędowy garnitur i bez munduru wygląda zupełnie inaczej. Ale nie zmienił się aż tak bardzo, żebym nie rozpoznała ostrych rysów i chudej szyi kapitana Klausa. Jego towarzysz jest równie wysoki i szczupły, ale o wiele młodszy. Podczas gdy Klaus idzie przed siebie zdecydowanym krokiem, szczupła sylwetka Tommasa przypomina mi mysz nieśmiało wyłaniającą się z nory. Widać to w jego oczach i postawie, nachyla się, by ukryć twarz. Ale nie mam wątpliwości, że to on. Wstrząśnięta wstrzymuję oddech i choć obaj nie zwracają uwagi na to, co dzieje się dookoła, podnoszę gazetę wyżej, by zakryć twarz. Spoglądając nad nią widzę, jak wymieniają kilka zdań, choć zachowanie Tommasa sugeruje, że w środku aż się pali, żeby uciec. W końcu dostaje pozwolenie, by się oddalić, Klaus ojcowskim gestem poklepuje go po plecach i chłopak, kuląc ramiona, odchodzi w stronę mostu Rialto. Nie widzę jego twarzy, ale wyobrażam sobie, że raczej nie ma na niej radości.

Z przerażeniem zaczynam układać w głowie kawałki łamigłówki. Tommaso zbyt dobrze rozumie położenie, w jakim znalazł się jego ojciec. Trafił do Ca' Littoria i raczej nie może liczyć na zwolnienie, jeśli odkryją, że zajmuje w ruchu oporu ważną pozycję. Przypomina mi się plakat Cristiana i obietnica wolności w zamian za informacje. Ale Tommaso? Chłopak, z którym pracuję od miesięcy, z którym się śmiałam i żartowałam? A potem myślę o Vicie i moich rodzicach i zastanawiam się, co byłabym w stanie zrobić, żeby ich uwolnić, gdyby do tego doszło. Wiem, że Vito wolałby umrzeć niż zostać zwolniony w zamian za informacje. Jest młody i silny. Ale gdyby chodziło o ojca? Co bym wtedy czuła? Mam nadzieję, że nie upadłabym tak nisko i nie posunęłabym się do zdrady, ale nie mam pewności. A każdy z nas? W tym przypadku więzy krwi mogą się okazać silniejsze od wszystkiego. Głęboko w sercu wiem, że Tommaso jest lojalnym partyzantem – wiele razy słyszałam to w jego głosie. Nie zrobiłby tego dobrowolnie, ale w środku musi umierać z niepokoju o ojca.

Faktem jest, że się stało. Nie spotkał się z Klausem na kawę i pogawędkę. Muszę założyć najgorsze, aby ochronić wszystkich wokół. W jednej sekundzie zrywam się i ruszam nie w stronę placu Świętego Marka i biura Rzeszy, ale do Zattere, najszybciej jak mogę. Nie ma czasu, żeby znaleźć bezpieczny dom i przekazać wiadomość Matteowi na Giudeccę – muszę ostrzec go sama. Na szczęście *vaporetto* działa, ale mimo to jestem zmuszona czekać dobre pół godziny, zanim znajdę się na wodzie i płynę do Bóg jeden wie czego. Jak szybko Klaus może zmobilizować oddziały, by przeszukać kawiarnię i odkryć redakcję w piwnicy? Wciąż to obliczam, wyskakując z łodzi i niemal biegnąc do Mattea.

Zjawiam się za późno. Wychodząc zza rogu na *campo* zwalniam, słysząc Elenę, zanim jeszcze ją dostrzegam, jak szlocha spazmatycznie z twarzą ukrytą w dłoniach, gdy Mattea przytrzymują dwaj faszyści.

– On jest niewinny! – krzyczy Elena, a echo jej krzyku niesie się po *campo*.

Na bruku walają się papiery, wiatr unosi część z nich w powietrze, a inny żołnierz nakazuje pozostałym, by je pozbierali.

– To dowody! – wrzeszczy. – Podnieście je.

Ukryta za węglem patrzę, jak dwóch żołnierzy wynosi powielacz i stawia go z brzękiem na betonowych płytach. Ku memu zdziwieniu dostrzegam jedynie faszystów, ich nazistowscy odpowiednicy nie nadzorują operacji. Nie widać też kapitana Klausa.

– A to co? – wrzeszczy do Mattea starszy żołnierz z twarzą oddaloną o zaledwie kilka centymetrów od niego. – Opowiastki dla klientów? – Śmieje się z własnego dowcipu, a pozostali zaczynają mu wtórować.

Matteo zaciska wargi. Nie może nic powiedzieć. Wie, co go czeka w najbliższej przyszłości, i Elena jest także tego świadoma. Jego zwykle ogorzała twarz pobladła ze strachu, po twarzy żony płyną łzy rozpaczy. Matteo może się tylko modlić, by wyszedł z tego żywy.

Robi mi się niedobrze. Śniadanie i żółć podchodzą mi do gardła i muszę schronić się w bramie, by zapanować nad strachem. Wdychanie chłodnego powietrza nie wystarcza, żeby uspokoić żołądek, a kiedy trochę dochodzę do siebie, staram się obmyślić następny krok. Byliśmy w redakcji bardzo ostrożni i nie zostawialiśmy żadnych śladów, które pomogłyby odkryć naszą tożsamość. Ale jeśli Tommaso zdradził, gdzie znajduje się redakcja, kto wie, co jeszcze – i kogo – wydał. Klaus na pewno nie odpuścił i chciał usłyszeć nazwiska. Wiem, że powinnam wrócić do mieszkania i wyjąć maszynę z ukrycia. Tym razem naprawdę musi wylądować w głębokiej wodzie przy Fondamenta Nuove – teraz nie ma miejsca na sentymenty. Ale dochodzę też do wniosku, że może zostało mi trochę czasu, by ostrzec innych.

Biegnę na nabrzeże i za ostatnie liry wynajmuję jedyną taksówkę wodną, by popłynąć na Zattere. Zdyszana i spocona biegnę do najbliższego bezpiecznego domu, o którym wiem, w nadziei, że uda mi się przekazać wiadomość dla Arla i innych, którzy pomagali nam od czasu do czasu.

Moja wiadomość wychodzi jako pilna i niemal biegiem przebywam trasę przez Campo Santo Stefano i San Salvador. Dobrze, że w Wenecji jest tyle kościołów, bo mogę się w nich schronić, jeśli patrol za bardzo się zbliży, ale przecież muszę jak najszybciej dostać się do domu. Liczę, że Cristian uzna chorobę mojej matki za powód mojej nieobecności w pracy, ale wiem, że to nie potrwa długo. Bolą mnie łydki, gdy kluczę po małych uliczkach, trzymając się z dala od większych, po których chodzą oddziały.

Wreszcie jestem dwie ulice od mojego małego *campo*. Zatrzymuję się i próbuję dostrzec jakieś zmiany, ale poranna krzątanina w Wenecji przykrywa wszystko, co mogę wyczuć, a szum silników łodzi za Fondamenta zagłusza wszelkie dźwięki, które próbuję usłyszeć. Wszystko wydaje się normalne.

Mimo to poruszam się niepewnie, ostatnie dwa kroki w stronę przeciwnego krańca *campo* robię niemal na palcach. Spoglądam na plac ukryta za kapliczką.

Jako pierwszą dostrzegam signorę Menzio, ale nie jak zwykle w oknie, lecz na *campo*, gdzie z powodzeniem odgrywa rolę starszej pani bez powodu wyciągniętej z domu; krzyczy na esesmana i grozi mu palcem. Żołnierz niemal się cofa pod naporem jej jadu, gdy obrzuca go włoskimi obelgami, z których on niewiele rozumie, choć towarzyszący mu faszyści krzywią się na dźwięk jej malowniczych przekleństw.

Wkrótce okazuje się jednak, że to tylko połowa obrazu. Kiedy przesuwam się na drugą stronę kapliczki, widzę, że to nie signora Menzio jest ich celem. Na bruku rozpoznaję część moich rzeczy, które wyrzucono z otwartego okna na drugim piętrze: ubrania, cenne książki i, co przeraża mnie najbardziej, buty. Widok ten uderza mnie jak obuchem w głowę: dotarli do kredensu i kiedy tu stoję, bez wątpienia wyrywają deski. Złapią mnie. Lada moment pojawi się oficer SS – być może Klaus – z moją ukochaną maszyną w rękach i złowieszczym wyrazem triumfu na twarzy.

Nie zostało mi już w żołądku nic, co mogłoby wywołać mdłości, ale serce rozrasta mi się w piersi, pali mi mostek i pulsuje w gardle, napiera na język i każe się zatrzymać i nabrać powietrza. Budynki wokół placu wytłumiają hałasy, ale mimo to rewizja wydaje się metodyczna i stosunkowo spokojna. W uszach słyszę jednak kakofonię dźwięków, które mnie przytłaczają, oskarżając o próżność, głupotę i sentymentalizm. Wyraźnie widzę już przed oczami wnętrze Ca' Littoria, czerwień mojej własnej krwi, czuję nawet na wargach jej metaliczny smak.

Po jakiejś minucie, kiedy z trudem utrzymuję się na nogach, wciągam na tyle powietrza, by jasno pomyśleć. Rozważam możliwość, czy się nie odwrócić i nie pobiec do najbliższego bezpiecznego domu, być może do tylnego wejścia do kawiarni Paola, gdzie mogę się skulić w piwnicy i przeczekać, żeby potem dotrzeć do Sergia i ukryć się pod jego skrzydłami. Rezygnuję z tego pomysłu równie szybko, jak się pojawił; wszystko staje się dla mnie oczywiste. Naziści znają adres, pod którym jestem zameldowana – to mieszkanie moich rodziców. Wizja mamy, która poświęca się zamiast mnie – bo wiem, że to zrobi – daje mi impuls, który fizycznie popycha mnie do przodu. Ja i tylko ja sprowokowałam wszystko, co się tutaj dzieje. Z całą mocą uświadamiam sobie, że byłam bardzo, bardzo głupia; tylko ja mogę ponieść tego konsekwencje.

Biorę ostatni spokojny oddech, wychodzę z ukrycia za kapliczką i ruszam w stronę żołnierzy zebranych przy bramie mojego domu, zmuszając się, by iść miarowym krokiem. Signora Menzio nie wytrzymuje, zdradza mnie przerażonym spojrzeniem i nagłym przerwaniem potoku przekleństw, którymi wciąż atakuje żołnierzy.

– Stello, co ty… – mamrocze.

– Wszystko w porządku, proszę pani – mówię. – Wszystko jest w porządku.

Nie muszę się przedstawiać żołnierzom, bo kapitan Klaus robi to doskonale, gdy wyłania się z ciemnej bramy mojego domu, a kiedy staje w świetle, na jego chudej twarzy maluje się wściekłość. Ręce ma jednak opuszczone – nic w nich nie trzyma. Być może zaraz pojawi się inny żołnierz z obciążającym dowodem, którego szukają? To tylko kwestia czasu.

– Fräulein Jilani – rzuca zimno. – Muszę przyznać, że dziwi mnie pani widok tutaj. Choć nie jest to niemiła niespodzianka. – Uśmiecha się lekko, ukazując tylko przednią część pożółkłych zębów. Potem na jego twarz powraca wyraz sprzed chwili.

Po kilku sekundach z cienia za nim wyłania się kolejna postać. Nie ma jednak na sobie szarego ani oliwkowego munduru, a tylko prosty granatowy garnitur. Tym razem to ja dziwię się najbardziej; zamieram, gdy Cristian De Luca przechodzi przez próg mojego domu. To jasne, że on też jest tutaj – tylko jemu zaufałam i zdradziłam, gdzie mieszkam. A on zawiódł moje zaufanie samą obecnością w tym miejscu.

Na twarzy Cristiana maluje się wyraz zażenowania, przynajmniej na ile udaje mi się dostrzec, bo nie patrzy na mnie, tylko wbija wzrok w bruk. Twardym spojrzeniem chcę go zmusić, by podniósł oczy i stanął ze mną twarzą w twarz. Nie pierwszy raz w ciągu ostatnich paru godzin czuję się fizycznie i psychicznie wyczerpana, tym razem przez jego jawną zdradę. W ostatnich tygodniach i miesiącach nie wyobrażałam sobie, że jesteśmy przyjaciółmi, nie oczekiwałam też żadnych przysług, zwłaszcza od opłacanego faszysty. Ale to! Zdradzić... co nas łączyło? Sympatia, szczerość, może nawet jakaś forma wzajemnego szacunku? Cokolwiek to było, cieszyliśmy się tym krótko. Jak mógł odprowadzić mnie aż pod drzwi, okazać uczucie w tym właśnie miejscu, a potem wykorzystać wszystko przeciwko mnie? Całymi miesiącami usiłowałam rozszyfrować tego człowieka, który teraz okazał się mistrzem maskowania się, objawił swoje Janusowe oblicze. To rani jak najgorsza zdrada. Ale przecież taka jest wojna. Nie ma żadnych zasad. Czego u licha się spodziewałaś, Stello?

Rozczarowana wpatruję się długo i intensywnie w twarz Cristiana. Jest pozbawiona wyrazu, ale dostrzegam wiele mówiący rumieniec wypływający tuż nad kołnierzykiem – choć rozumiem, że raczej nie oznacza wyrzutów sumienia, a jedynie zakłopotanie z powodu mojego lodowatego spojrzenia. Nie odrywa spojrzenia od bruku, a po chwili odwraca się i podchodzi do jednego z faszystowskich żołnierzy. Ja też odwracam wzrok i spoglądam na kapitana Klausa, ale ponieważ wciąż nigdzie nie widać maszyny do pisania, postanawiam nie poddawać się tak łatwo.

– Czy istnieje jakiś powód, dla którego przeprowadzacie rewizję w moim mieszkaniu? – pytam ostro, wiedząc, że powinnam okazać złość, której oczekiwano by po niewinnym obywatelu.

Kapitan Klaus odwraca się do drzwi, jakby szukał tam jakiegoś znaku. Oficer SS przesuwa się pod nadprożem i spogląda na kolegę, zaciskając usta i delikatnie kręcąc głową. Na twarz Klausa znów powraca wściekłość, a duża grdyka unosi się i pulsuje nad ciasnym kołnierzem.

– Proszę przyjąć moje przeprosiny, Fräulein Jilani – mówi w końcu. – Otrzymaliśmy informację, która doprowadziła nas do pani mieszkania. – Grdyka pulsuje, jakby przełykał gorące węgle. – Najwyraźniej trop okazał się fałszywy.

– Czy mogę poznać źródło tej informacji? – naciskam, nadal udając urażoną ofiarę, dotkniętą takim brakiem zaufania. Jestem przecież lojalną pracownicą faszystowskiego państwa.

– Niestety nie, Fräulein. Na tym etapie wiadomość jest poufna. – Odwraca się, by odejść.

– A moje rzeczy? – Nie ustępuję. Chcę, żeby sobie poszli, natychmiast, i zostawili mnie samą z rozdygotaniem, które na razie ogranicza się do podeszew moich butów, z bałaganem w mieszkaniu i samotnością. Ale jeśli teraz się cofnę, wbiegnę na górę z podkulonym ogonem, mogę równie dobrze się przyznać do udziału w jakiejś zmowie, a to tylko sprawi, że nabiorą kolejnych podejrzeń.

Klaus wydaje się zaszokowany moją bezczelnością i kątem oka widzę, jak zdumiony Cristian unosi brodę.

– Kto mi pomoże z tym całym bałaganem? – upieram się.

Klaus odwraca się do jednego z żołnierzy.

– Sierżancie, pomożecie Fräulein zanieść jej rzeczy – mówi. – Cała reszta za mną.

Strzela obcasami w fałszywym geście uprzejmości i odwraca się na piętach. Odchodzą, Cristian idzie za nimi wyraźnie przygarbiony. Czuję palący gniew z powodu jego tchórzostwa.

– No idź, idź za swoim stadem – mruczę pod nosem, gdy odchodzą. Jego elegancki styl, maniery i miłość do książek gasną z każdym jego krokiem i widzę już tylko skorupę, jaką jest – bez cienia miłości do Wenecji czy Włochów. Nie ma serca, które mogłaby oczarować literatura lub gra słów. To wszystko było drobiazgowo przemyślane. A ja dałam się zwieść.

Zbieram swoje rzeczy, rezygnując z pomocy sierżanta po tym, jak dopięłam swego. Signora Menzio pomaga mi najlepiej, jak umie, przybiega też Paolo, kiedy dociera do niego, co się dzieje.

– Stello, wszystko w porządku? Jesteś ranna?

– Nie, nie, nic mi nie jest. Naprawdę. Jestem tylko roztrzęsiona. To był niezły poranek.

Wspinam się po schodach sama, wciąż nie mając pojęcia, jak podczas starannej rewizji w moim małym mieszkaniu mogli pominąć kryjówkę.

Przedzieram się przez bałagan na podłodze – wybebeszone szuflady, wyrzucona zawartość mojej skromnej spiżarni – i z szeroko otwartymi oczami ruszam w stronę kredensu. Nie pominęli. Luźna deska leży odrzucona. Kładę się na brzuchu, zaglądam pod dno kredensu, a potem wsuwam rękę i macam palcami w zimnej, zakurzonej dziurze. Nic. Nie ma walizeczki. Nie ma maszyny. Zaczynam się zastanawiać, czy jest tam jakaś dziura, przez którą mogła wypaść, ale kiedy zapalam zapałkę, by wszystko lepiej zobaczyć, niczego nie widzę.

Gdzie ona mogła się podziać? I kto ją zabrał?

– Paolo, Paolo, masz moją maszynę? – zdyszana dopytuję się w kawiarni, ale już w chwili, gdy to mówię, zdaję sobie sprawę, że to głupie pytanie. Paolo nie potrafi czytać w myślach, a przecież nikomu nie powiedziałam o kryjówce. Patrzy na mnie zdezorientowany i proponuje

mi brandy, by mnie trochę uspokoić. Mogę jedynie założyć, że Sergio wysłał jednego ze swoich partyzantów,
dobrze wyszkolonego w ukrywaniu kontrabandy, by
wyczyścić moje mieszkanie. Ale skąd mógł wiedzieć, że
wbrew obietnicy nie pozbyłam się maszyny? Nauczyłam
się jednak, że Sergio ma oczy i uszy wszędzie. Kiedy wypijam brandy, Paolo każe mi nie ruszać się z mieszkania
i czekać na wiadomość od brygady, co mam dalej robić.

Do północy walczę z bałaganem, a jeszcze dłużej rzucam się na łóżku, próbując ogarnąć zamęt w głowie. Jak
mogę wrócić rankiem do biura Rzeszy i stanąć przed
Breugalem albo Cristianem? Wiem, że tego nie chcę. Jednak jeśli ucieknę, będzie to niemal równoznaczne z przy-
znaniem się do winy, zarówno myślą, jak i czynem. Muszę
utrzymywać maskę niewinnej i urażonej lojalnej ofiary.
To kolejna warstwa mojej maski. Czy w ogóle zdaję sobie
sprawę z wysiłku, jakim jest odgrywanie innej osoby?

Kiedy następnego ranka wychodzę do pracy, mam pod
oczami głębokie cienie. Nie dostałam żadnej wiadomości
od Sergia – ani co ważniejsze, wieści o Arlu i pozostałych –
ale wiem, że nie mogę bezczynnie siedzieć w domu albo
udawać u mamy, że nic się nie stało. Paolo wysłał już kogoś, by sprawdzić, czy u rodziców wszystko w porządku,
i zapewnił mnie, że nikt nie zakłócał im spokoju.

Spacer do Platzkommandantur dziwnie przypomina
ten z pierwszego dnia, kiedy wiedziałam, że zaraz wejdę
do gniazda żmij, i zastanawiałam się, czy kiedykolwiek
stamtąd wyjdę. A jednak się nie boję; tłumaczę sobie, że
gdyby Breugal lub Klaus chcieli mnie aresztować, mogliby bez trudu zakuć mnie w kajdanki poprzedniego dnia.
Jednocześnie zdaję sobie sprawę, że mogą ze mną prowadzić ryzykowaną grę, w której to oni trzymają wszystkie
karty. W drodze towarzyszy mi silne poczucie, że pewne

rzeczy należy pozostawić losowi lub przeznaczeniu. Wolałabym, żeby na szali nie leżało moje życie, ale ta wojna nauczyła mnie, że znacznie przeceniamy kontrolę: duża część szans przeżycia zależy od czystego szczęścia.

Na placu Świętego Marka w zasadzie nic się nie zmieniło – drewniane parkany ochraniające bazylikę starają się odbijać jasne światło jesiennego poranka, a gołębie z hałaśliwym optymizmem szukają okruchów; ich liczba podczas wojny zmalała, ale się nie płoszą, bo bardzo powoli do nich dociera, że ludzie też potrzebują okruchów w postaci dobrego ptasiego mięsa. Dopiero kiedy podchodzę do posterunku wartowników, wyczuwam wyraźną zmianę. Jeden z młodszych żołnierzy nieswojo przestępuje z nogi na nogę.

– Dzień dobry, Franz – rzucam bez wahania.

– Fräulein. – Kiwa głową. Nie uśmiecha się jednak chłopięco i nie próbuje nawiązać rozmowy. Stoi ze wzrokiem wbitym w ziemię i szura nogami.

– Wszystko w porządku? – pytam. Jest zbyt młody i niewinny, żeby z nim pogrywać. – Mam iść do biura?

Podnosi wzrok z ulgą, że musi jedynie powtórzyć rozkazy.

– Kapitan Klaus chce się z panią zobaczyć na dole, Fräulein. Proszę iść za mną.

Rzucam okiem na schody, gdy prowadzi mnie do bocznego pokoju, i zastanawiam się, czy plotkują teraz na mój temat: najpierw Marta, teraz Stella. Ciekawe, czy Cristian jest na górze i czy pokaże się dzisiaj.

Nie pokazuje się. Kiedy wchodzę do środka, nie ma tam nikogo – to eleganckie miejsce spotkań z dużym stołem na środku wyraża bogactwo Wenecji, a jedyną skazą na jego urodzie jest proporczyk ze swastyką zawieszony na wazonie. Nie wiem, czy powinnam usiąść, czy stać, ale nie mam zbyt wiele czasu do namysłu, bo do pokoju wchodzi Klaus. Ma oficjalny wyraz twarzy, a w porównaniu z obleśnym, otyłym Breugalem jego wymizerowany wygląd jest jeszcze bardziej złowieszczy. Towarzyszy mu szeregowiec, który staje w drzwiach, blokując wejście.

– Fräulein Jilani – zaczyna Klaus, nie proponując, żebym usiadła. – Ufam, że wszystkie pani rzeczy wróciły na miejsce.

– Tak – odpowiadam.

– To dobrze. Nie chcielibyśmy przysparzać pani kłopotów. – Ostatnie słowa rzuca przez zęby z taką wrogością, że można odnieść wrażenie, jakby w pokoju zawisła śmierdząca mgła. Postanawiam, że nawet na początku rozmowy nie mogę sobie pozwolić na sarkazm. Lepiej od razu przejść do rzeczy.

– Zakładam, że nie wrócę do biura?

– I nie myli się pani.

– Na jakiej podstawie? – pytam. – Czy rewizja przyniosła spodziewane rezultaty? Można by pomyśleć, że wasze puste ręce wystarczą, by udowodnić moją niewinność. I lojalność.

Kapitan Klaus uderza skórzaną rękawiczką w dłoń, a mgła zdaje się gęstnieć.

– Fräulein Jilani – mówi, jakby zaczynał przemowę do śmiertelnika gorszego gatunku. – Oboje wiemy, że nigdy nie dała nam pani poznać, jak bardzo jest inteligentna.

– Mam to uznać za komplement?

– Może pani. Naprawdę mało mnie to obchodzi. Ale nie możemy dłużej zatrudniać w biurze osoby, w stosunku do której nabraliśmy podejrzeń. Musi to pani zrozumieć.

Rozumiem. Oczywiście. Ale teraz moje życie i wolność zależą od tego, czy zrobię to, co trzeba, by opuścić to biuro na własnych warunkach.

– Ma pan jakieś dowody? – dopytuję się.

– W tym przypadku podejrzenia wystarczą. Podstawą funkcjonowania Rzeszy, jej fundamentem, jest absolutna lojalność. – Tym razem podkreśla swoje słowa szyderczym tonem.

– Co więc mam zrobić? Gdzie mam pracować, jak mam wspierać rodzinę? – odpowiadam, wciąż z niedowierzaniem.

Klaus jest zupełnie pozbawiony emocji, tylko w jego głosie pobrzmiewa cień zadowolenia.

– To nie moja sprawa. Mam tylko odebrać pani przepustkę. Natychmiast.

Rozciąga wargi w szyderczym uśmiechu, odsłaniając żółte zęby. Wyjmuję przepustkę i wyciągam w jego stronę, zmuszając go, by wyrwał ją z moich palców.

– Dziękuję – rzuca, gdy odwracam się, by odejść, walcząc z dwugłową bestią łez i gniewu. – Jeszcze jedno, Fräulein Jilani. Wolelibyśmy, żeby w najbliższej przyszłości nie opuszczała pani miasta.

– To rozkaz? – Odwracam się na pięcie, by znów na niego spojrzeć.

– Tak. Karany śmiercią. Będziemy strzelać do każdego, kto go złamie.

Nie mam pojęcia, jak udaje mi się na to zdobyć, wyrywam to z głębi duszy, ale się uśmiecham. Nie ma w tym drwiny ani wyższości, lecz daję do zrozumienia, że nie zostałam pokonana; nie jestem jedną z was i nie złamiecie mnie.

– Dziękuję za szczerość, kapitanie – mówię, wychodząc do wielkiego, majestatycznego holu. Nie wiem, co mnie do tego skłania, ale spoglądam w górę szerokich schodów. Nie powinnam tego robić – to tylko pogłębia ból – ale coś mnie zmusza. Najpierw dostrzegam postać stojącą na górze, a potem jego twarz. Pozbawioną emocji, kamienną, co tylko skłania mnie do wniosku, że Cristian De Luca jest zachwycony karą, jaka mnie spotkała, lojalna Włoszka przeciwko lojalnemu faszyście. I to on wygrał tę bitwę. Po sekundzie znika za ciężkimi dębowymi drzwiami, pod ochronnym płaszczem Rzeszy. Wychodzę z Platzkommandantur z mieszaniną ulgi i wściekłości. Siłą zmuszam się, by nie spojrzeć w okno, za którym siedzi Cristian De Luca, prawdopodobnie wpatrując się w moje plecy, gdy na dobre opuszczam jego cenne królestwo.

Resztę dnia spędzam w domu, na zmianę leżąc na łóżku i gapiąc się na strony przypadkowych książek, których nie mam ochoty czytać. W takich chwilach zwykle wracam do świata Elizabeth Bennet i jej Darcy'ego, do plotek na temat wyglądu i decyzji, którą suknię wybrać na bal. Teraz potrzebuję tego bardziej niż kiedykolwiek. Ale akurat ten tom z powodu osoby, która mi go podarowała, wydaje się opleciony trującymi cierniami. Nie potrafię nawet dotknąć palcami grzbietu, by nie poczuć, że przewraca mi się w brzuchu. Z wściekłości mam ochotę go podrzeć albo wrzucić do kanału, powstrzymuje mnie jedynie wielka miłość do książek. Zamiast tego szukam w szafkach czegoś do jedzenia i dochodzę do wniosku, że nawet najlepszy kucharz miałby problemy z ugotowaniem zupy z jednego ziemniaka.

Obawiam się przechodzić przez niewielkie *campo* do Paola i nie chcę z nikim się spotykać, jak gdybym mogła kogoś zainfekować swoją winą. Droga powrotna z Platzkommandantur była bolesna, moja paranoja wysoko podnosiła łeb, włosy jeżyły mi się na karku, ponieważ byłam przekonana, że Klaus kazał mnie śledzić. Jestem zbyt wykończona, by próbować zmylić ewentualny ogon, jak często robiliśmy przed przekazaniem wiadomości i później, ale kiedy dotarłam do domu, zapomniałam już o nieufności i wyimaginowanym cieniu. Przecież i tak wiedzą, gdzie mieszkam.

Tęsknię też za redakcją gazety, nawet wiedząc, że nie ma tam Arla i pozostałych, przed oczami stają mi też Matteo i Elena z twarzą wykrzywioną bezdenną rozpaczą; oboje muszą się teraz zmierzyć z własnymi koszmarami. Jest też oczywiście Vito, wciąż uwięziony w Ca' Littoria, Bóg jeden wie w jakim stanie. Leżąc na łóżku w moich czterech ścianach, mogę się uważać za szczęściarę. Wielką szczęściarę.

Ochota na kawę i głód informacji w końcu biorą górę i idę do Paola, który dostrzega ciemne kręgi pod moimi oczami i prowadzi mnie do stolika na tyłach. Kawa jest prawdopodobnie z żołędzi, ale ożywia mój mózg jak manna z nieba.

– Jakieś wieści? – pytam, niemal bojąc się usłyszeć odpowiedź.

– Arlo jest bezpieczny – odpowiada Paolo. – Udało nam się go ostrzec na czas i teraz znajduje się już poza Wenecją Euganejską.

– A Matteo? Elena?

– Nie aresztowali Eleny – mówi, ale z poważnego wyrazu jego twarzy wnioskuję, że Matteo nie miał tyle szczęścia. – Jego przenieśli do Santa Maggiore. Przynajmniej przeżył pobyt w Ca' Littoria.

Chcę zapytać o Tommasa, choć nie jestem pewna, czy brygada wie o jego zdradzie. Czy mam potępić tak młodego człowieka za lojalność w stosunku do ojca? Paolo rozwiewa moje wątpliwości.

– A Tommaso zapadł się pod ziemię – mówi. Trudno rozszyfrować wyraz jego twarzy, na pewno nie widać na niej obrzydzenia. Być może wszyscy szanujemy mocne więzy, które nas łączą, i wiemy, jak łatwo nadwerężyć inne.

– Wiemy coś o jego ojcu? Zwolniono go? – Bardzo chcę się dowiedzieć, nawet mieć nadzieję, że z dylematu i lęku Tommasa zrodziło się coś pozytywnego, pomimo chaosu, jaki wywołał.

– Według naszych informacji nie. – Paolo wzdycha. – Ponieważ nie odnaleziono maszyny, nie wydano rozkazu zwolnienia.

Oboje wpatrujemy się w nasze kawy, wiedząc, że ojca Tommasa także splamiła zdrada syna, mimo że zrodziła się z miłości i lojalności. W Wenecji nie mają przyszłości. Jeszcze jedna rodzina, której więzy rozerwała ta paskudna gra w kotka i myszkę.

Paolo przynosi mi mile widziany talerz gulaszu i zastanawiam się, jak uda mi się kiedykolwiek odwdzięczyć za jego dobroć i hojność, ale on tylko zbywa to machnięciem ręki. W tej chwili pewnie nie jest w stanie sobie wyobrazić, jak bardzo podnosi mnie na duchu i ciele.

– Jakie mam więc instrukcje? – pytam w końcu.

– Sergio mówi, żebyś się nie wychylała i odwiedzała tylko znajome miejsca. Postara się załatwić ci legalną pracę w barze, żeby wyglądało na to, że po prostu zarabiasz pieniądze, na wypadek gdyby biuro Rzeszy cię obserwowało. Z wydanym na ciebie nakazem wywiezienie cię z Wenecji będzie zbyt ryzykowne. Na razie jesteś bezpieczniejsza w mieście.

– A co mam robić w międzyczasie? Mogę coś zrobić dla sprawy? – Nie mogę znieść myśli, że miałabym też porzucić pracę łączniczki.

– Oszalałaś, Stello? Zdecydowanie nie! – Paolo choć raz się rozgniewał. – I masz się trzymać z daleka od bezpiecznych domów. Wydano rozkaz, by nie przekazywać ci żadnych wiadomości.

– Na jak długo?

– Dopóki nie zdecydujemy, że twoje życie nie jest zagrożone. – Wyraz twarzy Paola, zwykle serdeczny, a często komiczny, jest teraz surowy. Jest mniej więcej w wieku Vita, wiem jednak, że muszę go słuchać. Czuję się bezużyteczna i zawieszona w próżni, ale też doglądana i ochraniana w tych surowych wojennych warunkach.

36

Ucieczka

Wenecja, październik 1944

Nie mam wyboru, muszę wypełniać rozkazy ruchu oporu i siedzieć bezczynnie. Dzień po zwolnieniu z pracy odwiedzam rodziców, tym razem niespiesznie klucząc, idąc na Via Garibaldi. Mam przecież mnóstwo czasu. Zastaję ich w kuchni; z wiszącej na sznurku nad stołem złowionej tydzień wcześniej ryby unosi się kwaśny odór, a tato pociera o nią kawałki polenty, by nadać mdłej kukurydzianej papce choć trochę smaku. Kładzie je na talerzu mamy, a ona ledwie je skubie. Moje odwiedziny tak ich cieszą, że nawet nie pytają, czemu przychodzę w środku dnia, i czuję wyrzuty sumienia, że w ostatnich tygodniach tak bardzo ich zaniedbywałam pochłonięta własnymi potyczkami, bieganiem po jednej wyspie i pływaniem na inne, gdy powinnam spędzać czas z nimi. W tym domu także toczy się wojna i muszę być jej częścią.

Po południu szukam na targach czegoś w miarę jadalnego i zdrowego, namawiając kupców, by wyjęli spod lady czarnorynkowe towary, i wydaję niemal całe oszczędności, by za nie zapłacić. Mama staje przy piecu i patrzy, jak gotuję zupy i wywary z obierek i piekę coś, co przypomina chleb. Raz czy dwa pod warstwą niepokoju dostrzegam błysk w jej oczach, ale nie mogę rozpalić w nich ognia, którego potrzebuje, bo nie mam żadnych wieści o Vicie.

Razem słuchamy Radia Londra, a tato wraca z rzadkiej wyprawy do baru. Wyczuwam woń piwa, papierosów i jego uczucie ulgi po tym, jak bez chwili odpoczynku całymi tygodniami opiekował się mamą. Rozmawiamy o postępach wojny – nie wspominając ani razu o Vicie – i w blasku wieczoru pojawia się cień rodzinnego życia, które kiedyś wiedliśmy. Czuję, że choć nas zraniono, nie daliśmy się złamać. W rodzinie Jilani jeszcze tli się życie.

Nigdy nie byłam bezrobotna ani pozbawiona celu w życiu i nie zastanawiałam się, co zrobić z wolnym czasem. Dwa dni miotam się po mieszkaniu jak zwierzę w klatce, po czym stawiam się w barze Paola i zawiązuję fartuch. Nie umyka mi porównanie z podobną sytuacją w barze Mattea, ale postanawiam skupić się na teraźniejszości, gdyż wspomnienia mogą mnie zniszczyć. Wiem, że Paolo mi nie zapłaci, ale potrzebuję się oderwać i wystarczy, że proponuje mi wyżywienie, bo w portfelu mam pustki.

List zostaje dostarczony do baru przez smukłego chłopaka o wielkich zębach, który wchodzi do środka, pyta, gdzie mieszka signorina Jilani, i podaje mi niewielką kopertę w zamian za monetę. Nie muszę przyglądać się specjalnie charakterowi pisma, by wiedzieć, kto jest nadawcą – widziałam te wysokie ozdobne litery wiele razy. Mogę się także domyślić, dlaczego Cristian do mnie pisze: być może sądzi, że potraktuję ten tekst jako marne usprawiedliwienie jego zachowania i zdrady. Pewnie chce wyjaśnić powody, przez które mogłam trafić do więzienia lub zginąć. Fakt, że zrządzeniem losu albo dzięki nieznanej wróżce ocalałam, nie rozgrzesza go z jego intencji. To moja wina – powinnam była wiedzieć, że przede wszystkim jest faszystą. Ta wątła nić porozumienia, która nas połączyła, nie mogła się nigdy równać z jego lojalnością w stosunku do Benita Mussoliniego. Żadne jego słowa skierowane do mnie nie zmażą jego winy; my, wenecjanie, zbyt dobrze potrafimy zaglądać pod maski, a ja akurat łatwo nie zapominam.

Nie wsuwam listu do kieszeni fartucha, żeby go później przeczytać na osobności. Nieotwarty trafia prosto do pieca w kuchni Paola, a ja spoglądam przez drzwiczki, jak płomienie połykają go łakomie.

Następnego popołudnia przeżywam déjà vu. Ten sam urwis staje w drzwiach z kopertą zaadresowaną tym samym charakterem pisma. Tym razem wręczam mu dwie monety, ostatnie, jakie mam, i proszę, by zwrócił list nadawcy; wybiega zadowolony z podwójnej zapłaty. Nie jestem najlepszą z kelnerek, ale tego popołudnia wydarza się więcej wypadków niż poprzedniego i nawet Paolo sugeruje łagodnie, żebym pomogła w kuchni, a nie pozbawiała go cennych naczyń. Koperta nie daje mi jednak spokoju. W przeciwieństwie do pierwszego dnia zastanawiam się, jaką kryła wiadomość, a jednak na myśl, że mogłabym czytać bałamutną obronę Cristiana, czuję ucisk w żołądku. Wiem, że z trudem zapanowałabym nad gniewem, gdybym przebiegła wzrokiem po jego słowach.

Śpię niespokojnie; śnią mi się Klaus i Breugal za sterem łodzi patrolowej; pędząc z szaloną prędkością, wloką mnie skutą i związaną przez wodę i powietrze, a ja walczę, by nie utonąć w ukochanej lagunie. Pokrzykują i śmieją się jak myśliwi ciągnący jelenia i sprawia im to ogromną przyjemność. Budzę się zlana potem, mimo że w pokoju panuje coraz większy chłód.

Następnego ranka walczę z falami zimna i gorąca wywołanymi przez strach. Tym razem koperta jest większa, wsunięto ją pod drzwi mojego mieszkania o wschodzie słońca. Wygląda na bardziej oficjalną, moje nazwisko wypisane jest na maszynie dużymi literami, obok widnieje charakterystyczna pieczęć Rzeszy. Przesyłka spoczywa w mojej dłoni i na kuchennym stole przez długi czas, zanim zbieram się na odwagę, by ją otworzyć. Wezwanie do stawienia się przed jakimś sądem albo radą? Temu z pewnością towarzyszyłby ciężki stukot butów i walenie do drzwi? Breugal nie słynie z subtelności.

Staram się ukrywać przed samą sobą, że trzęsą mi się ręce, gdy otwieram kopertę, choć najlepszym dowodem na to, jak bardzo się boję, są jej postrzępione brzegi. W środku znajduje się kilka kartek, ale to nie jest wezwanie. Słowa pulsują jak światło ostrzegawcze: „ZEZWOLENIE NA PODRÓŻ". Na dokumencie bez wątpienia widnieje moje nazwisko. O dreszcz i zamęt przyprawia mnie jednak podpis na dole: „Generał K. Breugal" napisany piórem, a poniżej na maszynie dla większej jasności. Przybito też pieczątkę z orłem, którą przez ostatnie miesiące widywałam niemal codziennie. Dokument nosi wczorajszą datę.

Dlaczego? Czemu Breugal chce się mnie pozbyć? Gazeta przestała wychodzić, być może wskrzeszą ją inni, jeśli wojna potrwa dłużej, ale dla mnie pozostaje zamknięta. Maszyna do pisania, choć gdzieś ukryta, również jest dla mnie niedostępna, lecz generał nie może o tym wiedzieć. Jego ludzie zniszczyli sieć komunikacji, jaką stworzyliśmy, i zdaje sobie sprawę z sukcesu nazistów na tym polu. Wie, że jestem skończona i na nic się już nie przydam.

Mój umysł podąża krętą ścieżką rozumowania: dokumenty są fałszywe czy to pułapka? Jeśli spróbuję użyć zezwolenia, zatrzymają mnie na punkcie kontrolnym i zaaresztują za złamanie nakazu pozostania w Wenecji? Niemal sobie wyobrażam, jak do żołnierza dociera, z kim ma do czynienia, a ja nie mam dokąd uciec przed gradem kul, z których jedna przeszyje moją pierś. Przebiega mnie lodowaty dreszcz. Nie potrafię tego ogarnąć na tyle, by podjąć decyzję, muszę poradzić się innych. Powinnam pójść do rodziców, żeby zająć się mamą, więc zaglądam do Paola i przekazuję mu dokumenty – obiecuje się z kimś skontaktować i sprawdzić ich autentyczność.

W drodze na Via Garibaldi celowo idę wzdłuż nabrzeża, gdzie szukam pociechy, lecz prawie nie zauważam pofalowanej powierzchni wody, zastanawiając się, kto mógł podrzucić przesyłkę. Najbardziej oczywistym wyborem jest Cristian, który być może chce odkupić swoje winy. Ale wiem też, jak daleko posunął się w zdradzie – łatwo byłoby się mnie pozbyć, zastrzelić „legalnie" na granicy podczas próby ucieczki z Wenecji i przy okazji wygodnie odciąć się od całego zajścia. Czy nie uważałam zawsze, że sporządzane przez niego listy są bardziej niebezpieczne od broni ukrytej w kaburze?

Równie dobrze mógł to być ktoś z biura, kto ma dostęp do papierów Breugala, ale nie przychodzi mi do głowy konkretna osoba. Nie zaprzyjaźniłam się z żadną maszynistką z wyjątkiem Marty, a ona już dawno wypadła z łask i zniknęła. Dochodzę do wniosku, że to niemal na pewno Cristian, choć jego motywy pozostają absolutną tajemnicą.

Układam właśnie przerzedzające się włosy mamy w coś na kształt stylowej fryzury, kiedy sprawa się wyjaśnia. Tym razem rozlega się walenie do drzwi, lecz brzmi bardziej nagląco, a nie groźnie.

– Stello! Stello! – powtarza głos na zewnątrz, próbując się zniżyć do ochrypłego szeptu. Znam go bardzo dobrze, ale zastanawiam się, czemu Paolo osobiście zjawił się u rodziców.

– Paolo! Wejdź.

Wsuwa się do środka, oglądając się za siebie, i wiem już, że nie jest dobrze.

– Stello, kto to? – woła mama z kuchni.

– To tylko przyjaciel z wiadomością z pracy – odpowiadam gładko. – To nie potrwa długo.

Wprowadzam go do malutkiej bawialni i dostrzegam, że jest zdyszany, a nad jego górną wargą lśnią kropelki potu. Na pewno biegł.

– Stello, musimy cię przenieść – sapie.

– Kiedy?

– Teraz, zaraz.

– Czemu? Co się stało?

– Wydano nakaz twojego aresztowania. – Biegnę myślami do maszyny do pisania. Znaleźli ją? Jeśli tak, jak połączyli ją ze mną? Mają tylko słowo Tommasa i jak dotąd to nie wystarczyło, by mnie oskarżyć. Co się zmieniło?

– Ale to zezwolenie, czemu mieliby…? – W głowie aż kręci mi się od pytań. – Breugal je podpisał. A parę dni temu Klaus zdecydował, że pozwoli mi odejść.

– Nie wiem – odpowiada Paolo. – Być może w końcu znaleźli dowód i połączyli cię z maszyną. Ale nie ryzykowałbym i nie zostawał tutaj, by ich o to zapytać. Żołnierze już są w drodze do twojego mieszkania, a kiedy cię tam nie znajdą, przyjdą prosto tu. Podobno chcą zrobić pokazówkę, Stello: młoda, nieważne, że kobieta, ale wszyscy mają zobaczyć, że kara zostanie wymierzona. Tylko tyle wiem.

Nagle sztywnieję ze strachu. Nie mogą mnie tutaj złapać – to będzie straszne dla rodziców, zwłaszcza dla serca mamy. Rewizja jest wystarczająco koszmarna, ale najgorsze byłoby gdyby rodzice musieli patrzyć, jak mnie wyciągają z mieszkania – powraca do mnie rozpacz Eleny i nie potrafię znieść myśli o konsekwencjach.

– Posłałem do stoczni po twojego tatę – mówi Paolo. – Będzie tu lada chwila. Ale my musimy iść.

– Nie możemy zaczekać na tatę? Upewnić się, że z mamą wszystko w porządku?

– Nie, Stello. Idziemy. – Znów pojawia się ten wyraz twarzy. Patrzę mu prosto w oczy, a on kiwa głową. Teraz. Natychmiast.

Brakuje mi słów. Szepczę do mamy, że zapomniałam o ważnym spotkaniu, i zdejmuję kurtkę z wieszaka. Całuję mamę lekko w policzek, starając się wciągnąć ten zapach, który czyni ją moją matką, moją ostoją. Staram się zachowywać, jakby to nie był może ostatni raz, kiedy się widzimy, i ledwo udaje mi się wybiec z mieszkania, zanim łzy popłyną mi z oczu. Paolo chwyta mnie za rękę i niemal ciągnie w stronę Ana Ponte. Wciska mi jakąś paczkę i mocno mnie przytula.

– Uważaj na siebie i bądź dzielna, Stello – szepcze mi do ucha. Potem całuje moją zalaną łzami twarz i znika.

Czeka na mnie łódź, a zaufany sternik sprawnie manewruje po wąskich kanałach i przyczaja się od czasu do czasu, gdy zimowe słońce wspina się na niebo. Ukrywamy się przez kilka godzin w hangarze dla łodzi, siedząc obok upiornych szkieletów na wpół ukończonych gondoli, dopóki nie zapada zmierzch. Paolo, który znów okazał się moim zbawcą, zapakował do niedużej torby kilka przypadkowych ubrań, trochę chleba i sera, dokumenty podróżne i zwitek banknotów. Miał dość czasu, by się upewnić, że zezwolenie na podróż jest autentyczne i może się przydać za bramami Wenecji. Ale wyłącznie na obcym terenie, gdzie nikt mnie nie zna, i zanim roześlą wiadomość, że jestem poszukiwana. Ścigana przez Breugala nie mam w Wenecji żadnych szans. Aby przeżyć, muszę wyjechać.

Wszystko wydaje mi się nierealne, gdy przewoźnik znów zaczyna wiosłować, trzymając się blisko nabrzeża Canal Grande, a potem Zattere. Oglądam się na brzegi Giudekki i z trudem panuję nad tęsknotą.

Przewoźnik okrąża miasto i wypływa na otwarte morze, by nie ryzykować życia przy grobli i walczy z falami, aż mam wrażenie, że wypadną mi wnętrzności.

Przez ostatnie miesiące myślałam, jak i kiedy mogłabym opuścić miasto, ale nigdy nie odważyłam się dokończyć tej wizji, stale zaprzeczając, że kiedykolwiek do tego dojdzie. Pożegnania są torturą, jeszcze gorzej jednak jest nie móc się pożegnać. Tato, mama, Mimi i Vito – myśl o nich ciąży mi jak ołów.

Ostatni raz widzę Wenecję – mój piękny, odwieczny klejnot – kiedy spoglądam na nią spod śmierdzącego rybami brezentu, wymykając się chyłkiem jak oszust z własnego domu. Jestem zupełnie pusta w środku, nie mogę nawet płakać, a na dno łodzi sypie się pył, gdy moje kruche serce pęka na pół.

37

Objawienie

Rejs prywatną łodzią po lagunie to ogromna przyjemność, zwłaszcza że cudowna wenecka pogoda objawiła się w pełnej krasie na pożegnanie. Luisa musi się jednak mocno skupić, by podziwiać zapierający dech w piersi widok. Mając tylko kilka godzin do wyjazdu na lotnisko, bardzo chce wypełnić swoją misję, odnaleźć babkę, a razem z nią swoją własną historię. Z Paolo seniorem mogli się spotkać dopiero następnego dnia, więc Luisa już przedłużyła pobyt o dwadzieścia cztery godziny, zmieniła rezerwację na samolot i zameldowała się w najtańszym hostelu, jaki mogła znaleźć. W rozmowie z Jamiem znacznie pomniejszyła kwotę, jaką musiała za to wszystko wydać, i miała tylko nadzieję, że będzie warto. Wiele zależy od Paolo seniora.

Spotykają się z Giuliem na nabrzeżu i choć jego twarz jest pełna optymizmu, najwyraźniej ma informacje, które obawia się jej przekazać.

– Znalazłem w naszych archiwach inną osobę o nazwisku Jilani – mówi, choć marszczy brwi, gdy Luisa unosi swoje z ciekawością. – O ile mogę stwierdzić, to brat Stelli. – Jego ton nie pasuje do dalszego ciągu wiadomości.

– Nie dożył końca wojny. Został aresztowany przez faszystów i choć zmarł w szpitalu, trudno stwierdzić, z jakiej przyczyny. Z dokumentów, które mamy, wynika, że został okrutnie pobity, ale nie zdradził żadnych nazwisk ani informacji. Myślę, że zmarł z powodu odniesionych ran. – Na twarzy Giulia malują się smutek i duma z rodaka.

Luisa nie bardzo wie, co ma czuć pod białym, zimowym słońcem zalewającym całe miasto energią i nadzieją. Miała ciotecznego dziadka, którego nigdy nie poznała i o którym nigdy nie wspominano, a jednak odczuwa stratę. „Zmarł z powodu odniesionych ran". Innymi słowy z powodu tortur. Luisa jest przerażona i smutna, choć bardziej ze względu na babkę, która znała go dobrze i na pewno boleśnie odczuła jego śmierć.

– Tym bardziej musimy odnaleźć Stellę – mówi w końcu, a Giulio kiwa głową.

Mała łódź motorowa, którą Pietro pożyczył od przyjaciela, nie porusza się dla Luisy dość szybko, choć nieduży zamontowany za burtą silnik jęczy z wysiłku, gdy płyną slalomem wokół większych promów i śladem morskiej piany kierują się w stronę Lido.

Pietro poinformował ich, że dziadek czuje się lepiej rankami, a większość popołudni przesypia, lecz Luisa odnosi wrażenie, że chodzi też o ograniczoną jasność umysłu staruszka. Giulio znów ostrzegł ją, żeby nie robiła sobie zbyt wielkich nadziei; w swoich badaniach często musiał się zmagać z zamglonymi wspomnieniami, na których nie zawsze można było polegać. Mimo to Luisa wyczuwa, że jest w równym stopniu przejęty możliwością zdobycia nowej cennej informacji lub wspomnień, które będzie mógł dodać do swojego bogatego archiwum.

Cumują przy jednej z większych pontonowych przystani; dom opieki oddalony jest o pięć minut spacerem od nabrzeża.

– Dziadek był nieszczęśliwy, że musi opuścić główną wyspę – mówi Pietro do Giulia. – W końcu przekonaliśmy go, że dopóki widzi wodę i bazylikę Świętego Marka, tak naprawdę jej nie opuścił. Ostatnio chyba nie sięga wzrokiem tak daleko, ale mimo to jest zadowolony.

Dom opieki wydaje się Luisie odległy o całe lata świetlne od podobnych instytucji w Anglii. Korytarze są bogato zdobione i wysokie, a zapach starości – tak powszechny w kilku domach, które odwiedziła – zastąpiła oszałamiająca woń smażonego czosnku.

Paolo senior siedzi w holu z twarzą zwróconą w stronę migoczącej wody i światła wpadającego przez duże okna. Drobny i kruchy, nie próbuje wstać, by się przywitać, ale jego pomarszczona twarz rozjaśnia się na widok Pietra i całują się dwa razy, po włosku, z prawdziwą czułością. Oplata kościstymi palcami dłoń Pietra, jakby bał się ją puścić.

Pietro tłumaczy, dlaczego przyprowadził gości, i wygląda na to, że staruszek od razu pojmuje, o co się go prosi. Zaczerwienione oczy biegają tam i z powrotem, a trybiki pamięci zaczynają się powoli obracać. W końcu wzrok mu się rozjaśnia, sygnalizując moment odkrycia.

– Oczywiście! Jasne, że pamiętam Stellę! – wykrzykuje, podkreślając słowa gestami, które rozumie nawet Luisa. Z kolei Pietro wskazuje gestem Luisę, a ona wychwytuje wypowiedziane po włosku słowo „wnuczka". Oczy starszego pana płoną jasnym blaskiem, szczerzy w uśmiechu zbyt duże sztuczne zęby i wyciąga ręce, szukając kontaktu – Luisa zamienia się miejscami z Giuliem, by usiąść obok niego.

– Jesteś więc rodziną Stelli – mówi. – Zawsze się zastanawiałem, czy miała dzieci. Teraz już wiem. Tak się cieszę. To wielka ulga. – Ściska mocno dłonie Luisy. Giulio podejmuje się prowadzenia rozmowy, ostrożnie i zwięźle formułując pytania, na które szukają odpowiedzi.

Tak, Stella wyjechała przed wyzwoleniem, potwierdza Paolo senior, i wróciła dopiero – kiedy to było? – chyba w czterdziestym szóstym roku, żeby ostatni raz spotkać się z rodzicami.

– Potem nie widziałem jej do tysiąc dziewięćset pięćdziesiątego roku. Pamiętam, bo w tym samym roku wziąłem ślub. Przyjechała z mężem.

Luisa odwraca się do Giulia i nie potrafi powstrzymać szerokiego, pełnego oczekiwania uśmiechu.

– Wie pan, gdzie się poznali? – dopytuje się Giulio. – Czy jej mąż też był w ruchu oporu? Może nam pan coś o tym opowiedzieć? – Czy Paolo senior zna tożsamość tajemniczego „C", poprzednika dziadka Gio?

– Ha! Mam coś lepszego – odpowiada starszy pan. Zmarszczki na jego twarzy wędrują w górę i nagle pojawia się na niej szelmowski wyraz. – To niezła historia, nawet jak na wojenne okoliczności.

Gestem daje znak Pietrowi, żeby się zbliżył, i szepcze mu coś do ucha. Wnuk kiwa głową i znika; wraca po długich pięciu minutach i kładzie coś na kolanach dziadka. To gruby plik spiętych razem białych kartek, który wygląda jak książka. Początkowo odwrócony jest stroną tytułową do dołu i Luisa widzi jedynie ostatnią stronę pobrudzoną przez lata. Czuje, że serce bije jej tym samym rytmem, jak tamtego dnia na strychu matki. W powietrzu unosi się lekki zapach kurzu i wilgoci, gdy chude palce Paola odwracają książkę – Luisa słyszy, jak sucha skóra

326

staruszka przesuwa się po kruchym papierze, a Pietro wyraźnie się powstrzymuje, by nie popędzać dziadka.

– Proszę – mówi w końcu Paolo, podsuwając książkę Luisie. – Tam znajdzie pani wszystko. Dała mi ją Stella, powiedziała, że też tam gdzieś jestem, ale zawsze podejrzewałem, że przechowuję ją dla kogoś innego. – Uśmiecha się z zadowoleniem, a Luisa dostrzega łzę kołyszącą się na zaczerwienionej dolnej powiece.

Luisa bierze do ręki coś, co zdecydowanie wygląda na manuskrypt, i odwraca go. Wypisany staromodną czcionką napis głosi:

UKRYTA MASZYNA DO PISANIA:
Historia ruchu oporu

38

Później

Spoglądam na zegar zawiedziona, że jest dopiero jedenasta, a jednak promienie jasnego wiosennego słońca wpadające przez okno łaskoczą mnie i muszę ziewnąć, gdy drobinki kurzu unoszą się w ich świetle w pustym biurze. Anne, moja koleżanka i asystentka, wyszła coś załatwić, a Charles, szef wydawnictwa, ma wrócić dopiero po służbowym lunchu, który z pewnością przeciągnie się do późnego popołudnia. Doceniam chwile ciszy, czasem nawet ich pragnę, ale w pracy wolę szum, kiedy Anne rozmawia przez telefon albo pisze na maszynie z prędkością światła. Śmieję się w duchu, że do mojego włoskiego słownika przeniknął kolejny anglicyzm. Im dłużej mieszkam w Londynie, tym częściej uświadamiam sobie, że coraz mniej we mnie wenecjanki, a więcej anglofilki. Czy to mnie smuci? Nie jestem pewna, gdyż z każdym rokiem coraz bardziej kocham mój zastępczy dom, gwar miasta i czasami nawet ruch uliczny. Trochę czasu mi zajęło, by przyzwyczaić się do samochodów i ciężarówek – kilka razy o mało pod nie nie wpadłam, przechodząc przez ulicę – i czasami tęsknię za charakterystycznym odgłosem *vaporetto* płynącego po kanale. Ale w równym

stopniu uwielbiam siedzieć na górnym pokładzie lon-
dyńskiego autobusu, kolekcjonować obserwacje, czasami
robiąc notatki, by zachować je dla postaci w mojej następnej książce.

Dziś wieczorem czeka mnie prawdziwa przyjemność:
kolacja z Jackiem; zostawił wiadomość, że spotkamy się
o siódmej u niego. Podpisał ją „Gio", lecz jakoś nie mogę
się przyzwyczaić, by nazywać go imieniem, które woli
jego matka. Dla mnie zawsze będzie Jackiem, który ma
pod ręką imbryk z herbatą.

Żeby nabrać więcej energii, zaparzam sobie filiżankę,
na modłę brytyjską – gorącą, mocną, z odrobiną mleka –
wiedząc, że nie mogę dłużej ignorować stosu poczty pię-
trzącego się przede mną. Zdaję sobie sprawę, że kiedy
zacznę przedzierać się przez duże bąbelkowe koperty,
ciężkie od pełnych nadziei manuskryptów, powróci stare uczucie i powody, dla których uwielbiam swoją pracę
redaktorki: dreszcz emocji i oczekiwanie, że znajdę coś
naprawdę wyjątkowego w pierwszym akapicie, często
napisanym przez początkującego autora. Słowa, które
podniosą mnie na duchu, wywołają łzy lub tak wielką
ciekawość, że tego dnia odłożę całą pozostałą pracę, żeby
tylko czytać dalej.

W większości wypadków stos szybko maleje, gdy czytam pierwszą stronę i list przewodni: „Szanowny Panie" –
irytuje mnie, że nigdy nie znalazłam „Pani" – „załączam
moją powieść i mam nadzieję, że dostrzeże Pan, iż wyróżnia się w tłumie innych (to ma wywrzeć odpowiednie
wrażenie) stojących na naszych półkach". Nie wszystkie
listy są tak zuchwałe; w niektórych pojawiają się przeprosiny za niedostatki w warsztacie autora, co raczej nie
skłania mnie do dalszej lektury. Najlepsze mieszczą się
gdzieś pośrodku. Część z nich szybko ląduje na stosie

„nie" tuż po przeczytaniu pierwszego akapitu, gdy słowa nie są w stanie przykuć mojej uwagi.

Rzadko unoszę brwi na widok samego tytułu. Ale dziś, po otwarciu dziewiątej czy dziesiątej koperty, gorąca herbata spływa mi do gardła o wiele szybciej, niż planowałam. Trudno określić, czy to wstrząs spowodowany przez gorący płyn, czy coś innego, co wywołało u mnie atak kaszlu i szybsze bicie serca.

Nowy papier szeleści, manuskrypt jest odpowiednio gruby, a na stronie tytułowej widnieją słowa:

Ukryta maszyna do pisania, powieść Sofii Treadwell.

Przebiegam wzrokiem po liście – to dziwna mieszanina bardziej i mniej oficjalnych zwrotów utrzymana w swobodnym tonie, który ani nie krzyczy, że jest wspaniały, ani nie błaga, żebym uwierzyła w jego błyskotliwość. Podsumowując, autorka stwierdza po prostu: „Proszę, przeczytaj moją propozycję. Mam nadzieję, że ci się spodoba".

Herbata stygnie, stos poczty popada w zapomnienie, gdy czytam... czytam i czytam. Miejsce akcji od razu przykuwa moją uwagę – czy Sofia Treadwell odrobiła zadanie domowe, wie, że pochodzę z Wenecji, i sprytnie przysłała powieść akurat do tego wydawnictwa? A może też pochodzi z Wenecji? Sofia to popularne włoskie imię, ale Treadwell brzmi już zdecydowanie brytyjsko. Ale czy ja nie nazywam się Hawthorn? Skąd mogła wiedzieć, że Ministerstwo Wojny zachęciło mnie do zmiany nazwiska po przybyciu do Anglii, co było częścią ich planów, żebym szybciej zaadaptowała się do zupełnie nowej kultury? Przez moment się zastanawiam, czy ktoś próbuje poznać szczegóły mojej przeszłości, ale szczerze mówiąc, to tylko część towarzyszącej mi stale paranoi. Poza tym nie toczymy już wojny. Kogo to może obchodzić?

Z każdą odkładaną kartką zdaję sobie sprawę, że przebiegając wzrokiem po zdaniach, unoszę i opuszczam brwi. Nawet Anne, która wróciła do biura, patrzy na mnie, jakbym miała zaraz zachorować. To bardzo osobliwe. Ale czy to także żart? Słyszałam o sobowtórach – osobach, które wyglądają tak samo – ale czy można też wieść równoległe życie?

Opisy są barwne, styl wyszukany – być może miejscami zbyt emocjonalny, gdybym miała krytykować – ale fabuła kryje niewiele zwrotów. Potrafię dokładnie przewidzieć, co się zaraz wydarzy, choć nie dlatego, że opowieść czy styl nie są odkrywcze. Dlatego, że to moje życie. Bez reszty wciąga mnie opowieść o członkini podziemia w Wenecji, która pracuje w podziemnej gazecie i zostaje umieszczona w biurze Rzeszy. I jeszcze to: maszyna, opisana niemal wiernie, z lekko opadającą literą „e", niemal demoniczne narzędzie, które stara się przebić nazistowską tarczę.

To na pewno żart, myślę. To musi być żart. Ale muszę oczywiście zaspokoić swoją ciekawość. Ukochany dziadzio zawsze mawiał, że do odkrywania faktów mam węch jak pies myśliwski.

Do listu nie dołączono numeru telefonu, jedynie adres w Camden Town. Odpisuję od razu, pytając, czy Sofia Treadwell może się ze mną spotkać za tydzień o drugiej w barze hotelu Savoy. Rzadko zapraszamy z Charlesem potencjalnych klientów do biura na pierwsze spotkanie; nasze wydawnictwo prężnie działa i może się wydać nieco zatłoczone i zabałaganione, ze stosami manuskryptów zalegającymi na każdej wolnej powierzchni, którą przyzwyczailiśmy się traktować jako mebel. Na pierwszy rzut oka może to jednak sprawiać wrażenie braku organizacji.

Choć jestem zajęta, tydzień mija wolno. *Ukryta maszyna do pisania* tkwi w zakamarkach mojego umysłu, wyskakując, gdy najmniej się tego spodziewam, nawet kiedy robię zakupy albo czytam coś innego. Gdzieś głęboko słyszę stukot ukochanej maszyny, niemal czuję pod palcami drżenie metalowych klawiszy i przelotne przygnębienie z powodu jej utraty, którego nie doświadczałam od lat. Nie mogę się doczekać poniedziałku, żeby zaspokoić ciekawość na temat tajemniczej pani Treadwell.

Jest piękne marcowe popołudnie, zimowy londyński smog wreszcie ustępuje pod naporem wiosennego światła, gdy idę w stronę Savoya i podziwiam piękne wejście w stylu art déco, które zawsze mnie zachwyca. Czuję też lekkie zdenerwowanie, co jest niezwykłe – można by się tego raczej spodziewać po potencjalnym kliencie, który koniecznie chce wywrzeć dobre wrażenie na agentach i wydawcach. Jak zawsze zadbałam o to, by zjawić się wcześniej i pokazać, jak bardzo jesteśmy operatywni. Jednak Sofia Treadwell przyszła jeszcze wcześniej; John, główny barman, wskazuje gestem wysoki skórzany fotel, oddycham głęboko i podchodzę, przybierając profesjonalny wyraz twarzy.

– Panno Treadwell, miło mi... – zaczynam, obchodząc fotel z ręką wyciągniętą do uścisku.

Rzadko w życiu odbiera mi mowę, ale to właśnie jest ten moment. Słowa dosłownie więzną mi w gardle.

Rozpoznaję go od razu. Jest trochę starszy, twarz mu się nieco zaokrągliła, lecz rysy pozostały takie same. On też jest zaskoczony, ale szybko reaguje szerokim uśmiechem, podczas gdy moje wargi przypominają rybę próbującą złapać powietrze.

Cristian De Luca podnosi się z fotela i staje z wyciągniętą ręką.

– Stello – mówi. – Mogę nadal nazywać cię Stellą?

Mógłby mnie nazywać, jak tylko zechce, bo jego widok wstrząsnął mną do głębi. Ale przynajmniej na razie zaskoczenie i ciekawość dominują nad gniewem, który przywołam później. Kiedy widziałam go przedostatni raz, wyłonił się z powietrza niemal w ten sam sposób, ale chodnik przed moim weneckim domem wydaje się oddalony o całe światy od eleganckiego Savoya. Przez dobre kilka sekund nic nie mówię, a potem zaczynam bezładnie mamrotać.

– Może usiądziemy? – proponuje Cristian i niemal musi mnie podprowadzić do krzesła. – Zamówiłem herbatę. Ale może przyda się też brandy?

Kiwam głową i patrzę, jak rozmawia z kelnerem. Choć wygląda zdrowiej, jego wygląd zewnętrzny niewiele się zmienił – zadbana broda i elegancko ostrzyżone włosy, sztywny włoski szary garnitur i te szylkretowe okulary. Ale w jego oczach widać błysk, inaczej też się zachowuje – rzadko oglądałam Cristiana De Lucę w pełni odprężonego, może tylko przez sekundę, dwie. Wtedy nieustannie nad sobą panował. Teraz jednak lekko opada na fotel, jakby z jego żył wypłynął krochmal, który je kiedyś wypełniał.

– Bardzo przepraszam, że tak cię zaskoczyłem – mówi tym razem po włosku, przez co czuję, że zaczynam się roztapiać. – Ale tak się cieszę, że cię w końcu odnalazłem.

W końcu mnie odnalazł? To sugeruje, że mnie szukał i to od jakiegoś czasu. Czyli nie jest to żaden dziwaczny zbieg okoliczności, o których pisano w gazetach od 1945 roku, kiedy to wojenni uchodźcy wracali do swoich krajów, na swoje terytoria, kolejny raz nadając nowy kształt konturom Europy. Ludzie, którzy ponoć zaginęli na zawsze, wpadali na siebie na rogach ulic lub spotykali się przypadkiem w kinie. Wypijam łyk herbaty, potem bran- dy i dopiero wtedy jestem w stanie się odezwać. W zasa- dzie powinnam się odwrócić i odejść – to idealna okazja, by zostawić człowieka, który porzucił mnie na pastwę losu. Zemsta byłaby słodka.

Ale pali mnie ciekawość i poza tym nogi mam jak z waty, która szybko zamienia się w ołów.

– Bardzo przepraszam – mówię. – Jestem całkowicie zdezorientowana. Spodziewałam się spotkać Sofię Tread- well.

Rozkłada ręce gestem, który mówi: „Oto ona!".

– Ty jesteś Sofią Treadwell? Ale jak? Czemu? – Nie potrafię pojąć powodów. I jakim cudem zatwardziały fa- szysta rozsiada się teraz wygodnie w londyńskim hote- lu? Granice w Europie są jednak mniej szczelne, niż sobie wyobrażałam.

Znów się uśmiecha – w ciągu ostatnich pięciu minut uśmiechnął się już więcej razy niż podczas tych wszyst- kich miesięcy w Wenecji.

– Chciałem cię odnaleźć – mówi cicho. – Udało mi się dowiedzieć, że pracujesz w wydawnictwie, ale nie wie- działem w którym. Zabrało mi to aż tyle czasu, ponieważ zmieniłaś nazwisko.

To odpowiedź na pytanie dlaczego wystąpił pod pseu- donimem, żeby mnie wyśledzić – mógł się domyślić, że podpis Cristian De Luca sprawi, że tekst natychmiast trafi do kosza. Ale czemu chciał mnie odnaleźć? Dzięki alko- holowi nabrałam odwagi, więc pytam od razu, patrząc mu głęboko w oczy.

– Bo jestem w tobie zakochany – odpowiada spokojnie, wbijając we mnie wzrok. – Od pierwszego dnia w Wenecji.

*

Cristian zamawia jeszcze jeden kieliszek brandy, który okazuje się bardzo potrzebny, podczas gdy ja przetrawiam jego ostatnie zdanie.

– Przepraszam, Cristianie – mówię. – Jestem okropnie skołowana… Ja… Nie rozumiem tego, co mówisz. Jak możesz mnie kochać? Zdradziłeś mnie w najgorszy z możliwych sposobów. Na koniec gardziłeś mną i wszystkim, co reprezentowałam. Na pewno. Doprowadziłeś ich do mojego domu. Do mnie.

– Nie! Mylisz się, Stello. Nigdy tobą nie gardziłem – protestuje. Spuszcza wzrok na kolana i pierwszy raz od początku naszej rozmowy twarz mu ciemnieje i pojawia się na niej wyraz zadumy. Splata palce i pociera nerwowo paznokieć kciuka. – Ale przyznaję, że to mogło wyglądać, jakbym cię zdradził. Prawie mnie to złamało, ale byłem do tego zmuszony. To bardzo złożona i długa historia.

– Mam czas – odpowiadam. Teraz, gdy odzyskałam głos, pojawił się w nim ostry, lodowaty ton. Jeśli ten człowiek zmusił mnie, żebym opuściła dom, miasto i kraj, które tak bardzo kochałam, a teraz domaga się mojej uwagi, może dać coś od siebie. Może się wytłumaczyć.

Słucham z szeroko otwartymi oczami i pewnie z otwartymi ustami, gdy Cristian De Luca wyjawia, jaką rolę odegrał w tej katastrofie – i jak mnie uratował. Nie ma na imię Cristian, urodził się w Rzymie jako Giovanni Benetto. Jego nazwisko i przykrywka były złożonym tworem SOE*, czyli Kierownictwa Operacji Specjalnych – działającej podczas wojny grupy agentów różnych narodowości, którzy mieli przenikać głęboko do organizacji wroga i szpiegować. Wyjaśnia, że jego przykrywka powstawała przez dwa lata, musiał pracować na zaufanie i pochwały

---

* Special Operations Executive.

wewnątrz faszystowskiej hierarchii niemal od początku wojny.

– Nikt, nawet wenecki ruch oporu nie mógł o niczym wiedzieć – ciągnie. – Raportowałem bezpośrednio do Londynu. Ale nie masz pojęcia, ile razy chciałem ci o tym powiedzieć. Bolało mnie, że dla ciebie jestem pozbawionym serca faszystą, który pomaga doprowadzić nasz kraj do ruiny.

Milczę przez długą chwilę, próbując to wszystko ogarnąć.

– Nie zawsze uważałam, że jesteś bez serca – mówię szczerze. – Ale byłam zdezorientowana, bo wydawało mi się, że masz dwa oblicza: byłeś na tyle wrażliwy, by kochać literaturę, a jednak na tyle zimny, by zdradzać rodaków. Ale tak naprawdę zdumiewałeś mnie. O wiele bardziej niż wojna.

Śmieje się cicho z mojej oceny.

– Od strony emocjonalnej była to najtrudniejsza rzecz, jaką musiałem robić: udawać przed tobą, Stello. Całymi latami szkolono mnie, jak przetrwać tortury, a jednak wiele razy chciałem odciągnąć cię na bok i wyznać prawdę.

– A ten pocałunek przed moim domem to był przypadek czy też część jakiegoś wyszukanego podwójnego blefu?

Znów się śmieje, lekko rumieni, co widać nawet w półmroku baru.

– No tak. Nie było to najlepsze posunięcie ze strony nieprzeniknionego szpiega. Ten jeden raz nie byłem w stanie zapanować nad emocjami. To było prawdziwe, uwierz mi. Wiele razy byłem blisko, ale wtedy o mało co nie wyznałem ci wszystkiego.

– Co cię powstrzymało? – Domyślam się, co odpowie, ale chcę to usłyszeć.

– Konsekwencje. Ludzie, których poświęcę, jeśli naziści odkryją, kim jestem. Przekazywałem strategiczne informacje, które przechodziły przez biuro Breugala. Może czasami zachowywał się i wyglądał jak głupiec, ale był ważnym trybem w machinie Rzeszy. A gdybyś wiedziała, jaką rolę w tym odgrywam, naraziłbym cię jeszcze bardziej. Nie mógłbym tego znieść.

Wypuszcza powietrze, wciąż splatając palce, i patrzy mi prosto w oczy.

– To wiele zmieniło, Stello – mówi. – To, co robiliśmy. Nie możemy o tym nigdy zapomnieć.

Tym razem to ja wzdycham.

– Ja chyba w dużo mniejszym stopniu przyczyniłam się do zmiany oblicza wojny.

Cristian – Gio, czy kim tam jest – szybko podnosi wzrok.

– Nie wolno ci tego nie doceniać, Stello. Ty i partyzanci robiliście bardzo ważne rzeczy. Przez cały czas wstrząsaliście fundamentami Rzeszy. To ułatwiało mi pracę. Kiedy naziści bardziej się denerwowali, opuszczali gardę, w komunikacji pojawiały się luki. Ja to wszystko wykorzystywałem, podobnie jak alianci.

Udaje mi się roześmiać na wspomnienie, jak znosił dziecinne wybuchy Breugala i jego furię, gdy oczy wychodziły mu z orbit.

– To prawda. Nieważne, co myślałam, nie zazdrościłam ci, że musisz stawać przed Breugalem po każdym wydaniu naszej gazety.

Cristian znów się uśmiecha.

– Zgoda, czasami to była niemal tortura. Dobrze, że po szkoleniu zyskałem skórę słonia.

Przez chwilę siedzimy w milczeniu, wokół nas brzęczą kieliszki, wpatrujemy się w nasze filiżanki. Oboje wiemy, co teraz musi nastąpić.

– A co ze mną? – zaczynam. – Co z tamtym dniem w moim mieszkaniu, zanim wyjechałam? – Chcę powiedzieć „zanim zostałam zmuszona do wyjazdu", ale teraz nie stać mnie na jad. – Czemu doprowadziłeś ich do mnie?

Nachyla się, opierając łokcie na kolanach, czuję zapach jego wody kolońskiej, wciąż używa drogiego gatunku. Nie powinno tak się dziać, ale lodowata aura, którą staram się podtrzymać, powoli się roztapia.

– Wiedziałem, że mają informacje, które doprowadzą ich do twojej maszyny – mówi. – Nie zdążyłem do redakcji na Giudecce, żeby powstrzymać nalot, poza tym było tam za dużo ciężkiego sprzętu do wyniesienia, żeby się pozbyć dowodów. Przez jakiś czas próbowałem ci to sugerować, dając do przepisana treść plakatów.

W jednej chwili czuję się speszona.

– Wiedziałeś więc, że pracuję w gazecie, że to moja maszyna? Od kiedy?

– Wpadłem na to po kilku pierwszych tygodniach naszej znajomości – mówi. – Gdy poznawałem cię lepiej, prowadziliśmy rozmowy o książkach i pisaniu, wydawało się coraz bardziej prawdopodobne, że to twoje historie. Wiedziałem, że nosisz to w sobie.

– To naprawdę było tak oczywiste? – Martwię się, że przez ten cały czas oszukiwałam siebie, że jestem skuteczna w działaniu i użyteczna dla ruchu oporu. Albo co gorsza, że moje swobodne zachowanie mogło niechcący zdradzić choć jedną osobę.

– Nie – odpowiada stanowczo i tym razem wyciąga dłoń w stronę mojej.

W przypadku każdej innej osoby przyjęłabym to jako gest uspokojenia i wsparcia. Powracają miliony emocji – jak nie mogłam go do końca znienawidzić, jak mnie peszył... A potem to przytłaczające, obrzydliwe poczucie zdrady, które towarzyszy mi do dziś. Gwałtownym ruchem zabieram ręce i przyciskam je do ciała. Jego dłoń unosi się w powietrzu jeszcze przez ułamek sekundy, a potem się cofa. Prowadzimy dziwny taniec – ja pełna nieufności, on pragnienia.

– Nie, rozpoznałem cię jedynie w języku i emocjach – dodaje. – To było pisane z pasją i wyczułem ją w tobie. To dzięki Marcie wszystko w końcu połączyłem.

– Marcie? – Teraz jestem wyraźnie zaskoczona.

– Tak, ona była drugą agentką SOE, którą umieściliśmy w biurze.

– A jej nagłe zniknięcie? – Zawsze zastanawiałam się, czy Marta jest łączniczką, ale nie znalazłam żadnych powiązań z innymi grupami partyzantów. Nigdy nie mogłam pojąć, dlaczego zniknęła, i martwiło mnie to. Nie byłyśmy szczególnie blisko, ale jej żywe usposobienie poprawiało nastrój w biurze i było mi przykro, gdy odeszła. Z pewnością dobrze odgrywała swoją rolę w obecności Breugala; umiała udawać niewiniątko i świetnie parodiowała niedorzeczne zachowanie generała. To był dobrze przemyślany blef.

– Pojawiły się pogłoski, że jej przykrywka jest zagrożona – mówi Cristian. – Nie mieliśmy żadnych dowodów, ale nie mogliśmy ryzykować. Wyciągnęliśmy ją i podsunąłem łagodne podejrzenia, gdy była już daleko od Wenecji, żeby uzasadnić jej zniknięcie.

– To chyba jeszcze bardziej pogłębiło twoją lojalność w oczach Breugala? – Mój ton brzmi lekko oskarżycielsko.

– Tak. – Mruży oczy. – Uwierz mi, Stello, było mi bardzo przykro, gdy odeszła. Poza wszystkim innym znacznie utrudniło mi to przesyłanie wiadomości. Ale masz rację, Breugal był przekonany o mojej lojalności.

– A Klaus? – Odnosiłam wrażenie, że pod koniec mojej wojny to wścibskie oczy i uszy zastępcy Breugala narażały nas na niebezpieczeństwo.

– Jego było o wiele trudniej zadowolić – zgadza się Cristian. – Podejrzewał mnie od samego początku, chyba głównie dlatego, że jestem Włochem. Nie ufał żadnemu z nas, faszyście czy nie, a jeszcze bardziej denerwowało go, że nie jestem żołnierzem. W jego oczach nigdy nie byłem dość bezwzględny.

Wypijam jeszcze jeden łyk herbaty, jest już letnia, ale przynajmniej zwilżę usta. W głowie mi się kręci i mam problemy z przyswojeniem tych nowych informacji, ze złożeniem wszystkiego w całość. Lata po zakończeniu wojny spędziłam przynajmniej zadowolona, że zrobiłam swoje. Poniosłam ofiary – szczególnie przez ostatnie lata, gdy pomagałam rodzicom i nie mogłam uczestniczyć w pogrzebie brata. I wyrwano mnie z mojego ukochanego domu, odebrano widok i smak chwały tych ostatnich dni wiodących do wyzwolenia na początku kwietnia 1945 roku, kiedy alianci zbliżali się przez Wenecję Euganejską w stronę miasta, a na ulicach słychać było strzały członków ruchu oporu, którzy wreszcie mogli wyjść z ukrycia. Oddałabym niemal wszystko, by stać się tego częścią – wbiec na schody mostu Rialto i stanąć na placu Świętego Marka, wreszcie w obszarpanym mundurze bojowniczki, z bronią w ręce. Do tego zmierzało każde słowo, jakie napisałam. Dla Wenecji. Dla nas, jej mieszkańców. Dla naszego prawa, by żyć jako wolni Włosi. Ale Cristian, teraz już wiem, pozbawił mnie tego doświadczenia. Domknięcia, którego wciąż tak rozpaczliwie potrzebuję.

To, co mówi, przypomina mi, że w zamian dostałam życie.

– Klaus znalazł kontakt – wyjaśnia Cristian. – Dopiero później dowiedzieliśmy się, że to jeden z pracowników gazety. Nie zdradzał się z tym. W końcu odkryłem, że jest bliski wyjawienia twojego nazwiska, i po nalocie na redakcję gazety byłem pewny, że ruszy po ciebie.

– Ale ktoś dowiedział się pierwszy i zabrał maszynę – odpowiadam niewinnie.

Zdejmuje okulary i kładzie je między nami na stoliku.

– To ja – mówi. – Ja zabrałem maszynę. – Nie wygląda na zadowolonego z siebie, patrzy tylko twardo na moją zaskoczoną minę.

– Ale byłeś tam! Prowadziłeś z nimi rewizję w moim mieszkaniu. Jej już tam nie było – protestuję gwałtownym szeptem, nie chcąc, by ktoś nas usłyszał. Jednocześnie wiem, że jestem bardzo naiwna; wszystko, co o nim wiedziałam do tej pory, okazało się kłamstwem, czemu więc i to nie miałoby nim być? Jednak pulsowanie w głowie utrudnia mi ułożenie wydarzeń w jednej linii.

– Nie wierzysz mi? – pyta, choć nagłe uniesienie brwi sygnalizuje, że nie jest poirytowany.

– Nie wiem – mówię tylko. – Po prostu nie wiem.

Przez chwilę wydaje mi się, że już za dużo powiedziałam: Hitler może i nie żyje, wygraliśmy wojnę, ale wiem, że w niektórych częściach Londynu i w Europie wciąż toczy się wojna wywiadów. Macki nieufności pomiędzy narodami sięgają poza Europę, na wschód, do komunistycznej Rosji. Jack w swojej nowej tajnej roli w jakimś wydziale łączności czasem to sugeruje. Ostrzegał mnie, żebym nie rozmawiała z nikim o naszym czasie w Wenecji, i uważała na tych, którzy pytają. Ale nic nie poradzę, że mnie to wciąga, bo przez kilka lat zastanawiałam się, kto zabrał moją maszynę. I bardzo możliwe, że tamtego dnia uratował mi życie.

– Jak myślisz, kim mogła być osoba, którą ją zabrała? – naciska Cristian.

– Nie jestem pewna – rzucam poirytowana. – Być może ktoś z oddziału Sergia. Wtedy niewiele się nad tym zastanawiałam, wiedziałam tylko, że zniknęła.

– A zastanawiałaś się kiedyś, gdzie się podziała? – Powraca do lekko żartobliwego tonu, a mnie denerwuje, że tak lekko traktuje to, co w tamtym czasie stanowiło dla mnie ogromną stratę.

– Chyba leży na dnie laguny. Jeśli mieli trochę rozsądku.

– Mogę udowodnić, że to ja – odpowiada cicho. Teraz pod wąsami pojawia się lekki uśmiech, który jeszcze bardziej mnie irytuje.

– Słucham?

– Mogę potwierdzić moją historię. I pokazać ci od razu. – Sięga na dół za kolana, które – teraz widzę – osłaniały walizeczkę. Rozpoznaję ją natychmiast. Nie wygląda, jakby wyłowiono ją z głębin weneckiej laguny. Jest podniszczona, ale nie widać na niej osadu soli z morskiej wody.

– Co? Ja nie… – urywam, gdy stawia walizeczkę na kolanach i naciska oba zamki. Dźwięk w jednej chwili przenosi mnie do stukotu i klaksonów łodzi, zapachu szmaragdowej wody. Jestem w swoim pokoju u mamy, przy biurku w „Il Gazzettino", a potem w piwnicy Mattea, w szczęśliwszych czasach.

– Ale jak… kiedy? – Informacje znów eksplodują, kotłują się w mojej głowie.

– Tuż przed przybyciem Klausa i jego oddziałów – mówi Cristian. – Ledwie zdążyłem, miałem kilka minut i niemal nakryła mnie twoja czujna sąsiadka, która, nawiasem mówiąc, zapewniała ci niewiarygodną ochronę. – Nie potrafię powstrzymać uśmiechu na wspomnienie nieustraszonej signory Menzio i jej obronnej furii.

– Miałem tylko tyle czasu, żeby ukryć maszynę w sąsiedniej bramie, zanim o mało mnie nie przyłapali – ciągnie Cristian. – Nie chciałem ryzykować, że zobaczą, jak odchodzę, więc zrobiłem z siebie świadka. Resztę znasz. – W jego postawie nie widać zażenowania i tchórzliwej aury, którą pamiętam z tamtego dnia. Nie jest też pompatyczny ani dumny, jest po prostu kimś, kto próbuje wyjaśnić sytuację.

To wszystko brzmi bardzo prawdopodobnie, ale jakoś nie potrafię tego ogarnąć, zwłaszcza gdy trzyma walizeczkę na kolanach. Serce zaczyna mi bić szybciej z oczekiwania, a spojrzeniem nakłaniam Cristiana, by mówił dalej. Odwraca walizeczkę w moją stronę i unosi pokrywę, jakby odsłaniał pyszny tort urodzinowy.

Maszyna mnie nie zawodzi. Choć trzeba ją dobrze wyczyścić, prezentuje się niemal idealnie; klawisze lśnią w przyćmionym świetle baru, czarne powierzchnie odbijają światło w miejscach, gdzie nie jest zbyt porysowana. Na zakurzonej taśmie widać nawet odciski palców, które powinny pasować do moich. Biorę głęboki oddech, wyciągając rękę, by dotknąć chłodnego metalu. Rozpoznałabym ją wszędzie, nawet gdyby stała pośród wielu innych maszyn tej samej marki. Jej lekko skrzywiona dźwignia – ten piękny charakterystyczny znak – unosi się nieco nad innymi. Ta maszyna należy do mnie. Tutaj Cristian nie mija się z prawdą.

– Cieszysz się, że ją widzisz? – pyta. Spogląda na mnie z oczekiwaniem. Choć chyba nie z nadzieją na natychmiastowe wybaczenie?

– Tak – odpowiadam. – Ale czemu przyniosłeś ją dzisiaj? Jak mogłeś mieć pewność, że zjawię się właśnie ja?

– Nie mogłem i nie miałem. Dostałem odpowiedzi tylko od dwóch innych wydawców i za każdym razem przynosiłem maszynę na spotkanie. Kiedy nie zjawiałaś się ty, po prostu zabierałem ją z powrotem. Ale teraz możesz ją wziąć. To znaczy jeśli chcesz.

Rozchyla wargi, a jego źrenice przesuwają się po mojej twarzy, by wybadać reakcję.

– Stello, proszę, powiedz coś – odzywa się w końcu. – Proszę, powiedz, że nie marnowałem czasu na tę… sam już nie wiem… krucjatę.

– Och, Cristianie…

– Gio – poprawia mnie. – Proszę, nazywaj mnie Gio. Mam nadzieję, że już dawno pożegnałem się z osobą Cristiana De Luki.

– To może trochę potrwać, ale dobrze… Gio. – Próbuję złagodzić wyraz twarzy, ale patrzę mu prosto w oczy. Zasługuje przynajmniej na moją szczerość. – Nie wstydzę się przyznać, że to dla mnie szok i to pod wieloma względami. Muszę przemyśleć to, co mi powiedziałeś, co się wydarzyło.

– Rozumiem. Ale zgodzisz się przynajmniej zjeść ze mną kolację? – pyta. – I być może jeszcze dłużej mnie wysłuchać. Dać mi szansę, żebym wyjaśnił, przekonał cię.

– Dobrze. Ale poczekaj kilka dni. Żebym mogła to wszystko wchłonąć.

Widzę, że z trudem oddycha, ale się prostuje, być może z nadzieją.

– Czy mam rację, zakładając, że nie jesteś zamężna ani zaręczona? – pyta. – Całkowicie egoistycznie liczę, że nie, ale naprawdę nie chcę wchodzić nikomu w paradę.

To aroganckie z jego strony i powinnam się zirytować, ale nie mogę.

– Nie jestem zamężna. Miałam kilka romansów, raz o mało co się nie zaręczyłam, a z perspektywy czasu okazało się, że wymknęłam się w samą porę, ale jeszcze nie znalazłam mężczyzny, z którym chciałabym spędzić resztę życia. Nie mam pewności, że okaże się nim Cristian, czyli Gio. – Ale potrzebuję czasu – dodaję stanowczo.

– Ile tylko będzie trzeba. Proszę tylko, żebyś dała mi szansę.

– Dam – odpowiadam i mówię to serio. Czyż nie po to walczyliśmy, cierpieliśmy i wygraliśmy tę wojnę, żebyśmy stali się bardziej tolerancyjni, bardziej ludzcy?

– Dziękuję, Stello – mówi z radością w oczach. Zamyka pokrywę nad moją ukochaną maszyną, zaciska zamki i kładzie mi walizeczkę na kolanach.

– Zadzwonię do ciebie do biura pod koniec tygodnia w sprawie kolacji – mówi. Potem udaje się do baru, reguluje rachunek i zostawia mnie wyczerpaną w pełnym ludzi barze hotelu Savoy, a ja zastanawiam się, po jakiego licha ktoś właśnie zesłał tornado, żeby zburzyło moje w miarę uporządkowane życie.

Spóźniam się na spotkanie z Jackiem, nie dlatego że zasiedziałam się w pracy, ale dlatego że pogrążona w rozmyślaniach – a raczej oszołomiona – przegapiam przystanek i muszę czekać na następny autobus do domu, żeby się przebrać i wyruszyć do niego.

– To na pewno on? – szepcze Jack, gdy czekamy, by Celia, jego żona, wróciła z kuchni. – To znaczy jesteś absolutnie pewna?

– Tak, wzrok na pewno mnie nie myli. Niewiele się zmienił. To on.

– I twierdzi, że pracował dla SOE?

– Tak. Pod głęboką przykrywką. Nikt w Wenecji o tym nie wiedział, nawet dowódcy ruchu oporu. To możliwe?

Jack drapie się po brodzie, po ślubie gładko ogolonej –

345

twierdzi, że Celia tak woli. Jednak wciąż ma w sobie ten szelmowski urok, a ja jestem nieskończenie wdzięczna, że pozostaliśmy dobrymi i oddanymi przyjaciółmi pomimo naszej przelotnej miłostki przed laty. Kiedy odnalazłam go niedługo po przyjeździe do Londynu jako jedyną osobę, na której mogłam się oprzeć, od razu poczuliśmy się inaczej.

Nie nadawałam się do nawiązywania romansu, Jack pomógł mi się jednak pozbierać. W przeszłości mieliśmy Wenecję, ale rozstaliśmy się. Nie na dobre, ruszyliśmy tylko w innych kierunkach. Po powrocie z Włoch on nie wylądował za ladą delikatesów matki, ale zaczął współpracować z wywiadem wojskowym, a po zakończeniu wojny z łącznością rządową. Pocieszaliśmy się nawzajem – przez długi czas bolał nad śmiercią brata, który poległ we Francji.

Niedługo potem poznał Celię – to było wzajemne i natychmiastowe uczucie – a ja już wtedy dostrzegłam, że połączyła ich czysta miłość, która trwa do dziś. Bardzo się cieszę ze względu na nich. Jestem pewna, że Celia nic nie wie o naszej przeszłości, powiedzieliśmy jej tylko, że pomagaliśmy sobie w Wenecji, a między sobą wspomnieliśmy o tym tylko raz, w dzień jego ślubu, kiedy podziękował mi, że jestem jego najlepszą – i najwierniejszą – przyjaciółką.

– Możliwe, że mówi prawdę – stwierdza Jack w zamyśleniu. – Słyszę teraz tyle różnych historii, że wierzę, iż podczas wojny wszystko mogło się wydarzyć.

– Można to jakoś sprawdzić? – Wie, do czego zmierzam.

Wchodzi Celia z talerzykami tiramisu – to jej dumny wkład we włoską kuchnię – a Jack szepcze:

– Zobaczę, co da się zrobić.

*

Przez następne dwa dni powraca dziwne uczucie. Wydaje się bardzo znajome, jednak nie towarzyszyło mi od czasu, gdy przyjechałam do Londynu. Zupełnie jakby godziny i dni ciągnęły się niemiłosiernie – to samo czułam, kiedy bardzo chciałam wrócić do mojej maszyny na Giudecce, gdy rozdzielała nas woda, a ja tak za nią tęskniłam. Teraz czekam na coś. Ale na co? Na dowód, że Cristian mówi prawdę, albo na satysfakcję, że jest kłamcą i faszystą, za jakiego go uważałam? Jedno i drugie wstrząsa fundamentami mojej pamięci o wojnie i mojej wiary.

Tymczasem maszyna spoczywa na komodzie w moim małym mieszkaniu. Dopiero po upływie całej doby otwieram walizeczkę, czekam kolejną, by wsunąć szeleszczący biały papier i zmusić palce, żeby nacisnęły klawisze z siłą, która pozostawi na nim znak. Niemal boję się tej poufałości, pewna, że przeniesie mnie z powrotem do miejsc, do których jednocześnie chcę i nie chcę się wybierać. To przypomina chwile, gdy rozkoszujesz się cudownym językiem dobrze znanej powieści, ale musisz przestać czytać przed ostatnimi stronami, bo przejmująco smutne zakończenie tak mocno przeszywa ci serce, że czujesz niemal fizyczny ból. Mam nadzieję, że dotknięcie klawiszy w tym przypadku nie zadziała jak podpałka i nie rozpali wspomnień, które lepiej pozostawić uśpione.

Mimo to nie mogę się oprzeć. Piszę: „Zwinny brązowy lis przeskakuje nad leniwym psem". Jak się spodziewałam, nikt nie naprawił opadającego „e".

Wystukuję pierwszą rzecz, jaka przychodzi mi do głowy. „Cristian De Luca". Potem: „Gio Benetto". Czytam to raz po raz. Czy to może być ta sama osoba? Czy jeden z nich może mnie kochać, jak twierdzi? Nie mogę zaprzeczyć, że pojawiła się między nami jakaś iskra, ale w miłości do książek, języka. Kiedy spotkaliśmy się te parę razy

347

w świecie zewnętrznym, czułam, że on tęskni za rozmową, ale nic więcej. Nie daje mi spokoju myśl, że tak źle go odczytałam. Kto mnie jeszcze oszukał? I czy przez to nie otarliśmy się o śmierć?

Spotykam się z Jackiem trzy dni po rozmowie z Cristianem, czyli Gio. Jestem wdzięczna, że wciąż zwracam się do mojego przyjaciela „Jack", bo miałabym jeszcze większy zamęt w głowie. Czekamy, aż ekspres z sykiem wyrzuci z siebie naszą ulubioną włoską kawę, po czym Jack prowadzi mnie do stolika na tyłach.

Szybko przechodzi do rzeczy.

– Wygląda na to, że jest coś w tym, co mówi – szepcze, upewniając się, że nikt nas nie podsłuchuje. – Mój przyjaciel z archiwum go znalazł. – Mruży oczy, by zasygnalizować: „Zaraz pokażę ci coś, o czym nigdy nie wolno ci mówić", i przesuwa po stoliku złożoną karteczkę z podniszczonymi brzegami. Gdy ją rozkładam, trzęsę się niemal cała.

Fotografia jest starsza, twarz trochę szczuplejsza, ale bez wątpienia należy do Cristiana – jako Gia Benetto. To jego dokumenty z SOE. Wyraźną czcionką napisano: „Pseudonimy: Marco Rosetti, Maurizio Galante, Cristian De Luca". Podpisano i datowano, pieczęć „zwolniony ze służby" przybito w kwietniu 1946 roku. Poniżej napisano ręcznie: „z honorami". Wpatruję się w kartkę tak długo, że Jack wypija już połowę kawy.

– Są prawdziwe – dodaje. – Mój przyjaciel specjalizuje się również w fałszerstwach.

Zapada cisza.

– I co teraz zrobisz? – Jack zadaje w końcu prawie niemożliwe pytanie.

Moja odpowiedź jest odpowiednio niejasna.

– Nie mam absolutnie żadnego pojęcia.

Po chwili zastanowienia dochodzę jednak do wniosku, że przynajmniej mogę się z nim spotkać. Mam poważne wątpliwości co do uczuć, jakie mi wyznał, ale wciąż nurtuje mnie wiele pytań. Kiedy zgodnie z obietnicą dzwoni w piątek, wydaje się miło zaskoczony faktem, że nie musi mnie dłużej namawiać.

– Tylko kolacja – podkreślam do słuchawki.

– Tak, tylko kolacja.

Następnego wieczoru spotykamy się w londyńskim hotelu słynącym z włoskiej kuchni, celowo nie w jednej z włoskich trattorii, które pojawiły się po zakończeniu wojny i w których często zaspokajam apetyt na dobre cannelloni albo arancini. Włoskie restauracje odwiedzają ludzie mówiący po włosku, a przynajmniej ja chcę, by nasza rozmowa pozostała do pewnego stopnia poufna.

– Pięknie wyglądasz – mówi Cristian, gdy wchodzę do baru. Czy się postarałam? Chyba tak, ale w sposób, który sama mogę uznać za mało wyszukany – prosta czarna sukienka, którą często noszę na przyjęcia, i perły od matki. Trochę czasu rzeczywiście poświęciłam na makijaż i ułożenie fryzury w łazience w biurze. Przekonuję samą siebie, że każda szanująca się kobieta tak by postąpiła.

Cristian – Gio – ma na sobie granatowy dwurzędowy garnitur, jasnoniebieską koszulę i bordowy krawat. Pachnie inną wodą kolońską, lecz bardzo przyjemną. Kelner prowadzi nas do stolika i, o dziwo, traktuje nas jak parę z pewnym stażem, nie skacze wokół nas, jakbyśmy byli na pierwszej randce.

– Wino? – pyta Gio. Zgadzam się na kieliszek, ale obiecuję sobie, że tylko jeden. Muszę mieć jasną głowę. Może alkohol pomaga, ale chyba wcale go nie potrzebuję, bo rozmowa idzie nam łatwo. Zadaję mnóstwo pytań, na które Gio jest przygotowany i chętnie odpowiada. Po zdobyciu dyplomu w Neapolu pojechał na studia doktoranckie do Oksfordu, gdzie zwrócił na niego uwagę ktoś z brytyjskiego rządu – Oksford i Cambridge stanowiły w tamtych czasach bogate zaplecze dla wywiadu. Chcieli go zatrudnić nie z powodu jego miłości do literatury, ale ze względu na znajomość języków i zdolność do wtopienia się z powrotem w życie we Włoszech. Podkreślali, że może wywrzeć spory wpływ na losy wojny, i apelowali do jego patriotyzmu i miłości do Włoch sprzed ery Mussoliniego.

Rozmawiamy po włosku przyciszonymi głosami, ciesząc się, że boks z ciemnego drewna chroni nasz stolik niczym kokon. Serce mi mięknie, gdy Gio opowiada o samotności szpiega, często na zimnie, gdy jedynym kontaktem był odległy głos po drugiej stronie trzeszczącego radia. Często całymi tygodniami z nikim się nie spotykał i musiał tylko prowadzić dalej swoje fałszywe życie.

– Nienawidziłem tych nazistowskich drani – mówi, pierwszy raz z głęboką pogardą. – Nie tylko Breugala i Klausa, ale ich wszystkich, zalewających nasz kraj i wysysających z niego wszystko, traktujących nas jak obywateli niższej kategorii. Tyle razy miałem ochotę po prostu wyjść z tego biura i nigdy nie wrócić.

Nie muszę pytać, dlaczego tego nie zrobił. Z tego samego powodu zmuszałam się codziennie, by tam wracać – by odzyskać Włochy, które nam ukradli. Wyjechał z Wenecji niedługo po mnie, gdy siły wyzwoleńcze nabierały rozpędu – zawsze miał przygotowaną drogę ucieczki – ale dopiero po tym, kiedy z przyjemnością oglądał, jak kruszy się władza Breugala, który rozpaczliwie szukał sposobu wydostania się z Włoch. Później dowiedział się, że siły wyzwoleńcze zastrzeliły Klausa niedaleko grobli.

Pyta o moją ucieczkę z Wenecji, ale po tym, czego się dowiedziałam po naszym pierwszym spotkaniu w Savoyu, nie dziwi mnie, gdy się okazuje, że zezwolenie na wyjazd było jego dziełem; Cristian De Luca napisał je na maszynie, a potem podsunął pod nos rozkojarzonemu generałowi, który je podpisał, tym samym nadając mu moc. Tak powstała moja przepustka do wolności.

– Próbowałem wyjaśnić w listach, co zrobiłem i dlaczego, i ostrzec cię – mówi, a jego brązowe oczy są jak studnia bez dna. – Złamałem wszystkie rozkazy, ale musiałem ci wytłumaczyć, dlaczego to zrobiłem. Poprosiłem o spotkanie następnego dnia, ale kiedy się nie zjawiłaś, a drugi list do mnie wrócił, wiedziałem, że nie przeczytałaś żadnego z nich albo że po prostu nie mogłaś mi wybaczyć. Nie miałem więc wyboru, musiałem zapewnić ci możliwość ucieczki.

Siedzimy przez chwilę w azylu naszego boksu, napawając się jego ciszą.

– Jak było? – dopytuje się po chwili Gio. – Przeczytałaś pierwszy list, czy po prostu zdecydowałaś, że nie przyjdziesz?

– Spaliłam go – odpowiadam, wbijając wzrok w gładki blat stolika. – Nawet go nie otworzyłam.

– Czemu? – Jego głos brzmi miękko, bez śladu oskarżenia.

Teraz ja spoglądam mu prosto w oczy.

– Bo poczułam, że mnie oszukałeś, zdradziłeś w najgorszy sposób – rzucam ze złością, o której tak wielkie pokłady się nie podejrzewałam. Najwyraźniej gromadziły się przez te wszystkie lata. I gdy zawisa między nami, oboje zdajemy sobie sprawę ze znaczenia moich słów. Sprawiło mi to tak wielki ból, ponieważ Cristian coś dla mnie znaczył. Poruszył we mnie coś, o czym nawet nie wiedziałam, że tam jest.

– Zasłużyłem na to – mówi. – Na twoim miejscu pewnie zrobiłbym to samo.

W milczeniu odkreślamy to grubą kreską i ruszamy dalej. Opowiadam mu, że wyjechałam z Wenecji Euganejskiej dzięki zezwoleniu na podróż, a potem – przy pomocy oddziałów partyzanckich – przedarłam się przez linie niemieckie na południe do innych Włoch, rozbitych, ale wyzwolonych, gdzie sytuację kontrolowali brytyjscy i amerykańscy żołnierze, była to więc okupacja innego rodzaju. Znalazłam pracę w Rzymie jako tłumaczka brytyjskich oddziałów, a potem zaproponowano mi wyjazd do Londynu.

– Wyjazd z Włoch był najtrudniejszą decyzją, jaką musiałam podjąć – mówię do Gia, przyznając w duchu, że z minuty na minutę widzę w nim coraz mniej Cristiana. – Ale nawet przebywając we Włoszech, nie miałam dostępu do rodziców ani przyjaciół i byłam bardzo, bardzo zmęczona poczuciem, że jestem gościem we własnym kraju. Choć raz chciałam stać się prawdziwym gościem.

Mówię mu, że kiedy przyjechałam do Londynu, pomógł mi Jack – pamiętałam jedynie nazwę delikatesów jego rodziców na East Endzie. Przypominałam skorupę, byłam fizycznie i emocjonalnie wyczerpana po podróży, rozłące z rodziną i kompletnej izolacji. Jack karmił mnie i przytulał, a potem znalazł pracę w Ministerstwie Informacji, gdzie do końca wojny tworzyłam aliancką propagandę. Jako byłemu żołnierzowi ruchu oporu pomogli mi zbudować nową tożsamość, przynajmniej nominalnie.

– Ale pisałam – mówię. – Tylko to i Jack trzymało mnie w pionie.

Gio kiwa głową i wiem, że doskonale mnie rozumie.

– Jeśli słowa były twoją pasją, dlaczego odeszłaś przed laty z „Il Gazzettino", żeby zostać sekretarką w biurze Rzeszy? Zawsze mnie to zastanawiało.

Biorę oddech.

– Wszyscy wiedzieliśmy, że właściciele gazety sympatyzują z faszyzmem, ale nie było to tak oczywiste, dopóki nie wybuchła wojna. Wcześniej można było pisać o większości codziennych wydarzeń w miarę obiektywnie.

– Co się więc zmieniło?

– Pewnego dnia mój redaktor przyszedł do mnie ze zleceniem: grupę chłopców paskudnie pobiły faszystowskie osiłki. Powiedział mi dokładnie, jak mam to opisać: chłopcy byli agitatorami, a nie ofiarami.

Gio otwiera szeroko oczy.

– Jeden z tych chłopców był moim kuzynem – mówię dalej. – I tak się dla mnie skończyła wymarzona praca.

– Ale teraz znów pracujesz ze słowami? – mówi i pozwala, by na mojej twarzy pojawił się uśmiech.

– Tak i jestem bardzo zadowolona. Uwielbiam to.

– Wciąż piszesz? To znaczy więcej? – pyta wesołym tonem i teraz ja unoszę brwi. – Kiedy już wiedziałem, jak się nazywasz, udało mi się znaleźć to… – Ze skórzanej torby wyciąga książkę i podnosi ją do góry. – Przeczytałem tylko fragment, ale jest dobra. Bardzo dobra. Stella Hawthorn, powieściopisarka.

Słysząc te żarty, sznuruję usta.

– To raczej nie jest literatura wysokich lotów, Gio – mówię, choć w duchu cieszę się, że odnalazł moją jedyną jak dotąd opublikowaną powieść: *Kobiety Mediolanu*, rodzinną opowieść o miłości i dążeniu kobiet do niezależności w dziewiętnastowiecznych Włoszech.

– Język jest zdecydowanie twój, bogaty, jakbyś haftowała wizerunek naszego kraju – mówi. – Wyobrażam sobie, jak pisałaś każde zdanie. Ale czemu Mediolan, a nie Wenecja?

– Bo to nie jest Wenecja – odpowiadam, a on doskonale rozumie, o co mi chodzi.

– A skoro o niej mowa – dodaję. Nie przyniosłam ze sobą grubego manuskryptu *Ukrytej maszyny do pisania*, ale on uśmiecha się na tę sugestię. – Ty też nie próżnowałeś, Gio Benetto.

– Nie jestem pisarzem. Pisałem to głównie po to, żeby cię znaleźć – wyjaśnia. – Ale kiedy zacząłem, okazało się, że nie mogę przestać. Historia była porywająca, trudno byłoby coś takiego wymyślić. Czułem, że muszę ją skończyć.

Wypija łyk wina.

– Ale zostawiłem miejsce na epilog.

39

Zakończenie

Gdy Luisa wychodzi z lotniska, słońce wygląda niemal identycznie: oślepiające białe światło znów odbija się od wody. Minął niemal rok od jej samotnej wyprawy do Wenecji i kolejny raz aż się pali, by wsiąść do *vaporetto*, przepłynąć lagunę i dotrzeć do rozciągającego się za nią miasta. Odwraca się do Jamiego, który chłonie ten widok, idąc powoli, a jego nieduża walizka podskakuje na kamieniach. To dopiero druga jego wizyta i wciąż trudno mu sobie wyobrazić miasto leżące na wodzie i zrozumieć, jak bajka może istnieć aż tak długo. Luisa wie, że Jamie ze swoim wrodzonym zmysłem praktycznym niedługo zacznie się zastanawiać, jakim cudem budynki jeszcze nie pogrążyły się w mule. Luisa też przeżywa chwile niedowierzania, zwłaszcza gdy przyjeżdża i na własne oczy ogląda tę Atlantydę, ale im więcej bada i czyta, im głębiej sięga pod warstwy historii, tym bardziej czuje, że być może wszyscy powinniśmy żyć tak jak w Wenecji, nigdy nie zakładać z góry, że mieszkamy na ruchomych piaskach. Że fundamenty Wenecji są bardziej solidne niż wielu miast zbudowanych na twardej ziemi.

Ta podróż Luisy wiąże się z inną misją. I choć pozwala Jamiemu na ten moment zachwytu, bardzo chce, by się pospieszył. W przeciwieństwie do wyprawy sprzed roku, kiedy musiała zapełnić pustkę po śmierci matki, teraz ma konkretny cel. I tak jak dziecko, któremu z trudem przychodzi dochować sekretu w obecności rodziców, nie może się doczekać, żeby go zrealizować. Coś w jej walizce domaga się przekazania i ona musi to wykonać.

Ponieważ wybrali lot o barbarzyńskiej porannej porze, jest nadal wcześnie, gdy docierają do wynajętego mieszkania pomiędzy Zattere i mostem Accademia – w centrum, ale nad niedużym kanałem i na tyle daleko od placu Świętego Marka, by nie czuć uciążliwej obecności turystów. Stawiają walizki, Luisa wyciąga podniszczony plan miasta i wychodzi na słońce – od razu czuje się jak w domu. Plan przez większość czasu spoczywa w jej kieszeni, gdy trzymając się z Jamiem za ręce, idą krętymi uliczkami i przez solidny drewniany most Accademia – wciąż jej ulubiony – by wejść na rozbrzmiewające echem Campo Santo Stefano. Przechadzają się po nim spacerowicze i turyści, ale nie jest ich zbyt wielu i Luisa i Jamie znajdują stolik w kawiarni naprzeciwko wejścia do kościoła, gdzie poprzednim razem spotkała się z Giuliem.

– Nie możesz się doczekać, prawda? – żartuje Jamie.

– Po prostu nie mogę uwierzyć, że ze wszystkich kawiarni i barów w Wenecji siedziałam tutaj niemal przed rokiem, wpatrywałam się w te drzwi, a jednak nie wiedziałam – odpowiada Luisa wyższym z podniecenia głosem.

Piją szybką i dobrą kawę – włoski Luisy z konieczności bardzo się poprawił w ostatnich miesiącach – a potem wchodzą do kościoła.

Późnym rankiem w środku jest niemal pusto, jedynie w pierwszej ławce wenecjanka z zamkniętymi oczami modli się na różańcu. Gdzieś zamykają się drzwi i dźwięk ten odbija się od wysoko sklepionego sufitu, lecz kobieta nadal pozostaje niemal w transie. Trzymając się za ręce, idą w stronę ołtarza i Luisa spogląda na Jamiego.

– Tutaj się pobrali – szepcze. Jamie patrzy na jej pełne rubinowe usta i myśli, że gdyby nie byli małżeństwem, poślubiłby ją jeszcze raz, bez wahania. Tutaj, teraz. Ściska jej dłoń.

– Być może właśnie w tym miejscu – mówi, już w pełni włączony w jej świat. Trochę to trwało, ale teraz Jamie wie, co napędza jego Luisę, co pozwalało jej przetrwać stratę i co teraz wywołuje blask w jej oczach, na jej skórze, w całym ciele. Jaśnieje, wiedząc, kim jest.

Dla Luisy, która stoi w kościele i wdycha może choć jeden atom powietrza, którym kiedyś oddychali jej dziadkowie, ta podróż była warta każdej długiej nocy poświęconej na poszukiwania i pisanie mejli, przedzierania się przez zawartość zakurzonych pudeł i niezliczone wizyty w British Library, gdzie mrużąc oczy, czytała stare gazety na mikrofilmach. Kiedy teraz się rozgląda, chętnie znów oddałaby każdą poświęconą godzinę, każdy kawałek serca i duszy, który włożyła w to poszukiwanie.

Luisa i Giulio musieli poświęcić całe miesiące na walkę z włoską biurokracją, by odnaleźć świadectwo ślubu. Ale teraz je ma, w jednym z kilku pudeł, w których mieszczą się efekty jej poszukiwań. Jakaś jej część należy do Wenecji, która pozostaje wolnym miastem także dlatego, że kiedyś jej babka i wiele innych osób było gotowych ryzykować życie.

Luisa chłonie ciszę kościoła i w milczeniu rozmyśla nad tym, co przyniósł miniony rok – poszukiwanie Stelli w Wenecji, lecz również odkrycie dokonane znacznie bliżej domu. Kilka miesięcy po śmierci matki Luisy prawnik rodziny znalazł należącą do niej skrytkę bankową. W środku nie było żadnych kosztowności, a jedynie informacje niezwykle cenne dla Luisy. Drugie pudło pełne sekretów.

Plik listów zawierał gorzką korespondencję pomiędzy Stellą a matką Luisy – w pewnym stopniu wyjaśniło to ich napiętą relację i być może chłód, z jakim matka traktowała własną rodzinę. Do rozłamu doszło z powodu chłopaka... i dziecka. Obie rzeczy sekretne, obie zakazane. To wydarzyło się dużo wcześniej, zanim matka poznała ojca Luisy, ale z cierpkich zdań Luisa wyczuła, że wzięła sobie to wymuszone rozstanie głęboko do serca, które w rezultacie zamieniło się niemal w kamień, by już nigdy nie zmięknąć. Być może jako matka Stella postąpiła zbyt surowo, ale to wydarzyło się w latach sześćdziesiątych, kiedy nastoletnie samotne matki wciąż stanowiły temat tabu, a ona najwyraźniej myślała o przyszłości córki. Obie strony popełniły błędy, w efekcie Luisa dostała jednak matkę, która nie była w stanie okazywać radości, serdeczności czy nawet czasami miłości swojemu kolejnemu dziecku. Luisa nie czuje jednak goryczy, lecz smutek.

Ale dzisiaj świętują i postanawia w pełni wykorzystać uroki Wenecji. Razem z Jamiem rezygnują z lunchu na rzecz wielkich rożków pełnych gelato w starej jak świat Café Paolin na *campo* i potem zastanawia się, czy dziadkowie postąpili tak samo. Luisa zdecydowanie woli romantyczną nostalgię starych czarno-białych odbitek od szalonych mediów społecznościowych dwudziestego pierwszego wieku, ale gdyby jej dziadkowie zrobili sobie selfie i zamieścili je na Facebooku, jej poszukiwania na pewno okazałyby się łatwiejsze. Ale czy dałyby równie wielką satysfakcję? Pewnie nie.

Kawa i cukier rozwiewają zmęczenie wczesnej pobudki i oboje ruszają w stronę nabrzeża Świętego Marka. Luisa bez problemu kupuje po włosku bilety na *vaporetto*. Nie zdaje sobie sprawy, że mocno ściska dłoń Jamiego, gdy łódź zatrzymuje się przy San Giorgio, a potem płynie na Giudeccę.

Giulio czeka na nich przy wejściu do willi Hériot z radością, którą Luisa zapamiętała z ich pierwszego spotkania i drugiej wyprawy, kiedy poznali się znacznie lepiej, pracując razem przez długi, bardzo owocny tydzień. Wita się z Jamiem, jakby znał go od lat, i prowadzi ich przez ogród do biura Instytutu. Melodie leży w środku, mrucząc w cieple kopiarki.

– Masz to? – Giulio rzeczywiście jest dzieckiem czekającym na Gwiazdkę; wyciąga ręce po prezent, przesuwa opuszkami palców po okładce, jakby gładził jedwabiste futro Melodie. Dokładnie to samo zrobiła Luisa, gdy dostała od wydawcy pudło z egzemplarzami okazowymi – piętnastoma po angielsku i pięcioma po włosku w tłumaczeniu Giulia. W samotności wąchała strony i śmiała się histerycznie w ciszy własnego domu. I ani przez chwilę nie czuła, że oszalała.

– *La macchina da scrivere nascosta – Una storia di resistenza nella Venezia occupata* – czyta Giulio. Luisa ma w torbie także angielską wersję: *Ukryta maszyna do pisania – historia ruchu oporu w okupowanej Wenecji*. Autorka: Luisa Belmont. Tłumaczenie: Giulio Volpe. Pod tytułem na obu okładkach zamieszczono oczywiście zdjęcie maszyny – tej prawdziwej – z całą jej wyblakłą chwałą.

– Luiso, cudownie – mówi Giulio z pięknym akcentem, choć głos lekko mu się łamie. Nie było im trudno wybrać taki tytuł, wydawał się idealny, gdyż książka opiera się w całości na tak właśnie zatytułowanej relacji jej dziadka.

Manuskrypt otrzymany od Paola okazał się ostatnim impulsem, którego potrzebowali, by przejść od osobistych poszukiwań do czegoś, co mogło się stać częścią bogatego wojennego krajobrazu Wenecji.

Razem z Giuliem całymi miesiącami oddzielali fakty od fikcji; dziadek Gio wykorzystał w historii pseudonimy, ale manuskrypt niewątpliwie zawierał historię jego i Stelli. Luisa i Giulio zbadali ścieżkę, która doprowadziła agenta Giovanniego Benetto do jego sekretnej miłości, jego niezwykłe życie jako Cristiana De Luki oraz operacje SOE w Wenecji i w Wenecji Euganejskiej. No i jeszcze Stella, której od dziecka wpajano antyfaszystowskie poglądy, jej decyzja, by aktywnie włączyć się w działalność partyzancką, i jej dwa oblicza jako sekretarki w biurze Rzeszy i członkini ruchu oporu. To nie jest powieść, lecz tekst Luisy zawiera bogate opisy i kilka pierwszych recenzji w bardzo pochlebny sposób sugerowało, że trudno oddzielić rzeczywistość od tak fantastycznej opowieści. Luisa zawsze uważała, że czyta się ją jak bajkę.

– A tobie się podoba? – pyta Giulio Luisę.

– Uwielbiam ją. I nigdy nie zdołam ci za wszystko podziękować. – Dziękowała mu w licznych mejlach, dziesiątki razy wyrażała swoją wdzięczność, że pomógł jej spełnić marzenie: nie tylko napisała pierwszą książkę, a czuła, że zawsze gdzieś w niej tkwi, ale ta podróż ją uzdrowiła, zabliźniła jej własne rany, pomogła uporać się z trudną relacją z matką i stworzyć coś dla przyszłych pokoleń. Nawet jako pisarka ma problemy, by wyrazić słowami, jak bardzo czuje się kompletna.

– Musimy wyjść i to uczcić, a przynajmniej napić się dobrego prosecco – proponuje cały rozpromieniony Giulio. – Znam dobre miejsce.

Tym razem Jamie robi krok do przodu i obejmuje Luisę w talii.

– Jak najbardziej – mówi. – Ale musimy też zamówić wersję bezalkoholową. – Drugą ręką z dumą odsuwa połę kurtki Luisy, odsłaniając jeszcze niewielki, ale wyraźny brzuszek rysujący się pod swetrem.

Luisa przykłada dłoń do okrągłości, a na twarzy Giulia maluje się radość, na którą nie panuje. Tak, myśli Luisa: kompletna. *Completare.*

40

Maszyna do pisania

Londyn, 1955

Po pewnym czasie we dwoje przepisujemy zakończenie tej niemalże bajki i stajemy się epilogiem. Dawni Stella i Cristian, którzy nie mieli przed sobą wspólnej przyszłości, stają się stopniowo Stellą i Giem. Na moją prośbę nie spieszymy się, odrzucamy postać Cristiana – choć podobnie jak z Jackiem czasem trudno mi oddzielić te dwa imiona – i poznajemy się na nowo, tym razem opierając naszą znajomość na zaufaniu i szacunku. Od samego początku zgadzamy się, że w tym nowym życiu nie ma miejsca na podstępy i sekrety. Jesteśmy Włochami w Londynie, być może uchodźcami, ale nie jesteśmy bezdomni. W tych pierwszych dniach Gio zabiera mnie do swojego gabinetu na Uniwersytecie Londyńskim, gdzie z radością wykłada literaturę europejską, a ja wpatruję się szeroko otwartymi oczami w całą ścianę książek. To jak manna z nieba. W szufladzie biurka odkrywam nieduże pudełko, a w nim lśniący medal – zażenowany Gio przyznaje, że dostał go od brytyjskiego rządu „za służbę", choć ze względów bezpieczeństwa w publicznych dokumentach nie wspominano nigdy o tajnej pracy. A ja coraz bardziej się przekonuję, że nie mogę już dłużej wątpić w Gia Benetto.

Jadamy autentyczne gelato, leżąc na trawie niedaleko Serpentine w Hyde Parku i żartujemy, że możemy bez trudu udawać, że jesteśmy w Wenecji, gdyż słońca mocno świeci. Niezliczone razy pływamy łodzią po Tamizie i nasłuchujemy tego charakterystycznego dźwięku, kiedy uderzenie wody o dziób przenosi nas w przeszłość i raz jeszcze znajdujemy się w bajecznym mieście zawieszonym na wodzie.

Czasami rozmawiamy o wojnie, jakby był to inny świat, w którym żyliśmy, bo w pewnym sensie tak było.

– Czy kiedykolwiek kazałeś mnie śledzić? – pytam pewnego dnia. Nagle wraca wspomnienie z wieczoru, kiedy los kolejny raz interweniował, gdy o mało co nie przyłapano mnie z częściami radia.

– Być może raz czy dwa – odpowiada wolno wyciągnięty leniwie na trawie Gio i ściska mnie za rękę. – Musiałem mieć pewność, że jesteś bezpieczna. To znaczyło dla mnie więcej, niż mogłabyś sobie kiedykolwiek wyobrazić.

Potem patrzę mu prosto w oczy.

– Wiesz, nigdy nie mogłam cię rozszyfrować. Ukryty za tymi przeklętymi okularami byłeś mistrzem przebrania.

Zdejmuje je i przysuwa usta do mojej twarzy.

– To sprawa szkolenia, moja urocza Stello – mówi. – W środku aż się paliłem, żeby wszystko wyznać, móc wreszcie przy tobie być sobą. Chciałem to zrobić codziennie. – Całuje mnie o wiele bardziej namiętnie niż na tamtym weneckim progu.

W bardziej melancholijnych chwilach opowiadam mu o rodzicach i o tym, jak zmarli w odstępie jedenastu miesięcy w 1947 roku, ale przynajmniej mogłam się z nimi jeszcze raz zobaczyć rok po zakończeniu wojny. Pokusa pozostania w Wenecji była wtedy niemal zbyt silna, ale pragnęłam także przeżyć coś nowego. Żadne z nich długo nie chorowało – smutek sprawił, że życie powoli uciekało z ich serc; ich ciała po prostu poddały się zmęczeniu i straciły energię.

Kiedy wróciłam w 1946 roku, Mimi już opuściła Wenecję – wiadomość, że mój biedny odważny brat zmarł w wyniku zadanych ran w 1944 roku, złamała ją pod każdym względem. Dowiedziałam się później, że parę tygodni po śmierci Vita straciła dziecko, i jestem tylko wdzięczna, że rodzice nie mieli pojęcia o jego krótkim istnieniu; jestem pewna, że gdyby dowiedzieli się o tej ostatniej więzi z Vitem, a potem nagle ją stracili, umarliby od razu.

Załamana psychicznie Mimi zamknęła się w klasztorze, by dojść do siebie, i nigdy już go nie opuściła. Przyjaciele powiedzieli mi, że zupełnie straciła chęć do życia i resztę swych smutnych dni spędziła w zamknięciu. Po powrocie nie próbowałam się z nią zobaczyć – chyba jeszcze bardziej opłakiwałabym moją dawną Mimi.

Żałuję wielu rzeczy: że nie byłam świadkiem, jak połączone oddziały partyzantów wyzwalały Wenecję w kwietniu 1945 roku i jak wbiegały po stopniach mostu Rialto z uniesionymi pięściami ani że nie widziałam, jak kilka dni później czołgi aliantów pędziły przez groblę, a potem nie oglądałam parady zwycięstwa na placu Świętego Marka. Lubię wyobrażać sobie Vita jako jednego z chłopaków, którzy wyłaniali się z ruin obsypani ceglanym pyłem, uśmiechnięci od ucha do ucha, a ja mogłam być dziewczyną w za dużych spodniach i chustce na szyi, z odbezpieczonym karabinem, bez szpilek na nogach wyglądałabym nareszcie jak prawdziwy żołnierz ruchu oporu. Ale tak nie miało być. Musi nam wystarczyć fakt, że odbiliśmy nasze miasto.

Smuci mnie też – i wywołuje wyrzuty sumienia – że w ostatnich latach życia rodziców nie opiekowałam się nimi jak na Włoszkę przystało. Często próbuję przeanalizować, dlaczego po zakończeniu wojny nie byłam w stanie wrócić na stałe do miejsca, w którym nadal pozostaje część mojej duszy. To brzmi banalnie, ale bardzo pasuje do Wenecji: za dużo wody przepłynęło pod mostem. Jednocześnie bałam się i pragnęłam powrotu pod koniec wojny, im dłużej z tym zwlekałam, tym trudniej było mi podjąć decyzję. Młodsza siostra mamy wprowadziła się do rodziców, żeby się nimi opiekować aż do śmierci. Nigdy się nie uwolnię od poczucia winy.

W końcu wracamy z Giem do miasta, które oboje uważamy za „nasze" – choć jego rodzice wciąż w zdrowiu i szczęściu mieszkają w Rzymie – i decydujemy się na „ostateczny krok", jak nazywa to Jack. Bierzemy ślub w dużym pustym kościele na Campo Santo Stefano w czerwcu 1950 roku, mając za świadków jedynie księdza i kościelnego. Potem jemy gelato w sąsiedniej lodziarni, a Gio robi zdjęcia, jak w moim najlepszym kostiumie szaleję na placu Świętego Marka. Potem prosimy jakiegoś turystę, żeby zrobił nam zdjęcie razem, ja w otoczeniu gołębi, on w roli klauna. Chyba pamiętam, że w żartach podpisałam to zdjęcie „C" na odwrocie, choć nie mam pojęcia dlaczego, gdyż Gio nie ma teraz nic wspólnego z Cristianem De Lucą, którego znałam w czasie wojny. Potem idziemy zobaczyć się z Paolem i pijemy najlepszą kawę, bo znów może kupować dobre ziarna.

Po powrocie do domu, do Londynu – tak, stał się domem – jesteśmy szczęśliwymi uchodźcami. Chyba dopiero po narodzinach Sofii zaczynam myśleć, że już nigdy nie wrócę. Kocham Wenecję, uwielbiam jej piękno, historię i upór, zmienną naturę jej mieszkańców i wody.

Ale nasze solidne życie znajduje się w Londynie i jestem szczęśliwa, że jestem Włoszką, bo Włochy na zawsze pozostaną w moim sercu.

Z naszego szczęścia rodzą się słowa. Gio pracuje nad swoimi tekstami naukowymi, które po publikacji zbierają same pochwały i słabo się sprzedają, a mnie udaje się wcisnąć trochę pisania pomiędzy pracę a opiekę nad Sofią. Charlesowi szczerze podoba się moja twórczość i wydaje ją z umiarkowanym sukcesem. Jako autorkę trzeba mnie polubić, ale mam lojalne grono czytelników, którzy kupują moje książki. Razem z Giem zgodziliśmy się, że jego przygoda z literaturą piękną była jednorazowa i nie jest przeznaczona do publikacji. To tylko nasza historia. Poza tym kto by w to wszystko uwierzył? Czyta się to jak wytwór fantazji. Przekazuję lekko zamazaną kopię uroczemu Paolo, mojej weneckiej ostoi, a oryginał leży na półce w domu, pokrywając się kurzem, i pewnie przy późniejszej przeprowadzce zaginie w jakimś pudle.

Od czasu do czasu pracujemy z Giem w naszym domu, czasem do późna, kiedy Sofia śpi na piętrze i nie słyszy podwójnego stukotu maszyn stojących obok siebie; mnie wciąż pracuje się lepiej, gdy w pobliżu rozlega się hałas przypominający redakcję gazety.

A co do maszyny – tej, która stoi na komodzie w naszym salonie, regularnie odkurzana i z jeszcze bardziej wykrzywioną dźwignią – przeszła na emeryturę, ale nie popadnie w zapomnienie. Milcząca, ale dumna. I już nigdy nie będzie się ukrywać.

PODZIĘKOWANIA

Jak w przypadku wielu książek także na powstanie tej wpłynęło więcej czynników, niż liczy stron. Jednak byłaby jedynie cieniem, gdyby nie szczodrość weneckiego historyka Giulia Bobba z mieszczącego się na wyspie Giudecca IVESER – bardzo dziękuję za jego szybkie odpowiedzi na moje dociekliwe pytania, sięgające do jego głębokiej wiedzy o ruchu oporu w Wenecji. Szczegóły, które mi przesłał, byłyby bezcenne dla każdego autora. Mam nadzieję, że oddałam sprawiedliwość jego miastu i trudnym czasom, jakie przeżyło.

Nie potrafię wyrazić całej wdzięczności, jaką czuję do mojej błyskotliwej, pozytywnej i zawsze wspierającej redaktorki Molly Walker-Sharp i całej ekipy Avon Books. Ich wiara w moją twórczość niewyobrażalnie zmieniła moje życie; teraz myślę, że jestem w równej mierze pisarką, jak położną; to ich redakcja, marketing i reklama książki numer jeden – A Woman of War (The German Midwife w Stanach Zjednoczonych i Kanadzie) doprowadziły do powstania także tej powieści. Nieustannie dziękuję za cierpliwość, z jaką podchodzili do mojego braku umiejętności z dziedziny informatyki i wszystkich innych, których jeszcze w pełni nie opanowałam. Dziękuję również ich kolegom z wydawnictwa HarperCollins na całym świecie, a szczególnie w Kanadzie i Stanach Zjednoczonych.

Jestem zachwycona, że mogę też podziękować mojej agentce – Broo Doherty z DHH Literary Agency. Poruszanie się po świecie wydawniczym bez agentki początkowo przypominało bycie w ciąży bez położnej u boku – nie-uniknione, lecz trochę przerażające. Teraz czuję, że mam swoją własną doświadczoną położną, która opiekuje się mną w świecie książek!

Czytelniczki pierwszej wersji kolejny raz okazały się bezcenne i cierpliwe: Michaela, Hayley i Kirsty, jesteście niesamowite. Szczególne podziękowania kieruję pod adresem mojej koleżanki pisarki Loraine, publikującej jako LP Ferguson, która dzieli się z matołkiem swoim doświadczeniem informatycznym oraz mądrością i zdrowym rozsądkiem, gdy wspólnie podróżujemy po pisarskim świecie. Dziękuję też Katie Fforde za nieskończoną otuchę podczas pisania tej trudnej drugiej powieści – mam nadzieję, że noszę jej w sobie tyle samo co ty.

Codziennie chroni mnie moja rodzina – Simon, Finn, Harry i mama, którzy zwalniają mnie z obowiązków, tolerują mój brak domowych umiejętności i pozwalają mi pisać. Także moi koledzy i koleżanki ze szpitala Stroud Maternity – jesteście święci, że wytrzymaliście ze mną ostatni szalony rok po publikacji książki i pozostaliście moimi największymi zwolennikami.

Dziękuję też uroczej załodze Coffee #1 w Stroud, która raczy mnie najlepszą kawą i uśmiechami. Zarys tej książki powstał wśród gwaru jednej z najbardziej przyjaznych kawiarni w okolicy.

Dziękuję także wam, czytelnicy – sukces pierwszej książki sprawił, że stałam się szczęśliwą pisarką. Już sama szansa napisania i wydania drugiej powieści jest dowodem na to, że marzenia naprawdę się spełniają.

Ostatnie, choć nie najmniej ważne, podziękowania kieruję w stronę Wenecji i wenecjan: za tolerowanie turystów takich jak ja, którzy mogą cieszyć się ze zwiedzania z pewnością najbardziej magicznego miasta na ziemi.